王維詩集

【唐】王维 著
【清】赵殿成 笺注
白鹤 校点

上海古籍出版社

國學典藏

图书在版编目(CIP)数据

王维诗集/（唐）王维著;（清）赵殿成笺注;白鹤 校点. —上海：上海古籍出版社，2017.6（2024.12 重印）
（国学典藏）
ISBN 978-7-5325-8383-6

Ⅰ.①王… Ⅱ.①王…②赵… Ⅲ.①唐诗—注释 Ⅳ.①I222.742

中国版本图书馆 CIP 数据核字(2017)第 042708 号

国学典藏
王维诗集
[唐] 王维 著
[清] 赵殿成 笺注
白鹤 校点
上海古籍出版社出版发行
（上海市闵行区号景路 159 弄 1-5 号 A 座 5F 邮政编码 201101）
（1）网址：www.guji.com.cn
（2）E-mail：gujil@guji.com.cn
（3）易文网网址：www.ewen.co
江阴市机关印刷服务有限公司印刷
开本 890×1240 1/32 印张 14.375 插页 5 字数 360,000
2017 年 6 月第 1 版 2024 年 12 月第 9 次印刷
印数：32,801—36,900
ISBN 978-7-5325-8383-6

I·3149 定价：52.00 元

前　言

曹中孚

一

王维是盛唐时代的著名诗人，字摩诘，太原祁（今山西祁县）人。生于武后圣历二年（699），卒于肃宗上元二年（761）[1]。王维之父处廉，官至汾州司马；其家迁于浦（今山西永济县），遂为浦人。开元八年（720）王维应京兆府试，得中解头；开元九年（721）进士及第，为官太乐丞。后因伶人擅舞黄狮子（只准舞给皇帝观看）而受到牵连，贬为济州司仓参军。居济州四年后，王维便开始了长达八年的隐居生涯，其中包括在蓝田经营他的辋川别业和作一些游历。开元二十二年（734），张九龄为中书令，王维被擢为右拾遗。开元二十五年（737）四月，当张九龄贬为荆州长史时，王维以监察御史身份出参河西节度使崔希逸幕府，于是他便有一段前往边塞的经历。开元二十六年（738）五月崔希逸病殁，王维又回长安任侍御史。开元二十八年（740），王维以侍御史知南选，并到了襄阳。天宝元年（742），王维官左补阙，迁库部郎中。次年，他因丁母忧而离开了长安，直至天宝五载（746）才还朝复职。天宝十一载（752），王维为吏部郎中。天宝十四载（755），王维官给事中。次年安禄山反，长安被陷贼中；玄宗出走，王维扈从不及，被拘禁在菩提寺；后即押往洛阳授以伪官，但仍遭囚禁。当王维还在长安时，写有《菩提寺禁裴迪来相看说逆

[1] 关于王维的生年，据《新唐书》和赵殿成《右丞年谱》记载，反而比其弟王缙小一岁。近年对王维的生卒年也存异议，如《中国文学家大辞典》定为701—761，又“一作699—759”。现经姚奠中《百家唐宋新诗话·王维》考证，应为699—761，较赵谱上移二年。本文即据此叙述王维的生平活动。

贼等凝碧池上作音乐供奉人等举声便一时泪下私成口号诵示裴迪》诗。待唐军收复两京，朝廷对陷贼官员分三等定罪时，因王维被俘后有“服药取痢，伪称瘖疾”之举；而上述《凝碧池》诗之“万户伤心生野烟，百官何日再朝天？秋槐叶落深宫里，凝碧池头奏管弦”之句早已传至行在而受肃宗赏识；加之王维胞弟王缙这时官位已高，愿削官以赎兄罪，故得从宽发落，于乾元元年(758)责授太子中允。不久，迁太子中庶子、中书舍人，又拜给事中。乾元二年(759)，转为尚书右丞，上元二年(761)卒，世称王右丞。

二

唐开元天宝间是诗人辈出、佳作如林的诗歌创作蓬勃发展时期，王维博学多艺，于诗歌、音乐、绘画兼擅而成了诗坛巨匠。然而因其经历较为曲折和笃信佛教的原因，他的思想也随其生平际遇而有着复杂的变化过程。而他的诗集，便是这位重要诗人一生活动及其思想的绝好写照。

王维15岁开始写诗，早期作品《题友人云母障子》诗，已显示了他的绘画天才。《洛阳女儿行》、《九月九日忆山东兄弟》、《少年行四首》、《桃源行》、《李陵咏》等名篇，是他青年时期的作品。在这些诗里，他以高超的艺术才华为人们所注意。加之他仪表出众，在游京华时深受王公贵族的青睐，宁王、岐王将他待为上宾。王维全无拘束地与诸王交往，在当时被传为美谈。如对宁王看中邻居一位饼师的妻子，以其金钱和权势将她霸占到手一事，王维作《息夫人》诗讽曰：“莫以今时宠，难忘旧日恩。看花满眼泪，不共楚王言。”反映了他于事之无所顾忌。又从《从岐王过杨氏别业应教》、《从岐王夜宴卫家山池应教》等诗中，也可略知他常随从岐王一起游宴赋诗，备受岐王的赏识。王维21岁作《燕支行》，有几首与之风格相同的如《陇头吟》、《夷门歌》、《老将行》，亦为此时所作。“少年十五二十时，步行夺取胡马骑。射杀山中白额虎，肯数邺下黄须儿。一身转战三千里，一剑曾当百万师。”（《老将行》）从这些借历史题材咏赞古人的作品中，我们可以看到这位青年诗人所抒发的豪情壮怀和他早期的思想感情。

王维23岁进士及第，官太乐丞，可是不久即遭贬谪，赴济州任司仓参军，作《被出济州》诗云：“微官易得罪，谪去济州阴。执政方持法，明君无此心……”诗人的满腹委曲，溢于言表。谓舞黄狮子一事，皇帝并不将它放在心上；全是执政者的苛求，所指为当时的宰相张说。于是王维在济州四年，此后又隐居八年。

在隐居期间，王维得原宋之问在蓝田的辋川别业，就在那里住下，并予重新经营。他的母亲崔氏是个佛门信徒，早在王维十五六岁时就带发修行，师事大照禅师。当时在辋川别业有她的山居一所，草堂精舍，竹林果园，环境极为幽静。王维还经常外出游历，与一些道士、高僧过从甚密；而其志同道合的诗友裴迪，则已成了辋川别业的常客。除辋川别业外，王维还有终南别业一处，《戏赠张五弟諲》诗云“我家南山下，动息自遗身”；《答张五弟》云“终南有茅屋”。王维因妻子早逝，无家室之累，故终南别业也是他常去的地方。他的《终南别业》诗云“中岁颇好道，晚家南山陲。兴来每独往，胜事空自知。行到水穷处，坐看云起时。偶然值林叟，谈笑无还期”，便是他隐居时期的思想与生活的真实表白。

开元二十二年（734）王维36岁时，因得张九龄的赏识擢右拾遗，这是他从消极出世转变为献身朝廷的开始。次年张九龄晋封始兴县伯，王维作《献始兴公》诗云：“宁栖野树林，宁饮涧水流。不用食粱肉，崎岖见王侯。鄙哉匹夫节，布褐将白头。任智诚则短，守仁固其优。侧闻大君子，安问党与雠。所不卖公器，动为苍生谋。贱子跪自陈，可为帐下不？感激有公议，曲私非所求。”此诗从被贬后隐居林下、漠视权贵说起，表达了自己傲岸的性格和洁身自好的处世态度；转而又仰慕张九龄正直无私的为人。结末四句，反映了他愿为国家效力的急切心情。当时张说已罢相，张九龄为中书令兼知政事。这段时期，王维在朝为官，右拾遗虽是个闲官，但从离开朝廷十多年到再度复出．其思想也随之向积极方面转化。

开元二十五年（737）王维39岁，以监察御史身份出参河西节度使崔希逸的幕府，这是他生平最有意义的一段经历。当时崔希逸率军与吐蕃战于青海的时间是在三月，在这场保卫河西走廊的战斗中唐军大获全胜。王维是在秋天到达凉州的，其任务主要是去慰劳前线将士。王维此去，不但扩大了眼界，且因分享了胜利的喜悦，为其诗歌创作提供了丰富的素材和条件。《使至塞上》、《出塞作》以及《送元二使安西》等不少作品，便是在这种情况下创作的。崔希逸于次年病死，王维便回长安任侍御史。

此后王维所任的侍御吏、左补阙、库部郎中，都是品位较低的小官。李林甫于天宝元年（742）加尚书左仆射，开始得到玄宗的赏识。这时王维也写过一些应制诗，这类歌功颂德之作，作为一名封建官吏本来不足为奇；然而他对李林甫也有《和仆射晋公扈从温汤》、《春日门下省早朝》等诗，反映了他处世态度的另一侧面。在王维的朋辈中，郭慎微、苑咸两人乃李林甫的亲信，与王维也有诗歌唱和。其中王维与苑咸的关系尤为密切。苑咸《酬王维诗》云："莲花梵字本从天，华省仙郎早悟禅。三点成伊犹有想，一观如幻自忘荃。为文已变当时体，入用还推间气贤。应同罗汉无名欲，欲作冯唐老岁年。"而诗序又云："王员外兄以予尝学天竺书，有戏题见赠。然王兄当代诗匠，又精禅理，枉采知音，形于雅作，辄走笔以酬焉。且久未还，因而嘲及。"王维称苑咸"能书梵字，兼达梵音，曲尽其妙"。可见他们之间的关系，并非出于政治原因，而是宗教信仰的共通和佛学禅机的相知。我们再从王维字摩诘中略知他与佛家的渊源。维摩诘为释迦牟尼同时代人，曾向佛弟子舍利弗、弥勒、文殊、师利等讲说大乘教义。王维之字摩诘，与南朝梁萧统的小字维摩相类，均与信仰有关。故王维诗中时藏禅理，在观察事物时，他又往往有独特的悟性。

王维事母崔氏以孝闻，45岁丁母忧时悲痛欲绝。后来上表愿将其母生前的山居施舍为佛寺。王维与王缙（代宗时为相）等兄弟间的情义很深。王维作《冬笋记》宣扬孝悌。他62岁在尚书右丞任上，其弟缙为蜀州刺史，王维上《责躬荐弟表》，称己有五短，缙有五长，自己愿放归田野，让缙返回京师。

王维丁母忧后直至临终的十多年中，思想渐趋消极。他因当时始终是个闲官，便有条件过着半官半隐的生活。天宝之末的未能慷慨就义而被迫接受安禄山的伪署，使他感到无比内疚；且因受佛家思想的影响，又曾萌发过出家为僧的念头，但未能如愿。其《叹白发》诗云："宿昔朱颜成暮齿，须臾白发变垂髫。一生几许伤心事，不向空门何处销？"他晚年就是在这种矛盾和消极思想的交织中度过的。因此我们在阅读王维作品的时候，必须按其生平经历和思想演变过程加以考察分析。

三

王维以写景诗最负盛名，苏轼有"味摩诘之诗，诗中有画；观摩诘之画，画中有诗"的赞喻。就写景诗而言，如欲作更细的区别，则可按所咏内容分一般的风景诗、以田园生活为背景的田园诗，以及描绘祖国河山的山水诗三类。他自编的《辋川集》为其写景诗的代表之作。《辋川集》收诗40首，咏其所居之辋川别业中的20个风景点，内王维20首，裴迪同咏20首。在这组五言绝句中，山林闲适之趣跃然纸上，它以尺幅小景组成了世外桃源式的"辋川全景图"。王维在创作这些诗时，以诗人之灵感和画家设色布局的构想结合得非常完美：时而以白描手法，状无我之景；时而置身诗中，写有我之景；时而寄慨于内，情景交融。如"空山不见人，但闻人语响。返景入深林，复照青苔上"（《鹿柴》）一诗，但闻人语是有声，返景复照是有色，写鹿柴的空山，不从无声无色下笔，偏从有声有色处写来，愈见其地之幽深。又如“飒飒秋雨中，浅浅石溜泻。跳波自相溅，白鹭惊复下”（《栾家濑》），这种秋雨与石上急流相杂而下，使栖身濑间的白鹭惊起复下的景象，是以写动来表现静，使意境显得更为幽致。“轻舟南垞去，北垞淼难即。隔浦望人家，遥遥不相识”（《南垞》），写舟行南垞，被盈盈一水相隔，乃可望而不可即，所状渺漫之景，如在目前。“独坐幽篁里，弹琴复长啸。深林人不知，明月来相照”（《竹里馆》），写有我之景，首句静境，次句动境，上下浑然天成，把一时清景与诗人兴致融成一体，读来有肺腑若洗之感。此外，《皇甫岳云溪杂题》（五首）也是典型的写景诗，如《鸟鸣涧》：“人闲桂花落，夜静春山空。月出惊山鸟，时鸣春涧中。”所咏春夜鸟鸣涧的美景，以花落、月出、鸟鸣等带有动态的刻画，烘托出此涧生机盎然的自然景色。又如《莲花坞》：“日日采莲去，洲长多暮归。弄篙莫溅水，畏湿红莲衣。”在这堪称色彩鲜艳的《采莲图》中，因诗人对莲花作了拟人化的描绘，读来更是耐人寻味。至于《萍池》“春池深且广，会待轻舟回。靡靡绿萍合，垂杨扫复开”，则捉住水面绿萍因垂杨飘动而屡开屡合的情景，写出待舟欲回者的怡然自得之趣。

王维的田园诗数量并不算多，因其创作年代大致在唐王朝尚处于经济发展的阶段，就其思想内容而言，反映了承平时期一派融融乐乐的太平景象。从艺术角度和美学价值来衡量，王维的田园诗因含蕴着诗人本身所持那种乐在山林的观点，以悠闲自适的心情去领略和赞美田家风光，从而创造出不少画意很浓的篇章，给人以美的享受。著名的《田园乐》七首，是王维田园诗的代表作：“采菱渡头风急，策杖村西日斜。杏树坛边渔父，桃花源里人家”（《田园乐》其三）；“萋萋芳草春绿，落落长松夏寒。牛羊自归村巷，童稚不识衣冠”（《田园乐》其四）；“桃红复含宿雨，柳绿更带春烟。花落家僮未扫，莺啼山客犹眠”（《田园乐》其六）；“酌酒会临泉水，抱琴好倚长松。南园露葵朝折，东谷黄粱夜舂”（《田园乐》其七）。在这些诗里，我们只要从“花落家僮未扫，莺啼山客犹眠”、

"酌酒会临泉水，抱琴好倚长松"等句中，就不难发现作者是在庄园主的位置上去欣赏田园风光的。如果说《田园乐》写的有点像桃花源般的农村景象，寄寓着诗人向往的理想社会，那么《渭川田家》、《春中田园作》、《新晴晚望》、《淇上即事田园》、《田家》诸诗，则较形象地写出了农村的真实情景。如《渭川田家》云：

斜光照墟落，穷巷牛羊归。野老念牧童，倚杖候荆扉。雉雊麦苗秀，蚕眠桑叶稀。田夫荷锄立，相见语依依。即此羡闲逸，怅然歌《式微》。

这诗前八句一句一景，描绘了春日田家在农忙时日暮歇工前的情景。诗人从夕阳西斜，临照于眼前的村落下笔，使穷乡僻壤的农村显得生机勃勃。尤其是二、三联，以朴素的语言把村中这位老汉的心神与动作以及田间农夫荷锄归来依依相语的情态，写得极为传神。结末两句，则对此情此景羡慕不已，唱起了"式微，式微，胡不归"的感叹，表达了诗人意欲弃官归田的愿望。王维还有一些作品，字里行间也谈到田家与农忙之事，但整体而言，当是咏景为主。这类介乎两者之间的诗歌，写得也很出色："风景日夕佳，与君赋新诗。澹然望远空，如意方支颐。春风动百草，兰蕙生我篱。暧暧日暖闺，田家来致词：欣欣春还皋，澹澹水生陂。桃李虽未开，荑萼满其枝。请君理还策，敢告将农时。"（《赠裴十迪》）诗以明快生动的笔触描述了春已降临的喜悦心情。写景由远及近，感情色彩非常浓烈；并借农家之口，形象化地列举了田间野外的种种景象，以嘱农事，使诗的基调显得轻松自然，真切感人。

山水诗是王维诗歌中最精彩的部分。祖国的江河山川，一经诗人的妙笔赞美，便会形成各种神奇的景象，给人以美的感受。王维笔下的山水诗，有的借助观察与感悟，有的运用巧妙的比喻，有的通过合理的遐想，有的加以提炼与夸张，也有的纯取白描，创造出一个个源于自然又美于自然的艺术境界。王维山水诗的数量要比田园诗多，许多脍炙人口的名句，读后会使人产生联想，引起共鸣。如“明月松间照，清泉石上流”（《山居秋暝》）、“声喧乱石中，色静深松里”（《青溪》）、“泉声咽危石，日色冷青松”（《过香积寺》）、“荆溪白石出，天寒红叶稀”（《山中》）、“荒城临古渡，落日满秋山”（《归嵩山作》）、“瀑布杉松常带雨，夕阳彩翠忽成岚”（《送方尊师归嵩山》）等等。王维是个画家，在作诗时还常把作画构思技能融于诗中。在一幅山水画中，如只写山水，就显得单调；若在适当部位配以樵夫或山僧，就会增色不少。王维有些山水诗，也往往采用此法，收到了极佳的效果。如著名的《终南山》诗：

太乙近天都，连山到海隅。白云回望合，青霭入看无。分野中峰变，阴晴众壑殊。欲投人处宿，隔水问樵夫。

这首诗采用虚实结合的手法：首联极写终南山的高峻雄奇，谓主峰接近天都；继而说它从西到东绵亘无际，直抵海隅。中间两联咏终南山的奇观，从白云、青霭的出没变化，谓此山横跨数州，众壑之间气候的差异悬殊。结末转而写实，以“欲投人处宿，隔水问樵夫”，在山水中点出人物。对于这种虚实相间的安排与通篇作品的关系，沈德潜在《唐诗别裁集》卷九中称赞说：“四十字中，无所不包，手笔不在杜陵下。或谓末二句似与通体不配。今玩其语意，见山远而人寡也，非寻常写景可比。”实际此诗之妙，就妙在这里，它体现了王维山水诗无与伦比的高超境界。又如《汉江临泛》：“楚塞三湘接，荆门九派通。江流天地外，山色有无中。郡邑浮前浦，波澜动远空。襄阳好风日，留醉与山翁。”这诗意境宽大，从各种不同的角度对汉江临泛时的景象作了描绘。其中“江流天地外，山色有无中”，状难言之状如在眼前。

以田园山水诗而享有盛名的王维，在边塞诗和酬赠诗的创作中也有不少佳作。

王维的边塞诗虽然写得不多，但他怀有建功边陲、报效国家的愿望和讴歌前线将士为国征战的热情，决定了这类作品的总体基调是积极奋进和意气昂扬的。同时又因王维擅长写景，故为我们留下了一些描绘边塞自然风光和反映民风习俗的篇章。《出塞作》是歌颂崔希逸所率将士战功的：“居延城外猎天骄，白草连天野火烧。暮云空碛时驱马，秋日平原好射雕。护羌校尉朝乘障，破虏将军夜渡辽。玉靶角弓珠勒马，汉家将赐霍嫖姚。”这诗用方植之的话说，“写得兴高采烈，如火如锦”，“浑颢流转，一气喷薄，而自然有首尾起结章法，其气若江海之浮天”。而《观猎》也是写塞上风光的：“风劲角弓鸣，将军猎渭城。草枯鹰眼疾，雪尽马蹄轻。忽过新丰市，还归细柳营。回看射雕处，千里暮云平。”诗在章法、句法、字法上可称得上是完美绝伦，为盛唐诗中少有的佳作。将军射猎时的英武雄姿，千里草原的初冬景象，跃然纸上。《使至塞上》中的“大漠孤烟直，长河落日圆”，也只有在一望无边的塞外才能见到。《送张判官赴河西》诗中的“沙平连白雪，蓬卷入黄云。慷慨倚长剑，高歌一送君”，既写出了塞外特殊景色，又以高亢的语调和奋发向前的情怀去激励征人的奔赴边疆。《凉州赛神》和《凉州郊外游望》所咏为塞外风俗，如“健儿击鼓吹羌笛，共赛城东越骑神”、“洒酒浇刍狗，焚香拜木人。女巫纷屡舞，罗袜自生尘”，也都形象生动，趣意盎然。可与边塞诗同读的，还有诗人早年所写的作品，如《夷门歌》、《陇头吟》、《燕支行》、《少年行》等，在意气风发、慷慨激昂中，显示出诗人的壮怀与抱负。

与亲友交往的酬赠之作，是王维诗中所占比重最多的部分。他的《九月九日忆山东兄弟》“独在异乡为异客，每逢佳节倍思亲。遥知兄弟登高处，遍插茱萸少一人”和《送元二使安西》“渭城朝雨裛轻尘，客舍青青柳色新。劝君更尽一杯酒，西出阳关无故人”，为千百年来传诵不衰的名作。王维的酬赠诗大多写得委婉情深而不露怨尤，有时运用比兴手法传情达意，不但使酬赠双方通过感情的交流获得慰藉，而且后世读者也能从中感受友情，获得教益。如《送沈子福归江东》“杨柳渡头行客稀，罟师荡桨向临圻。惟有相思似春色，江南江北送君归”，把离别相思之情与无边春色结合在一起，显得亲切而无感伤情调。《送梓州李使君》“万壑树参天，千山响杜鹃。山中一半雨，树杪百重泉。汉女输橦布，巴人讼芋田。文翁翻教授，不敢倚先贤”，使送别诗与当地的风土景观和人文故事融合起来，令人向往。《送秘书晁监还日本国》“积水不可极，安知沧海东。九州何处远，万里若乘空。向国惟看日，归帆但信风。鳌身映天黑，鱼眼射波红。乡树扶桑外，主人孤岛中。别离方异域，音信若为通”，为中日两国人民的交往留下了值得怀念的可贵篇章，诗人与这位日本朋友依依难舍的感情溢于言表。

此外，王维还有一些咏妇女题材的作品，从各种不同的角度揭露了封建社会中妇女所受的痛苦和悲哀。《洛阳女儿行》在讽刺贵族女儿及其丈夫的豪奢淫逸之后，以“谁怜越女颜如玉，贫贱江头自浣纱”，作了鲜明的对比。《失题》云“清风明月苦相思，荡子从戎十载馀。征人去日殷勤嘱，归雁来时数寄书”，以闺妇长夜难眠所作的回忆，道出了征人去后十多年的相思之苦。又如《息夫人》、《班婕妤》、《偶然作六首》（其五）“赵女弹箜篌”等诗，也都对有关妇女的遭遇，发出了同情的感叹。

就王维诗的分体情况来说，他擅长五言，其田园山水诗使之成为一代师宗，大多用五言写成，包括五古、五律和五排；著名的《辋川集》则为五言绝句。七绝佳作除《九月九日忆山东兄弟》、《送元二使安西》和《寒食汜上作》“广武城边逢暮春，汶阳归客泪沾巾。落花寂寂啼山鸟，杨柳青青渡水人”等，在唐人七绝中有其地位外，其他见称者则较少。王维的七古也很有成就，除前已提到的《老将行》、《陇头行》、《燕支行》、《洛阳女儿行》，都一气流贯，非常纯熟；其《桃源行》则尤为出色，诗中叙事状景，极臻完美。高棅《唐诗品汇》的评价是：五古、七古，以王维为名家；五律、七律、五排、五绝，以王维为正宗；七绝，以王维为羽翼，不无见地。

四

王维的有关诗文，最早是由其弟王缙整理成书的。《旧唐书》本传云：“代宗时，缙为宰相。代宗好文，常谓缙曰：‘卿之伯氏，天宝中诗名冠代，朕尝于诸王座闻其乐章。今有多少文集，卿可进来。’缙曰：‘臣兄开元中诗百千馀篇，天宝事后，十不存一。比于中外亲故间相与编辍，都得四百馀篇。’翌日上之，帝优诏褒赏。”此为代宗宝应二年(736)，说明王维的诗文当时散佚已多。宋刻王维集见于著录的有《王摩诘文集》、《王右丞集》或《王右丞文集》等，均为十卷本。但这些刻本，在诗文的编次上都存在一些问题。陈振孙《直斋书录解题》在著录《王右丞集》时说：“建昌本与蜀本次序皆不同，大抵蜀刻《唐六十家集》多异于他处本，而此集编次尤无伦。”顾广圻后来在《王摩诘文集》的跋中说：“题《摩诘》者，蜀本也；题《右丞集》者，建昌本也。”迄今编次较为合理者为清乾隆元年(1736)赵殿成的《王右丞集笺注》。赵的笺注与整理，自雍正六年(1728)开始，历八年之久才告竣事。当时赵殿成曾见到的有庐陵刘须溪本、武陵顾元纬本、句吴顾可久本、吴兴凌初成本四种，谓“唯须溪评本为最善”，“今须溪本所载者，仅三百七十一篇，则已非宝应中进御原本矣”，但他却未见到蜀刻本《王摩诘文集》。经赵殿成整理的《王右丞集笺注》正文二十八卷，计诗十五卷，文十三卷；又附录一卷，置卷末。

赵殿成在其《笺注例略》中说：“洪兴祖谓王涯在翰林时，与令狐楚、张仲素所赋宫词诸章，俱误入王维集中。今吴兴、武陵二本所载游春辞三十馀首，即是涯等所作。须溪本独无此误，以此知其本为最善也。是编自十四卷以前之诗，皆须溪本所有者，虽颇亦间杂他人之作.然概不敢损益。其别本所增及他籍互见者，另为外编一卷。”(按：即卷十五外编诗。)

此次整理，因为是《王维诗集》，我们以乾隆元年(1736)所刊赵殿成的《王右丞集笺注》中前十五卷诗集为底本，参校以《四库全书》本。

另外，赵注的引文我们尽量找到原文加以校核。凡是校改之处，错衍之字标以（）小字，校改及补字标以〔〕，如需特别说明，则加以校记。另，赵殿成对王维诗原文的校记都以双行小字的形式夹排于原诗之间，现为清眉目，我们将校记以加注码的形式移至诗后，以便于读者阅读。

目　录

卷七 近体诗三十九首

卷八 近体诗三十三首

卷十一　近体诗二十七首

序

赵殿成

传称诗以道性情，人之性情不一，以是发于讴吟歌咏之间，亦遂参差其不同，盖有不知所以然而然者。唐之诗，传者几百家，其善为行乐之词，与工为愁苦之什相半。虽于性情各得所肖，而求其不悖夫温柔敦厚之教者，未易数数觏也。

右丞崛起开元、天宝之间，才华炳焕，笼罩一时；而又天机清妙，与物无竞，举人事之升沉得失，不以胶滞其中。故其为诗，真趣洋溢，脱弃凡近，丽而不失之浮，乐而不流于荡。即有送人远适之篇，怀古悲歌之作，亦复浑厚大雅，怨尤不露。苟非实有得于古者诗教之旨，焉能至是乎。乃论者以其不能死禄山之难，而遽讥议其诗，以为萎弱而少气骨；抑思右丞之服药取痢，与甄济之阳为欧血，苦节何殊？而一则竟脱于樊笼，一则不免于维絷者，遇之有幸有不幸也。普施拘禁，凝碧悲歌，君子读其辞而原其志，深足哀矣。即谓揆之致身之义，尚少一死，至于辞章之得失何与，而亦波及以微辞焉。毋乃过欤？

又古今来推许其诗者，或称趣味澄复，若清流贯达；或称如秋水芙蕖，倚风自笑；或称出语妙处，与造物相表里之类：扬诩亦为曲当。若其诗之温柔敦厚，独有得于诗人性情之美，惜前人未有发明之者。诗注虽有数家，颇多舛凿，至于文笔，类皆缺如。鄙心有所未尽，爰是校理旧文，芟柞浮蔓，搜遗补逸，不欲为空谬之谈，亦不敢为深文之说，总期无失作者本来之旨而已。独是能薄材謭，读书未广，纵有一隅之见，譬之管窥筐举，所得几何。幸而生逢圣世，文教诞敷，炳炳麟麟，典籍于今大备。而博物洽闻之彦，接武于兰台麟阁之间，可以折中而问难。行将访其所未知，订其所未合，以定斯编之阙失。其或有雌霓谬呼，金根妄易，薪歌延濑之未详者，苟有见闻，克以应时改定，是固区区之志焉矣。

乾隆元年，岁在丙辰正月望日，仁和赵殿成松谷氏漫题于书圃之目耕堂。

卷　一

古诗十首

奉和圣制天长节赐宰臣歌应制

太阳升兮照万方，开阊阖兮临玉堂，
俨冕旒兮垂衣裳。
金天净兮丽三光，彤庭曙兮延八荒。
德合天兮礼神遍，灵芝生兮庆云见。
唐尧后兮稷禼臣，匝宇宙兮华胥人。
尽九服兮皆四邻，乾降瑞兮坤献珍①。

【校】

①献，一作“降”。

【注】

天长节：《挥麈录》：“《唐明皇实录》云：‘开元十七年秋八月，上降诞之日，大置酒合乐，燕百官于花萼楼下。尚书左丞相源乾曜、右丞相张说率百官上表，愿以八月五日为千秋节，著之甲令，布于天下，咸使燕乐休假三日。诏从之。’诞日建节盖肇于此。天宝七载八月己亥，诏改为天长节。”

太阳：《后汉书》：“日者，太阳之精，人君之象。”

阊阖：《三辅黄图》：“宫之正门曰阊阖。”

玉堂：《汉书》：“玉堂金门，至尊之居。”扬雄《解嘲》：“历金门，上玉堂。”吕延济注：“金门，天子门也；玉堂，天子殿也。”

金天：唐人多使“金天”字，即秋天也。秋于五行属金，故曰“金天”。

三光：《初学记》：“日、月、星谓之三辰，亦曰三光。”

彤庭：班固《西都赋》：“玄墀釦砌，玉阶彤庭。”张铣注：“彤，赤色也，以彤漆饰庭。”

八荒：章怀太子《后汉书》注：“八荒，八方荒忽极远之地。”

庆云：《汉书》：“若烟非烟，若云非云，郁郁纷纷，萧索轮囷，是为庆云。庆云见，喜气也。”成按：灵芝生，庆云见，皆天宝七载间实事，见十卷诗题及注。

华胥：《列子·黄帝》：“退而闲居大庭之馆，斋心服形，三月不亲政事。昼寝而梦，游于华胥氏之国。华胥氏之国在弇州之西，台州之北，不知斯齐国几千万里，盖非舟车足力之所及，神游而已。其国无帅长，其民无嗜欲，自然而已。不知乐生，不知恶死，故无夭殇；不知亲己，不知疏物，故无爱憎；不知背逆，不知向顺，故无利害。都无所爱惜，都无所畏忌。入水不溺，入火不热。斫挞无伤痛，指擿无痟痒。乘空如履实，寝虚若处床。云雾不硋其视，雷霆不乱其听，美恶不滑其心，山谷不踬其步，神行而已。黄帝既寤，怡然自得，召天老、力牧、太山稽，告之，曰：‘朕闲居三月，斋心服形，思有以养身治物之道，弗获其术。疲而睡，所梦若此。今知至道不可以情求矣。朕知之矣！朕得之矣！而不能以告若矣。’又二十有八年，天下大治，几若华胥氏之国。”

九服：《周礼》：“乃辨九服之邦国，方千里曰王畿，其外方五百里曰侯服，又其外方五百里曰甸服，又其外方五百里曰男服，又其外方五百里曰采服，又其外方五百里曰卫服，又其外方五百里曰蛮服，又其外方五百里曰夷服，又其外方五百里曰镇服，又其外方五百里曰藩服。”

登楼歌

聊上君兮高楼，飞甍鳞次兮在下。
俯十二兮通衢，绿槐参差兮车马。
却瞻兮龙首，前眺兮宜春。
王畿郁兮千里，山河壮兮咸秦。
舍人下兮青宫，据胡床兮书空。

执戟疲于下位，老夫好隐兮墙东。
亦幸有张伯英草圣兮龙腾虬跃，
摆长云兮捩回风。
琥珀酒兮彫胡饭，君不御兮日将晚。
秋风兮吹衣，夕鸟兮争返。
孤砧发兮东城，林薄暮兮蝉声远。
时不可兮再得，君何为兮偃蹇。

【注】

飞甍：鲍照诗："京城十二衢，飞甍各鳞次。"李周翰注："甍，屋檐也。若鱼鳞之相次。"

龙首：《水经注》："高祖在关东，令萧何成未央宫。何斩龙首山而营之。山长六十馀里，头枕于渭，尾达樊川。头高二十丈，尾渐下高五六丈，土色赤而坚。云昔有黑龙，从南山出，饮渭水，其行道因成山迹。"《元和郡县志》："龙首山在京兆府长安县北一十里。"

宜春：《史记正义》："《括地志》云：秦宜春宫在雍州万年县西南三十里。宜春苑在宫之东、杜之南。"《雍录》："宜春之名，汉史凡三出，其实止为两地：有曰宜春苑者，地属下杜；有曰宜春宫者，即下杜苑中宫，皆秦创也。有曰宜春观者，则在鄠县，汉武帝之所造也。虽三其名，而实止两地也。《东方朔传》曰：'武帝东游宜春。'师古曰：'宜春宫也，在长安城东南。'《上林赋》曰'息宜春'，师古曰：'宫名，在杜县东，即唐曲江也。'《扬雄传》：'武帝东游宜春。'师古曰：'宜春近下杜也。'《史记·秦纪》曰：'子婴葬二世杜南宜春苑。'司马相如从武帝至长杨猎还，过宜春，奏赋以哀二世，其赋曰：'临曲江之隑州，望南山之参差。'师古曰：'曲岸之洲，曲江也。'故赋末云'吊二世持身之不谨兮'，'墓芜秽而不修'也。参数者言之，则二世之所葬，相如之所赋，汉之曲洲，唐之曲江，皆此下杜之宜春也。其苑若宫皆秦创，而汉、唐因之也。至于宜春观者，则在长安之西，鄠县涝、渼二水之旁，上林故地也。《水经》曰：'涝水径汉宜春观，合渼陂入渭。'师古曰：‘观在鄠县。’《十道志》曰：‘汉武帝所造也。’又合此数语者而求之，则宜春之观在汉城之西，秦上林苑中，而下杜之宜春自在汉城东南，其别甚明也。说者误以下杜之宫为鄠县之观，则失之矣。故师古于《东方朔传》明辨之曰：‘在鄠县者自是宜春观耳，在长安城西，岂得言东游也？’其说极为允笃。《贡禹传》：‘元帝用禹言，罢宜春下苑以假贫民。’此则下杜之苑矣。”

王畿：《周礼》：“国方千里曰王畿。”

舍人：《唐书·百官志》：“东宫官有中舍人二人，正五品下；太子舍人四人，正六品上；通事舍人八人，正七品下。”

青宫：《神异经》：“东方外有东明山，有宫焉，左右有阙而立，其高百尺，建以五色，青石为墙。面一门，门有银榜，以青石碧镂，题曰‘天地长男之宫’。”后人称太子宫曰“青宫”本此。

胡床：《贵耳录》：“今之交椅，古之胡床也。”胡三省《通鉴》注：“胡床，即今之交床。隋恶‘胡’字，改曰‘交床’，今之交椅是也。”

书空：《晋书》：“殷浩虽被黜放，口无怨言，夷神委命，谈咏不辍，虽家人不见其有流放之感。但终日书空，作‘咄咄怪事’四字而已。”

执戟：曹子建《与杨德祖书》：“昔扬子云先朝执戟之臣耳。”潘岳《夏侯常侍诔》：“执戟疲扬，长沙投贾。”

墙东：《后汉书》：“王君公遭乱，侩牛自隐，时人为之论曰‘避世墙东王君公’。”

草圣：《晋书》：“汉兴而有草书，不知作者姓名。至章帝时，齐相杜度号善作篇，后有崔瑗、崔寔，亦皆称工。弘农张伯英者因而转精(其)〔甚〕巧，凡家之衣帛，必书而后练之。临池学书，池水尽黑。下笔必为楷则，号匆匆不暇草书。寸纸不见遗，至今世尤宝其书，韦仲将谓之‘草圣’。”

长云：鲍照《芜城赋》：“矗似长云。”

捩：《玉篇》：“捩，力计、力结二切。拗捩也。”

回风：《楚辞》“悲回风之摇蕙兮”，王逸注：“回风，谓之飘风。”

彫胡饭：《西京杂记》：“菰之有米者，长安人谓为彫胡。”郑樵《通志略》："彫蓬者，米茭也。其米谓之彫胡，可作饭。"宋玉《讽赋》："为臣炊彫胡之饭。"

不御：班婕妤赋："君不御兮谁为容。"蔡邕《独断》："御者，进也。凡衣服加于身，饮食入于口，妃妾接于寝，皆曰御。"

砧：《韵会》："碪，知林切，音与斟同。捣缯石。或作'砧'。"

林薄：《楚辞》："露申辛夷，死林薄兮。"王逸注："丛木曰林，草木交错曰薄。"张衡《西京赋》："荡川渎，簸林薄。"薛综注："林薄，草木丛生也。"

再得：《楚辞》："时不可兮再得。"

偃蹇：《十六国春秋》："欲偃蹇考槃，以待通者。"

双黄鹄歌送别

天路来兮双黄鹄，云上飞兮水上宿，
抚翼和鸣整羽族。
不得已，忽分飞，家在玉京朝紫微，
主人临水送将归。
悲笳嘹唳垂舞衣，宾欲散兮复相依。
几往返兮极浦，尚徘徊兮落晖。
岸上火兮相迎，将夜入兮边城。
鞍马归兮佳人散，怅离忧兮独含情。

【注】

【原注】时为节度判官，在凉州作。

黄鹄：《合璧事类》："鹄，禽之大者，色白，又有黄者，善高翔，湖海江汉间有之。"

天路：张衡《西京赋》："要羡门乎天路。"

云飞水宿：左思《蜀都赋》："云飞水宿，哢吭清渠。"

抚翼：傅休奕《钓竿篇》："抚翼翔太清。"

羽族：潘岳《射雉赋》："乐羽族之群飞。"刘良注："羽族，鸟之族类也。"

玉京：葛洪《枕中书》："元始天王在天中心之上，名曰玉京山。山中宫殿并金玉饰之。"

紫微：《魏书》：老子"上处玉京，为神王之宗；下在紫微，为飞仙之主"。

临水：《楚辞》："登山临水兮送将归。"

悲笳：魏文帝《与吴质书》："清风夜起，悲笳微吟。"张铣注："笳，类笛。"《韵会》："笳，胡人卷芦叶吹之。"《乐书》云："胡笳似觱篥而无孔，后世卤簿用之。世言伯阳避入西戎所作。晋有大箛、小箛，盖其遗制。"

极浦：《楚辞》："望涔阳兮极浦。"王逸注："极，远也。浦，水涯也。"

离忧：《楚辞》："思公子兮徒离忧。"刘良注："离，罗也。"

赠徐中书望终南山歌①

晚下兮紫微，怅尘事兮多违。
驻马兮双树②，望青山兮不归。

【校】

①《唐诗品汇》作"望终南赠徐中书"。

②《楚辞后语》"驻"字下多一"驷"字。

【注】

终南山：《初学记》："《五经要义》云：'终南山，长安南山也，一名太乙。'潘岳《关中记》云：'其山一名中南，言在天之中，居都之南，故曰"中南"。'《福地记》云：'其山东接骊山、太华，西连太白，至于陇山，北去长安城八十里，南入楚塞，连属东西诸山，周回数百里，名曰福地。'"《括地志》："终南山一名中南山，一名太一山，一名南山，一名橘山，一名楚山，一名太山，一名周南，一名地脑山。在雍州万年县南五十里。"《雍录》："终南山横亘关中南面，西起秦、陇，东彻蓝田，凡雍、岐、郿、鄠、长安、万年，相去六百里[1]，而连绵峙据其南者，皆此之一山也。"《一统志》："终南山在陕西西安府城南五十里，一名南山。东西连亘蓝田、咸宁、长安、盩厔四县之境。产玉石、金银铜铁及合离草、丹青树。"

紫微：《唐书》："开元元年，改中书省为紫微省。五年，复紫微省为中书省。"

尘事：陶潜诗："闲居三十载，遂与尘事冥。"李善注："尘事，尘俗之事也。"

送友人归山歌二首①

其　一

山寂寂兮无人，又苍苍兮多木。
群龙兮满朝，君何为兮空谷。
文寡和兮思深，道难知兮行独。
悦石上兮流泉，与松间兮草屋。
入云中兮养鸡，上山头兮抱犊。
神与枣兮如瓜，虎卖杏兮收谷。
愧不才兮妨贤，嫌既老兮贪禄。
誓解印兮相从，何詹尹兮可卜。

【校】

①《楚辞后语》作"山中人"。

②《楚辞后语》"驻"字下多一"驷"字。

【注】

群龙：《后汉书》："唐尧在上，群龙为用。"章怀太子注："群龙喻贤臣也。"鲍照诗："皇汉方盛明，群龙满阶阁。"

[1] 六百里：《雍录》卷五作"且八百里"。

养鸡：《列仙传》："祝鸡翁者，洛人也。居尸乡北山下，养鸡百馀年。鸡有千馀头，皆立名字。暮栖树上，昼放散之。欲引，呼名即应呼而至。"

抱犊：《元和郡县志》："抱犊山在沂州承县北六十里。壁立千仞，顶宽而有水。此山去海三百馀里，天气澄明，宛然在目。昔有遁隐者，抱一犊于其上垦种，故以为名。"《太平寰宇记》："镇州获鹿县有萆山，今名抱犊山。后魏葛荣之乱，百姓抱犊而上，故以为名。"

枣如瓜：《史记》："李少君言：臣尝游海上，见安期生。安期生食巨枣大如瓜。"

虎卖杏：葛洪《神仙传》："董奉居庐山，不种田，日为人治病，重病愈者，使栽杏五株，轻者一株，数年计得十万馀株，郁然成林。后杏子大熟，于林中作一草仓，示时人曰：'欲买杏者，不须报奉，但将谷一器置仓中，即自往取一器杏去。'常有人置谷来少而取杏去多者，林中群虎出，吼逐之。大怖，急挈杏走，路傍倾覆，至家量杏，一如谷多少。或有人偷杏者，虎逐之，到家啮至死。家人知其偷杏，乃送还奉，叩头谢过，乃却使活。奉一日竦身入云中，妻与女犹守其宅卖杏，取给有欺之者，虎还逐之。"

妨贤：《汉书·王尊传》："趣自避退，毋久妨贤。"

詹尹：《楚辞》："屈原既放，三年不得复见，竭智尽忠而蔽障于谗，心烦虑乱，不知所从，乃往见太卜郑詹尹曰：'余有所疑，愿因先生决之。'"

其　二

山中人兮欲归，云冥冥兮雨霏霏。
水惊波兮翠菅靡，白鹭忽兮翻飞，
君不可兮褰衣。
山万重兮一云，混天地兮不分。
树晻暧兮氛氲，猿不见兮空闻。
忽山西兮夕阳，见东皋兮远村。
平芜绿兮千里，眇惆怅兮思君。

【注】

山中人:《楚辞》:“山中人兮芳杜若。”

冥冥:《楚辞》:“云冥冥而暗前山。”

霏霏:何逊诗:“霏霏入窗雨,冥冥暗床尘。”

翠菅:成按:杨升庵《外集》云:“水葱生水中,如葱而中空,又名翠菅。王维诗‘水惊波兮翠菅靡’是也。”检群书,无有名水葱为翠菅者。《说文》云:“菅,茅也。”翠菅即是青茅。“翠菅靡”与“水惊波”对列,皆承上“雨霏霏”而言,非谓翠菅因惊波而靡也。杨氏混为一意,造此臆说,不足凭矣。

晻暧:《玉篇》:“晻暧,暗貌。”

氛氲:谢惠连《雪赋》:“氛氲萧索。”李善注:“氛氲,盛貌。”[1]

夕阳:成按:《宋景文笔记》云“莒公谓后人用夕阳为斜日者为误”,盖据《尔雅》“山西为夕阳”之说也。然古人往往有二物共一名者。郑人谓玉之未理者曰“璞”,周人谓鼠之未腊者亦曰“璞”。毛公谓芦之初生者曰“雏”,谓鸟之名夫不者亦曰“雏”。载籍之中往往多有。洎考刘越石《赠卢谌》诗有“夕阳忽西流”之句,则晋人已用之矣,安得执彼为是指此为非也。

东皋:阮籍《奏记》:“方将耕于东皋之阳。”张铣注:“泽畔曰皋。”潘岳《秋兴赋》:“耕东皋之沃壤兮。”李善注:“水田曰皋。”

平芜:江淹《四时赋》:“平芜际海,千里飞鸟。”

鱼山神女祠歌二首①

迎神曲

坎坎击鼓,鱼山之下。
吹洞箫,望极浦。女巫进,纷屡舞。
陈瑶席,湛清酤②。
风凄凄兮夜雨③,神之来兮不来④?

[1] 按,此条李善注实为李善引《楚辞》王逸注。

使我心兮苦复苦⑤。

【校】

①《河岳英灵集》作“渔山神女智琼祠歌”,《楚辞后语》作“鱼山迎送神曲”,《乐府诗集》作“祠渔山神女歌”。

②酤,刘须溪本、顾可久本俱作“醑”,非。

③兮,《河岳英灵集》作“而”,《乐府诗集》作“又”。

④《河岳英灵集》、《乐府诗集》于“神”字上皆多“不知”二字。

⑤《河岳英灵集》作“使我心苦”。

【注】

鱼山神女:《太平寰宇记》:“郓州东阿县有鱼山,一名吾山。《汉书·沟洫志》:‘武帝临决河作《瓠子歌》曰:“吾山平兮巨野溢,鱼沸郁兮迫冬日。’吾山即鱼山。《述征记》:‘济北郡使弦超,魏嘉平中有神女成公智琼降之。超同室疑其有奸,以告监国,诘问超,具言之,智琼乃绝。后五年,超使将至洛西,到济北鱼山下陌上,遥望曲道头,有车马似智琼,前到果是。同乘至洛,克复旧好。太康中仍存。”

坎坎:毛苌《诗传》:“坎坎,击鼓声。”

洞箫:《汉书·元帝纪》:“鼓琴瑟,吹洞箫。”如淳注:“洞箫,箫之无底者。”《宋书》:“前世有洞箫,其器今亡。蔡邕曰‘箫编竹有底’,然则邕时无洞箫矣。”

女巫:《周礼》有女巫,《国语》:“在男曰觋,在女曰巫。”《说文》:“巫,祝也。女能事无形,以舞降神者也。”

瑶席:《楚辞》:“瑶席兮玉瑱。”

清酤:《诗》:“既载清酤。”毛苌《传》:“酤,酒也。”

送神曲

纷进拜兮堂前①,目眷眷兮琼筵。
来不语兮意不传②,作暮雨兮愁空山。

悲急管[3]，思繁弦，灵之驾兮俨欲旋[4]。
倏云收兮雨歇[5]，山青青兮水潺湲[6]。

【校】

①拜，《乐府诗集》作“舞”。

②语，《乐府诗集》作“言”。

③“管”字下《乐府诗集》、《唐诗品汇》皆多一“兮”字。

④灵，《河岳英灵集》作“神”。

⑤收，《河岳英灵集》作“消”。

⑥潺湲，《唐文粹》作“潺潺”。

【注】

眷眷：《楚词章句》：“眷眷，顾貌。”《诗》曰“眷眷怀顾”，今诗作“睠睠”，其义同。

琼筵：谢朓诗：“端仪穆金殿，敷教藻琼筵。”

急管：鲍照诗：“催弦急管为君舞。”

繁弦：蔡邕《琴赋》：“曲引兴兮繁弦抚。”

灵驾：谢惠连诗：“沃若灵驾旋。”

潺湲：《楚词》：“观流水兮潺湲。”《说文》：“潺湲，水声。”《韵会》：“潺湲，水流貌。”

白鼋涡

南山之瀑水兮，激石滆瀑似雷惊，
人相对兮不闻语声。
翻涡跳沫兮苍苔湿，藓老且厚，
春草为之不生。
兽不敢惊动，鸟不敢飞鸣。
白鼋涡涛戏濑兮[1]，委身以纵横。

主人之仁兮，不网不钓，
得遂性以生成。

【校】

①濑，顾元纬本、凌濛初本俱作"漱"。

【注】

【原注】杂言走笔。

潏瀑：马融《长笛赋》："潏瀑喷沫。"李善注："潏瀑，沸涌貌。"左思《蜀都赋》："龙池潏瀑濆其隈。"李善注："潏瀑，水沸之声也。"

涡：《韵会》："涡，水回也。"

跳沫：《上林赋》："驰波跳沫。"

戏濑：左思《蜀都赋》："跃涛戏濑，中流相忘。"《说文》："濑，水流沙上也。"

遂性：《隋书·高祖纪》："率土大同，含生遂性。"

酬诸公见过

嗟余未丧，哀此孤生。屏居蓝田，薄地躬耕。
岁晏输税，以奉粢盛。晨往东皋，草露未晞。
暮看烟火，负担来归①。我闻有客，足扫荆扉。
箪食伊何，副瓜抓枣②。仰厕群贤，皤然一老。
愧无莞簟，班荆席藁。泛泛登陂，折彼荷花。
净观素鲔，俯映白沙。山鸟群飞，日隐轻霞。
登车上马，倏忽雨散③。雀噪荒村，鸡鸣空馆。
还复幽独，重欷累叹。

【校】

①负，顾元纬本、凌本俱作"渔"。

②副，顾元纬本、凌本俱作“疈”。

③雨，一作“云”。

【注】

【原注】时官出在辋川庄。

屏居：《汉书》：“窦婴谢病，屏居蓝田南山下。”师古注：“屏，隐也。”

蓝田：《太平寰宇记》：“蓝田山，古华胥氏陵，在蓝田县西三十里，一名玉山，一名覆车山。郭缘生《述征记》云：‘山形如覆车之象也。’按后魏《风土记》云：‘山顶方二里，仙圣游集之所。刘福鸣学道于此。下有祠甚严。灞水之源出于此。’”

躬耕：《汉书》：“齐相雅行躬耕。”《后汉书》：“孟尝单身谢病，躬耕垄次。”

岁晏：《楚辞》：“岁既晏兮孰华予。”王逸注：“晏，晚也。”

输税：潘岳《秋兴赋》：“输黍稷之馀税。”

粢盛：《左传》：“粢盛丰备。”杜预注：“黍稷曰粢，在器曰盛。”

露晞：《诗》：“白露未晞。”毛苌《传》：“晞，干也。”

荆扉：陶潜诗：“白日掩荆扉。”

副瓜：《韵会》：“副，《说文》：‘判也。从刀，畐声。’引《周礼》‘副辜祭’。《广韵》：‘析也。’《礼记》：‘为天子削瓜者副之。’注：‘既削，又四析之，乃横断之。’或作‘疈’。今文《周礼》：‘以疈辜祭四方百物。’”

抓：《玉篇》：“抓，古华切，击也。”

厕：(谢灵运)〔陶潜〕诗：“招纳厕群英。”[1]《韵会》：“厕，次也。”

皤然：《南史》：“范缜年二十九，发白皤然。”

莞簟：《诗》：“下莞上簟。”郑康成笺：“莞，小蒲之席也。竹苇曰簟。”

班荆：《左传》：“伍举、声子遇于郑郊，班荆相与食，而言复故。”杜预注：“班，布也。布荆坐地。”

席藁：藁，禾秆。谓藉禾秆而坐。《史记》：“应侯席藁请罪。”

陂：《玉篇》：“陂，彼皮切。泽鄣也，池也。”孔安国《尚书传》：“泽障

[1] 此句出自晋陶潜《拟魏太子邺中集八首》之咏谢灵运篇，赵殿成误为谢灵运诗。

曰陂，停水曰池。”郑康成《礼记》注：“畜水曰陂，穿地通水曰池。”

素鲔：素鲔，非鳣鲔之鲔，似另是一种。高诱《淮南子》注：“鲔鱼，似鲤而大者是也。”

雨散：谢朓诗：“山川隔旧赏，朋僚多雨散。”

卷　二

古诗三十首

扶南曲歌词五首

其　一

翠羽流苏帐，春眠曙不开。
羞从面色起，娇逐语声来。
早向昭阳殿，君王中使催。

【注】

扶南曲：《杜氏通典》："隋炀帝平林邑国，获扶南工人及其匏瑟琴，陋不可用，但以天竺乐传写其声，而不齿乐部。"

翠羽：梁范静妻诗："明珠翠羽帐，金薄绿绡帷。"

流苏：左思《吴都赋》："张组帷，构流苏。"吕向注："流苏，五色羽饰帷而垂之 。"《海录碎事》："流苏者，乃盘线绘绣之球，五色错为之，同心而下垂者是也。"王冏诗："珠扉玳瑁床，绮席流苏帐。"

昭阳殿：《西京杂记》："赵飞燕女弟居昭阳殿。"《三辅黄图》："武帝时后宫八区，有昭阳、飞翔、增成、合欢、兰林、披香、凤凰、鸳鸯等殿。"

中使：《吴志·朱然传》："中使医药口食之物，相望于道。"沈约《齐安陆昭王碑文》："中使相望。"张铣注："天子私使曰中使。"

其　二

堂上青弦动①，堂前绮席陈。
齐歌卢女曲，双舞洛阳人。
倾国徒相看，宁知心所亲。

【校】

①青,《乐府诗集》作“清”。

【注】

青弦:鲍照诗:“靓妆坐帷里,当户弄青弦。”

绮席:阴铿诗:“佳人遍绮席。”《说文》:“绮,文缯也。”

卢女曲:《古今注》:“《雉朝飞》者,牧犊子所作也,其声中绝。魏武帝宫人有卢女者,故冠军将军阴叔之妹,年七岁,入汉宫学鼓琴,琴特鸣,异于诸妓,善为新声,能传此曲。”

洛阳人:谢朓诗:“要取洛阳人,共命江南管。”

倾国:《汉书》:“北方有佳人,绝世而独立。一顾倾人城,再顾倾人国。”

其 三

香气传空满,妆华影箔通。
歌闻天仗外,舞出御楼中。
日暮归何处,花间长乐宫①。

【校】

①秉恕按:郭茂倩《乐府诗集》所载《睦州歌》一首,即是诗前四句也。但改“气”作“风”,“满”作“陌”,“影箔通”作“映薄红”,“闻”作“声”,“出”作“态”,七字不同,句调遂劣。盖唐时乐曲多采才人名句,被之管弦而歌之,其声律不谐者,则改字就之,以叶宫商,不问其句调之雅俗故也。

【注】

长乐宫:《三辅黄图》:“长乐宫本秦之兴乐宫也,高帝居此宫,后太后常居之。”又《隋书·地理志》:“京兆郡大兴县有长乐宫。”

其 四

宫女还金屋，将眠复畏明。
入春轻衣好，半夜薄妆成。
拂曙朝前殿，玉墀多珮声。

【校】

①墀，《乐府诗集》作“除”。

【注】

金屋：《汉武故事》：“胶东王数岁，长公主抱置膝上，问曰：‘儿欲得妇否？’指左右长御百馀人，皆曰‘不用’，指其女：‘阿娇好否？’笑对曰：‘若得阿娇作妇，当作金屋贮之。’”

薄妆：宋玉《神女赋》：“嫷被服，侻薄妆。”沈约《丽人赋》：“来脱薄妆，去留馀腻。”

拂曙：庾信《对烛赋》：“莲帐寒檠窗拂曙，筠笼熏火香盈絮。”

前殿：成按：汉时长乐、未央、建章、甘泉诸宫皆有前殿，即正殿也。《玉海》：“周曰路寝，汉曰前殿。”

玉墀：鲍照诗：“璇闺玉墀上椒阁，文窗绣户垂罗幕。”

其 五

朝日照绮窗，佳人坐临镜。
散黛恨犹轻，插钗嫌未正。
同心勿遽游，幸待春妆竟。

【注】

绮窗：左思《蜀都赋》：“列绮窗而瞰江。”吕向注：“绮窗，彫画若绮也。”陆机诗：“邃宇列绮窗。”张铣注：“绮窗，窗为锦绮之文也。”梁武帝《子夜歌》：“朝日照绮窗，光风动纨罗。”

散黛：昭明太子诗：“散黛随眉广，胭脂逐脸生。”

春妆：沈约诗："斜簪映秋水，开镜比春妆。"

从军行

吹角动行人，喧喧行人起。
笳悲马嘶乱①，争渡金河水②。
日暮沙漠垂，战声烟尘里③。
尽系名王颈④，归来报天子⑤。

【校】

①悲，《文苑英华》作"应"，《乐府诗集》作"鸣"。

②金，一作"黄"。

③战声，《文苑英华》作"力战"。

④名王，《文苑英华》作"蕃王"，一作"名蕃"。

⑤报，顾可久本作"献"，凌本作"见"。

【注】

从军行：按，《乐府诗集》：王僧虔《技录平调》七曲，其六曰《从军行》。《乐府解题》曰："《从军行》，皆军旅辛苦之辞。"

角：《宋书》："角，书、记所不载。或云出羌胡，以惊中国马。或云出吴越。"

金河：《杜氏通典》："云中郡地有金河，上承紫河及众水，又南流入河。"《太平寰宇记》："《郡国志》云：云中郡有紫河镇，界内有金河水，其泥色紫，故曰'金河'。"又云："金河在振武军金河县西北。"高居诲《使于阗记》："西北五百里至肃州，渡金河，西百里，出天门关。"

沙漠垂：《唐六典》注："沙漠在丰、胜二州之北。"曹植诗："扬声沙漠垂。"卢谌诗："北眺沙漠垂。"刘良注："沙漠，流沙也。垂，边也。"

名王颈：《汉书·贾谊传》："行臣之计，请必系单于之颈而制其命。"又《宣帝纪》："匈奴单于遣名王奉献。"师古曰："名王者，谓有大名，以别诸小王也。”又《陈汤传》：“至今无名王大人见将军受事者。”师古曰：“名王，诸王之贵者。”

陇西行

十里一走马，五里一扬鞭。
都护军书至，匈奴围酒泉。
关山正飞雪，烽戍断无烟①。

【校】

①戍，一作“火”。

【注】

陇西行：《乐府诗集·瑟调曲》有《陇西行》，一曰《步出夏门行》。《乐府解题》曰：“古辞云‘天上何所有，历历种白榆’，始言妇有容色，能应门承宾，次言善于主馈，终言送迎有礼。若梁简文‘陇西战地’，但言辛苦征战、佳人怨思而已。《通典》曰：‘秦置陇西郡，以居陇坻之西为名。后魏兼置渭州。’《禹贡》曰‘导渭自鸟鼠同穴’，即其地也。今首阳山亦在焉。”按，右丞是作亦与简文同意，不合古辞也。

都护：《汉书》：“郑吉以侍郎田渠黎，积谷，因发诸国兵攻破车师，迁卫司马，使护鄯善以西南道。神爵中，日逐王先贤掸降汉，威震西域，遂并护车师以西北道，故号都护。都护之置自吉始焉。”师古曰：“都，犹总也，言总护南北之道。”

军书：《汉书》：“军书交驰而辐凑。”

酒泉：《汉书·武帝纪》：“征和三年，匈奴入五原、酒泉，杀两都尉。”又《地理志》：“酒泉郡，武帝太初元年开。”应劭曰：“其水若酒，故曰酒泉也。”师古曰：“旧俗传云：城下有金泉，泉味如酒。”

早春行

紫梅发初遍，黄鸟歌犹涩。
谁家折杨女，弄春如不及。
爱水看妆坐，羞人映花立。
香畏风吹散，衣愁露沾湿。
玉闺青门里，日落香车入。
游衍益相思，含啼向彩帷。
忆君长入梦，归晚更生疑。
不及红檐燕，双栖绿草时。

【注】

黄鸟：陆玑《诗疏》：“黄鸟，黄鹂留也。或谓之黄栗留，幽州人谓之黄莺。一名仓庚，一名商庚，一名鵹黄，一名楚雀。齐人谓之抟黍。当葚熟时，来在桑间，故里语曰：‘黄栗留，看我麦黄葚熟不。’亦是应节趋时之鸟也。”

看妆：庾肩吾《美人》诗：“看妆畏水动，敛袖避风吹。”

青门：《三辅黄图》：“长安城东出南头第一门曰霸城门，民见门色青，名曰青城门，或曰青门。”

游衍：谢朓《登山曲》：“王孙尚游衍，蕙草正萋萋。”

赠裴迪

不相见，不相见来久。
日日泉水头，常忆同携手。
携手本同心，复叹忽分衿。
相忆今如此，相思深不深。

【注】

裴迪:《唐诗纪事》:"裴迪初与王维、崔兴宗俱居终南。天宝后,为蜀州刺史,与杜甫交善。"《唐诗品汇》:"裴迪,关中人。"

瓜园诗并序

维瓜园高斋,俯视南山形胜,二三时辈同赋是诗,兼命词英数公,同用"园"字为韵,韵任多少①。时太子司议郎薛璩发此题,遂同诸公云。

余适欲锄瓜,倚锄听叩门。
鸣驺导骢马,常从夹朱轩。
穷巷正传呼,故人傥相存。
携手追凉风,放心望乾坤。
蔼蔼帝王州,宫观一何繁。
林端出绮道,殿顶摇华幡②。
素怀在青山,若值白云屯。
回风城西雨,返景原上村。
前酌盈樽酒,往往闻清言。
黄鹂转深木,朱槿照中园③。
犹羡松下客,石上闻清猿。

【校】

①刘本、顾可久本俱少一"韵"字,又误"任"字作"住"字,不成句。

②摇,顾元纬本、凌本俱作"播"。

③中,一本作"空"。

【注】

司议郎:《唐六典》:"太子司议郎四人,正六品上。"

薛璩:《唐诗纪事》作"薛据",云:"薛据与王摩诘、杜子美最善。子美有《喜薛三据授司议郎》诗云：‘文章开窔奥，迁擢润朝廷。’又有《寄薛三郎中》诗云：‘与子俱白头，役役常苦辛。虽为尚书郎，不及村野人。天未厌戎马，我辈本常贫。子尚客荆州，我亦滞江滨。闻子心甚壮，所过信席珍。赋诗宾客间，挥洒动八垠。乃知盖代手，才力老益神。’其略如此。”又云：“薛据，河中宝鼎人。中书舍人文思曾孙。父元晖，什邡令。开元、天宝间，据与弟播、揔相继登科，终礼部侍郎。”成按：《工部集》《秦州见敕目薛三璩授司议郎》云云，本是“璩”字，与右丞同，疑薛据、薛璩本是二人，《纪事》误作一人。钱牧斋《杜诗笺注》谓“薛三璩”当刊作“薛三据”，非也。薛据以天宝六(年)〔载〕风雅古调科及第，见《唐会要》。后为尚书水部郎中，赠给事中，见韩昌黎《薛君公达墓志铭》，刘昫《唐书》亦附见《薛播传》中，俱不言其为司议郎。

鸣驺：《南史·到溉传》：“恒鸣驺枉道以相存问。”《北山移文》：“鸣驺入谷，鹤书赴垄。”章怀太子《后汉书》注：“驺，骑士也。”

骢马：《后汉书》：“桓典举高第，拜侍御史。常乘骢马，京师畏惮，为之语曰：‘行行且止，避骢马御史。’”

常从：《吴志》：“孙权亲乘马射虎于庱亭，常从张世击以戈，获之 。”《魏略》曰：“临淄侯植因呼常从取水。”

朱轩：《尚书大传》：“未命为士，不得朱轩。”郑康成曰：“轩，舆也。士以朱饰之 。”张景阳诗：“朱轩曜金城，供帐临长衢。”刘良注：“朱轩，公卿车也。”

穷巷：《汉书》：“生于穷巷之中，长于蓬茨之下。”

传呼：《汉书·萧望之传》：“下车趋门，传呼甚宠。”师古注：“传呼，传声而呼也。”

相存：魏武帝诗：“越陌度阡，枉用相存。”李周翰注：“存，问也。”

白云屯：谢灵运诗：“岩高白云屯。”李周翰注：“屯，聚也。”

返景：刘孝绰诗：“返景入池林。”《初学记》：“日西落，光返照于东，谓之返景。”

清言：《晋书》：“郭象少有才理，好老庄，能清言。”

朱槿:《南方草木状》:"朱槿花,茎叶皆如桑,叶光而厚。树高止四五尺,而枝叶婆娑。自(三)〔二〕月开花,至中冬即歇。其花深红色,五出,大如蜀葵。有蕊一条,长于花。叶上缀金屑,日光所烁,疑若焰生。一丛之上,日开数百朵。朝开暮落。插枝即活。出高凉郡,一名赤槿,一名日及。"

同卢拾遗韦给事东山别业二十韵给事首春休沐维已陪游及乎是行亦预闻命会无车马不果斯诺[①]

托身侍云陛,昧旦趋华轩[②]。
遂陪鹓鸿侣,霄汉同飞翻。
君子垂惠顾,期我于田园。
侧闻景龙际,亲降南面尊。
万乘驻山外,顺风祈一言。
高阳多夔龙,荆山积玙璠。
盛德启前烈,大贤钟后昆。
侍郎文昌宫,给事东掖垣。
谒帝俱来下,冠盖盈丘樊。
闺风首邦族,庭训延乡村。
采地包山河,树井竟川原。
岩端回绮槛,谷口开朱门。
阶下群峰首,云中瀑水源。
鸣玉满春山,列筵先朝暾。
会舞何飒踏,击钟弥朝昏。
是时阳和节,清昼犹未暄。
蔼蔼树色深,嘤嘤鸟声繁。
顾已负宿诺,延颈惭芳荪。
蹇步守穷巷,高驾难攀援。

素是独往客，脱冠情弥敦。

【校】

①韦，一本作“章”，非。

②旦，刘本、顾可久本俱作“早”，非。

【注】

拾遗：《唐书·百官志》：门下省有左拾遗六人，中书省有右拾遗六人，皆从八品上。

给事：《唐书·百官志》：门下省有给事中四人，正五品上。

韦恒：按，刘昫《唐书·韦嗣立传》：“嗣立有三子，皆知名。长曰孚，官至左司员外郎。次曰恒，开元初为砀山令，擢拜殿中侍御史，历度支左司等员外、太常少卿、给事中。二十九年，为陇右道河西黜陟使。出为陈留太守。次曰济，开元初，为鄄城、醴泉令，三迁库部员外郎。二十四年，为尚书户部侍郎，转太原尹。天宝七载，为河南尹，迁尚书左丞，出为冯翊太守。”右丞所谓给事侍郎者，正指恒、济兄弟。

东山别业：刘昫《唐书》：“景龙三年十二月庚子，幸兵部尚书韦嗣立庄，封嗣立为逍遥公，上亲制序赋诗。”又《韦嗣立传》：“嗣立尝于骊山构营别业，中宗亲往幸焉，自制诗序，令从官赋诗，赐绢二千匹。因封嗣立为逍遥公，名其所居为清虚原幽栖谷。”《唐诗纪事》：“韦嗣立庄在骊山鹦鹉谷，中宗幸之。嗣立献食百舆及木器藤盘等物。上封为逍遥公，谷为幽栖谷，原为清虚原。中宗留诗，从臣属和，嗣立并镌于石，请张说为之序，薛稷书之。”张说《东山记》曰：“兵部尚书、同中书门下三品、修文馆大学士韦公，体含贞静，思叶幽旷。虽翊亮廊庙，而缅怀林薮。东山之曲，有别业焉。岚气入野，榛烟出谷。石潭竹岸，松斋药畹，虹泉电射，云木虚吟，恍惚疑梦，间关忘术。兹所谓丘壑夔龙，衣冠巢许。幸温泉之岁也，皇上闻而赏之，乃命掌舍设帟，金吾划次，太官载酒，奉常抱乐。停舆辇于青霭，伫翚褕于紫氛。百神朝于谷中，千官饮乎池上。缇骑环山，朱旆焰野。纵观空巷，途歌传壑。是日，即席拜公逍遥公，名其居曰清虚原幽栖谷。景移乐极，天子赋诗，皇后帝女，宫嫔邦媛，歌焉和焉，以宠德也。加以中宫敦序，谓我诸兄，引内子于重幄，见儿童于行殿，家人之礼优，《棠棣》之诗作。于是实其筐筥，下以昭忠信之献；赍其束帛，上以示慈惠之恩。朝野欢并，君臣义洽。夫飞翠华，历崁岭，至道之主也；纡紫绶，期赤松，素履之辅也。千载一时，难乎此遇。故两曜合舍，众星聚德，雅道光华，高风允塞，寒谷煦景，窍崖润色。猗欤盛事，振古未有，篆之元石，贻厥后代。"

首春：梁元帝《纂要》："孟春曰首春。"

休沐：《汉书》："张安世精力于职，休沐未尝出。"《初学记》："休假亦曰休沐。《汉律》：吏五日得一下沐，言休息以洗沐也。"成按：唐制：十日一休沐。韦应物诗"九日驱驰一日闲"、白乐天《郡斋旬假》诗"公门日两衙，公假日三旬。衙用决簿领，旬以会亲宾"是矣。

托身：颜延年诗："托身侍天阙。"谢灵运诗："托身青云上。"李周翰注："托，寄也。"

云陛：云陛，天子殿陛。左思《七略》："闿甲第之广袤，建云陛之嵯峨。"

昧旦：《左传》："昧旦丕显。"

华轩：潘岳诗："优游省闼，珥笔华轩。"吕向注："华轩，殿上曲栏也。"

霄汉：《后汉书·仲长统传》："则可以凌霄汉、出宇宙之外矣。"

飞翻：王仲宣诗："苟非鸿雕，孰能飞翻。"

顺风：《庄子》："广成子南首而卧，黄帝顺下风膝行而进，再拜稽首而问曰：'闻吾子达于至道，敢问治身奈何而可以长久？'"

高阳：《左传》："昔高阳氏有才子八人，苍舒、隤敳、梼戭、大临、龙降、庭坚、仲容、叔达，齐圣广渊，明允笃诚，天下之民谓之八恺。"

荆山：《杜氏通典》："虢州湖城县有荆山，出美玉。"

玙璠：《说文》："玙璠，鲁之宝玉。"

文昌宫：荀绰《晋百官表注》曰："尚书为文昌天府，众务渊薮。"《鼠璞》："今以六曹尚书为文昌。"成按：《晋书·天文志》："文昌六星在北斗魁前，天之六府也。"天子六曹，尚书似之，故以"文昌"为尚书美称。

东掖垣：成按：掖垣谓掖门之垣，唐时宣政殿前有两庑，两庑之掖门，东曰日华，日华之外则门下省；西曰月华，月华之外则中书省。《唐书》“权德舆独直两省，数旬一还舍，乃上书言：‘左右掖垣，承天子诰命，奉行详覆，各有攸司’”云云，正指门下、中书二省而言，以其皆在掖垣之侧也。中书省在西，谓之西掖垣；门下省在东，谓之东掖垣。给事中属门下省。

谒帝：曹植诗：“谒帝承明庐。”

丘樊：《宋书·隐逸传》：“放情江海，取逸丘樊。”谢庄《月赋》：“臣东鄙幽介，长自丘樊。”刘良注：“丘园樊篱也。”

采地：《汉书》：“此卿大夫采地之大者也。”颜师古注：“采，官也，因官食地，故曰采地。”《尔雅》曰：“采寮，官也。”《韩诗外传》：“古者天子为诸侯受封，谓之采地。”

绮槛：王勃《七夕赋》：“珠栊绮槛北风台，绣户雕窗南向开。”

朱门：《演繁露》：“后世诸侯王及达官所居之屋，皆饰以朱，故号曰朱门，又曰朱邸也。”

群峰首：谢灵运诗：“遂登群峰首，邈若升云烟。”

瀑水：《长安志》：“唐韦嗣立构别庐于骊山凤凰原鹦鹉谷，有重崖洞壑，飞流瀑水。”

鸣玉：《国语》：“赵简子鸣玉以相。”

列筵：谢灵运诗：“列筵皆静寂。”李延济注：“列筵，谓四座也。”

朝暾：谢灵运诗：“晚见朝日暾。”李周翰注：“暾日初出貌。”

飒踏：鲍照诗：“珠履飒踏纨袖飞。”

击钟：《左传》：“左师每食击钟。”

阳和：《史记》：“时在中春，阳和方起。”

嘤嘤：郑康成《毛诗笺》：“嘤嘤，两鸟声也。”扬雄《羽猎赋》：“王雎关关，鸿雁嘤嘤。”师古注：“嘤嘤，相命声也。”

延颈：《列子》：“莫不延颈举踵而愿安利之 。”

芳荪：《说文》：“荪，香草也。”《史记索隐》：“荪草似菖蒲而无脊，生溪涧中。音孙。”谢灵运诗：“乘月听哀狖，浥露馥芳荪。”

高驾: 刘孝绰诗:"高驾何由来。"

和使君五郎西楼望远思归

高楼望所思，目极情未毕。
枕上见千里，窗中窥万室。
悠悠长路人，暧暧远郊日。
惆怅极浦外，迢递孤烟出。
能赋属上才，思归同下秩。
故乡不可见，云外空如一①。

【校】

①外,《文苑英华》作"水"。

【注】

目极:《楚辞》:"目极千里兮伤春心。"

情未毕: 谢灵运诗:"行源径转远,距陆情未毕。"

暧暧: 王逸《楚辞章句》:"暧暧,暗昧貌。"

迢递: 谢灵运诗:"迢递瞰高峰。"张铣注:"迢递,高远貌。"

能赋: 毛苌《诗传》:"升高能赋,师旅能誓。"

下秩:《后汉书》:"体兼上才,荣微下秩。"

酬黎居士淅川作

侬家真个去，公定随侬否。
着处是莲花，无心变杨柳。
松龛藏药裹，石唇安茶臼。
气味当共知，那能不携手。

【注】

【原注】昙壁上人院走笔成。

淅川：后魏置淅川县，本汉时析县地，以地有淅水取名，《晋书·桓温传》“步自淅川，以征关中”是也。后周并入内乡县。

侬：《玉篇》：“侬，奴冬切。吴人称我是也。”

松龛：庾肩吾诗：“松龛(彻)〔撤〕暮俎，枣径落寒丛。”

药裹：“药裹”字，唐诗人如杜甫辈皆屡用之。考《汉书·外戚列传》“武发篋中有裹药二枚”，当是出于此也。

奉寄韦太守陟

荒城自萧索，万里山河空。
天高秋日迥，嘹唳闻归鸿。
寒塘映衰草，高馆落疏桐。
临此岁方晏，顾景咏悲翁①。
故人不可见，寂寞平林东。

【校】

①咏，《唐诗品汇》作“问”。

【注】

韦陟：按，刘昫《唐书》韦陟本传：“陟累官吏部侍郎，为李林甫所忌，出为襄阳太守，历陈留采访使，以亲累贬钟离太守，寻移河东太守。肃宗即位，起为吴郡太守，累官吏部尚书。因宗人伐墓柏，坐不能禁，出为绛州刺史。”凡五为太守。右丞寄此诗时，不知为何郡太守也。本传云：“陟丁父忧，居丧过礼。自此杜门不出八年。与弟斌相劝励，探讨典坟，不舍昼夜，文华当代，俱有盛名，于时才名之士王维、崔颢、卢象等，常与陟唱和游处。”

嘹唳：陶弘景诗：“凄切嘹唳伤夜情。”《韵会》：“嘹，唳雁声。”

寒塘：何逊诗：“露湿寒塘草。”

疏桐：梁元帝诗："楼前飘密柳，井上落疏桐。"

岁方晏：谢庄《月赋》："月既没兮露欲晞，岁方晏兮无与归。"

悲翁：按，《宋书》汉鼓吹铙歌十八曲，二曰《思悲翁》。陆机《鼓吹赋》："咏悲翁之流思。"沈炯诗："杖策寻遗老，歌啸咏悲翁。"庾信《竹杖赋》："拉虎捭熊，予犹稚童；观形察貌，子实悲翁。"

平林：毛苌《诗传》："平林，林木之在平地者也。"

林园即事寄舍弟纮

寓目一萧散，消忧冀俄顷。
青草肃澄陂①，白云移翠岭。
后浦通河渭②，前山包鄢郢。
松含风里声，花对池中影。
地多齐后疟③，人带荆州瘿。
徒思赤笔书，讵有丹砂井。
心悲常欲绝，发乱不能整。
青簟日何长，闲门昼方静。
颓思茅檐下，弥伤好风景。

【校】

①陂，一本作"波"。

②浦，二顾本、凌本俱作"沔"，非。

③疟，顾元纬本、凌本俱作"痎"，非。

【注】

寓目：《左传》："得臣与寓目焉。"杜预注："寓，寄也。"

萧散：江淹诗："萧散得遗虑。"

鄢郢：《史记正义》："鄢在襄州夷道县南九里，郢在荆州江陵县东六里。"成按：鄢、郢二地，在唐时襄阳宜城县，故楚之鄢郡也；荆州江陵县，故楚之郢都也。

齐后疟：《晏子春秋》：“景公疥且疟，期年不已。”

荆州瘿：《晋书》：“杜预拜镇南大将军，都督荆州诸军事，攻江陵。吴人知预病瘿，惮其智计，以瓠系狗颈示之。每大树似瘿，辄斫使白，题曰‘杜预颈’。”《博物志》：“山居之民多瘿肿疾，由于饮泉之不流者，今荆南诸山郡东多此疾。”

赤笔书：二顾注俱引《汉官仪》：“尚书丞、郎月给赤管大笔一双。”可久氏并解其下云：“谓昔仕朝时。”成谓非是，“赤笔书”当作仙书符篆之解。《魏书·释老志》所谓“丹书紫字”，《云笈七签》所谓“紫书，紫笔缮文”之类是也。

丹砂井：《抱朴子》：“余亡祖鸿胪少时曾为临沅令，云此县有廖氏家，世世寿考，或出百岁，或八九十。后徙去，子孙转夭折。他人居其故宅，复如旧，后累世寿考。由此乃觉是宅之所为，而不知其何故，疑其井水殊赤，乃试掘井左右，得古人埋丹砂数十斛，去数尺，此丹砂汁因泉渐入井，是以饮其水而得寿。”

青簟：江淹《别赋》：“夏簟青兮昼不暮，冬釭凝兮夜何长。”

颓思：《抱朴子》：“愍俗者，所以痛心而长慨；忧道者，所以含悲而颓思也。”

茅檐：陶潜诗：“繿缕茅檐下。”

后浦，诸本俱误作“后沔”，惟刘须溪本是“浦”字，顾元纬因沔、鄢、郢、荆州诸字俱是楚地，遂于题下注云：“公次荆州时作。”成按：沔水不通河、渭，虽《禹贡》梁州贡道有“逾于沔，入于渭，乱于河”之文，孔颖达云：“计沔在渭南五百馀里，故越沔陆行而北入渭，渭水入河，故浮渭而东。帝都在河之东，故渡河陆行而还帝都。”则是言其水陆相间而行之道，如此非谓其一水通流也。其为“浦”字之误明甚。鄢、郢虽是楚地，然前山则指秦地之山，而言与《送李太守赴上洛》诗云“商山包楚邓，积翠霭沉沉”文意一例，“荆州”与“齐后”对用，是引故事，非实指楚地。参互考之，非次荆州时作也。

赠从弟司库员外絿

少年识事浅，强学干名利。
徒闻跃马年，苦无出人智。
即事岂徒言，累官非不试。
既寡遂性欢，恐招负时累。
清冬见远山，积雪凝苍翠。
皓然出东林，发我遗世意。
惠连素清赏，夙语尘外事。
欲缓携手期，流年一何驶。

【注】

司库：成按：《唐六典》：兵部属官有库部员外郎一人，从六品上。龙朔二年改为司库，咸亨元年复。故则右丞时不复有司库之名矣。而犹袭用之者，当是取其名雅驯之故，与中书省之称“紫微”、门下省之称“黄门”同一例也。

跃马年：《史记》：“蔡泽曰：‘吾持粱刺齿肥，跃马疾驱，怀黄金之印，结紫绶于要，揖让人主之前，食肉富贵，四十三年足矣。’”

惠连：《宋书》：“谢惠连幼而聪敏，年十岁，能属文，族兄灵运深相知赏。”

尘外：《晋书·谢安传论》：“文靖始居尘外，高谢人间。”《梁书》：“征士何点，居贞物表，纵心尘外。”

驶：潘岳诗：“叹彼年往驶。”张铣注：“驶，急也。”

座上走笔赠薛璩慕容损

希世无高节，绝迹有卑栖。
君徒视人文，吾固和天倪。

缅然万物始，及与群物齐①。
分地依后稷，用天信重黎②。
春风何豫人，令我思东溪。
草色有佳意，花枝稍含荑。
更待风景好，与君藉萋萋。

【校】

①物，顾元纬本、凌本俱作“牧”，非。

②信，一作“奉”。

【注】

希世：《庄子》：“希世而行，比周而友。”《汉书》：“公孙弘希世用事，位至公卿。”陆机诗：“希世无高符。”李善注：“希世，随世也。”

绝迹：曹植《与杨德祖书》：“然此数子，犹复不能飞（鶱）〔騫〕绝迹，一举千里也。”

卑栖：郦炎诗：“修翼无卑栖，远趾不步局。”

人文：《周易》：“观乎人文，以化成天下。”孔颖达正义：“言圣人观察人文，则诗书礼乐之谓，当法此教而化成天下也。”

天倪：《庄子》：“和之以天倪。”郭象注：“天倪者，自然之分也。”

万物始：《史记》：“此老子之所谓‘无名者，万物之始也’。”

后稷：陆贾《新语》：“民知室居食谷，而未知功力。于是后稷乃列封疆，画畔界，以分土地之所宜；辟土殖谷，以用养民；种桑麻，致丝枲，以蔽形体。”

重黎：《史记》：“昔在颛顼，命南正重以司天，北正黎以司地。唐虞之际，绍重黎之后，使复典之，至于夏商，故重黎氏世序天地。”

荑：《韵会》：“荑，卉木初生叶貌。”

萋萋：孙绰《游天台山赋》：“藉萋萋之纤草。”李善注：“以草荐地而坐曰藉。”吕延济注：“萋萋，草美貌。”

赠李颀

闻君饵丹砂，甚有好颜色。
不知从今去，几时生羽翼。
王母翳华芝，望尔昆仑侧。
文螭从赤豹，万里方一息①。
悲哉世上人，甘此羶腥食。

【校】

①顾元纬本、凌本俱作“万里走方息”。

【注】

李颀：《唐诗品汇》：“李颀，东川人。开元十三年，贾季邻榜进士，调新乡县尉。有集传于世。”

羽翼：魏文帝诗：“服药四五日，身轻生羽翼。”

翳华芝：扬雄《甘泉赋》：“乃登夫凤凰兮而翳华芝。”颜师古注：“翳，蔽也。以华(之)〔芝〕为蔽也。”李善注：“翳，隐也。华芝，盖也。言以华盖自翳也。”

昆仑：《山海经》：“西海之南，流沙之滨，赤水之后，黑水之前，有大山，名曰昆仑之丘。其下有弱水之渊环之，其外有炎火之山，投物辄然。有人戴胜，虎齿，有豹尾，穴处，名曰西王母。”《水经注》：“昆仑墟在西北，去嵩高五万里。地之中也。其高万一千里。”

赤豹：《楚辞》：“乘赤豹兮从文狸。”

螭：《说文》：“螭，若龙而黄。北方谓之地蝼。从虫离声。或云：无角曰螭。丑知切。”

羶腥：《汉武外传》：“绝五谷，去羶腥。”嵇康《绝交书》：“手荐鸾刀，漫之羶腥。”

赠刘蓝田[1]

篱中犬迎吠[2]，出屋候柴扉[3]。
岁晏输井税，山村人夜归。
晚田始家食[4]，馀布成我衣。
讵肯无公事，烦君问是非[5]。

【校】

①此诗亦载《卢象集》中。

②中，《河岳英灵集》、《唐文粹》俱作“间”。

③柴，《河岳英灵集》、《唐文粹》俱作“荆”。

④食，《唐文粹》作“熟”。

⑤卢集作“对此能无忆，劳君问是非”。○又“问”字，顾元纬本作“闻”。

【注】

蓝田：《唐书·地理志》：京兆府有蓝田县。

赠房卢氏琯

达人无不可，忘己爱苍生。
岂复小千室[1]，弦歌在两楹。
浮人日已归，但坐事农耕。
桑榆郁相望，邑里多鸡鸣[2]。
秋山一何净，苍翠临寒城。
视事兼偃卧，对书不簪缨。
萧条人吏疏[3]，鸟雀下空庭。
鄙夫心所向[4]，晚节异平生。
将从海岳居，守静解天刑。

或可累安邑，茅茨君试营。

【校】

①小，顾元纬本、《唐诗正音》俱作“少”。千，顾可久本作“十”，误。

②里，顾元纬本作“地”，非是。

③疏，凌本作“散”，《唐诗品汇》作“稀”。

④向，一作“尚”。

【注】

房琯：刘昫《唐书》：“房琯应堪任县令举，授虢州卢氏令，政多惠爱，人称美之。”

卢氏：《唐书·地理志》：“虢州弘农郡有卢氏县，武德元年置。”

达人：贾谊《鹏赋》：“达人大观兮物无不可。”

两楹：张景阳诗：“制胜在两楹。”刘良注：“两楹，谓阶间也。”

视事：《汉书·王尊传》：“今太守视事已一月矣。”

偃卧：《列子》：“纪昌归，偃卧其妻之机下。”谢灵运诗：“偃卧任纵诞。”

空庭：谢灵运诗：“虚馆绝诤讼，空庭来鸟雀。”

晚节：谢灵运诗：“晚节值众贤。”李周翰注：“晚节，暮年也。”

守静：《后汉书》：“羊续坐党事，禁锢十馀年，幽居守静。”《晋书》：“王湛阖门守静，不交当世。”

天刑：《晋书》：“虔纠天刑，致之诛辟。”

累安邑：《高士传》：“闵贡，字仲叔，太原人也。世称节士，客居安邑，老病家贫，不能得肉，日买猪肝一片，屠者或不肯与。邑令闻，敕吏常给焉。仲叔怪问之，乃叹曰：‘闵仲叔岂以口腹累安邑耶？’遂去，客沛，以寿终。”

茅茨：《汉书》：“茅茨不剪。”师古曰：“屋盖曰茨。茅茨，以茅覆屋也。”

赠祖三咏

蟏蛸挂虚牖，蟋蟀鸣前除。

岁晏凉风至，君子复何如。
高馆阒无人①，离居不可道。
闲门寂已闭，落日照秋草。
虽有近音信，千里阻河关。
中复客汝颍，去年归旧山。
结交二十载，不得一日展。
贫病子既深，契阔余不浅。
仲秋虽未归，暮秋以为期。
良会讵几日，终自长相思②。

【校】

①馆，凌本作“阁”。

②自，二顾本、凌本俱作“日”，误。

【注】

【原注】济州官舍作。

祖咏：《唐诗品汇》：“祖咏，洛阳人。开元十三年进士。张说引为驾部员外郎。集一卷。”

蟏蛸：郭璞《尔雅》注：“蟏蛸，小蜘蛛长脚者，俗呼为喜子。”陆玑《诗疏》：“蟏蛸，长踦，一名长脚。荆州、河内人谓之‘喜母’。此虫来着人衣，当有亲客至，有喜也，幽州人谓之‘亲客’，亦如蜘蛛为罗网居之，是也。”

虚牖：《韵会》：“牖，《说文》：‘穿壁以木为交窗也。从片，扁声。’徐曰：‘但穿明则为窗。牖者，更以木为交棂也。’古者一室一户一牖。一曰在墙曰牖。”

蟋蟀：陆玑《诗疏》：“蟋蟀，似蝗而小，正黑，有光泽如漆，有角翅。一名蛬，一名青蛚，楚人谓之王孙，幽州人谓之趋织，督促之言也。里语曰‘趣织鸣，懒妇惊’是也。”

前除：谓阶除之前。王勃诗：“颓华临曲磴，倾影赴前除。”

阒：《说文》：“阒，静也。”《玉篇》：“阒，苦壁、古觅二切。静无人也。”潘岳《怀旧赋》:“空馆阒其无人。”

离居:《楚辞》:“将以遗兮离居。”

汝颍:《唐书·地理志》:“汝州临汝郡、颍州汝阴郡,皆隶河南道。”

契阔: 毛苌《诗传》:“契阔,勤苦也。”

良会: 曹植《洛神赋》:“悼良会之永绝兮。”

长相思:《古诗》:“上言长相思,下言久离别。”

春夜竹亭赠钱少府归蓝田

夜静群动息，时闻隔林犬。
却忆山中时，人家涧西远。
羡君明发去，采蕨轻轩冕。

【注】

钱起:《唐书》:“钱起,吴兴人。天宝中举进士。与郎士元齐名,时语曰:‘前有沈、宋,后有钱、郎。’终考功郎中。”不言其为少府。洎考起集中,有《初黄绶赴蓝田县作》诗一首,知史阙载也。

少府:《清波杂志》:“古治百里之邑,令拊其俗,尉督其奸,故令曰明府,尉曰少府。”《嬾真子》:“令呼明府,故尉呼少府,以亚于县令。”

群动息: 陶潜诗:“日入群动息。”

明发: 孔颖达《毛诗正义》:“夜地而闇,至旦而明。明地发后,谓之明发也。”

蕨: 陆玑《诗疏》:“蕨,鳖也,山菜也。周、秦曰蕨,齐、鲁曰鳖。初生似蒜,茎紫黑色,可食如葵。”

轩冕: 谢朓诗:“志狭轻轩冕。”杜预《左传注》:“轩,大夫车。”《说文》:“冕,大夫以上冠也。”

酬王维春夜竹亭赠别

钱 起

山月随客来，主人兴不浅。
今宵竹林下，谁觉花源远。
惆怅曙莺啼，孤云还绝巘。

【注】

绝巘：张协《七命》："于是登绝巘，遡长风。"张铣注："绝巘，高山也。"《广韵》"巘，山峰也。"

戏赠张五弟諲三首①

其 一

吾弟东山时，心尚一何远②。
日高犹自卧，钟动始能饭。
领上发未梳③，床头书不卷。
清川兴悠悠，空林对偃蹇④。
青苔石上净，细草松下软。
窗外鸟声闲，阶前虎心善。
徒然万像多⑤，澹尔太虚缅。
一知与物平，自顾为人浅。
对君忽自得，浮念不烦遣。

【校】

①凌本无"戏"字。一本有"时在常乐东园走笔成"九字注。

②一，《唐诗正音》、《唐诗品汇》俱作"亦"。

③领，《唐诗品汇》作"头"。

④《唐诗品汇》作"空林时对偃"。

⑤像，凌本、《唐诗品汇》俱作“虑”。

【注】

东山：《晋书》：“谢安累违朝旨，高卧东山。”《南史》：“何胤、谢朏并隐东山。”

缅：《广韵》：“缅，远也。”

其　二

张弟五车书，读书仍隐居。
染翰过草圣，赋诗轻子虚。
闭门二室下，隐居十年馀。
宛是野人也①，时从渔父鱼②。
秋风日萧索③，五柳高且疏。
望此去人世，渡水向吾庐。
岁晏同携手，只应君与予。

【校】

①也，一作“野”。

②鱼，一作“渔”。

③日，一作“自”。

【注】

五车书：《庄子》：“惠施多方，其书五车。”

染翰：谢惠连诗：“朋来当染翰。”刘良注：“翰，笔也。”

子虚：《西京杂记》：“司马相如为《上林》、《子虚赋》，意思萧散，不复与外事相关。控引天地，错综古今，忽然而睡，焕然而兴，几百日而后成。”

二室：《初学记》：“嵩高山者，五岳之中岳也。戴延之《西征记》云：‘其山东谓太室，西谓少室，相去十七里。嵩高，总名也。谓之室者，以其下各有石室焉。少室高八百六十丈，上方十里，与太室相埒，但小耳。’”《水经注》：“合而言之为嵩高，分而名之为二室，西南为少室，东北为太室。”

五柳：《晋书》："陶潜尝著《五柳先生传》以自况，曰：'先生不知何许人，不详姓字。宅边有五柳树，因以为号焉。'"

其　三

设置守麑兔，垂钓伺游鳞。
此是安口腹，非关慕隐沦。
吾生好清静，蔬食去情尘。
今子方豪荡，思为鼎食人。
我家南山下，动息自遗身。
入鸟不相乱，见兽皆相亲。
云霞成伴侣，虚白侍衣巾。
何事须夫子，邀予谷口真。

【注】

设置：鲍照诗："伐木清江湄，设置守麑兔。"吕向注："置，网也。"毛苌《诗传》："麑兔，狡兔也。"

游鳞：潘岳《闲居赋》："游鳞瀺灂，菡萏敷披。"

隐沦：谢朓诗："隐沦既已托。"李周翰注："隐沦，隐逸也。"

情尘：王中《头陀寺碑文》："爱流成海，情尘为岳。"

鼎食：张衡《西京赋》："击钟鼎食，连骑相过。"

入鸟不乱：《庄子》："入兽不乱群，入鸟不乱行。鸟兽不恶，而况人乎？"

虚白：《庄子》："瞻彼阕者，虚室生白。"陆德明注："崔譔云：'白者，日光所照也。'司马彪云：'室比喻心，心能虚空，则纯白独生也。'"《淮南子》："虚室生白，吉祥止也。"高诱注："虚，心也；室，身也；白，道也。能虚其心以生于道。道性无欲，吉祥来止舍也。"

谷口真：《高士传》："郑朴，字子真，谷口人也。修道静默，世服其清高。成帝时，元舅大将军王凤以礼聘之，遂不屈。扬雄盛称其德曰：'谷口郑子真耕于岩石之下，名振京师。’”

成按：前二篇美张能隐居乐道，物我两忘，与己合志；后一篇嗤张之钓弋山中，只图口腹，与己异操。譬如李家娘子，才出墨池，便登雪岭，何一日之间黑白不均乎？题曰“戏赠”，良有以也。

至滑州隔河望黎阳忆丁三寓

隔河见桑柘，蔼蔼黎阳川。
望望行渐远，孤峰没云烟。
故人不可见，河水复悠然。
赖有政声远，时闻行路传。

【注】

滑州：《唐书·地理志》：“河南道有滑州灵昌郡。”

黎阳：《元和郡县志》：“卫州有黎阳县。”成按：唐时滑州在黄河之南，属河南道；黎阳在黄河之北，属河北道。虽各隶一方，而中间仅隔一水，对岸可见。

秋夜独坐怀内弟崔兴宗

夜静群动息，蟪蛄声悠悠。
庭槐北风响，日夕方高秋。
思子整羽翮①，及时当云浮。
吾生将白首，岁晏思沧洲。
高足在旦暮，肯为南亩俦。

【校】

①翮，顾元纬本、凌本俱作“翰”。

【注】

内弟：郑康成《仪礼注》："姑之子，外兄弟也；舅之子，内兄弟也。"右丞母崔姓，兴宗是其内弟。

崔兴宗：《唐书·宰相世系表》有崔兴宗，乃驸马都尉崔恭礼之子，后官饶州长史。顾元纬以为即是其人。成按：《公主列传》恭礼尚高祖女真定公主，去开元、天宝世甚远。又"绿树重阴"一绝，题云《过崔处士兴宗林亭》，则是未有爵禄于朝者，其非一人明矣。夫名姓偶同者，若鲁国一时有两曾参，赵国一时有两毛遂，楚汉之际一时有两韩信，唐宣之代一时有两韩翃，皆灼见于简册。尝阅诗文笺释，往往以姓氏偶合者指为一人，如昌黎所称盘谷之李愿以为即河中节度之李愿；少陵所赠锦城之花卿，以为即成都猛将之花卿。成以为皆非也。

蟪蛄：《楚辞》："蟪蛄鸣兮啾啾。"陆德明《庄子音义》："蟪蛄，寒蝉也。一名蝭蟧。春生夏死，夏生秋死。或曰山蟧。秋鸣者不及春，春鸣者不及秋。"《广雅》云："蟪蛄，蛁蟧也。即《楚辞》所云寒螿者也。"

沧洲：阮籍《为郑冲劝晋王笺》："临沧洲而谢支伯，登箕山以揖许由。"陆云《泰伯碑》："沧洲遁迹，箕山辞位。"皆泛指沧海洲渚而言。世人或引《神异经》、《水经注》之沧浪洲，谬矣。甚有引《杜阳杂编》隋大业中事者，尤非。

高足：《古诗》："何不策高足，先据要路津。"李善注："高，上也，亦谓逸足也。"

赠裴十迪

风景日夕佳，与君赋新诗。
澹然望远空，如意方支颐。
春风动百草，兰蕙生我篱。
暧暧日暖闺①，田家来致词。
欣欣春还皋，澹澹水生陂。

桃李虽未开，荑萼满其枝②。
请君理还策，敢告将农时。

【校】

①《文苑英华》作“暧暧闺日暖”。

②萼，《文苑英华》作“英”；其，顾元纬本、凌本俱作“芳”。

【注】

日夕佳：陶潜诗：“山气日夕佳。”

如意：《释氏要览指归》云：“如意，古之爪杖也。或骨角竹木刻作手指，爪柄可长三尺许。或脊有痒，手所不到，用以搔爪，如人之意，故曰‘如意’。”成尝问译经三藏通梵大师清沼、字学通慧大师云胜，皆云：“如意之制，盖心之表也，故菩萨皆执之，状如云叶，又如此方篆书‘心’字，故若局爪杖者，只如文殊亦执之，岂欲搔痒也？”又云：“今讲僧尚执之，多私记节文祝词于柄，备于忽忘，要时手执目对，如人之意，故名‘如意’。如俗官之手板，备于忽忘，名‘笏’也。”若齐高祖赐隐士明僧绍竹根如意，梁武帝赐昭明太子木犀如意，石季伦、王敦皆执铁如意，此必爪杖也。因斯而论，则有二如意，盖名同而用异焉。

皋：李奇《汉书》注：“皋，水边淤地也。”

澹澹：《高唐赋》：“溃澹澹而并入。”李善注：“澹澹，平满貌。”

还策：策，杖也。《南史·褚伯玉传》：“望其还策之日，暂纡清尘。”

华 岳

西岳出浮云，积翠在太清①。
连天疑黛色②，百里遥青冥。
白日为之寒，森沉华阴城。
昔闻乾坤闭③，造化生巨灵④。
右足踏方止⑤，左手推削成。

天地忽开拆，大河注东溟。
遂为西峙岳⑥，雄雄镇秦京。
大君包覆载，至德被群生。
上帝伫昭告，金天思奉迎。
人祇望幸久⑦，何独禅云亭。

【校】

①翠，一作"雪"。

②疑，一作"凝"。

③闭，《文苑英华》作"开"。

④造，《文苑英华》作"变"。

⑤止，《文苑英华》作"山"。

⑥峙岳，《文苑英华》作"岳峙"。

⑦人，一作"神"。

【注】

西岳：《水经》："华山为西岳，在弘农华阴县西南。"《太平寰宇记》："太华山在华州华阴县南八里。远而望之，有若华状，故名华山。按《名山记》云：'华岳有三峰，直上数千仞，基广而峰峻，叠秀迄于岭表，有如削成，今博山香炉形实象之。'又按《华山记》云：'顶有池，生千叶莲花，服之羽化，因名华山。'《白虎通》云：'西方华山，少阴用事，万物生华，故曰华山。以西有少华，故曰太华。'"

太清：高诱《淮南子》注："太清，元气之清者也。"

青冥：《楚辞》："据青冥而摅虹兮。"

森沉：鲍照诗："铜溪昼森沉，乳窦夜涓滴。"

巨灵：《水经注》："左丘明《国语》云：'华岳本一山当河，河水过而曲行。河神巨灵，手荡脚踏，开而为两，今掌足之迹仍存。'《华岳开山图》曰：'有巨灵胡者，偏得坤元之道，能造山川，出河，所谓"巨灵赑屃，首冠灵山"者也。常有好事之人，故升华岳而观厥迹焉。'"薛综《西都赋》注：

"巨灵，河神也。古语云：'此本一山当河，水过之而曲行。河之神以手擘开其上，足蹋离其下，中分为二，以通河流。手足之迹，于今尚在。'"《艺文类聚》："《述征记》曰：'华山对河东首阳山，黄河流于二山之间。云本一山巨灵所开，今睹手迹于华岳，而脚迹在首阳山下。'"《法苑珠林》："巨灵大人秦洪海者，患水浩荡，以左掌托太华，右足蹴中条，太一为之裂，河通地出。"张衡《西京〔赋〕》云"高掌远蹠，以流河曲"者是也。

削成：《山海经》："太华之山削成而四方，其高五千仞，其广十里。"

东溟：颜延年诗："日观临东溟。"吕向注："东溟，谓东海。"

秦京：关中本秦地，在汉为京师，故称"秦京"。陆机诗："孟诸吞楚梦，百二侔秦京。"

金天：《杜氏通典》："先天二年，封华岳神为金天王。"

禅云亭：按《史记》："昔无怀氏、伏羲、神农、炎帝、颛顼、帝喾、尧、舜皆封泰山，禅云云；黄帝封泰山，禅亭亭。"李奇注："云云山在梁父东。"《索隐》云："晋灼云：'云云山在蒙阳县故城东北，下有云云亭。'应劭云：'亭亭山在巨平北十馀里。'服虔云'在牟阴'，非也。"《舆地广记》："袭庆府奉符县有亭亭山，泗水县有云云山。"

成按：刘昫《唐书》："开元十三年，东封泰山。十八年，百僚及华州父老累表请封西岳，不允。"右丞之作当在是时，故有"神衹望幸久，何独禅云亭"之句。厥后至天宝九载正月，群臣又请封西岳，从之。三月辛亥，西岳庙灾，时久旱，制停封西岳，则始终未尝封矣。

卷　三

古诗二十三首

胡居士卧病遗米因赠

了观四大因，根性何所有。
妄计苟不生，是身孰休咎。
色声何谓客，阴界复谁守？
徒言莲花目，岂恶杨枝肘。
既饱香积饭，不醉声闻酒。
有无断常见，生灭幻梦受。
即病即实相，趋空定狂走。
无有一法真，无有一法垢。
居士素通达，随宜善抖擞。
床上无毡卧，鬲中有粥否①？
斋时不乞食，定应空漱口②。
聊持数斗米，且救浮生取。

【校】

①鬲，顾可久本作“锅”，非。

②凌本于此句下多“露葵自朝折，黄粱不烦剖”二句，诸本皆无之。

【注】

居士：鸠摩罗什《维摩诘经注》：“外国白衣多财富乐者名为居士。”《释氏要览》：“《智度论》云：除四姓外，通名居士。”《翻译名义》：“迦罗越，《大品经》中居士是也。《楞严》云：‘爱结名言，清净自居。’《普门》疏：‘以多积财货，居业丰盈，谓之居士。’郑康成云：‘道艺处士。’”

四大：此身因四大和合为相，骨肉之坚相为地大，津液之润湿为水大，暖触之气息为火大，动摇之筋脉为风大。《维摩诘经》：“四大合故，假名为身，四大无主，身亦无我。”

根性：《华严经》：“普现一切众生心念根性乐欲，而无所现。”

阴界：谓五阴十八界。《维摩诘经》：“言是身是阴界诸入所共合成。”

莲花目：《法华经》：“是菩萨目如广大青莲花叶。”

杨枝肘：《庄子》：“支离叔与滑介叔观于冥伯之丘，昆仑之虚，黄帝之所休。俄而柳生其左肘，其意蹷蹷然恶之。”林希逸注：“柳，疡也。今人谓生节也。”

香积饭：《维摩诘经》：“于是维摩诘不起于座，居众会前，化作菩萨，而告之曰：‘汝往上方界，分度四十二恒河沙佛土，有国名众香，佛号香积，与诸菩萨方共坐食。汝往到彼，如我辞曰：“愿得世尊所食之馀，当于娑婆世界施作佛事，令此乐小法者得宏大道，亦使如来名声普闻。”’时化菩萨即于会前，升于上方，举众皆见其去，到众香界，礼彼佛足，又闻其言。于是香积如来，以众香钵，盛满香饭，与化菩萨。时化菩萨既受钵饭，须臾之间，至维摩诘舍，以满钵香饭与维摩诘，饭香普薰毗耶离城及三千大千世界。时毗耶离婆罗门居士等闻是香气，身意快然，叹未曾有。于是长者主月盖从八万四千人，来入维摩诘舍。诸地神、虚空神及欲、色界诸天，闻此香气，亦皆来入维摩诘舍。维摩诘语舍利弗等诸大声闻：‘仁者！可食如来甘露味饭，大悲所薰，无以限意食之，使不消也。’有异声闻念：‘是饭少，而此大众人人当食？’化菩萨曰：‘勿以声闻小德小智，称量如来无量福慧。四海有竭，此饭无尽。使一切人食，揣若须弥，乃至一劫，犹不能尽，所以者何？无尽戒、定、智慧、解脱、解脱知见，功德具足者，所食之馀，终不可尽。’于是钵饭悉饱众会。其诸菩萨、声闻、天人食此饭者，身安快乐，又诸毛孔皆出妙香。”

声闻：《法华经》：“若有众生，内有智性，从佛世尊闻法信受，殷勤精进，欲速出三界，自求涅槃，是名声闻乘。”《释氏要览》：“《智度论》云：若苦行头陀，初、中、后夜，勤心禅观，苦而得道者，声闻教也。若观法相，无缚无解，心得清净，菩萨教也。《瑜伽论》云：诸佛圣教，声为上首，从师友所，闻此声教，展转修证，永出世间，小行小果，故名‘声闻’。”

断常见：《涅槃经》：“众生起见凡有二种：一者常见，二者断见。”《楞伽经》：“离于断常有无等见。”《大般若经》：“如是般若波罗蜜多，能灭一切常见、断见、有见、无见乃至种种诸恶趣见。”《法苑珠林》：“《成论》云：‘以世谛故得成中道。以五阴相续生故不断，念念灭故不常。离此断常，名为中道。’故知因果非定断常。于现报中凡愚不观念念迁灭，则是常见。不观念念新生，则是断见。若于来报爱未尽着，随业受生，六道不定。人非常人，迷此谓常，则是常见。若谓死后更不受生，心识永谢，则是断见。”

幻梦：《维摩诘经》：“是身如幻，从颠倒起。是身如梦，为虚妄见。”

实相：《法华经》：“唯佛与佛，乃能究尽诸法实相。”《涅槃经》：“无相之相，名为实相。”

抖擞：抖擞，犹言振作。《释氏要览》：“头陀，梵语杜多，汉言抖擞，谓三毒如尘，能坌污真心，此人能振掉除去故。”

鬲：《韵会》：“《说文》：‘鬲，鼎属。本作鬲。实五觳。十二升曰觳。象腹交文，三足。’徐曰：‘上颈也。腹交文，谓其刻饰也。五觳，六斗也。’《尔雅》：‘鼎款足谓之鬲。’或作‘䥛’，又作‘镉’。狼狄切，音与‘栗’同。”

漱口：释氏法：每食后，必以杨枝漱刷口齿。

浮生：《庄子》：“其生若浮。”

与胡居士皆病寄此诗兼示学人二首

其　一

一兴微尘念，横有朝露身。
如是睹阴界①，何方置我人。
碍有固为主，趣空宁舍宾。
洗心讵悬解，悟道正迷津。
因爱果生病，从贪始觉贫。

色声非彼妄，浮幻即吾真。
四达竟何遣，万殊安可尘。
胡生但高枕，寂寞与谁邻？
战胜不谋食，理齐甘负薪。
子若未始异，讵论疏与亲。

【校】

①睹，一作“都”，误。

【注】

朝露：《汉书》：“人生如朝露，何久自苦如此？”师古注：“朝露见日则晞，人命短促亦如之。”

我人：《璎珞经》：“尽观世界，空无我人。”《华严经》：“此中无少物，但有假名字。若计有我人，则为入险道。”

空有：《后汉书》：“清心释累之训，空有兼遣之宗。”章怀太子注：“不执着为空，执着为有；兼遣谓不空不有，虚实两忘也。”鸠摩罗什《维摩诘经》注：“佛法有二种：一者有，二者空。若常在有，则累于想着；若常在空，则舍于善本。若空有迭用，则不设二过，犹日月代明，万物以成。”

悬解：《庄子》：“适来，夫子时也；适去，夫子顺也。安时而处顺，哀乐不能入也。古者谓是帝之县解。”郭象注：“以有系者为县，则无系者县解也。县解而性命之情得矣，此养生之要也。”陆德明注：“县音玄，解音蟹。崔云：以生为县，以死为解。”

生病：《维摩诘经》：“从痴有爱，则我病生。”

浮幻：《西域记》：“人命危脆，世间浮幻。”

战胜：《韩非子》：“子夏见曾子，曾子曰：‘何肥也？’对曰：‘战胜故肥也。’曾子曰：‘何谓也？’子夏曰：‘吾入见先王之义则荣之，出见富贵之乐又荣之。两者战于胸中，未知胜负，故臞。今先王之义胜，故肥。’”

其　二

浮空徒漫漫，泛有定悠悠。
无乘及乘者，所谓智人舟。
讵舍贫病域，不疲生死流。
无烦君喻马，任以我为牛。
植福祠迦叶，求仁笑孔丘。
何津不鼓棹，何路不摧辀。
念此闻思者，胡为多阻修。
空虚花聚散，烦恼树稀稠。
灭想成无记①，生心坐有求。
降吴复归蜀，不到莫相尤。

【校】

①想，顾元纬本作“相”。

【注】

无乘及乘者：《楞伽经》：“诸天及梵乘，声闻缘觉乘，诸佛如来乘；我说此诸乘，乃至有心转，诸乘非究竟；若彼心灭尽，无乘及乘者，无有乘建立；我说为一乘，引导众生故，分别说诸乘。”

生死流：《涅槃经》：“善断有顶种，永度生死流。”

喻马：《涅槃经》：“譬如大王有三种马：一者调壮大力；二者不调，齿壮大力；三者不调，羸老无力。王若乘者，当先乘谁？应当先乘调壮大力，次乘第二，后及第三。调壮大力喻菩萨僧，其第二者喻声闻僧，其第三者喻一阐提。”

为牛：《庄子》：“子呼我牛也，而谓之牛；呼我马也，而谓之马。”

迦叶：《法苑珠林》：“第四拘楼秦佛，第五拘那含牟尼佛，第六迦叶佛。此三佛同姓迦叶。”又释迦文佛之大弟子亦名迦叶。僧肇《维摩诘经》注：“迦叶以贫人昔不植福，故生贫里，若今不积善，后复弥甚，愍其长苦，多就乞食。”

闻思修：学人修习禅观，有闻、思、修三法，谓闻法、思惟、修习，能生智慧。《遗教经》："是故汝等，当以闻思修慧而自增益。"

空虚花：《楞伽经》："观一切有为，犹如虚空花。"《仁王经》："世谛幻化起，譬如虚空花。"

烦恼树：《佛遗教经》："实智慧者，伐烦恼树之利斧也。"《涅槃经》："是经即是刚利智斧，能伐一切烦恼大树。"

无记：释氏说心有三种：以思惟世间杂善等事为善；思惟世间五欲因缘为恶；善恶不形，寂然昏住为无记。

降吴归蜀：《蜀志·黄权传》有"降吴不可，还蜀无路"之语，右丞借用其字，承上而言，以喻灭想生心，皆非入道之径耳。

蓝田山石门精舍

落日山水好，漾舟信归风。
玩奇不觉远①，因以缘源穷②。
遥爱云木秀③，初疑路不同④。
安知清流转⑤，偶与前山通。
舍舟理轻策，果然惬所适。
老僧四五人，逍遥荫松柏。
朝梵林未曙⑥，夜禅山更寂。
道心及牧童⑦，世事问樵客⑧。
暝宿长林下⑨，焚香卧瑶席。
涧芳袭人衣，山月映石壁。
再寻畏迷误，明发更登历。
笑谢桃源人⑩，花红复来觌⑪。

【校】

①玩，一作"探"。

②缘,《唐诗纪事》作“寻”。

③秀,一作“翠”。

④疑,《文苑英华》作“言”。

⑤安,《文苑英华》作“谁”。

⑥未,一作“方”。

⑦及,一作“友”。

⑧问,《文苑英华》作“闻”。

⑨林,一作“井”。

⑩谢,一作“问”。

⑪《文苑英华》本分“舍舟理轻策”以下另为一首。

【注】

漾舟: 谢惠连诗:“漾舟陶嘉月。”李周翰注:“漾舟,泛舟也。”

归风: 木华《海赋》:“或乃萍流而浮转,或因归风以自反。”

缘源: 谢朓诗:“缘源殊未极,归径窅如迷。”刘良注:“缘,寻也。”

轻策: 谢灵运诗:“裹粮杖轻策。”

荫松柏:《楚辞》:“饮石泉兮荫松柏。”

道心: 梁武帝诗:“道心理归终,信首故宜先。”

桃源:《搜神后记》:“晋太元中,武陵人捕鱼为业。缘溪行,忘路远近,忽逢桃花夹岸数百步,中无杂树,芳草鲜美,落英缤纷。渔人甚异之。复前行,欲穷其林。林尽水源,便得一山。山有小口,仿佛若有光。便舍舟,从口入。初极狭,才通人。复行数十步,豁然开朗,土地旷空,屋舍俨然。有良田、美池、桑竹之属。阡陌交通,鸡犬相闻。男女衣着,悉如外人。黄发垂髫,并怡然自乐。见渔人,大惊。问所从来,具答之。便要还家,设酒杀鸡作食。村中人闻有此人,咸来问讯。自云先世避秦时难,率妻子邑人来此绝境,不复出焉,遂与外隔。问今是何世,乃不知有汉,无论魏、晋。此人一一具言所闻,皆为叹惋。停数日,辞去,此中人语云:‘不足为外人道也。’既出,得其船,便扶向路,处处志之。及郡,诣太守,说如此。太守刘歆即遣人随之往,寻向所志,不复得焉。”

殷璠云：王维诗词秀调雅，意新理惬，在泉为珠，着壁成绘，一句一字，皆出常境。至如“落日山水好，漾舟信归风”，又“涧芳袭人衣，山月映石壁”，又“天寒远山静，日暮长河急”，又“贱日岂殊众，贵来方悟稀”，又“日暮沙漠垂，战声烟尘里”，岂肯惭于古人也。

青 溪①

言入黄花川，每逐青溪水。
随山将万转，趣途无百里。
声喧乱石中，色静深松里。
漾漾泛菱荇②，澄澄映葭苇。
我心素已闲，清川澹如此③。
请留盘石上，垂钓将已矣。

【校】

①《文苑英华》作“过青溪水作”。

②漾漾，《文苑英华》作“演漾”。

③川，一作“明”。

【注】

黄花川：《杜氏通典》：“凤州黄花县有黄花川。”《方舆胜览》：“黄花川在凤州梁泉县，大散水流入黄花川。”《一统志》：“黄花川在汉中府凤县东北一十里。唐黄花县以此名。”

盘石：成公绥《啸赋》：“坐盘石，漱清泉。”李善注：“《声类》曰：盘，大石也。”

崔濮阳兄季重前山兴

秋色有佳兴，况君池上闲。

悠悠西林下，自识门前山。
千里横黛色，数峰出云间。
嵯峨对秦国，合沓藏荆关。
残雨斜日照，夕岚飞鸟还。
故人今尚尔，叹息此颓颜。

【注】

【原注】山西去，亦对维门。

崔季重：苏源明《小洞庭五太守宴籍序》："天宝十二载七月辛丑，东平太守扶风苏源明，觞濮阳太守清河崔公季重、鲁郡太守陇西李公兰、济南太守太原田公琦、济阳太守陇西李公倰于回源亭。"

濮阳：《唐书·地理志》："河南道有濮州濮阳郡，武德四年置。"

合沓：谢朓诗："兹山高百里，合沓与云齐。"吕向注："合沓，高貌。"

岚：《广韵》："岚，山气也。"

颓颜：骆宾王诗："只应倾玉醴，时许寄颓颜。"

终南别业①

中岁颇好道，晚家南山陲。
兴来每独往，胜事空自知②。
行到水穷处，坐看云起时。
偶然值林叟③，谈笑无还期④。

【校】

①《河岳英灵集》、《文苑英华》、《唐文粹》俱作"入山寄城中故人"，《国秀集》作"初至山中"。

②空，《国秀集》作"只"。

③值，《国秀集》作"见"。林，一作"邻"。

④无还期，《国秀集》、《瀛奎律髓》俱作"滞还期"，《唐文粹》作"无回期"。

【注】

中岁：中年也。谢朓诗："中岁历三台。"

《诗人玉屑》：此诗造意之妙，至与造物相表里，岂直诗中有画哉？观其诗，知其蝉蜕尘埃之中，蜉蝣万物之表者也。

李处士山居[①]

君子盈天阶，小人甘自免。
方随炼金客，林上家绝巘。
背岭花未开，入云树深浅。
清昼犹自眠，山鸟时一啭。

【校】

①李，二顾本、凌本俱作"石"。

【注】

天阶：潘正叔诗："游鳞萃灵沼，抚翼希天阶。"刘良注："灵沼、天阶，喻左右省阁也。"

韦侍郎山居

幸忝君子顾，遂陪尘外踪。
闲花满岩谷，瀑水映杉松[①]。
啼鸟忽临涧，归云时抱峰。
良游盛簪绂，继迹多夔龙。
讵枉青门道，故闻长乐钟[②]。
清晨去朝谒，车马何从容[③]。

【校】

①水，凌本作“布”。

②故，凌本作“胡”，一作“用”。

③车，一作“鞍”。

【注】

良游：陆机诗：“念昔良游，兹焉永叹。”

长乐钟：徐陵《玉台新咏序》：“厌长乐之疏钟，劳中宫之缓箭。”

丁寓田家有赠①

君心尚栖隐，久欲傍归路。
在朝每为言，解印果成趣。
晨鸡鸣邻里，群动从所务。
农夫行饷田，闺妇起缝素②。
开轩御衣服，散帙理章句。
时吟《招隐诗》，或制《闲居赋》。
新晴望郊郭，日映桑榆暮③。
阴尽小苑城④，微明渭川树。
揆予宅闾井，幽赏何由屡。
道存终不忘，迹异难相遇。
此时惜离别，再来芳菲度。

【校】

①《文苑英华》作“田家赠丁寓”。

②妇，一作“妾”。

③映，一作“昳”。

④阴，《文苑英华》作“荫”。尽，一作“昼”。

【注】

傍归路：谢灵运诗："从来渐二纪，始得傍归路。"张铣注："傍，近也。"

成趣：《归去来辞》："园日涉以成趣。"

散帙：谢灵运诗："散帙问所知。"刘良注："散帙，谓开书帙也。"《说文》："帙，书衣也。"

招隐诗：左太冲有《招隐诗》。

闲居赋：潘岳《闲居赋序》："于是览止足之分，庶浮云之志，筑室种树，逍遥自得。池沼足以渔钓，舂税足以代耕。灌园鬻蔬，供朝夕之膳；牧羊酤酪，俟伏腊之费。孝乎惟孝，友于兄弟，此亦拙者之为政也。乃作《闲居赋》，以歌事遂情焉。"

桑榆：《初学记》："日西垂景在树端谓之桑榆，言其光在桑榆树上。"

小苑城："小苑"字始见《汉书·萧望之传》，昔贤不注地在何处，六朝及唐人诗中多用之。或谓唐人所称小苑即宜春苑，是。成按：右丞"长乐青门外，宜春小苑东"之句，则不得谓宜春即小苑矣，当是指曲江之芙蓉园也。唐大内有西内苑，有东内苑，有禁苑，凡三苑。芙蓉园不及三苑之阔远，故谓之小苑，一时称谓如此。宜春宫虽在其地，然不得混指为一。

渭川：《三辅黄图》："渭水出陇西首阳县鸟鼠同穴山东北，至华阴入河。"《唐六典》注："渭水出渭州，历秦、陇、岐、京兆、同、华六州，入于河。"

揆予：《楚辞》："皇览揆予于初度兮。"

闾井：《宋书·何承天传》："并践禾稼，焚爇闾井。"

道存：《庄子》："若夫人者，目击而道存矣。"

渭川田家①

斜光照墟落②，穷巷牛羊归③。
野老念牧童④，倚杖候荆扉。
雉雊麦苗秀，蚕眠桑叶稀。

田夫荷锄立⑤，相见语依依。
即此羡闲逸⑥，怅然歌《式微》⑦。

【校】

①川,《文苑英华》作“水”。

②光,《文苑英华》作“阳”。

③穷,《唐文粹》作“深”。

④牧童,《唐诗品汇》作“僮仆”。

⑤立,二顾本、《文苑英华》、《唐文粹》俱作“至”。

⑥《唐文粹》作“羡此良闲逸”。

⑦歌,二顾本、凌本俱作“吟”。

【注】

斜光:王僧孺诗:“斜光隐西壁。”

墟落:谓村墟篱落。范云诗:“轩盖照墟落。”

雉雊:潘岳《射雉赋》:“麦渐渐以擢芒,雉鷕鷕而朝雊。”郑康成《毛诗笺》:“雊,雉鸣也。”

蚕眠:蚕将蜕,辄卧不食,古人谓之俯。荀卿《蚕赋》所谓“三俯三起,事乃大已”是也。后人谓之“眠考”。庾信《归田》诗云:“社鸡新欲伏,原蚕始更眠。”又《燕歌行》云:“春分燕来能几日,二月蚕眠不复久。”则六朝时已有此称矣。

荷锄:陶潜诗:“带月荷锄归。”

式微:《子贡诗传》:“狄侵黎,黎侯出奔卫,卫穆公不礼焉。黎人怨之,赋《旄丘》。黎大夫劝其君以归国,赋《式微》。”

春中田园作①

屋上春鸠鸣，村边杏花白。
持斧伐远扬，荷锄觇泉脉。
归燕识故巢②，旧人看新历③。

临觞忽不御，惆怅远行客④。

【校】

①中，凌本作“日”。

②归，《唐诗品汇》作“新”。故，《文苑英华》、《唐诗品汇》俱作“旧”。

③旧，一作“故”。

④惆怅远行客，《文苑英华》作“惆怅思远客”。

【注】

春中：《史记·秦始皇本纪》：“时在春中。”《正义》曰：“中，音仲。”

春鸠：曹植诗：“春鸠鸣飞栋。”

远扬：《诗》：“蚕月条桑，取彼斧斨，以伐远扬。”毛苌《传》：“远，枝远也；扬，条扬也。”孔颖达《正义》：“远，枝远者，谓长枝去人远也。扬，条扬者，谓长条扬起者也。皆手所不及，故枝落之而采取其叶。”

泉脉：谢朓诗：“察壤见泉脉。”

临觞：陆机诗：“置酒高堂，悲歌临觞。”

过李揖宅

闲门秋草色①，终日无车马。
客来深巷中，犬吠寒林下②。
散发时未簪，道书行尚把。
与我同心人，乐道安贫者。
一罢宜城酌，还归洛阳社。

【校】

①闲，刘本、顾元纬本俱作“闭”。

②林，《唐诗品汇》作“篱”。

【注】

寒林: 陆机《叹逝赋》:“步寒林以凄恻。”

散发: 钟会《遗荣赋》:“散发抽簪,永纵一壑。”

道书: 江淹《自序传》:“山中无事,与道书为偶。”

乐道安贫: 《后汉书》:“韦彪安贫乐道,恬于进趣。”

宜城: 曹植《酒赋》:“其味有宜城浓醪,苍梧漂清。”张华诗:“苍梧竹叶清,宜城九酝醝。”《太平寰宇记》:“襄州宜城县出美酒,俗号宜城美酒为‘竹叶杯’。”《方舆胜览》:“金沙泉在宜城县东一里,造酒极美,世谓之‘宜城春’,又名‘竹叶酒’。”

洛阳社: 《晋书》:“董京字威辇,初与陇西计吏俱至洛阳,被发而行,逍遥吟咏,常宿白社中。”吴均诗:“予为陇西使,寓居洛阳社。”

饭覆釜山僧

晚知清净理,日与人群疏。
将候远山僧,先期扫敝庐。
果从云峰里,顾我蓬蒿居。
藉草饭松屑,焚香看道书。
燃灯昼欲尽,鸣磬夜方初。
已悟寂为乐,此生闲有馀①。
思归何必深,身世犹空虚。

【校】

①生,一作“日”。

【注】

覆釜山: 成按:山名覆釜者,不止一处,然右丞所指疑在长安,未详所在。

敝庐: 《左传》:“小人粪除先人之敝庐。”

云峰: 江淹诗:“平明望云峰。”

蓬蒿居： 赵岐《三辅决录》注："张仲蔚，扶风人也。少与同郡魏景卿隐身不仕。明天官，博物，好为诗赋。所居蓬蒿没人也。"

松屑： 江淹《报袁叔明书》："朝餐松屑，夜诵仙经。"又《青苔赋》："咀松屑以高想，捧丹经而永慕。"

初夜：《遗教经》："汝等比丘，昼则勤心修习善法，无令失时。初夜后夜，亦勿有废。中夜诵经，以自消息。"

谒璇上人并序

上人外人内天，不定不乱。舍法而渊泊，无心而云动。色空无得①，不物物也；默语无际，不言言也。故吾徒得神交焉。玄关大启，德海群泳，时雨既降，春物俱美。序于诗者，人百其言。

少年不足言，识道年已长。
事往安可悔②，馀生幸能养。
誓从断荤血③，不复婴世网。
浮名寄缨珮，空性无羁鞅。
夙从大导师④，焚香此瞻仰。
颓然居一室，覆载纷万象。
高柳早莺啼，长廊春雨响。
床下阮家屐，窗前筇竹杖。
方将见身云，陋彼示天壤。
一心在法要，愿以无生奖。

【校】

①得，顾元纬本、凌本俱作"碍"。

②悔，顾元纬本作"否"，非。

③荤，顾元纬本、凌本俱作"臂"，且引神光断臂事作解，非是。秉恕按，《唐书》本传谓维居常蔬食，不茹荤血，此句自是实事。若讹作"臂"字，

虚假无当，且不成文。

④从，一作“承”。

【注】

璇上人：《续高僧传》：“元崇以开元末年因从璇禅师咨受心要，日夜匪懈，璇公乃因受深法与崇，历上京，遂入终南，至白鹿，下蓝田，于辋川得右丞王公维之别业。松生石上，水流松下。王公焚香静室，与崇相遇神交。”《释氏要览》：“《十诵律》云：‘有四种：一粗人，二浊人，三中间人，四上人。’瓶沙王呼佛弟子为上人。古师云：内有智德，外有胜行，在人之上，名上人。”

外人内天：《庄子》：“天在内，人在外。”郭象注：“天然在内，而天然之所顺者在外，故《大宗师》曰‘知天人之所为者，至矣’，明内外之分皆非为也。”

不定不乱：《维摩诘经》：“我观如来，不定不乱。”

色空：《大般若经》：“色不离空，空不离色。色即是空，空即是色。”

物物：《吕览》：“物物而不物于物，则胡可得而累。”

言言：《列子》：“夫知言之谓者，不以言言也。”

神交：《晋书》：“嵇康所与神交者，惟陈留阮籍、河内山涛。”

玄关：《头陀寺碑文》：“玄关幽键，感而遂通。”李善注：“玄关幽键，喻法藏也。谢灵运《金刚般若经》注曰：‘玄关难启，善键易开。’”

德海：《华严经》：“为令一切菩萨，于佛功德海中得安住故。”

世网：陆机诗：“借问子何之，世网婴我身。”张铣注：“婴，缠也。”

缨珮：沈约诗：“缨珮空为忝。”刘良注：“缨珮，官服饰也。”

羁鞅：《广韵》：“羁，马绊也。”“鞅，牛羁也。”

大导师：《法华经》：“诸比丘如来亦复如是，今为汝等作大导师。”《华严经》：“一切菩萨为大导师，引诸众生入佛法门。”

阮家屐：《晋书》：“阮孚性好屐，或有诣阮，正见自蜡屐，因自叹曰：‘未知一生当着几量屐。’”

筇竹杖：刘渊林《三都赋》注：“筇竹出兴古盘江以南，竹中实而高节，可以作杖。”《太平寰宇记》：“《蜀记》云：汉张骞奉使寻河源，得高节竹，植于邛山，今缘岭皆是，堪为杖，号曰‘邛竹杖’。”

身云：《华严经》：“或见诸菩萨入变化三昧，各于其身一一毛孔出一切变化身云。或见出天众身云，或见出龙众身云，或见出夜叉、乾闼婆、紧那罗、阿修罗、迦楼罗、摩睺罗伽、释、梵、护世、转轮圣王、小王、王子、大臣、官属、长者居士身云，或见出声闻、缘觉及诸菩萨、如来身云，或见出一切众生身云。”又云：“如来、应、正等觉无上法王，欲以正法教化众生，先布身云弥覆法界，随其乐欲为现不同，所谓或为众生现生身云，或为众生现化身云，或为众生现力持身云，或为众生现色身云，或为众生现相好身云，或为众生现福德身云，或为众生现智慧身云，或为众生现诸力不可坏身云，或为众生现无畏身云，或为众生现法界身云。如来以如是等无量身云，普覆十方一切世界。”

天壤：《庄子》：“郑有神巫曰季咸，知人之死生存亡、祸福寿夭，期以岁月旬日，若神。郑人见之，皆弃而走。列子见之而心醉，归以告壶子，壶子曰：‘尝试与来，以予示之。’明日，列子与之见壶子。出而谓列子曰：‘嘻！子之先生死矣，弗活矣，不可以旬数矣！吾见怪焉，见湿灰焉。’列子入，涕泣沾襟，以告壶子。壶子曰：‘向吾示之以地文，萌乎不震不正。是殆见吾杜德机也。尝又与来。’明日，又与之见壶子。出而谓列子曰：‘幸矣！子之先生遇我也。有瘳矣，全然有生矣。吾见杜权矣。’列子入，〔以〕告壶子。壶子曰：‘向吾示之以天壤，名实不入，而机发于踵。此为杜权，是殆见吾善者几也。’”

法要：《涅槃经》：“如来为说种种法要。”

无生：《魏书·释老志》：“凡其经旨，大抵言生生之类，皆因行业而起。有过去、当今、未来三世，识神常不灭。凡为善恶，必有报应。渐积胜业，陶冶粗鄙，经无数形，藻炼神明，乃致无生而得佛道。”

送魏郡李太守赴任

与君伯氏别①，又欲与君离。
君行无几日，当复隔山陂。
苍茫秦川尽，日落桃林塞。
独树临关门，黄河向天外。
前经洛阳陌，宛路故人稀②。
故人离别尽③，淇上转骖騑。
企予悲送远，惆怅睢阳路。
古木官渡平，秋城邺宫故④。
想君行县日，其出从如云。
遥思魏公子，复忆李将军。

【校】

①氏，《文苑英华》作“兄”。

②路，顾可久本、凌本俱作“洛”。

③《文苑英华》作“故人尽离别”。

④宫，《文苑英华》作“都”。

【注】

魏郡：成按：《唐书·地理志》：“天宝元年，改相州魏郡为邺郡，改魏州阳武郡为魏郡。”观诗中所云官渡、邺城者，则是相而非魏矣。是诗之作，当在开元时也。或引刘昫《唐书》：“杨国忠秉政，郎官不附己者悉出于外。李峘自考功郎中出为睢阳太守。寻而弟岘出为魏郡太守，兄弟夹河典郡，皆以理行称。”右丞所谓“与君伯氏别，又欲与君离”者，正指峘、岘兄弟。考国忠秉政在天宝时，是时相州已更邺名，不得仍称魏号，盖别是一人，非李岘也。

山陂：《古诗》：“悠悠隔山陂。”

秦川：《水经注》：“秦水出东北大陇山秦谷，二源双导，历三泉合成一水，而历秦川。旧有育故亭，秦仲所封也。秦之为号，始自是矣。秦水西径降陇县故城南，又西南，历陇川，径六槃口，过清水城西南注清水，清水上下咸谓之秦川。”《长安志》：“周自武王克商，都丰镐，则雍州为王畿。及秦孝公作为咸阳，筑冀阙，徙都之，故谓之秦川，亦曰关中地。”

桃林塞：《左传》：“晋侯使詹嘉处瑕，以守桃林之塞。”杜预注：“桃林在弘农华阴县东潼关。”《史记正义》：“《括地志》云：‘桃林在陕西桃林县，西至潼关，皆为桃林塞。’”《九域志》：“潼关即桃林之塞也。”《通鉴地理通释》：“潼关，古桃林塞也。《书》：‘放牛桃林之野。’注云：‘在华山东。’《山海经》：‘夸父之山，其北有林，名曰桃林。广圆三百里。’《三秦记》：‘桃林塞在长安东四百里。’《西京赋》注：‘桃林在阌乡南谷中。’《晋地道记》：‘汉弘农函谷关有桃林。’《寰宇记》：‘自陕州灵宝县以西至潼关皆是也。’今考古函谷关在陕州灵宝县西南，潼关在华州华阴县，自潼关至函谷，历陕、华二州之地，俱谓之桃林塞。”

淇上：孔颖达《尚书正义》：“河内共县，淇水出焉。东至魏郡黎阳县，入河。”郑樵《通志》：“淇水一名清水，郑玄云即降水也。出卫州共城县北山，或云出林虑，东至(阳)〔汤〕阴，又东至黎阳，入河。”

骖騑：《说文》：“骖，驾三马也。”“騑，骖傍马也。”郑康成《仪礼注》：“騑马曰骖。”又《诗经注》：“骖，两騑也。”孔颖达《疏》云：“车驾四马，在内两马谓之服，在外两马谓之騑。”又颖达《礼记疏》云：“车有一辕，而四马驾之。中央两马夹辕者名服马，两边名騑马，亦曰骖马。”李善《文选注》：“服谓中央两马夹辕者。在服之左曰骖，右曰騑。”三说不同，而郑、孔之说为是。蔡邕《协和婚赋》：“车服照路，骖騑如舞。”

睢阳：《唐书·地理志》：“河南道有宋州睢阳郡，本梁郡，天宝元年改名。”

官渡：《水经注》：“渠又左径阳武县，故城南东为官渡。水又径曹太祖垒北，有高台，谓之官渡台。渡在中牟，故世又谓之中牟台。建安五年，太祖营官渡，袁绍保阳武。绍连营稍前，依沙堆为屯，东西数十里，公亦分营相御。合战不利，绍进临官渡，起土山地道以逼垒。公亦起高台以捍之，即中牟台也。今台北土山犹在，山之东悉绍旧营，遗台并存。”章怀太子《后汉书》注：“裴松之《北征记》曰：中牟台下临汴水，是为官渡。袁绍、曹操垒尚存焉，在今郑州中牟县北。”

邺宫：《太平寰宇记》：“相州安阳县有邺宫。《十六国春秋》云：‘石勒大破邺宫，烧之，火旬有五日方灭。石虎建武元年，自襄国徙都之 。自襄国至邺，道路相去二百里，每一舍辄立一宫，宫有一夫人，侍婢数十。季龙所起内外台观行宫凡四十四所。’”成按：自曹魏建国于邺，其后后赵、前燕、东魏、北齐相继都之，则宫室之盛可知。后人所称邺宫，定是泛指。释者多援引后赵时事，其解偏矣。

行县：《汉书·尹翁归传》：“田延年为河东太守，行县至平阳。”《后汉书·百官志》：“凡郡国皆掌治民，进贤劝功，决讼检奸。常以春行所主县，劝民农桑，振救乏绝。”

如云：《诗》：“其从如云。”毛苌《传》：“如云，言盛也。”

魏公子：谓魏文帝。曹子建《公宴诗》：“公子敬爱客，终宴不知疲。”李善注：“公子谓文帝，时武帝在，为五官中郎也。”刘良注：“时武帝在，故称丕为公子。”

李将军：谓李典。《魏志·李典传》：“从围邺，邺定，与乐进围高幹于壶关，击管承于长广，皆破之 。迁捕虏将军。典宗族部曲三千馀家居乘氏，自请愿徙诣魏郡。太祖笑曰：‘卿欲慕耿纯耶？’典谢曰：‘典驽怯功微，而爵宠过厚，诚宜举宗陈力；加以征伐未息，宜实郊遂之内，以制四方，非慕纯也。’遂徙部曲宗族万三千馀口居邺。太祖嘉之，迁破虏将军。”成按：末一联是谓其行县之时，或思魏公子之风流，或忆李将军之功烈，盖览故迹遗墟，而感怀凭吊之意，皆用魏郡事实也。顾元纬以魏公子为无忌，李将军为李广，谓其姓李而官魏，故比之二人以致思。信如所解，则“遥思”、“复忆”俱属右丞而言，与上联“想君”之句不相重复耶。且相州之地在战国时虽属于魏，而信陵遗迹皆隶大梁，在唐时为汴州，其于相州若风马牛不相及也，诗人用事固不拘拘于地理之经界，而判然两境者，岂容援引而及之？至顾可久谓李广为云中太守，魏郡与上党、云中等，古之相属地也，并载李广云云，尤属无稽矣。

送康太守

城下沧江水，江边黄鹤楼。
朱栏将粉堞，江水映悠悠。
铙吹发夏口，使君居上头。
郭门隐枫岸，候吏趋芦洲。
何异临川郡，还来康乐侯①。

【校】

①来，一作“劳”。

【注】

沧江：任昉诗：“沧江路穷此。”

黄鹤楼：《元和郡县志》：“鄂州城本夏口城，吴黄武二年，城江夏以安屯戍地也。城西临大江，西南角因矶为楼，名黄鹤楼。”《方舆胜览》：“黄鹤楼在鄂州子城西南隅黄鹤山上。此楼因山得名，盖自南朝已著矣。《南齐·志》：‘仙人子安乘黄鹤过此。’阎伯理《记》：‘州城西南隅有黄鹤楼者。《图经》云：“费文祎登仙[1]，尝驾黄鹤返憩于此，遂以名楼。”’张敬夫云：‘黄鹤楼以山得名也，而唐《图经》何自而为怪说，谓费文祎仙去，驾鹤来憩于此。阎伯理《记》中乃实其事，而或者又引梁任昉《记》所谓驾鹤之宾乃荀叔伟，非文祎也。此皆因黄鹤之名而世之好事者妄为之说，后来者既不之察，又从而并缘增饰之。’”《一统志》：“黄鹤楼在武昌府城西南隅黄鹤矶上。”

粉堞：梁简文帝诗：“平江含粉堞。”

铙吹：《唐书·仪卫志》：“凡鼓吹五部：一鼓吹，二羽葆，三铙吹，四大横吹，五小横吹。铙吹部七曲：一《破阵乐》，二《上车》，三《行车》，四《向

[1] 费文祎：《方舆胜览》卷二十八及阎伯理《黄鹤楼记》皆作“费祎”。

城》，五《平安》，六《欢乐》，七《太平》。”

夏口：章怀太子《后汉书》注：“夏口城，今之鄂州也。”《杜氏通典》：“夏口即今江夏郡。”《方舆胜览》：“夏口，一名鲁口，似指夏水之口。然何尚之云：夏口在荆江之中，正对沔口，浦大容舫，于事为便。而章怀太子注《东汉》，亦谓夏口戍在今鄂州，故唐史皆指鄂州为夏口自孙权取对面夏口之名以名之，而江北之名始晦。”

上头：《陌上桑古辞》：“东方千馀骑，夫婿居上头。”

候吏：《后汉书·王霸传》：“及至滹沱河，候吏还白。”

芦洲：庾仲雍《江图》：“芦洲至樊口二十里，伍子胥所渡处也。樊口至武昌十里。”《水经注》：“郛县故城南对芦洲。旧吴时客舍于洲上，方便谓所止焉。亦谓之罗洲矣。”

临川：《宋书》：“谢灵运袭封康乐公。高祖受命，降公爵为侯，后为临川内史。”

送陆员外

郎署有伊人，居然古人风。
天子顾河北，诏书隶征东①。
拜手辞上官，缓步出南宫。
九河平原外，七国蓟门中。
阴风悲枯桑，古塞多飞蓬。
万里不见虏，萧条胡地空。
无为费中国，更欲邀奇功。
迟迟前相送，握手嗟异同。
行当封侯归，肯访南山翁。

【校】

①隶，顾元纬本、凌本俱作“除”。

【注】

郎署:《后汉书·马融传》:“安帝亲政,召还郎署。”

伊人:《诗》“所谓伊人”郑康成《笺》:“伊,当作‘(翳)〔繄〕’。(翳)〔繄〕,犹是也。”[1]

河北:《唐六典》:“河北道,古幽、冀二州之境,今怀、卫、相、洺、邢、赵、恒、定、易、幽、莫、瀛、深、冀、贝、魏、博、德、沧、棣、妫、澶、营、平、安、东,凡二十有五焉。东并于海南,迫于河西,距太行山北,通渝关、蓟门。”

征东:成按:开元、天宝间无征东事迹,当是“安东”之讹。刘昫《唐书》:“总章元年九月,司空李勣平高丽。高丽本五部,一百七十六城,户六十九万七千。其年十二月,分高丽地为九都督府,四十二州,一百县,置安东都护府于平壤城以统之,用其酋渠为都督、刺史、县令。上元三年二月,移安东府于辽东郡故城。仪凤二年,又移置于新城。开元二年,移于平州。天宝二年,移于辽西故郡城。至德后废。”

拜手:《尚书·太甲篇》:“伊尹拜手稽首。”孔安国《传》:“拜手,首至手也。孔颖达《正义》:‘《周礼·太祝》:辨九拜,一曰稽首,二曰顿首,三曰空首。’郑玄云:‘稽首,拜头至地也。顿首,拜头叩地也。空首,拜头至手,所谓拜手也。’郑惟解此三者拜之形容,所以为异也。此言‘拜手稽首’者,初为拜头至手,乃复申头以至于地,至手是为‘拜手’,至地乃为‘稽首’。然则凡为稽首者,皆先为拜手,乃后为稽首,故‘拜手稽首’连言之。”

上官:《后汉书·任延传》:“善事上官。”

南宫:成按:唐人通呼尚书省为南宫,后人因礼部郎有南宫舍人之目。及杜工部《寄礼部贾侍郎》诗有“南宫故人”[2]之句,遂谓南宫专称礼部,误矣。白乐天诗“我为宪部入南宫”,是其除刑部时诗也。卢纶诗“南宫树色晓森森”,是酬金部王郎中诗也。李嘉祐诗“多雨南宫夜,仙郎寓直时”,是和都官员外诗也。《因话录》:“尚书省东南隅通衢有小桥,相承目为‘拗

[1] 繄:原本作“翳”,据《毛诗注疏》改。
[2] 诗题原作《别唐十五诫因寄礼部贾侍郎》,“南宫故人”句即“南宫吾故人”句。

项桥’，言侍御史及殿中诸郎久次者至此，必拗项而望南宫。”参互考之，其义见矣。《韵府群玉》谓“汉建尚书百官府曰南宫”，考其说亦无所本。惟后汉时，陈忠为尚书令，前后所奏，悉条于南宫，阁上以为故事。郑弘为尚书令，前后所陈，有补益王政者，皆著之南宫，以为故事。见《后汉书》。及《杜氏通典》谓尚书省为南宫，当本此。

九河：《尚书》：“九河既道。”孔安国《传》：“河水分为九道，在兖州界，平原以北是。孔颖达《正义》云：‘《释水》载九河之名云：徒骇、太史、马颊、覆釜、胡苏、简、絜、钩盘、鬲津。’李巡曰：‘徒骇，禹疏九河，以徒众起，故云徒骇。太史，禹大使徒众通其水道，故曰太史。马颊，河势上广下狭状，如马颊也。覆釜，水中多渚，往往而处，形如覆釜。胡苏，其水下流，故曰胡苏。胡，下也；苏，流也。简，大也，河水深而大也。絜，言河水多山石，治之苦絜。絜，苦也。钩盘，言河水曲如钩，屈折如盘也。鬲津，河水狭小，可鬲以为津也。’孙炎曰：‘徒骇，禹疏九河，用功虽广，众惧不成，故曰徒骇。胡苏，水流多散胡苏然。’其馀同李巡。郭璞云：‘徒骇，今在成平，东光县今有胡苏亭。’覆釜之名同李巡，馀名皆云其义未详。计禹陈九河，云复其故道，则名应先有，不宜徒骇、太史因禹立名，此郭氏所以未详也。或九河虽旧有名，至禹治水，更别立名，即《尔雅》所云是也。《汉书·沟洫志》：成帝时，河堤都尉许商上书曰：‘古记九河之名，有徒骇、胡苏、鬲津，今见在成平、东光、鬲县界中。自鬲津以北至徒骇，其间相去二百馀里。’是知九河所在，徒骇最北，鬲津最南。盖徒骇是河之本道，东出分为八枝也。许商上言三河，下言三县，则徒骇在成平，胡苏在东光，鬲津在鬲县，其馀不复知也。《尔雅》九河之次，从北而南。既知三河之处，则其馀六者，太史、马颊、覆釜在东光之北，成平之南；简、絜、钩盘在东光之南，鬲县之北也。其河填塞，时有故道。郑玄云：‘周时齐桓公塞之，同为一河。今河间弓高以东，至平原鬲津，往往有其遗处。’”

七国：《晋书·地理志》：“幽州统郡国七：范阳国，燕国，北平郡，上谷郡，广宁郡，代郡，辽西郡。”

蓟门：《唐六典》注：“蓟门在幽州北。”《一统志》：“古蓟门关在蓟州，唐置蓟州，盖取此。蓟丘，在旧燕城西北隅，即古蓟门也。旧有楼馆，并废，但门存二土阜，旁多林木，蓊郁苍翠。”

萧条：《后汉书》：“萧条万里，野无遗寇。”

奇功：《汉书》：“阳朔中，段会宗复为都护。会宗为人好大节，矜功名，与谷永相友善。谷永闵其老复远出，予书戒曰：‘足下以柔远之令德，复典都护之重职，甚休甚休！若子之材，可优游都城而取卿相，何必勒功昆山之仄，总领百蛮，怀柔殊俗？子之所长，愚无以喻。虽然，朋友以言赠行，敢不略意。方今汉德隆盛，远人宾服，傅、郑、甘、陈之功，没齿不可复见，愿吾子因循旧贯，毋求奇功，终更亟还，亦足以复雁门之踦。万里之外以身为本。愿详思愚言。’”

迟迟：毛苌《诗传》：“迟迟，舒行貌。”

送宇文太守赴宣城

寥落云外山，迢遥舟中赏。
铙吹发西江，秋空多清响。
地迥古城芜，月明寒潮广。
时赛敬亭神，复解罟师网。
何处寄相思，南风吹五两①。

【校】

①吹，顾元纬本、凌本俱作“摇”。

【注】

宣城：《唐书·地理志》：江南西道有宣州宣城郡。

敬亭神：谢朓有《赛敬亭山庙喜雨》诗。《宣城郡图经》：“敬亭山在宣城县北十里。”《太平寰宇记》：“《郡国志》及宋《永初山川记》云：宛陵北有敬亭山，山有神祠，即谢朓赛雨赋诗之所，其神曰梓华府君，颇有灵验。”

五两：郭璞《江赋》：“觇五两之动静。”李善注：“许慎《淮南子》注曰：

‘统，候风也。楚人谓之五两也。’”

送綦毋校书弃官还江东[1]

明时久不达，弃置与君同。
天命无怨色，人生有素风。
念君拂衣去，四海将安穷。
秋天万里净，日暮澄江空[2]。
清夜何悠悠，扣舷明月中。
和光鱼鸟际，澹尔蒹葭丛。
无庸客昭世，衰鬓日如蓬[3]。
顽疏暗人事，僻陋远天聪。
微物纵可采，其谁为至公。
余亦从此去[4]，归耕为老农。

【校】

①校，一作“祕”。

②澄，顾元纬本、凌本俱作“九”。

③日，顾元纬本、凌本俱作“白”。

④余，刘本、《唐诗品汇》俱作“今”，误。

【注】

校书：按《唐书·百官志》：弘文馆有校书郎二人，集贤殿书院有校书四人，秘书省有校书郎十人，著作局有校书郎二人，崇文馆有校书郎二人，司经局有校书四人，皆九品官。

素风：袁宏《三国名臣赞》：“操不激切，素风愈鲜。”

拂衣：《后汉书·杨彪传》：“孔融鲁国男子，明日便当拂衣而去。”

扣舷：舷，船边也。扣舷为声，以节歌。郭璞《江赋》：“咏采菱以扣舷。”

和光：《老子》：“和其光，同其尘。”

昭世: 鲍照诗:“浮生旅昭世,空事叹年华。”

顽疏: 嵇康诗:“匪降自天,实由顽疏。”

天聪: 曹植《求通亲亲表》:“冀陛下傥发天聪,而垂神听也。”

送六舅归陆浑

伯舅吏淮泗,卓鲁方喟然。
悠哉自不竞,退耕东皋田。
条桑腊月下,种杏春风前。
酌醴赋《归去》,共知陶令贤。

【注】

陆浑:《唐书·地理志》:“河南府有陆浑县。”

卓鲁:《后汉书》:“卓茂迁密令,劳心谆谆,视人如子,举善而教,口无恶言。”“鲁恭拜中牟令,专以德化为理,不任刑罚。”《北山移文》:“笼张赵于往图,架卓鲁于前箓。”

条桑:《晋书》:“刘驎之于树条桑。”《诗》:“蚕月条桑。”郑康成《笺》:“条桑,枝落采其叶也。”孔颖达《正义》谓:“斩条于地,就地采之也。”此借用为腊月事,盖谓落其繁枝枯茎而已,与《诗》义稍异。

腊月:《汉书》注:“臣瓒曰:腊月,建丑之月也。”

酌醴: 刘向《九叹》:“欲酌醴以娱意兮。”王逸注:“醴,醴酒也。”

陶令:《宋书》:“陶潜为彭泽令。郡遣督邮至,县吏白应束带见之,潜叹曰:‘我不能为五斗米折腰,向乡里小人。’即日解印绶去职,赋《归去来》。”

留别丘为

归鞍白云外,缭绕出前山。
今日又明日,自知心不闲。

亲劳簪组送，欲趁莺花还。
一步一回首，迟迟向近关。

【注】

丘为:《唐书·艺文志》:“丘为，苏州嘉兴人。事继母孝，常有灵芝生堂下。累官太子右庶子，时年八十馀，而母无恙，给俸禄之半。初还乡，县令谒之，为候门磬折，令坐，乃拜，里胥立庭下，既出，乃敢坐。经县署，降马而趋。卒年九十六。”

趁:《广韵》:“趁，逐也。俗作‘趂’。”

近关:《左传》:“蘧伯玉遂行，从近关出。”

送 别

下马饮君酒，问君何所之。
君言不得意，归卧南山陲。
但去莫复问，白云无尽时。

卷　四

古诗二十九首

送张五归山

送君尽惆怅，复送何人归。
几日同携手，一朝先拂衣。
东山有茅屋，幸为扫荆扉。
当亦谢官去，岂令心事违。

齐州送祖三①

相逢方一笑，相送还成泣。
祖帐已伤离②，荒城复愁入。
天寒远山净，日暮长河急。
解缆君已遥，望君犹伫立③。

【校】

①《河岳英灵集》、《文苑英华》、《唐文粹》、《唐诗纪事》并作“淇上送赵仙舟”，《国秀集》作“河上送赵仙舟”。

②帐，《河岳英灵集》、《国秀集》俱作“席”，一作“怅”，非。已，《唐诗纪事》作“忽”。

③犹，《国秀集》、《文苑英华》、《唐文粹》俱作“空”。

【注】

齐州：《唐书·地理志》：河南道有齐州济南郡，本齐郡，天宝元年更名临淄，五载又更名济南。

祖帐：祖帐，即祖席所设之帐。

解缆：谢灵运诗："解缆及流潮。"李善注："缆，维船索也。"

伫立：毛苌《诗传》："伫立，久立也。"

送缙云苗太守

手疏谢明王①，腰章为长吏。
方从会稽邸②，更发汝南骑。
按节下松阳，清江响铙吹。
露冕见三吴，方知百城贵。

【校】

①王，顾元纬本、凌本俱作"主"。

②邸，一作"郊"。

【注】

缙云：《唐书·地理志》：江南道有处州缙云郡，本括州永嘉郡，天宝元年更名。

长吏：《汉书·高帝纪》："守尉长吏。"师古注："长吏，谓县之令长。"《景帝纪》："吏六百石以上皆长吏也。"张晏注："长，大也。"《百官公卿表》："秩四百石至二百石是为长吏。"师古注："吏，理也。主理其县内也。"是皆以县令为长吏，右丞以此称太守，未详。

会稽邸：见《汉书·朱买臣传》。

按节：《子虚赋》："按节未舒。"郭璞注："言顿辔也。"司马彪云："按辔而行得节，故曰按节。"

松阳：《唐书·地理志》：处州缙云郡有松阳县。

露冕：《益部耆旧传》："郭贺拜荆州刺史，明帝巡狩到南阳，特见嗟叹，赐以三公之服，黼黻旒冕，敕去襜露冕，使百姓见此衣服，以彰其德。"

三吴：《水经注》："吴后分为三世，号'三吴'，吴兴、吴郡、会稽也。"

杜氏《通典》:“吴郡、吴兴、丹阳为三吴。”

百城:《后汉书·贾琮传》:“百城闻风,自然竦震。”

送从弟蕃游淮南①

读书复骑射，带剑游淮阴。
淮阴少年辈，千里远相寻。
高义难自隐②，明时宁陆沉。
岛夷九州外，泉馆三山深。
席帆聊问罪，卉服尽成擒。
归来见天子，拜爵赐黄金。
忽思鲈鱼脍，复有沧洲心③。
天寒蒹葭渚，日落云梦林。
江城下枫叶，淮上闻秋砧。
送归青门外，车马去骎骎。
惆怅新丰树，空馀天际禽。

【校】

①《文苑英华》作“送从叔游淮南座上成”。

②自,《文苑英华》作“为”。

③洲,《文苑英华》作“江”。

【注】

淮南: 按《唐书·地理志》:淮南道盖古扬州之域,扬、楚、滁、和、庐、寿、舒、安、黄、申、光、蕲,为州十二。

高义:《史记·廉颇传》:“徒慕君之高义也。”

陆沉:《庄子》:“孔子之楚,舍于蚁丘之浆。其邻有夫妻臣妾登极者,子路曰:‘是稯稯何为者邪?’仲尼曰:‘是圣人仆也。是自埋于民,自藏于畔。其声销,其志无穷,其口虽言,其心未尝言,方且与世违而心不屑与之俱。是陆沉者也，是其市南宜僚邪？’”郭象注：“陆沉，人中隐者，譬无水而沉也。”

岛夷：《尚书》：“岛夷卉服。”孔颖达《正义》：“岛夷，南海岛上之夷也。”

泉馆：泉馆，谓泉客所馆，即鲛人之室。《述异记》：“鲛人，又名泉客。”

三山：《史记》：“蓬莱、方丈、瀛洲，此三神山者，其传在渤海中，去人不远；患且至，则船风引而去。盖常有至者，诸仙人及不死之药皆在焉。其物禽兽尽白，而黄金银为宫阙。未至，望之如云；及到，三神山反居水下。临之，风辄引去，终莫能至云。”

席帆：木华《海赋》：“维长绡，挂帆席。”李善注：“随风张幔曰帆，或以席为之 。”

卉服：孔颖达《尚书正义》：“卉服是草服，葛越也。葛越，南方布名，用葛为之 。左思《吴都赋》云‘蕉葛升越，弱于罗纨’是也。”颜师古《汉书》注：“卉服，絺葛之属。”

鲈鱼脍：《晋书》：“张翰因见秋风起，乃思吴中菰菜莼羹、鲈鱼脍，曰：‘人生贵得适志，何能羁宦数千里，以要名爵乎？’遂命驾而归。”

云梦：《周礼》：“荆州其泽薮曰云梦。”郑康成注：“云梦在华容。”《尔雅》：“十薮，楚有云梦。”郭璞注：“今南郡华容县东南巴丘湖是也。”孔安国《尚书》传：“云梦之泽在江南。”《左传》宣四年：“邧夫人使弃诸梦中。”杜预注：“梦，泽名。江夏安陆县东南有云梦城。”又《传》昭四年：“王以田江南之梦。”杜注：“楚云梦跨江南北。”又《传》定四年：“楚子涉(睢)〔雎〕济江，入于云中。”杜注：“入云梦泽中，所谓江南之梦也。”《汉书·地理志》：“南郡：华容，云梦泽在南。”《后汉书》：“华容：侯国。云梦泽在南。”《水经注》：“监利县，晋武帝太康五年立。县土卑下泽，多陂池。西南自州陵东界，径于云杜、沌阳，为云梦之薮矣。韦昭曰：‘云梦在华容县。’按，《春秋》鲁昭公三年：‘郑伯如楚，子产备田具，以田江南之梦。’郭景纯言‘华容县东南巴丘湖’是也。杜预云：‘枝江县、安陆县有云梦，盖跨川亘隰，兼苞势广矣。’”《史记索隐》“云梦”：“裴骃云：‘孙叔敖激沮水，作此泽。’张揖云：‘楚薮也，在南郡华容县。’郭璞云：‘江夏安陆有云梦城，南郡枝江亦有云梦城，华容县又有巴丘湖，俗云即古云梦泽也。’则张揖云在华容者，指此湖也。”《元和郡县志》：“安州云梦县本汉安陆县地，后魏大统末，于云梦古城置云梦县，云梦泽在县西七里。”成按：诸说不同，合而观之，云梦本二地。观《禹贡》“云土梦作乂”之文，及《左传》之析言云梦，其义显矣。后人谓云在江之北，梦在江之南，亦据传中“江南之梦”而言。而孔安国以为云梦皆在江南，杜元凯以为云中即江南之梦，是又一说矣。然云与梦地虽异，号界则相接，故或称云，或称梦，或合称云梦，其地修广，跨江之南北，共为一薮。《春秋文耀钩》谓“大别已东，雷泽、九江、衡山皆云梦”，司马相如《子虚赋》谓“云梦方九百里”，郦道元谓其“跨川亘隰，兼包势广”者，良非虚语。至于名号相沿，或城或县，皆名云梦者，乃后人因地借称，非楚薮全区之谓也。颜延年诗：“却倚云梦林，前瞻京台囿。”

骎骎：毛苌《诗传》：“骎骎，骤貌。”

新丰：《太平寰宇记》：“新丰故城在雍州昭应县东一十八里，汉新丰县也。汉七年，高祖以太上皇思东归，于此置县，徙丰人以实之，故曰‘新丰’；并移枌榆、旧社、街衢、栋宇，一如旧制，士女老幼，各知其室，虽鸡犬混放，亦识其家焉。”《雍录》：“唐新丰县在府东五十里，凡自长安东出而趋潼关，路必由此。”庾肩吾诗：“远听平陵钟，遥识新丰树。”

成按：刘昫《唐书》本纪：“开元二十年九月，渤海靺鞨寇登州，杀刺史韦俊，命左领卫将军盖福顺发兵讨之 。”又《北狄列传》：“渤海靺鞨王大武艺遣其将张文休，率海贼攻登州刺史韦俊。诏遣门艺往幽州征兵以讨之，仍令太仆员外卿金思兰往新罗发兵以攻其南境。属山阻寒冻，雪深丈馀，兵士死者过半，无功而还。”诗中所云岛夷、泉馆、席帆、问罪，疑蓄于是时从诸将泛海往攻者也。至所谓拜爵者，即唐制之勋官也。勋官凡十二等，有柱国、护军、轻车、骑都尉、骁骑、飞骑、云骑、武骑诸名，征戍勤劳则授之，初无职任。所谓赐金者，乃军旋劳赏之事，犹《木兰词》云“归来见天子，天子坐明堂。策勋十二转，赐物百千强”，盖诗人溢美之语也。或疑是时军出无功，安得有拜爵、赐金之事者，无乃近于固钦。

送权二

高人不可友，清论复何深。
一见如旧识，一言知道心。
明时当薄宧，解薜去中林。
芳草空隐处，白云馀故岑。
韩侯久携手，河岳共幽寻。
怅别千馀里，临堂鸣素琴。

【注】

薄宧：何逊诗："薄宧恧师表，属辞惭愈疾。"

中林：中林，即林中也。见毛苌《诗传》。

送高道弟耽归临淮作座上作[1]

少年客淮泗，落魄居下邳[2]。
遨游向燕赵，结客过临淄。
山东诸侯国，迎送纷交驰。
自尔厌游侠，闭户方垂帷。
深明戴家《礼》，颇学毛公《诗》。
备知经济道，高卧陶唐时。
圣主诏天下，贤人不得遗。
公吏奉缥组，安车去茅茨。
君王苍龙阙，九门十二逵。
群公朝谒罢，冠剑下丹墀。
野鹤终踉跄，威凤徒参差。

或问理人术，但致还山词。
天书降北阙，赐帛归东菑。
都门谢亲故，行路日逶迟[③]。
孤帆万里外，淼漫将何之。
江天海陵郡，云日淮南祠[④]。
杳冥沧洲上，荡漭无人知。
纬萧或卖药，出处安能期。

【校】

①道，顾元纬本、凌本皆作“适”。

②魄，刘本作“拓”。

③迟，顾元纬本作“迤”。

④南，二顾本、凌本俱作“阴”。

【注】

临淮：《唐书·地理志》：河南道有泗州临淮郡，本下邳郡，治宿预，开元二十三年，徙治临淮，天宝元年更郡名。

淮泗：淮、泗二水皆经临淮。《元和郡县志》：“淮水西南自虹县界流入徐城县。”“泗水西自彭城县界流入下邳县。”

落魄：《汉书》：“郦食其家贫落魄，无衣食业。”郑氏曰：“魄音薄。”应劭曰：“落魄，志行衰恶之貌。”师古曰：“落魄，失业无次也。郑音是。”

临淄：成按：《元和郡县志》：“临淄，古营丘之地，吕望所封齐之都也。以城临淄水，故曰临淄。”在唐时青州之临淄县是矣。

游侠：荀悦《汉纪》：“立气势，作威福，结私交，以立强于世者，谓之游侠。”

闭户：《后汉书》：“鲁恭居太学，习《鲁诗》，闭户讲诵，绝人间事。”

垂帷：《汉书》：“董仲舒少治《春秋》，孝景时为博士，下帷讲诵，弟子传以久次相授业，或莫见其面。”

戴家礼：《后汉书》：“鲁高堂生，汉兴传《礼》十七篇。后瑕丘萧奋以授同郡后苍，苍授梁人戴德及德兄子圣，于是德为《大戴礼》，圣为《小戴礼》。”

毛公诗：《汉书》：“毛公，赵人也。治《诗》，为河间献王博士。”《隋书·经籍志》：“赵人毛苌善《诗》，自云子夏所传，作《训诂传》，是为‘《毛诗》古学’。”

纁组：《尔雅》：“一染谓之縓，二染谓之赪，三染谓之纁。”郭璞注：“纁，绛也。”《说文》：“组，绶属。”

安车：《后汉书》：“严光少有高名，与光武同游学。及光武即位，光乃变名姓，隐身不见。帝思其贤，乃令以物色访之 。后齐国上言：‘有一男子，披羊裘，钓泽中。’帝疑其光，乃备安车玄纁，遣使聘之 。三反而后至。”

苍龙阙：《三辅黄图》：“未央宫有玄武、苍龙二阙。”《三辅旧事》：“未央宫东有苍龙阙，北有玄武阙。”

九门：郑康成《礼记注》：“天子九门者，路门也，应门也，雉门也，库门也，皋门也，城门也，近郊门也，远郊门也，关门也。”

逵：毛苌《诗传》：“逵，九达之道。”《尔雅》：“九达谓之逵。”后人凡通衢大道皆谓之“逵”，不特九达矣。

丹墀：张衡《西京赋》：“青琐丹墀。”李善注：“《汉官典职》曰：以丹漆地，故称丹墀。”吕向注：“丹墀，阶以丹漆涂之 。”《汉书》：“俯视兮丹墀。”孟康注：“丹墀，赤地也。”《宋书》：“明光殿以丹朱色地，谓之丹墀。”

野鹤：《晋书》：“王戎曰：‘昨于稠人中始见嵇绍，昂昂然如野鹤之在鸡群。’”

踉跄：潘岳《射雉赋》：“已踉蹡而徐来。”徐爰注：“踉蹡，乍行乍止，不迅疾之貌。”踉跄、踉蹡义同。

威凤：《汉书》：“元康四年，南郡获白虎威凤为宝。”晋灼曰：“凤之有威仪者，与《尚书》‘凤凰来仪’同意。”

北阙：《汉书》：“萧何治未央宫，立东阙、北阙。”师古注：“未央殿虽南向，而上书奏事谒见之徒皆诣北阙。”

赐帛：《高士传》：“韩福者，涿人也。以行义修洁著名。昭帝时，大将军霍光秉政，表显义士，郡国条奏行状，天子谓福等五人行义最高，以德行征至京兆，病不得进。元凤元年，诏策曰：‘朕愍劳福官职之事，赐帛五十匹遣归。其务修孝弟，以教乡里。’”

东菑：《尔雅》：“田一岁曰菑。”郭璞注：“今江东呼初耕地反草为菑。”谢朓诗：“台笠聚东菑。”

逶迟：毛苌《诗传》：“逶迟，历远之貌。”

淼漫：左思《吴都赋》：“滇沵淼漫。”吕向注：“山水流广之貌。”

海陵郡：《太平寰宇记》：“海陵县，故楚邑。汉以为县，属临淮郡。晋立为海陵郡。唐武德三年改为吴州，置吴陵县。七年，州废，复为海陵县，隶扬州。”

淮南祠：《太平寰宇记》：泗州临淮县有淮渎祠，在淮南岸斗山下。

纬萧：《庄子》：“河上有家贫恃纬萧而食者。”

送　别[①]

圣代无隐者，英灵尽来归。
遂令东山客，不得顾采薇。
既至君门远[②]，孰云吾道非。
江淮度寒食，京洛缝春衣[③]。
置酒临长道[④]，同心与我违。
行当浮桂棹，未几拂荆扉。
远树带行客，孤城当落晖[⑤]。
吾谋适不用，勿谓知音稀[⑥]。

【校】

①《河岳英灵集》、《文苑英华》、《唐文粹》并作“送綦毋潜落第还乡”。

②君，二顾本、凌本俱作“金”。

③洛，《唐文粹》作“兆”。

④《唐文粹》作“置酒长亭”。送，二顾本、凌本俱作“置酒长安道”。

⑤城，《唐文粹》作“村”。

⑥谓，一作为“误”。

【注】

英灵：《隋书》：“李德林美容仪，善谈吐。齐天统中，兼中书侍郎，于宾馆受国书。陈使江总目送之曰：‘此即河朔之英灵也。’”又《文学传》：“江汉英灵，燕赵奇俊。”

吾道非：《史记·孔子世家》：“《诗》云：‘匪兕匪虎，率彼旷野。’吾道非耶？吾何为于此？”

寒食：《荆楚岁时记》：“去冬至一百五日，即有疾风甚雨，谓之寒食。禁火三日，造饧大麦粥。据历，(今)〔合〕在清明前二日，亦有去冬至一百六日者。”

京洛：班固《东都赋》：“子徒习秦阿房之造天，而不知京洛之有制。”陆机诗“京洛多风尘”，又云“京洛多妖丽”，并谓东京洛阳之地。

桂棹：《楚辞》：“桂棹兮兰枻。”王逸注：“棹，楫也。”

吾谋适不用：《左传》：“子无谓秦无人，吾谋适不用也。”

知音稀：《古诗》：“但伤知音稀。”

送张舍人佐江州同薛据十韵[1]

束带趋承明，守官惟谒者。
清晨听银虬，薄暮辞金马。
受辞未尝易，当御方知寡[2]。
清范何风流，高文有风雅。
忽佐江上州，当自浔阳下。
逆旅到三湘，长途应百舍。
香炉远峰出，石镜澄湖泻。

董奉杏成林，陶潜菊盈把。
彭蠡常好之③，庐山我心也。
送君思远道，欲以数行洒。

【校】

①据，顾元纬本作“璩”。

②御，顾元纬本、凌本俱作“是”，误。

③彭，诸本皆作“范”，误。

【注】

舍人：《唐六典》：“通事舍人十六人，从六品上。掌朝见引纳及辞谢者于殿廷通奏。凡近臣入侍，文武就列，则引以进退，而告其拜起出入之节。凡四方通表，华夷纳贡，皆受而进之。凡军旅之出，则受命慰劳而遣之；既行，则每月存问将士之家，以视其疾苦；凯还，则郊迓之，皆复命。凡致仕之臣与邦之耋老，时巡问亦如之。”李林甫注：“通事舍人即秦之谒者。《汉书·百官表》云：‘谒者掌宾赞受事，员七十人，秩比六百石。皇朝改谒者为通事舍人。”

江州：《唐书·地理志》：江南西道有江州浔阳郡。

承明：《三辅黄图》：“未央宫有承明殿，著述之所也。班固《西都赋》云‘内有承明，著作之庭’，即此也。”

守官：谢瞻诗：“守官反南服。”

银虬：《初学记》：“张衡《漏水转浑天仪制》曰：‘以铜为器，再叠差置，实以清水，下各开孔，以玉虬吐漏水入两壶，右为夜，左为昼。’李兰《漏刻法》曰：‘以器贮水，以铜为渴乌，状如钩曲，以引器中水，于银龙口中吐入权器。漏水一升，秤重一斤，时经一刻。’殷夔《漏刻法》曰：‘漏水皆于器下为金龙口吐出，转注入踟蹰经纬之中，流于衡渠之下。’”

金马：《史记》：“金马门者，宦署门也。门旁有铜马，故谓之‘金马门’。”《三辅黄图》：“金马门，宦者署。武帝时，得大宛马，以铜铸像，立于署门，因以为名。东方朔、主父偃、严安、徐乐皆待诏金马门，即此。”

当御：《国语》："秦景公使其弟针来求成，叔向命召行人子员。行人子朱曰：'朱也当御。'叔向曰：'肸也欲子员之对客也。'子朱怒，抚剑就之。叔向曰：'夫子员道宾主之言无私，子常易之。奸以事君者，吾所能御也。'"韦昭注："当，直也；御，进也。言次应直事。""易，变也。"

浔阳：《一统志》："浔阳江在九江府城北，源自岷山，至此下流四十里，合彭蠡湖水，东流入海。"

逆旅：《左传》："虢为不道，保于逆旅。"杜预注："逆旅，客舍也。"孔颖达《正义》："逆，迎也；旅，客也。迎止宾客之处也。"

三湘：《南史》："巴陵南有地名三湘。"《元和郡县志》："偯景浦在巴陵县东北十二里，本名三湘浦。"《太平寰宇记》："湘潭、湘阴、湘乡，是为三湘。"

百舍：《庄子》："百舍重趼而不敢息。"陆德明注："百舍，百日止宿也。"高诱《淮南子》注："百舍，百里一舍也。"

香炉峰：远法师《庐山记》："东南有香炉山，孤峰秀起，游气笼其上，则氛氲若烟。"《太平寰宇记》："香炉峰在庐山西北，其峰尖圆，烟云聚散，如博山香炉之状。"《方舆胜览》："香炉峰在南康城北，山南山北皆见，其形圆耸，常出云气，故名。"

石镜：《幽明录》："宫亭湖边旁山间有石数枚，形圆若镜，明可鉴人，谓之石镜。"《水经注》："庐山东有石镜，照水之所出。有一圆石悬崖，明净照见人形，晨光初曜，则延曜入石，毫细必察，故名石镜焉。"《太平寰宇记》："石镜在东山悬崖之上，其状团圆，近之则照见形影。"

董奉杏：见一卷"虎卖杏"注。

陶潜菊：《续晋阳秋》："陶潜尝九月九日无酒，宅边菊丛中，摘菊盈把，坐其侧久，望见白衣人至，乃王弘送酒也。即便就酌，醉而后归。"

彭蠡：《唐六典》注："彭蠡湖，一名宫亭湖，在江州浔阳县界。"杜氏《通典》："彭蠡湖在浔阳郡之东南五十二里。"

庐山：远法师《庐山记》："山在江州浔阳郡，左挟彭泽，右旁通川。有匡俗先生者，出自殷、周之际，遁世隐时，潜居其下。或云：匡俗受道于仙人，而共游其岭，遂托室崖岫，即岩成馆，故时人谓所止为仙人之庐而命焉。其山大岭凡七重，圆基周回垂三五百里。其南岭临宫亭湖，下有神庙，七岭会同，莫升之者。东南有香炉山，其上氛氲若香烟。西南中石门前有双阙，壁立千馀仞，而瀑布流焉。其中鸟兽草木之美，灵药芳林之奇，所称名代。”《元和郡县志》：“庐山在江州浔阳县东三十二里，本名鄣山。昔匡俗字子孝，隐沦潜景庐于此山。汉武帝拜为大明公，俗号庐君，故山取号。周环五百馀里。”《太平寰宇记》：“庐山在江州南，高二千三百六十丈，周回二百五十里。其山九叠川，亦九派。《郡国志》云：‘庐山叠嶂九层，崇岩万仞。’《山海经》所谓三天子障，亦曰天子都也。周武王时，匡俗字子孝，兄弟七人皆有道术，结庐于此，仙去，空庐尚在，故曰庐山。”

思远道：《古诗》：“青青河畔草，绵绵思远道。”

送韦大夫东京留守

人外遗世虑，空端结遐心。
曾是巢许浅，始知尧舜深。
苍生讵有物，黄屋如乔林。
上德抚神运，冲和穆宸襟。
云雷康屯难，江海遂飞沉[①]。
天工寄人英，龙衮瞻君临[②]。
名器苟不假，保厘固其任。
素资贯方领[③]，清景照华簪。
慷慨念王室，从容献官箴。
云旗蔽三川，画角发龙唫。
晨扬天汉声，夕卷大河阴。
穷人业已宁[④]，逆虏遗之擒。
然后解金组，拂衣东山岑。
给事黄门省，秋光正沉沉。

功名与身退⑤，老病随年侵。
君子从相访，重玄其可寻。

【校】

①遂，顾元纬本、凌本俱作“逐”，非。

②瞻，刘本、顾可久本俱作“澹”。

③资，顾元纬本、凌本、《唐诗品汇》俱作“质”。

④人，顾元纬本、凌本俱作“久”。

⑤功名，一作“壮心”。

【注】

韦大夫：刘昫《唐书》：“乾元二年秋七月乙丑朔，以礼部尚书韦陟充东京留守。”

东京留守：《唐书·百官志》：“初，太宗伐高丽，置京城留守。其后车驾不在京都，则置留守，以右金吾大将军为副留守；开元元年，改京兆、河南府长史为尹；十一年，太原府亦置尹及少尹，以尹为留守，少尹为副留守：谓之三都留守。”

人外：《后汉书·陈宠传》：“南阳尹勤字叔梁，笃性好学，屏居人外，荆棘生门。”《宋书》：“孔淳之与征士戴颙、王弘之及王弘敬等共为人外之游。”

巢许：《高士传》：“巢父者，尧时隐人也。山居不营世利，年老以树为巢而寝其上，故时人号曰巢父。”“许由字武仲，阳城槐里人也。为人据义履方，邪席不坐，邪膳不食，后隐于沛泽之中。”

黄屋：《汉书》：“黄屋左纛。”李斐注：“天子车以黄缯为盖里。”

乔林：谢朓诗：“窗中列远岫，庭际俯乔林。”

上德：《老子》：“上德不德，是以有德。”河上公注：“上德，谓太古无名号之君，德大无上，故言上德也。”

宸襟：何逊诗：“宸襟动时豫，岁序属凉氛。”

屯难：谢灵运诗：“屯难既云康，尊主隆斯民。”

天工：天工，天官也。《尚书》："天工人其代之。"

人英：《淮南子》："明于天道，察于地理，通于人情，大足以容众德，足以怀远信，足以一异知，足以知变者，人之英也。"

龙衮：《礼记》："天子龙衮。"

君临：《三国志》："君临万国，秉统天机。"

名器：《左传》："惟器与名，不可以假人。"杜预注："器，车服也；名，爵号也。"

保厘：保安也，厘理也。《尚书》："命毕公保厘东郊。"

方领：《后汉书·马援传》："朱勃衣方领，能矩步。"

华簪：陶潜诗："聊用忘华簪。"

官箴：《左传》："昔周辛甲之为太史也，命百官，官箴王阙。"杜预注："使百官各为箴词，戒王过。"

云旗：《上林赋》："拖蜺旌，靡云旗。"张揖曰："画熊虎于旒为旗，似云气也。"

三川：《史记索隐》："三川，今洛阳也，地有伊、洛、河，故曰三川。"

画角：《晋书》："蚩尤氏率魑魅与黄帝战于涿鹿，帝乃命始吹角为龙鸣以御之。"梁简文帝诗："城高短箫发，林空画角悲。"

大河阴：陆机诗："发轸清洛汭，驱马大河阴。"李善注："《穀梁传》曰：水南曰阴。"李周翰注："大河，黄河也。"

遗之擒：《左传》："使群臣往遗之禽，以逞君心。"

黄门省：《汉书·刘向传》："拜为郎中给事黄门。"又《扬雄传》："除为郎，给事黄门。"《唐书》："开元元年，改门下省为黄门省。五年，复黄门省为门下省。"

随年侵：陆机诗："后途随年侵。"

重玄：陆机《汉高祖功臣颂》："重玄匪奥。"《晋书·索袭传》："味无味于慌惚之际，兼重玄于众妙之内。"皆用《老子》"玄之又玄"语。

资圣寺送甘二

浮生信如寄，薄宦夫何有。
来往本无归，别离方此受[①]。
柳色蔼春馀，槐阴清夏首。
不觉御沟上，衔悲执杯酒。

【校】

①此，《文苑英华》作“正”。

【注】

资圣寺：《长安志》：“崇仁坊东南隅资圣寺，本太尉赵国公长孙无忌宅。龙朔三年，为文德皇后追福，立为尼寺。咸亨四年，改为僧寺。长安三年七月，火焚之，灰中得经数部，不损一字。百姓施舍，数日之间，所获巨万，遂营造如故。”

留别山中温古上人兄并示舍弟缙[①]

解薜登天朝，去师偶时哲。
岂惟山中人，兼负松上月。
宿昔同游止，致身云霞末。
开轩临颍阳，卧视飞鸟没。
好依盘石饭，屡对瀑泉歇[②]。
理齐少狎隐[③]，道胜宁外物。
舍弟官崇高，宗兄此削发[④]。
荆扉但洒扫，乘闲当过拂[⑤]。

【校】

①《文苑英华》无“山中”字、“舍”字。

②歇，顾元纬本、凌本俱作“渴”。

③顾元纬本作“理齐狎小隐”。

④削，一作“祝”。

⑤拂，顾元纬本、凌本俱作“歇”。

【注】

时哲：谢灵运诗：“鸣葭戾朱宫，兰卮献时哲。”

宿昔：阮籍诗：“宿昔同衣裳。”

颍阳：成按：《唐书·地理志》：河南府有颍阳县，本名武林。“载初元年，析河南、伊阙、嵩阳三县置。开元十五年更名颍阳。”然右丞所称者，当是泛指颍水之阳也。《吕氏春秋》：“许由虞乎颍阳。”高诱注：“颍水之北曰颍阳。”是矣。

道胜：《淮南子》：“子夏见曾子，一臞一肥。曾子问其故，曰：‘出见富贵之乐而欲之，入见先王之道又悦之。两者心战，故臞；先王之道胜，故肥。’”

观别者

青青杨柳陌，陌上别离人。
爱子游燕赵，高堂有老亲。
不行无可养，行去百忧新。
切切委兄弟，依依向四邻。
都门帐饮毕①，从此谢宾亲②。
挥泪逐前侣③，含凄动征轮。
车从望不见④，时时起行尘⑤。
余亦辞家久⑥，看之泪满巾。

【校】

①帐，顾可久本、凌本、《唐诗品汇》俱作“怅”。毕，凌本作“别”。

②宾亲，顾可久本、《唐诗品汇》俱作“亲宾”。

③前，《唐诗品汇》作“行”。

④从，凌本作“徒”。

⑤时时，一作“时见”。

⑥久，凌本、《唐诗品汇》俱作“者”。

【注】

百忧：《诗》：“无思百忧。”

帐饮：盖用《汉书·疏广传》“设祖道，供帐东都门外”[1]事。江淹《别赋》：“帐饮东都，送客金谷。”

挥泪：陆机诗：“挥泪广川阴。”李周翰注：“挥，拭也。”

含凄：谢灵运诗：“含凄泛广川。”吕延济注：“凄，悲也。”

行尘：江淹《别赋》：“见行尘之时起。”

《庚溪诗话》：昔人临岐执别，回首引望，恋恋不忍，遽去而形于诗者，如王摩诘云：“车徒望不见，时见起行尘。”欧阳詹云：“高城已不见，况无城中人。”东坡与其弟子由别云：“登高回首坡陇隔，时见乌帽出复没。”咸纪行人已远，而故人不可复见。语虽不同，其惜别之意则同也。

别弟缙后登青龙寺望蓝田山

陌上新别离，苍茫四郊晦。
登高不见君，故山复云外①。
远树蔽行人，长天隐秋塞。
心悲宦游子②，何处飞征盖。

【校】

①山，《文苑英华》作“人”，非。

②宦游，凌本、《唐诗品汇》俱作“游宦”。

[1]供帐：《汉书·疏广传》作“供张”，意同。

【注】

青龙寺:《长安志》:“南门之东青龙寺,本隋灵感寺,开皇二年立。文帝移都,徙掘城中陵墓,葬之郊野,因置此寺,故以‘灵感’为名。至武德四年废。龙朔二年,城阳公主复奏立为观音寺。景云二年改为青龙寺。北枕高原,南望爽垲,为登眺之美。”张礼《游城南记》:“乐游之南,曲江之北,新昌坊有青龙寺。北枕高原,前对南山,为登眺之绝胜,贾岛所谓‘行坐见南山’也。”

秋塞:沈约诗:“寒光稍眇眇,秋塞日沉沉。”

宦游子:陆机诗:“翩翩游宦子,辛苦谁为心?”

飞征盖:刘桢诗:“辇车飞素盖,从者盈路旁。”

别弟妹二首

《卢象诗集》有《八月十五日象自江东止田园移庄庆会未几归汶上小弟幼妹尤悲其别兼赋是诗三首》,其一“谢病始告归”,其二“两妹日长成”,其三“小弟更孩幼”。《唐诗纪事》载此,亦作象诗。成考右丞本传及他书,未有言其寓家于越、浪迹水乡者。“宛作”二语,合之卢象江东之说,乃为得之。读者试辨焉。

其 一

两妹日成长①,双鬓将及人。
已能持宝瑟,自解掩罗巾。
念昔别时小,未知疏与亲。
今来始离恨,拭泪方殷勤②。

【校】

①成长,《唐诗纪事》作“长成”。

②拭,《唐诗纪事》作“掩”。

【注】

宝瑟：何逊诗："对窗看宝瑟，入户弄鸣机。"

其　二

小弟更孩幼，归来不相识。
同居虽渐惯，见人犹未觅①。
宛作越人语②，殊甘水乡食。
别此最为难，泪尽有馀忆。

【校】

①未觅，《唐诗纪事》作"默默"。

②语，《唐诗纪事》作"言"。

别綦母潜

端笏明光宫①，历稔朝云陛。
诏看延阁书②，高议平津邸。
适意偶轻人，虚心削繁礼③。
盛得江左风，弥工建安体。
高张多绝弦，截河有清济。
严冬爽群木，伊洛方清泚。
渭水冰下流，潼关雪中启④。
荷蓧几时还，尘缨待君洗。

【校】

①宫，《文苑英华》作"殿"。

②看，顾元纬本、凌本俱作"刊"。

③《文苑英华》作"适意轻微禄，遇人削繁礼"。又，"繁"一作"烦"。

④启,《文苑英华》作“闭”,非。

【注】

綦母潜:《唐书·艺文志》:“綦母潜,字孝通。开元中,由宜寿尉入为集贤院待制,迁右拾遗,终著作郎。”

端笏: 江淹诗:“敛衽依光采,端笏奉仁明。”

明光宫:《雍录》:“汉有明光宫三。一在北宫,南与长乐相连者,武帝太初四年起,即王商之所指借,欲以避暑者也。别有明光宫在甘泉宫中,亦武帝所起,发燕、赵美女三千人充之 。至尚书郎主作文书起草,更直于建礼门内,则近明光殿矣。建礼门内得神仙门,神仙门内得明光殿省中,省中皆胡粉涂壁,以丹漆地,谓之丹墀,尚书郎握兰含鸡舌香奏事。此之明光殿,约其方向,必在未央正宫殿中,(下)〔不〕与北宫、甘泉设为奇玩者比,则臣下奏事之地也。”

历稔: 何逊诗:“历稔共追随,一旦辞群匹。”

延阁: 刘歆《七略》:“孝武皇帝敕丞相公孙弘广开献书之路,百年之间,书积如丘山,故外则有太常、太史、博士之藏,内则有延阁、广内、秘书之府。”《宋书》:“汉西京图籍所藏,有天府、石渠、兰台、石室、延阁、广内之府是也。”

平津邸:《汉书》:“公孙弘为丞相,封平津侯。于是启客馆,开东阁,以延贤人,与参谋议。”陆厥诗:“出入平津邸。”张铣注:“邸,国舍也。”

繁礼:《史记》:“孝文好道家之学,以为繁礼(适)〔饰〕貌,无益于(事)〔治〕。”

江左风: 宋、齐、梁、陈四朝并建都江左,其时诗篇多尚绮丽。《宋书·谢灵运传》:“文章之美,江左莫逮。”

建安体: 建安,汉末年号。时曹氏父子及邺中七子俱善篇章,后人谓之“建安体”。钟嵘《诗品》:“降及建安,曹公父子笃好斯文,平原兄弟郁为文栋,刘桢、王粲为其羽翼,次有攀龙附凤、自致于属车者,盖将百计。彬彬之盛,大备于时矣。”

高张:《物理论》:“琴欲高张,瑟欲下声。”颜延年诗:“高张生绝弦,声急由调起。”

截河：孔安国《尚书传》：“济水入河，并流十数里而南，截河又并流数里，溢为荥泽。”孔颖达《正义》：“济水既入于河，与河相乱，而知截河过者，以河浊济清，南出还清，故可知也。”

伊洛：《括地志》：“伊水出虢州卢氏县东峦山东北，流入洛。洛水出商州洛南县冢岭山，东流经洛州郭内，又东合伊水。”《唐六典》注：“伊出河南伊阳县，北流入洛；洛出商州上洛县，经虢州、河南入河。”

清泚：谢朓诗：“寒流自清泚。”《说文》：“泚，清也。”

潼关：杜氏《通典》：“华州华阴县有潼关，《左传》所谓桃林塞也。本名冲关，河自龙门南流，冲激华山东，故以为名。”《元和郡县志》：“潼关，在华州华阴县东北三十九里，古桃林塞也。春秋时，晋侯使詹嘉处瑕，以守桃林之塞是也。关西一里有潼水，因以名关。又云：河在关内，南流冲激关山，因谓之‘冲关’。谨按，秦函谷关在汉弘农县，即今灵宝县西南十一里故关是也。今大路在北，本非钤束之要，汉武帝元鼎三年，杨仆为楼船将军，本宜阳人，耻居关外，上疏请以家僮七百人徙关于新安，武帝从之，即今新安县东一里函谷故关是也。而御传所驰，出于南路，至后汉献帝初平二年，董卓胁帝西幸长安，出函谷关，自此已前，其关并在新安，其后二十年，至建安十六年，曹公破马超于潼关，则是中间徙于今所。今历二处而至河、潼，上跻高隅，俯视洪流，盘纡峻极，实为天险。河之北岸则风陵津，北至蒲关六十馀里。河山之险，迤逦相接，自此西望，川途旷然。盖神明之奥区，帝宅之户牖，百二之固，信非虚言也。”《太平寰宇记》：“自函谷至于潼关，高出云表，幽谷秘邃，深林茂木，白日成昏。又按，今关即隋大业七年移于南北镇城门坑槛谷所置，去旧关四里馀。至唐朝天授二年移近，向北临河为路。”《雍录》：“潼关在华州华阴县东北三十九里，自华而虢，自虢而陕，自陕而河南，中间千馀里地。古尝立关塞者凡三所：由长安东一百八十里出华州华阴县外，则唐潼关也；自潼关东二百里至陕州灵宝县，则秦函谷关也；自灵宝县三百馀里至河南府新安县，则汉函谷关也。”

尘缨：沈约诗：“愿以潺湲水，沾君缨上尘。”

新晴晚望[①]

新晴原野旷，极目无氛垢。
郭门临渡头，村树连溪口。
白水明田外，碧峰出山后。
农月无闲人，倾家事南亩。

【校】

①晚，一作“野”。

【注】

极目：谢灵运诗：“极目睐左阔。”

白水：刘公幹诗：“方塘含白水。”

晦日游大理韦卿城南别业四首

其　一

与世澹无事，自然江海人。
侧闻尘外游，解骖軏朱轮[①]。
极野照暄景[②]，上天垂春云。
张组竟北阜[③]，泛舟过东邻[④]。
故乡信高会，牢醴及家臣[⑤]。
幸同《击壤》乐，心荷尧为君。

【校】

①骖，刘本、《文苑英华》俱作“弁”，顾元纬本、凌本俱作“輚”，误，字书无“輚”字。

②极，顾元纬本、凌本俱作“平”。

③刘本作“张组共曲阜”。

④泛舟，顾元纬本、凌本俱作“泛泛”，非。

⑤家臣，二顾本、凌本俱作“佳辰”。

【注】

【原注】四声依次用，各六韵。

大理：《唐书·百官志》：“大理寺卿一人，从三品；少卿二人，从五品下。”

侧闻：《汉书》：“亦尝侧闻长者遗风矣。”

解骖：《三国志·董允传》：“乃命解骖。”

軏：成按：《玉篇》：“軏，柅夷切。轼也。”今寻文义，当作止训，知“軏”是“柅”字之讹也。孔颖达《周易正义》：“柅者，在车之下，所以止轮令不动者也。”

张组：谢灵运诗：“张组眺倒景。”吕延济注：“组，组帷也。”

北阜：谢灵运诗：“卜室倚北阜。”

高会：《史记》：“饮酒高会。”（师古）〔服虔〕曰：“高会，大会也。”

击壤：《高士传》：“帝尧之世，天下太和，百姓无事。壤父年八十馀而击壤于道中，观者曰：‘大哉，帝之德也！’壤父曰：‘吾日出而作，日入而息，凿井而饮，耕田而食，帝何德于我哉！’”

其　二

郊居杜陵下，永日同携手。
人里蔼川阳①，平原见峰首。
园庐鸣春鸠，林薄媚新柳。
上卿始登席，故老前为寿。
临当游南陂②，约略执杯酒。
归与绌微官③，惆怅心自咎。

【校】

①人，顾元纬本、凌本俱作“仁”。

②游，《文苑英华》作“送”，非。

③《文苑英华》作“归辙继微官”，顾可久本作“车辙绌微官”。

【注】

杜陵：《太平寰宇记》：“杜陵，汉县，在今万年县东十五里。《汉·志》注云‘古杜伯国’也。汉宣帝以杜东原上为初陵，更名杜县为杜陵，后魏改为杜城县，周建德二年省。”

永日：《诗·国风》：“且以永日。”

上卿：《左传》：“王以上卿之礼飨管仲。”

故老：《小雅》：“召彼故老。”

前为寿：《史记》：“庄王置酒，优孟前为寿。”章怀太子《后汉书》注：“寿者，人之所欲，故卑下奉觞进酒，皆言上寿。”

微官：欧阳(坚)〔建〕诗：“抱责守微官。”

其　三

冬中馀雪在①，墟上春流驶。
风日畅怀抱，山川好天气②。
雕胡先丰酌③，庖脍亦云至④。
高情浪海岳，浮生寄天地。
君子外簪缨，埃尘良不啻。
所乐衡门中，陶然忘其贵。

【校】

①中，《文苑英华》作“日”。

②《文苑英华》作“山川多秀气”。

③丰酌，二顾本、凌本俱作“晨炊”。

④云，二顾本、凌本俱作“后”。

【注】

冬中：“冬中”字出《后汉书·周举传》。

春流：谢灵运《山居赋》：“毖温泉于春流。”何逊诗：“君随春水驶。”

衡门：毛苌《诗传》："衡门，横木为门，言浅陋也。"

其　四

高馆临澄陂，旷望荡心目①。
淡荡动云天，玲珑映墟曲。
鹊巢结空林，雉雊响幽谷②。
应接无闲暇，徘徊以踯躅。
纡组上春堤，侧弁倚乔木。
弦望忽已晦，后期洲应绿。

【校】

①望，顾元纬本、凌本俱作"然"。荡，一作"理"。

②雊，《文苑英华》作"雏"。

【注】

云天：谢灵运诗："崔崒刺云天。"

玲珑：谢灵运诗："侧径既窈窕，环州亦玲珑。"李周翰注："玲珑，明暗貌。"

墟曲：陶潜诗："时复墟曲中。"

应接：《世说》："王子敬云：'从山阴道上行，山川自相映发，使人应接不暇。'"

纡组：谢朓诗："我行虽纡组，兼得穷幽蹊。"李善注："《说文》曰：'纡，屈也。一曰萦也。'组，绶也。"

侧弁：《诗·小雅》："侧弁之俄。"

乔木：高诱《淮南子》注："乔木，上疏少阴之木也。"

弦望晦：《释名》："弦，月半之名也。其形一旁曲，一旁直，若张弓弦也。望，月满之名也。月大十六日，月小十五日，日东月在西，遥相望也。晦，灰也。火死为灰，月光尽似之也。"

冬日游览

步出城东门，试骋千里目。
青山横苍林，赤日团平陆。
渭北走邯郸，关东出函谷。
秦地万方会，来朝九州牧。
鸡鸣咸阳中①，冠盖相追逐。
丞相过列侯，群公饯光禄。
相如方老病②，独归茂陵宿。

【校】

①中，《唐诗正音》作“市”。

②方，一作“今”。

【注】

千里目：孙楚诗：“抗我千里目。”

赤日：何逊诗：“赤日下城圆。”

平陆：《尔雅》：“大野曰平，高平曰陆。”谢瞻诗：“夕阳暖平陆。”

走邯郸：《汉书》：“上指视慎夫人新丰道曰：‘此走邯郸道也。’”

函谷：《括地志》：“函谷关在陕州桃林县西南十二里。”《雍录》：“秦函谷关，在唐陕州灵宝县南十里。灵宝县者，汉弘农县也。路在谷中，深险如函，故以为名。其中劣通行路，东西四十里，绝岸壁立，岩上柏林阴荫，谷中常不见日。关去长安四百里，日入则闭，鸡鸣则开。东自殽山，西至潼津，通名函谷，实为天险。”“汉函谷关在唐河南府新安县之东一里，盖汉世杨仆移秦函谷关而立之于此也。以比秦旧，则移东三百七十八里。杨仆者，宜阳县人，汉武帝时数立大功，以其家居宜阳，宜阳者，灵宝县东，其地即在秦(咸)〔函〕关之外矣，仆耻其家不在关内，乞移秦关而东之，使关反在外，武帝允焉。仆自以其家僮筑立关隘，是为汉世函关。自此关移在河南府新安县，而秦关之在灵宝者废矣。”

九州牧:《晋书》:“上欲图三公,下不失九州牧。”

咸阳:《三辅黄图》:“咸阳在九嵕山、渭水北,山水俱在南,故名咸阳。”

相如:《史记》:“司马相如既病免,家居茂陵。”

自大散以往深林密竹蹬道盘曲四五十里至黄牛岭见黄花川

危径几万转,数里将三休。
回环见徒侣,隐映隔林丘。
飒飒松上雨,潺潺石中流。
静言深溪里①,长啸高山头。
望见南山阳,白日霭悠悠②。
青皋丽已(浮)〔净〕,绿树郁如浮。
曾是厌蒙密,旷然消人忧。

【校】

①溪,《文苑英华》作“林”。

②日,顾元纬本、凌本俱作“露”。

【注】

大散:《文献通考》:“凤州梁泉县有黄花川、大散关。《宋中兴四朝志》:大散关,隶梁泉县,在凤翔宝鸡县之南,为秦、蜀往来要道。两山关控斗绝,出可以攻,入可以守,实表里之形势也。”《一统志》:“大散关在凤翔府宝鸡县南五十二里,通褒斜大路。”

三休:贾谊《新书》:“楚王夸使者以章华之台,台甚高,三休乃至。”

静言:陆机《猛虎行》:“静言幽谷底,长啸高山岑。”

悠悠:《楚辞》:“开春发岁兮,白日出之悠悠。”

青皋:谢朓诗:“青皋向还色,春润视生波。”王融《拜秘书丞谢表》:

"钦至道而出青皋,舍布衣而望朱阙。"

蒙密: 范晔诗:"遵渚攀蒙密。"

休假还旧业便使[①]

谢病始告归,依依入桑梓[②]。
家人皆伫立,相候柴门里[③]。
时辈皆长年[④],成人旧童子。
上堂嘉庆毕[⑤],顾与姻亲齿[⑥]。
论旧忽馀悲[⑦],目存且相喜[⑧]。
田园转芜没,但有寒泉水。
衰柳日萧条,秋光清邑里。
入门乍如客[⑨],休骑非便止[⑩]。
中饭顾王程,离忧从此始。

【校】

①假,凌本、《唐诗品汇》俱作"暇"。○《唐诗纪事》作卢象诗,详见四卷《别弟妹诗》下。

②依依,《唐诗纪事》作"依然"。

③柴,凌本、《文苑英华》、《唐诗纪事》、《唐诗品汇》俱作"衡"。

④时辈,《唐诗纪事》作"俦类"。皆,《文苑英华》作"今"。

⑤嘉,凌本、《唐诗纪事》、《唐诗品汇》俱作"家"。

⑥顾,凌本作"愿"。齿,《唐诗纪事》、《唐诗品汇》俱作"迩"。

⑦忽,一作"或"。

⑧目,《文苑英华》、《唐诗品汇》作"自"。

⑨客,《唐诗品汇》作"昨"。

⑩休,《文苑英华》作"归"。

【注】

谢病:《汉书》:“王吉遂谢病,归琅邪。”

告归:《汉书》:“高祖尝告归之田。孟康曰:‘古者名吏休假曰告。’”师古曰:“告者请谒之言谓请休耳。”《后汉书》:“张湛告归平陵。”章怀太子注:“告,请也。告归,谓请假归。”

桑梓:《诗》:“维桑与梓,必恭敬止。”本言父之所树,后人用为乡里之称。

家庆:《韵语阳秋》:“唐人与亲别而复归,谓之拜家庆。卢象诗云:‘上堂家庆毕,顾与姻亲迩。’孟浩然诗云:‘明朝拜家庆,须着老莱衣。’”成按:颜延年《秋胡诗》云:“上堂拜嘉庆,入室问何之。”李善注:“苏亥《织女》诗曰:‘时来嘉庆集。’”吕向注:“见母故云‘拜嘉庆’。”则此语刘宋时已然,虽“嘉”字不同,其义一也。

王程:刘孝仪《与永丰侯书》:“王程有限,时及玉关。”

早入荥阳界

泛舟入荥泽,兹邑乃雄藩。
河曲闾阎隘,川中烟火繁。
因人见风俗,入境闻方言。
秋晚田畴盛①,朝光市井喧。
渔商波上客,鸡犬岸旁村。
前路白云外,孤帆安可论。

【校】

①晚,《文苑英华》作“野”。

【注】

荥阳:《唐书·地理志》:河南道郑州荥阳郡有荥阳县。

荥泽:成按:《史记正义》:“荥泽在郑州荥泽县西北四里,今无水,成平地。”是荥泽在唐时已成平陆，岂能泛舟？盖谓泛舟大河，以入荥阳之界耳。荥阳、荥泽地本相连，取古文之名以为今地之称，诗家盖多有之。

田畴：韦昭《国语》解：“谷地为田，麻地为畴。”杜预《左传注》：“并畔为畴。”

渔商：郭璞《江赋》：“溯洄沿流，或渔或商。”《水经注》：“江阅渔商，川交樵隐。”

宿郑州

朝与周人辞，暮投郑人宿①。
他乡绝俦侣，孤客亲僮仆。
宛洛望不见，秋霖晦平陆。
田父草际归，村童雨中牧。
主人东皋上，时稼绕茅屋。
虫思机杼鸣②，雀喧禾黍熟。
明当渡京水，昨晚犹金谷③。
此去欲何言④，穷边徇微禄⑤。

【校】

①人，凌本作“地”。

②《文苑英华》作“虫鸣机杼休”。又“鸣”字，顾元纬本作“悲”。

③晚，《文苑英华》作“夜”。

④言，《文苑英华》作“之”。

⑤微，一作“食”。

【注】

郑州：《唐书·地理志》：河南道有郑州荥阳郡。

俦侣：张华诗：“安知慕俦侣。”

宛洛：谢朓诗：“宛洛佳遨游。”张铣注：“宛，南阳也；洛，洛阳也。”

秋霖：《左传》："凡雨自三日以往为霖。"《楚辞》："皇天淫溢而秋霖。"

京水：《水经注》："黄水发源京县黄淮上，东南流，名祝龙泉，泉势沸涌，状若巨鼎（汤）〔扬〕汤，西南流，谓之龙项口，世谓之京水也。"《元和郡国志》："京水出郑州荥阳县南平地。"《太平寰宇记》："京水在郑州荥阳县东二十二里。"郑樵《通志》："黄水出京县，故亦谓之京水，东北流入于济。"

金谷：《水经注》："谷水又东左会金（各）〔谷〕水，水出太白原，东南流，历金谷，谓之金〔谷〕水；东南流，径晋卫尉卿石崇之故居也。"《太平寰宇记》："河南府河南县有金谷。郭缘生《述征记》曰：金谷，谷名也。地有金水。自太白原南流经此谷，晋卫尉石崇因即川阜而造置园馆。"

渡河到清河作

泛舟大河里，积水穷天涯。
天波忽开拆，郡邑千万家。
行复见城市，宛然有桑麻。
回瞻旧乡国，淼漫连云霞。

【注】

清河：《唐书·地理志》："河北道贝州清河郡有清河县。"

泛舟：《国语》："泛舟于河。"韦昭解："泛，浮也。"

积水：《荀子》："积水成渊，蛟龙生焉。"

苦　热

赤日满天地，火云成山岳。
草木尽焦卷，川泽皆竭涸。
轻纨觉衣重，密树苦阴薄①。

莞簟不可近，絺绤再三濯。
思出宇宙外，旷然在寥廓。
长风万里来，江海荡烦浊。
却顾身为患，始知心未觉。
忽入甘露门，宛然清凉乐。

【校】

①密树，刘本、顾元纬本俱作“树密”。

【注】

火云：卢思道《纳凉赋》：“火云赫而四举。”

焦卷：应休琏《与岑文瑜书》：“沙砾销铄，草木焦卷。”

絺绤：《小尔雅》：“葛之精者曰絺，粗者曰绤。”

寥廓：《楚辞》：“上寥廓而无天。”《汉书》：“犹焦朋已翔乎寥廓。”颜师古注：“寥廓，天上宽广之处。”

长风：左思《吴都赋》：“习御长风。”刘渊林注：“长风，远风也。”陆机诗：“长风万里举。”

觉：鸠摩罗什《维摩诘经注》：“凡得道，名为觉。觉有二种：一于四谛中觉，二于一切法中觉。”

甘露门：《法华经》：“普智天人尊，哀愍群萌类。能开甘露门，广度于一切。”

纳 凉

乔木万馀株，清流贯其中。
前临大川口，豁达来长风。
涟漪涵白沙①，素鲔如游空。
偃卧盘石上，翻涛沃微躬。
漱流复濯足，前对钓鱼翁。

贪饵凡几许，徒思莲叶东。

【校】

①涵，顾可久本、《唐诗品汇》俱作“含”。

【注】

豁达：刘桢诗：“华馆寄流波，豁达来风凉。”

涟漪：左思《吴都赋》：“濯明月于涟漪。”刘渊林注：“风行水成文曰涟漪。”吕向注：“涟漪，细波文。”

微躬：沈约诗：“便欲息微躬。”

漱流：《晋书·隐逸传》：“漱流而激其清，寝巢而韬其耀。”

贪饵：《楚辞》：“知贪饵而近死兮。”

莲叶东：《古江南曲》：“鱼戏莲叶东，鱼戏莲叶西。”

卷 五

古诗三十二首

济上四贤咏三首

崔录事

解印归田里，贤哉此丈夫。
少年曾任侠，晚节更为儒。
遁世东山下①，因家沧海隅。
已闻能狎鸟，余欲共乘桴。

【校】

①世，《文苑英华》作“迹”。

【注】

录事：按《杜氏通典·大唐官品》：流内有门下省录事，从七品；詹事府录事，正九品；京兆、河南、太原府、九寺、少府、将作监录事，都督、都护府、上州录事，国子监、亲王府录事，京县录事，公主邑司录事，俱从九品。又流外有诸卫都水监羽林军录事，宫苑总监录事，亲勋翊勋府录事，九寺、少府、将作军器监府、都水宫苑总监府京及东都市平准诸陵署录事，诸牧园苑监录事，诸仓监诸关津录事，太子亲勋翊卫府录事，诸王府国司录事。

贤哉：张景阳诗：“行人（多）〔为〕陨涕，贤哉此丈夫。”

任侠：《史记》：“季布者，楚人也。为气任侠，有名于楚。”如淳曰：“相与信为任，同是非为侠。所谓‘权行州里，力折公卿’者也。或曰：任，气力也；侠，俜也。”师古曰：“任谓任使其气力。侠之言挟也，以权力挟辅人也。”[1]

[1]“师古曰”云云，系《汉书·季布传》注文。

狎鸟:《列子》:“海上之人有好鸥鸟者,每旦之海上,从鸥鸟游。鸥鸟之至者,百住而不止。其父曰:‘吾闻鸥鸟皆从汝游,汝取来吾玩之。’明日之海上,鸥鸟舞而不下也。”江淹诗:“物我但忘怀,可以狎鸥鸟。”

成文学

宝剑千金装,登君白玉堂。
身为平原客,家有邯郸娼。
使气公卿座,论心游侠场①。
中年不得志②,谢病客游梁。

【校】

①心,《文苑英华》作“交”。

②志,《文苑英华》作“意”。

【注】

文学: 按《唐书·百官志》:东宫官有文学三人,正六品下,分知经籍,侍奉文章。王府官有文学一人,从六品上,掌校典籍,侍从文章。至诸州文学,乃德宗时改博士为之,德宗以前无此称也。玩“谢病游梁”之句,当是为诸王文学者。

白玉堂:《相逢行》古辞:“黄金为君门,白玉为君堂。”

平原客:《史记》:“平原君喜宾客,宾客盖至者数千人。”

邯郸娼: 古辞:“上有双尊酒,作使邯郸娼。”

使气:《南史》:“傅縡负才使气,凌侮人物。”

游梁:《史记》:“司马相如为武骑常侍,非其好也。会景帝不好辞赋,是时梁孝王来朝,从游说之士齐人邹阳、淮阴枚乘、吴庄忌夫子之徒,相如见而悦之,因病免,客游梁。梁孝王令与诸生同舍。”

郑霍二山人①

翩翩繁华子②,多出金张门③。

幸有先人业，早蒙明主恩④。
童年且未学，肉食骛华轩。
岂乏中林士⑤，无人献至尊⑥。
郑公老泉石⑦，霍子安丘樊。
卖药不二价，著书盈万言⑧。
息阴无恶木，饮水必清源。
吾贱不及议⑨，斯人竟谁论。

【校】

①《河岳英灵集》、《文苑英华》并作"寄崔郑二山人"。

②繁，《河岳英灵集》作"京"。

③出，《文苑英华》作"事"。

④早蒙，《河岳英灵集》作"思逢"，《文苑英华》作"早逢"。

⑤乏，《河岳英灵集》作"知"。

⑥献，顾元纬本、凌本、《河岳英灵集》俱作"荐"。

⑦公，《河岳英灵集》、《文苑英华》俱作"生"。

⑧盈，一作"仍"。

⑨吾，《河岳英灵集》作"余"。

【注】

繁华子：阮籍诗："昔日繁华子。"吕延济注："繁华，喻人美盛如春花之繁。"

金张：《汉书》："功臣之后，惟有金氏、张氏亲近宠贵，比于外戚。"

先人业：《国语》："朝夕处事，犹恐忘先人之业。"

华轩：华轩，车之美者。江淹诗："金张服貂冕，许史乘华轩。"

中林士：王康琚诗："今虽盛明世，能无中林士。"

至尊：《唐六典》："凡夷夏之通称天子曰皇帝，臣下内外兼称曰至尊。"

卖药：《后汉书》："韩康字伯休，京兆霸陵人。常采药名山，卖于长安市，口不二价，三十馀年。时有女子从康买药，康守价不移。女子怒曰：'公是韩伯休那？乃不二价乎？'康叹曰：'我本欲避名，今小女子皆知有我焉，何用药为？'乃遁入霸陵山中。"

恶木：陆机诗："渴不饮盗泉水，热不息恶木阴。"

偶然作六首

其　一

楚国有狂夫，茫然无心想。
散发不冠带，行歌南陌上。
孔丘与之言，仁义莫能奖。
未尝肯问天，何事须击壤。
复笑采薇人，胡为乃长往。

【校】

①密树，刘本、顾元纬本俱作"树密"。

【注】

楚狂：《高士传》："陆通，字接舆，楚人也。好养性，躬耕以为食。楚昭王时，通见楚政无常，乃佯狂不仕，故时人谓之'楚狂'。孔子适楚，楚狂接舆游其门曰：'凤兮凤兮，何如德之衰也。来世不可待，往世不可追也。天下有道，圣人成焉；天下无道，圣人生焉；方今之时，仅免刑焉。福轻乎羽，莫之知载；祸重乎地，莫之知避。已乎已乎，临人以德。殆乎殆乎，画地而趋。迷阳迷阳，无伤吾行。郤曲郤曲，无伤吾足。山木自寇也，膏火自煎也。桂可食，故伐之；漆可用，故割之。人皆知有用之用，而不知无用之用也。'孔子下车，欲与之言，趋而避之，不得与之言。"

其　二

田舍有老翁，垂白衡门里。

有时农事闲，斗酒呼邻里。
喧聒茅檐下，或坐或复起。
短褐不为薄，园葵固足美。
动则长子孙，不曾向城市。
五帝与三王，古来称天子①。
干戈将揖让，毕竟何者是。
得意苟为乐，野田安足鄙。
且当放怀去②，行行没馀齿。

【校】

①天，一作“君”。

②放，一作“忘”；怀，一作“志”。

【注】

垂白：《汉书·杜钦传》：“诚哀老姐垂白。”师古注：“垂白者，言白发下垂也。”

短褐：《列子》：“衣则裋褐，食则粢粝。”《淮南子·览冥训》：“裋褐不完。”高诱注：“褐，毛布，如今之马衣也。”又《齐俗训》：“必有菅屩跐踦，裋褐不完者。”高诱注：“楚人谓袍为裋褐大布。”《史记·秦始皇本纪》：“夫寒者利短褐，而饥者甘糟糠。”徐广曰：“短，一作‘裋’，小襦也。音竖。”《索隐》云：“赵岐曰：‘褐以毛毳织之，若马衣。或以褐编衣也。’（短）〔裋〕，一音竖。盖谓褐布竖裁，为劳役之衣，短而且狭，故谓之短褐，亦曰竖褐。”又《孟尝君传》：“士不得短褐。”《索隐》：“短音竖。竖褐，谓褐衣而竖裁之，以其省而便事也。”《汉书·贡禹传》：“裋褐不完。”师古曰：“裋者，谓僮竖所着布长襦也。褐，毛布之衣也。裋音竖。”又《叙传》：“思有短褐之亵，儋石之畜。”《晋书·潘尼传》：“披短褐，茹藜藿。”又《刘驎之传》：“拂短褐与桓冲言话。”成按：裋褐、短褐，书传两见，今人以“裋”字为正，以“短”字为讹，非也。或谓传中“短”字皆系讹写，然考岑参诗“野花迎短褐，河柳拂长鞭”，明作“短”字用矣，岂亦以此为讹耶？

园葵：陶潜诗："好味止园葵。"

馀齿：《晋书·隐逸传》："乞还馀齿，归死岱宗。"

其　三

日夕见太行，沉吟未能去。
问君何以然，世网婴我故。
小妹日成长，兄弟未有娶。
家贫禄既薄，储蓄非有素。
几回欲奋飞，踟蹰复相顾。
孙登长啸台，松竹有遗处。
相去讵几许，故人在中路。
爱染日已薄，禅寂日已固①。
忽乎吾将行②，宁俟岁云暮。

【校】

①寂，一作"习"。

②乎，凌本作"呼"，非。

【注】

太行：《太平寰宇记》："太行山在怀州修武县北三十二里。"《一统志》："太行山在卫辉府辉县西五十里，西南连怀庆府界一带，峰麓虽各有名，然总呼为'太行'。"

沉吟：《后汉书·曹褒传》："昼夜研精，沉吟专思。"

奋飞：《诗》："静言思之，不能奋飞。"毛苌《传》："如鸟奋翼而飞去。"

长啸台：《晋书》："阮籍尝于苏门山遇孙登，与商略终古及栖神导气之术，登皆不应，籍因长啸而退。至半岭，闻有声若鸾凤之音，响乎山谷，乃登之啸也。"《太平寰宇记》："怀州修武县有天门山，今谓之百家岩，在县西北三十七里，以岩下可容百家，因名。上有精舍，又有锻灶处，传云嵇康所居。《图经》云：百家岩有刘伶醒酒台、孙登长啸台、阮氏竹林、嵇康淬剑池，并在岩之左右。”《一统志》：“苏门山在卫辉府辉县西北七里，一名百门山。啸台在百门山上，即孙登隐居长啸之所。”

爱染：《大般若经》：“于妙欲境，心不爱染。”

禅寂：《维摩诘经》：“一心禅寂，摄诸乱意。”

忽乎：《楚辞》：“怀信侘傺，忽乎吾将行兮。”

岁云暮：《古诗》：“凛凛岁云暮。”

其 四

陶潜任天真，其性颇耽酒。
自从弃官来，家贫不能有。
九月九日时，菊花空满手。
中心窃自思，倘有人送否。
白衣携壶觞，果来遗老叟。①
且喜得斟酌，安问升与斗。
奋衣野田中，今日嗟无负②。
兀傲迷东西，蓑笠不能守。
倾倒强行行，酣歌归五柳。
生事不曾问，肯愧家中妇③？

【校】

①《河岳英灵集》作“白衣携觞来，果不违老叟”。

②负，顾元纬本、凌本俱作“有”。

③妇，顾元纬本、凌本俱作“帚”，非。

【注】

陶潜：《宋书》：“陶潜性嗜酒，家贫不能恒得。亲旧知其如此，或置酒招之，造饮辄尽，期在必醉。为彭泽令，郡遣督邮至，县吏白应束带见之，潜叹曰：‘我不能为五斗米折腰向乡里小人。’即日解印绶去职。”

白衣：见四卷“陶潜菊”注。

斟酌: 陶潜诗:“过门更相呼,有酒斟酌之。”

奋衣:《世说》:“郭林宗奋衣而去。”

兀傲: 陶潜诗:“规规一何愚,兀傲差若颖。”

家中妇: 成按:渊明《与子书》曰“尝感孺仲贤妻之言,败絮自拥,何惭儿子”云云,右丞所谓“肯愧家中妇”者,正隐括此语也。顾元纬改“妇”字作“帚”字,且云:实用《汉纪》“家有敝帚”语,诸本作“家中妇”,虽“帚”、“妇”同韵,恐义不可解,今据《汉纪》改作“帚”。非也。或以渊明有“邻靡二仲,室无莱妇”之语,谓渊明安得有贤妇而愧之?考《南史·陶潜传》:“其妻翟氏,志趣亦同,能安苦节,夫耕于前,妻锄于后。”不可谓无贤妇也。其云“室无莱妇”者,当是翟卒之后,故云,不得据此作证。且“肯愧家中帚”较之“肯愧家中妇”,不更难解乎?

其　五

赵女弹箜篌,复能邯郸舞。
夫婿轻薄儿,斗鸡事齐主。
黄金买歌笑,用钱不复数。
许史相经过,高门盈四牡。
客舍有儒生,昂藏出邹鲁。
读书三十年,腰下无尺组①。
被服圣人教,一生自穷苦。

【校】

①下,一作“间”。

【注】

箜篌:《释名》:“箜篌,此师延所作,靡靡之乐也。后出于桑间濮上之地,盖空国之侯所存也。师涓为晋平公鼓焉。郑、卫分其地而有之,遂号郑卫之音,谓之淫乐也。”刘昫《唐书》:“箜篌,汉武帝使乐人侯调所作,以祠太乙。或云侯辉所作,其声坎坎应节,谓之‘坎侯’,声讹为‘箜篌’。或谓师延靡靡之乐，非也。旧说亦依琴制，今按其形，似瑟而小，七弦，用拨弹之，如琵琶。”

邯郸舞：刘劭《赵都赋》：“狄鞮妙音，邯郸才舞。”

轻薄儿：沈约诗：“洛阳繁华子，长安轻薄儿。”

斗鸡：《庄子》：“纪渻子为王养斗鸡。”陆德明注：“王，齐王也。”

许史：《汉书》：“上无许史之属。”应劭曰：“许伯，宣帝皇后父。史高，宣帝外家也。”师古曰：“许氏、史氏有外属之恩。”

四牡：《诗》：“四牡孔阜。”

昂藏：陆机《孝侯周处碑》：“汪洋延阙之旁，昂藏寮宷之上。”

邹鲁：《史记》：“邹、鲁滨洙、泗，犹有周公遗风，俗好儒，备于礼。”

其　六①

老来懒赋诗，惟有老相随。
宿世谬词客②，前身应画师。
不能舍馀习，偶被世人知③。
名字本皆是，此心还不知④。

【校】

①《万首唐人绝句》采“宿世谬词客”四句作一绝，题曰《题辋川图》。

②宿世，《唐诗纪事》作“当代”。

③世，《万首唐人绝句》、《唐诗纪事》俱作“时”。

④叠用二“知”字，疑误。

【注】

馀习：《维摩诘经》：“深入缘起，断诸邪见，有无二边，无复馀习。”

同王十三维偶然作十首

储光羲

其　一

仲夏日中时，草木看欲焦。
田家惜功力①，把锄来东皋。
顾望浮云阴，往往误伤苗。
归来悲困极，兄嫂共相譊②。
无钱可沽酒，何以解劬劳。
夜深星汉明，庭宇虚寥寥。
高柳三五株，可以独逍遥。

【校】

①功，一作“工”。

②譊，一作“饶”。

【注】

储光羲：《唐书》：“储光羲，兖州人。登开元进士第，又诏中书试文章。历监察御史。禄山反，陷贼自归。”顾况《监察御史储公光羲集序》云：“开元十四年，严黄门知考功，以鲁国储公进士高第，与崔辅国员外、綦母潜著作同时；其明年，擢第常少府建、王龙标昌龄，此数人皆当时之秀，而侍御声价隐隐，轥轹诸子。其文篇赋论凡七十卷，虽无风雷之会，意气相感，而扶危拯病，绰有贤达之风。拔身虏庭，竟陷危邦，士生不融，可以言命。然窥其鸿黄窈窕之学，金石管磬之声，如登瑶台而进玉府，灵篇邃宇，景物寥映，绿流翠草，佳木好鸟，不足称珍。嗣息曰溶，亦凤毛骏骨。恐坠先志，溯洄千里，泣拜告余曰：‘我先人与王右丞，伯仲之欢也。相国缙云尝以序冠编次，会缙云之谪亡焉。’后辈据文之士，风流不接，故小子获忝操简。伏恐魂游无方，嗤责造次，茫茫古道，不见来者。岂以龙战，害乎鹿鸣；齐竽竞吹，燕石争宝。呜呼！薄游之士，未跻一峰，已代其峻；登阆风者，乃知其迤逦昏明，掩豁将尽，复通之者，其若是乎。”

其　二

北山种松柏，南山种蒺藜。
出入虽同趣，所向各有宜①。
孔丘贵仁义，老氏好无为。
我心若虚空，此道将安施。
暂过伊阙间，晼晚三伏时。
高阁入云中，芙蓉满清池。
要自非我室，还望南山陲。

【校】

①向，一作“尚”。

【注】

蒺藜：郭璞《尔雅》注：“蒺藜，布地蔓生，细叶子，有三角，刺人。”

无为：《老子》：“是以圣人处无为之事，行不言之教。”

伊阙：《水经注》：“伊水又北入伊阙。昔大禹疏以通水，两山相对，望之若阙，伊水历其间北流，故谓之伊阙矣。春秋之阙塞焉。昭公二十六年：赵鞅‘使女宽守阙塞’是也。陆机云：‘洛有四阙，斯其一焉。东岩西岭，并镌石开轩，高甍架峰。西侧灵岩下，泉流东注入于伊水。’傅毅《反都赋》曰‘因龙门以畅化，开伊阙以达聪’也。”《元和郡县志》：“河南府有伊阙县，北至府七十里。伊阙山在县北四十五里。”

晼晚：《楚辞》：“白日晼晚其将入兮。”潘岳《怀旧赋》：“日晼晚而将暮。”李周翰注：“晼晚，日落貌。”

三伏：《初学记》：“《阴阳书》曰：从夏至后第三庚为初伏，第四庚为中伏，立秋后初庚为终伏，谓之三伏。”

其　三

野老本贫贱，冒暑锄瓜田①。
一畦未及终，树下高枕眠。

荷蓧者谁子，皤皤来息肩。
不复问乡墟，相见但依然。
腹中无一物，高话羲皇年。
落日临层隅[②]，逍遥望晴川[③]。
使妇提蚕筐，呼儿傍渔船。
悠悠泛绿水，去摘浦中莲。
莲花艳且美[④]，使我不能还。

【校】

①暑，一作“雨”。

②层隅，《唐诗正音》作“曾城”。

③晴，《唐诗正音》作“秦”。

④美，一作“妍”。

【注】

畦：《说文》：“田五十亩曰畦。”

皤皤：班固诗：“皤皤国老，乃父乃兄。”章怀太子注：“《说文》曰：‘皤皤，老人貌也。音步何反。’”

息肩：《左传》：“子驷请息肩于晋。”

层隅：鲍照《凌烟楼铭》：“岩岩崇楼，藐藐层隅。”

其　四

浮云在虚空，随风复卷舒。
我心方处顺，动作何忧虞。
但言婴世网，不复得闲居。
迢递别东国，超遥来西都。
见人但恭敬，曾不问贤愚。
虽若不能言，中心亦难诬。
故乡满亲戚，道远情日疏。

偶欲陈此意，复无南飞凫①。

【校】

①复无，一作"无复"。

【注】

南飞凫：沈约诗："无因达往意，欲寄双飞凫。"

其　五

草木花叶生，相与命为春。
当非草木意，信是故时人。
静念恻群物，何由知至真。
狂歌问夫子，夫子莫能陈。
凤凰飞且鸣，容裔下天津。
清净无言语，兹焉庶可亲。

【注】

容裔：张衡《东京赋》："纷焱悠以容裔。"薛综注："容裔，高低之貌。"江淹诗："行光自容裔。"张铣注："容裔，自在貌。"

天津：《楚辞章句》："天津，东极箕斗之间，汉津也。"

其　六

黄河流向东①，弱水流向西。
趋舍各有异，造化安能齐？
妾本邯郸女，生长在丛台。
既闻容见宠，复想玄为妻。
刻划尚风流，幸遇君招携。
逶迤歌舞座，婉娈芙蓉闺。
日月方向除，恩爱忽焉暌。

弃置谁复道，但悲生不谐。
羡彼匹妇意，偕老常同栖。

【校】

①顾元纬本作“黄河向东流”。

【注】

弱水：《史记索隐》：“《魏略》云：‘弱水在大秦西。’《玄中记》云：‘天下之弱者，有昆仑之弱水，鸿毛不能载也。’”《通鉴地理通释》：“弱水出吐谷浑界，穷石山。自甘州删丹县西至合黎山，与张掖县河合。其水力不胜芥，然可以皮船渡。《通鉴》‘魏太武击柔然至栗水，西行至菟园水’，又‘循弱水西行至涿邪山’，则弱水在菟园水之西，涿邪山之东。《禹贡》‘弱水既西’，以水皆东流，惟弱、黑二水乃西注耳。”

丛台：《汉书》：“赵王宫丛台灾。”师古注：“连聚非一，故名‘丛台’，盖本六国时赵王故台也。在邯郸城中。”《水经注》：“丛台，六国时赵王之台也。《郡国志》曰：‘邯郸有丛台。’故刘劭《赵都赋》曰‘结云阁于南宇，立丛台于少阳’者也，今遗基旧墉尚在。”《元和郡县志》：“丛台在邯郸县内东北隅。”《九域志》：“磁州有丛台，赵武灵王所筑。”

玄妻：《左传》：“昔有仍氏生女，黰黑而甚美，光可以鉴，名曰玄妻。”

婉娈：《后汉书》：“婉娈龙姿。”章怀太子注：“婉娈，犹亲爱也。”

除：《诗·小雅》：“昔我往矣，日月方除。”毛苌《传》：“除，除陈生新也。”颜延年《秋胡诗》：“良时为此别，日月方向除。”

生不谐：《后汉书》：“周泽为太常，清洁循行，尽敬宗庙。尝卧病斋宫，其妻哀泽老病，窥问所苦。泽大怒，以妻干犯斋禁，遂收送诏狱谢罪。当世疑其诡激。时人为之语曰：‘生世不谐，作太常妻。一岁三百六十日，三百五十九日斋。’”

其　七

日暮登春山，山鲜云复轻。

远近看春色，踟蹰新月明。
仙人浮丘公，对月时吹笙。
丹鸟飞熠熠，苍蝇乱营营。
群动汩吾真，讹言伤我情。
安得如子晋，与之游太清。

【校】

①密树，刘本、顾元纬本俱作“树密”。

【注】

浮丘公：《列仙传》：“王子乔者，周灵王太子晋也。好吹笙，作凤凰鸣。游伊洛之间，道士浮丘公接以上嵩高山三十馀年。后求之于山上，见桓良曰：‘告我家，七月七日待我于缑氏山巅。’至时，果乘白鹤驻山头，望之不得到，举手谢时人，数日而去。”

丹鸟：《古今注》：“萤火，一名耀夜，一名景天，一名熠耀，一名丹良，一名燐，一名丹鸟，一名夜光，一名宵烛，腐草为之，食蚊蚋。”

营营：《诗》：“营营青蝇。”毛苌《传》：“营营，往来貌。”

其　八

耽耽铜鞮宫，遥望长数里。
宾客无多少，出入皆珠履。
朴儒亦何为，辛苦读旧史。
不道无家舍，效他养妻子。
冽冽玄冬暮，衣裳无准拟。
偶然著道书，神人养生理。
公卿时见赏，赐赉难具纪。
莫问身后事，且论朝夕是。

【校】

①密树，刘本、顾元纬本俱作“树密”。

【注】

耽耽：张衡《西京赋》：“大厦耽耽，九户开辟。”薛综注：“耽耽，深邃之貌。”

铜鞮宫：《左传》：“今铜鞮之宫数里。”杜预注：“铜鞮，晋离宫。”《元和郡县志》：“晋铜鞮宫在潞州铜鞮县东十五里。”《太平寰宇记》：“铜鞮城在铜鞮县南十五里，本晋铜鞮宫。《上党记》云：铜鞮有晋宫阙，犹存。”

珠履：《史记》：“春申君客三千馀人，其上客皆蹑珠履。”

朴儒：陆机诗：“鸣玉岂朴儒，凭轼皆俊民。”

冽冽：陶潜诗：“冽冽气遂严。”《玉篇》：“冽，寒气也。”

玄冬：扬雄《羽猎赋》：“玄冬季月，天地隆烈。”师古注：“北方色黑，故曰玄冬。”

其　九

空山暮雨来，众鸟竟栖息。
斯须照夕阳，双双复抚翼。
我念天时好，东田有稼穑。
浮云蔽川原，新流集沟洫。
徘徊顾衡宇，僮仆邀我食。
卧拥床头书①，睡看机中织。
想见明膏煎，中夜起唧唧。

【校】

①拥，一作“览”。

【注】

衡宇：《归去来辞》：“乃瞻衡宇。”刘良注：“衡宇，谓其所居衡门屋宇也。”

其 十

四邻竞丰屋，我独存卑室。
窈窕高台中，时闻抚清瑟。
狂飙动地起，拔木乃非一。
相顾始知悲，中心忧且栗。
蚩蚩命子弟，恨不居高秩。
日入宾从归，清晨冠盖出。
中庭有奇树，荣早衰复疾。
此道犹不知，微言安可述。

【注】

窈窕：毛苌《诗传》："窈窕，幽闲也。"郑康成《笺》、孔颖达《正义》皆作"居处"训，与扬子云所谓"善心为窈，善容为窕"之解不同。

狂飙：陆云《南征赋》："狂飙起而妄骇，行云蔼而芊眠。"

蚩蚩：毛苌《诗传》："蚩蚩者，敦厚之貌。"

微言：《汉书》："仲尼没而微言绝。"师古注："微言，精微要妙之言也。"

西施咏①

艳色天下重，西施宁久微②。
朝为越溪女③，暮作吴宫妃④。
贱日岂殊众，贵来方悟稀。
邀人傅脂粉⑤，不自着罗衣。
君宠益骄态，君怜无是非。
当时浣纱伴⑥，莫得同车归。
持谢邻家子⑦，效颦安可希。

【校】

①《河岳英灵集》、《唐文粹》、《唐诗纪事》俱作“西施篇”。

②宁，一作“又”。

③为，《唐诗纪事》作“仍”。

④暮，一作“暝”。宫妃，一作“王姬”。

⑤《河岳英灵集》作“要人傅香粉”。

⑥当，一作“常”。

⑦持谢，《河岳英灵集》、《唐诗纪事》俱作“寄言”，一作“寄谢”。子，《河岳英灵集》、《唐诗正音》俱作“女”。

【注】

西施：《吴越春秋》：“越王乃使相于国中，得苎萝山鬻薪之女，曰西施、郑旦。饰以罗縠，教以容步，习于土城，临于都巷，三年学服而献于吴，吴王大悦。”

浣纱：《太平寰宇记》：“诸暨县有苎萝山，山下有石迹，（水）〔云〕是西施浣纱之所，浣纱石犹存。”

效颦：《庄子》：“西施病心而矉其里，其里之丑人见而美之，归亦捧心而矉其里。其里之富人见之，坚闭门而不出，贫人见之，挈妻子而去之走。”陆德明注：“蹙额曰矉。矉，与‘颦’同。”

成按：“贱日岂殊众”二言，古今亟称佳句，然愚意以为不及“君宠益骄态”二言为尤工。四言之义，俱属慨词，然出之以冲和之笔，遂不觉沨沨乎为入耳之音，诚有合于风人之旨也哉。

李陵咏

汉家李将军，三代将门子。
结发有奇策，少年成壮士。
长驱塞上儿，深入单于垒。
旌旗列相向，箫鼓悲何已。

日暮沙漠陲，战声烟尘里。
将令骄虏灭，岂独名王侍。
既失大军援，遂婴穹庐耻。
少小蒙汉恩，何堪坐思此。
深衷欲有报，投躯未能死。
引领望子卿，非君谁相理？

【注】

【原注】时年十九。

李陵：《史记》："李陵为建章监，监诸骑。善射，爱士卒。天子以为李氏世将，使将八百骑。尝深入匈奴二千馀里，过居延视地形，无所见虏而还。天汉二年，贰师将军李广利将三万骑击匈奴右贤王于祁连天山，而使陵将其射士步兵五千人出居延北可千馀里，欲以分匈奴兵。陵既至期还，而单于以兵八万围击陵军。陵军五千人，兵矢既尽，士死者过半，而所杀伤匈奴亦万馀人。且引且战，连斗八日，还未到居延百馀里，匈奴遮狭绝道，陵食乏，救兵不到，遂降匈奴。"

三代将门：《汉书·李广传赞》云："三代之将，道家所忌。自广至陵，遂亡其宗。"

结发：《汉书》："施雠结发，事师数十年。"师古注："言从结发为童丱，即从师学，著其早也。"

长驱：《史记》："轻卒锐兵，长驱至国。"

单于：颜师古《汉书》注："单于，匈奴天子之号也。单，音蝉。"

穹庐：《汉书》："匈奴父子同穹庐卧。"师古曰："穹庐，旃帐也。其形穹隆，故曰穹庐。"

投躯：《北史》："投躯万死之地，以邀一旦之功。"

引领：《左传》："引领西望。"

子卿：子卿，苏武字。《汉书·苏武传》："匈奴与汉和亲，汉求武等。于是李陵置酒贺武曰：'陵虽驽怯，令汉且贳陵罪，全其老母，使得奋大辱之积志，庶几乎曹柯之盟，此陵宿昔之所不忘也。收族陵家，为世大戮，陵尚复何顾乎？已矣！令子卿知吾心耳。异域之人，一别长绝！’陵起舞，歌曰：‘经万里兮渡沙幕，为君将兮奋匈奴。路穷绝兮矢刃摧，士众灭兮名已隤。老母已死，虽欲报恩将安归！’”

燕子龛禅师①

山中燕子龛，路剧羊肠恶。
裂地竞盘屈，插天多峭崿。
瀑泉吼而喷，怪石看欲落。
伯禹访未知，五丁愁不凿。
上人无生缘，生长居紫阁。
六时自搥磬，一饮尚带索。
种田烧白云，斫漆响丹壑。
行随拾栗猿，归对巢松鹤。
时许山神请，偶逢洞仙博。
救世多慈悲，即心无行作。
周商倦积阻，蜀物多淹泊。
岩腹乍旁穿，涧唇时外拓。
桥因倒树架，栅值垂藤缚。
鸟道悉已平，龙宫为之涸。
跳波谁揭厉，绝壁免扪摸。
山木日阴阴，结跏归旧林。
一向石门里，任君春草深。

【校】

①一本有“咏”字。

【注】

燕子龛：按《唐骊山宫图》，燕子龛在连理水上，山城门在其东，飞霞泉在其西。

羊肠：谓燕子龛之路盘纡曲屈，较羊肠更恶。《括地志》："太行山在怀州河内县北二十五里，有羊肠坂。"《汉书·地理志》："上党郡壶关有羊肠坂。"

峭崿：孙绰《游天台山赋》："陟峭崿之峥嵘。"李善注："《文字集略》曰：崿，崖也。"

五丁：《华阳国志》："蜀有五丁力士，能移山，举万钧。"

紫阁：《太平广记》："终南山紫阁峰去长安城七十里。"《陕西志》："紫阁峰在西安府鄠县东南三十里，旭日射之，烂然而紫。其形上竦若楼阁。"然即杜诗所谓"紫阁峰阴入渼陂"也。

六时：西域分昼夜为六时，谓日初分时、日中分时、日后分时、夜初分时、夜中分时、夜后分时。

带索：《列子》："孔子游于太山，见荣启期行乎郕之野，鹿裘带索，鼓琴而歌。"

烧田：《齐民要术》："凡开荒山泽田，皆七月芟艾之。草干，即放火。至春而开垦。其林木大者，劕杀之，叶死不扇，便任耕种。三岁后，根枯茎朽，以火烧之。"

斫漆：《古今注》："漆树以刚斧斫其皮，开，以竹管承之，汁滴管中，即成漆也。"

丹壑：鲍照诗："妍容逐丹壑。"

山神请：《法苑珠林》："晋庐山有释昙邕，姓杨，关中人。形长八尺，雄武过人。南投庐山，事远公为师。内外经书，多所综涉。志尚传法，不惮疲苦。乃于山之西南，别立茅宇，与弟子昙果，澄思禅门，尝于一时，果梦见山神求受五戒。果曰：'家师在此，可往谘受。'后少时，邕见一人着单袷衣，风姿端雅，从者三十人。请受五戒。邕以果先梦，知是山神，乃为说法授戒。神䞋以外国匕箸，礼拜辞别，倏忽不见。"又云："大同元年二月五日，摄山神现形，着菩萨巾，披袈裟，形貌极端正，侍从左右三十馀人。又一人捉香炉在前，来入禅堂，诣弘誓法师所。自坐胡床，与法师共语，并请寺众行道。”

洞仙博：曹植诗：“仙人揽六箸，对博太山隅。”

无行作：《维摩诘经》：“不眴菩萨曰：‘受、不受为二，若法不受，则不可得，以不可得，故无取无舍，无作无行，是为入不二法门。’”

积阻：郭璞《江赋》：“幽涧积阻。”

鸟道：凡山路之高峻险绝者，谓之鸟道。《南中八志》：“交趾郡治龙编县，自兴古鸟道四百里，以其险绝，兽犹无蹊，特上有飞鸟之道耳。”“鸟道”字本此。

揭厉：《尔雅》：“‘深则厉，浅则揭。’揭者，揭衣也。以衣涉水为厉。繇膝以(上)〔下〕为揭，繇带以上为厉。”

结跏：《菩萨璎珞经》：“二者坐禅，若欲诣座结跏趺坐，便去众想。”

羽林骑闺人

秋月临高城，城中管弦思。
离人堂上愁，稚子阶前戏。
出门复映户，望望青丝骑。
行人过欲尽，狂夫终不至。
左右寂无言，相看共垂泪。

【注】

羽林骑：《汉书》：“羽林掌送从，次期门，武帝太初元年置，名曰建章营骑，后更名羽林骑。”《唐书·百官志》有左右羽林军。后人谓天子禁兵皆谓之“羽林”。

青丝骑：刘孝绰诗：“未见青丝骑，徒劳红粉妆。”

冬夜书怀

冬宵寒且永，夜漏宫中发。
草白靄繁霜，木衰澄清月。
丽服映颓颜，朱灯照华发。
汉家方尚少，顾影惭朝谒。

【注】

夜漏: 成按: 漏刻之法, 孔壶为漏, 浮箭为刻, 视水高下, 以定昏明之候, 故曰“漏刻”。在昼谓之昼漏, 入夜谓之夜漏。《唐六典》注:“凡候夜漏以为更点之节。每夜分为五更, 每更分为五点。更以击鼓为节, 点以击钟为节。”后人谓之“漏鼓”, 亦谓之“漏声”是也。若直呼“更筹”为“夜漏”, 则非矣。玩右丞“发”字, 亦属“更筹”说。

繁霜:《诗》:“正月繁霜。”毛苌《传》:“繁, 多也。”

朱灯: 鲍照《夜坐吟》:“朱灯灭, 朱颜寻。”

华发: 傅休奕诗:“一别终华发。”

尚少:《汉武故事》:“上至郎署, 见一老郎, 庞眉皓发, 问:‘何时为郎, 何其老也?’对曰:‘臣姓颜名驷, 以文帝时为郎。文帝好文, 而臣好武; 景帝好老, 而臣独少; 陛下好少, 而臣已老。以是三叶不遇也。’上感其言, 擢为会稽都尉。”

早　朝

皎洁明星高，苍茫远天曙。
槐雾暗不开[①]，城鸦鸣稍去。
始闻高阁声，莫辨更衣处。
银烛已成行，金门俨驺驭[②]。

【校】

①暗,《文苑英华》作“郁”。

②金,《文苑英华》作“重”。

【注】

槐雾: 何逊诗:“城霞旦晃朗,槐雾晓(氛)〔氤〕氲。”

更衣:《汉书·王莽传》:“张于西厢及后阁更衣中。”晋灼曰:“更衣中,谓朝贺易衣服处,室屋名也。”

银烛: 顾野王《舞影赋》:“耀金波兮绣户,列银烛兮兰房。”

金门:《汉书·叙传》:“平津斤斤,晚跻金门。”师古注:“金门,金马门也。”

驺驭: 张正见诗:“驺驭郁相催。”

寓言二首

其　一

朱绂谁家子,无乃金张孙。
骊驹从白马,出入铜龙门。
问尔何功德,多承明主恩。
斗鸡平乐馆,射雉上林园。
曲陌车骑盛,高堂珠翠繁。
奈何轩冕贵,不与布衣言。

【注】

朱绂: 韦孟《讽谏诗》:“黼衣朱绂,四牡龙旂。”师古注:“黼衣画为斧形,而白与黑为彩也。朱绂为朱裳画为‘亚’文也。亚,古‘弗’字也,故因谓之。‘绂’字又作‘韨’,其音同声。”

骊驹:《陌上桑古辞》:“何用识夫婿,白马从骊驹。”

铜龙门:《汉书》:“上尝急召,太子出龙楼门。”张晏曰:“门楼上有铜龙，若白鹤、飞廉之为名也。”

何功德：应璩诗：“问我何功德，三入承明庐。”

平乐馆：《汉书·武帝纪》：“元封六年夏，京师民观角抵于上林平乐馆。”《东方朔传》：“董氏常从游戏北宫，驰逐平乐，观鸡鞠之会，角狗马之足。”

射雉：《魏志》：“辛毗常从帝射雉。”

上林园：《三辅黄图》：“《汉旧仪》云：上林苑方三百里，苑中养百兽。天子秋冬射猎取之。”

曲陌：陆机诗：“回渠绕曲陌。”

其　二①

君家御沟上，垂柳夹朱门。
列鼎会中贵，鸣珂朝至尊。
生死在八议，穷达由一言。
须识苦寒士，莫矜狐白温。

【校】

①《瀛奎律髓》编此首入“侠少类”，作卢象《杂诗》。

【注】

列鼎：《说苑》：“累茵而坐，列鼎而食。”

中贵：《史记》：“天子使中贵人从广。”服虔曰：“中贵，内臣之贵幸者。”《索隐》曰：“案董巴《舆服志》云：‘黄门丞主密近，使听察天下，谓之中贵人使者。’崔浩云：‘在中而贵幸，非德望，故曰中贵也。’”

鸣珂：刘昫《唐书·舆服志》：“马珂，一品以下九子，四品七子，五品五子。”《尔雅翼》：“贝大者为珂，黄黑色，其骨白，可以饰马。盖此等饰非特取其容，兼取其声。”《韵会》：“服虔《通俗文》曰：勒饰曰珂。”何逊诗：“隔林望行幰，下阪听鸣珂。”盖马行则珂响，故曰“鸣珂”也。

八议：《汉书·刑法志》：“《周官》有八议之法：一曰议亲，二曰议故，三曰议贤，四曰议能，五曰议功，六曰议贵，七曰议勤，八曰议宾。”

狐白温：王景玄诗：“讵忆无衣苦，但知狐白温。”吕向注：“狐白，谓狐腋之白毛以为裘也。”

杂诗

朝因折杨柳，相见洛城隅①。
楚国无如妾，秦家自有夫。
对人传玉腕②，映竹解罗襦③。
人见东方骑，皆言夫婿殊。
持谢金吾子，烦君提玉壶。

【校】

①城，凌本作“阳”，误。

②腕，一作“椀”。

③竹，诸本皆作“烛”。

【注】

秦家：《陌上桑古辞》：“使君从南来，五马立踟蹰。使君遣吏往，问是谁家姝。秦氏有好女，自名为罗敷。使君谢罗敷，宁可共载否？罗敷前置词，使君一何愚。使君自有妇，罗敷自有夫。”

玉腕：梁简文帝诗：“簟文生玉腕，香汗浸红纱。”

罗襦：《史记》：“罗襦襟解，微闻芗泽。”谢朓诗：“轻歌急绮带，含笑解罗襦。”

东方骑：《陌上桑古辞》：“东方千馀骑，夫婿居上头。坐中数千人，皆言夫婿殊。”

金吾子：辛延年《羽林郎》诗：“不意金吾子，娉婷过我庐。银鞍何煜爚，翠盖空踟蹰。就我求清酒，丝绳提玉壶。贻我青铜镜，结我红罗裾。不惜红罗裂，何论轻贱躯。男儿爱后妇，女子重前夫。人生有新故，贵贱不相逾。多谢金吾子，私爱徒区区。”

献始兴公

宁栖野树林，宁饮涧水流①。
不用食粱肉②，崎岖见王侯。
鄙哉匹夫节，布褐将白头。
任智诚则短，守仁固其优。
侧闻大君子，安问党与雠。
所不卖公器，动为苍生谋。
贱子跪自陈，可为帐下不？
感激有公议，曲私非所求。

【校】

①水，《文苑英华》作“中”。

②食，顾元纬本、凌本俱作“坐”。

【注】

【原注】时拜右拾遗。

始兴公：按刘昫《唐书》张九龄本传：“开元二十一年十二月，拜中书侍郎、同中书门下平章事。明年，迁中书令。二十三年，加金紫光禄大夫，累封始兴县伯。二十四年，迁尚书右丞相，罢知政事。坐引非其人，左迁荆州大都督府长史。俄请归拜墓，因遇疾卒。”而宋祁《唐书》本传以封始兴伯为贬荆州长史后事，非也，当以刘书为正。

粱肉：《国语》：“食必粱肉，衣必文绣。”

大君子：《汉书·董仲舒传》：“故不足称于大君子之门也。”

党雠：刘琨诗：“尚能隆二伯，安问党与雠。”

贱子：应休琏诗：“避席跪自陈，贱子实空虚。”

帐下：《三国志》：“乐进以胆烈从太祖，为帐下吏。”《世说》：“王丞相主簿欲检校帐下。”《晋书·石崇传》：“乃密货崇帐下，问其所以。”

哭殷遥

人生能几何，毕竟归无形。
念君等为死，万事伤人情。
慈母未及葬，一女才十龄。
泱漭寒郊外①，萧条闻哭声。
浮云为苍茫②，飞鸟不能鸣。
行人何寂寞③，白日自凄清④。
忆昔君在时，问我学无生。
劝君苦不早，令君无所成。
故人各有赠，又不及生平⑤。
负尔非一途，痛哭返柴荆⑥。

【校】

①泱漭，《文苑英华》作“诀别”。

②茫，《文苑英华》作“莽”。

③何，《唐诗纪事》作“同”。

④白日，一作“日色”。

⑤生平，诸本皆作“平生”，复第七联“生”字韵，今从《文苑英华》、《唐诗纪事》作“生平”。

⑥痛，《文苑英华》作“恸”。

【注】

殷遥：《唐诗纪事》：“殷遥，丹阳人，或云句容人。天宝间，终于忠王府仓曹参军。”

人生几何：陆机诗：“人生无几何，为乐常苦晏。”

等死：“等死”字见《史记·陈胜传》。

泱漭: 张衡《西京赋》: "泱漭无疆。" 薛综注: "泱漭, 无限域之貌。"

柴荆: 谢灵运诗: "促装返柴荆。" 刘良注: "柴荆, 谓柴门荆扉也。"

同王十三维哭殷遥

储光羲

生理无不尽，念君在中年。
游道虽未深，举世莫能贤。
筮仕苦贫贱，为客少田园。
膏腴不可求，乃在许西偏。
四邻尽桑柘，咫步开墙垣。
内艰未及虞，形影随化迁。
茅茨俯苫盖，双殡两楹间。
时闻孤女号，迥出陌与阡。
慈乌乱飞鸣，猛兽亦以跧。
故人王夫子，静念无生篇。
哀乐久已绝，闻之将泫然。
太阳蔽空虚，雨雪浮苍山。
迢递亲灵榇，顾予悲绝弦。
处顺与安时，及此乃空言。

【注】

中年: 潘岳《夏侯常侍诔》: "曾未知命, 中年陨卒。"

筮仕: 《左传》: "初, 毕万筮仕于晋, 遇屯之比。"

许西偏: 《左传》: "乃使公孙获处许西偏。"

虞: 郑康成《仪礼注》: "虞, 安也。士既葬其父母, 迎精而反, 日中而祭之于殡宫以安之。" 《释名》: "既葬, 还祭于殡宫曰虞, 谓虞乐安神, 使还此也。"

苫盖: 《左传》: "乃祖吾离被苫盖, 蒙荆棘。" 杜预注: "盖, 苫之别名。" 《尔雅》: "白盖谓之苫。" 郭璞注: "白茅苫, 今江东呼为盖。"

两楹：《檀弓》："殷人殡于两楹之间。"

陌阡：《史记索隐》："《风俗通》曰：南北曰阡，东西曰陌。河东以东西为阡，南北为陌。"《汉书·成帝纪》："出入阡陌。"师古曰："阡陌，田间道也。南北曰阡，东西曰陌。"

跧：《韵会》："跧，阻顽切，伏也。"

无生篇：孙绰《游天台山赋》："畅以无生之篇。"李善注："无生，谓释典也。维摩诘曰：'是天女所愿具足，得无生忍。'"

灵榇：潘岳《悲邢生词》："停予车而在郊，抚灵榇以增悲。"《说文》："榇，棺也。"

绝弦：《淮南子》："钟子期死，而伯牙绝弦破琴，知世莫能赏也。"

处顺安时：《庄子》："安时而处顺，哀乐不能入也。"郭象注："夫哀乐生于得失也。今玄通合变之士，无时而不安，无顺而不处，冥与造化为一，则无往而非我矣，将何得何失，孰死孰生哉？故任其所受，而哀乐无所错其间矣。"

叹白发①

我年一何长②，鬓发日已白。
俯仰天地间，能为几时客。
怅惆故山云，徘徊空日夕。
何事与时人，东城复南陌。

【校】

①《卢象集》中亦载此首。

②一，《唐诗品汇》作"亦"。

卷　六

古诗二十六首

夷门歌

七雄雄雌犹未分①，攻城杀将何纷纷。
秦兵益围邯郸急，魏王不救平原君。
公子为嬴停驷马，执辔愈恭意愈下。
亥为屠肆鼓刀人，嬴乃夷门抱关者。
非但慷慨献奇谋②，意气兼将身命酬。
向风刎颈送公子③，七十老翁何所求。

【校】

①七雄，《唐诗品汇》作“七国”。

②奇，《唐诗正音》作“良”。

③颈，《唐诗正音》、《唐诗品汇》俱作“头”。

【注】

夷门：《史记》：“魏公子无忌仁而下士，士无贤不肖，皆谦而礼交之。魏有隐士曰侯嬴，年七十，家贫，为大梁夷门监者。公子从车骑，虚左，自迎侯生。侯生摄弊衣冠，直上载公子上坐，不让，欲以观公子。公子执辔愈恭。侯生曰：‘臣有客在市屠中，愿枉车骑过之。’公子引车入市，侯生下见其客朱亥，俾倪故立久，与其客语，微察公子。公子颜色愈和。侯生乃谢客就车。至家，公子引侯生坐上坐，侯生曰：‘今日嬴之为公子亦足矣。嬴乃夷门抱关者也，而公子亲枉车骑，自迎嬴于众人广坐之中，不宜有所过，今公子故过之。然嬴欲就公子之名，故久立公子车骑市中，市人皆以嬴为小人，而以公子为长者能下士也。’魏安厘王二十年，秦兵围邯郸。公子姊为平原君夫人，数遗魏王及公子书，请救于魏。魏王使将军晋鄙将十万众救赵，留军壁邺，实持两端以观望。公子数请魏王，魏王不听。公子乃请宾客，约车骑百馀乘，往赴秦军，与赵俱死。行过夷门，见侯生，侯生曰：‘嬴闻晋鄙之兵符常在王卧内，而如姬出入王卧内，力能窃之。公子诚一开口请如姬，如姬必许诺，则得虎符夺晋鄙军，北救赵而西却秦。’公子从其计，请如姬。如姬盗晋鄙兵符与公子。侯生曰：‘将在外，君令有所不受。臣客屠者朱亥可与俱，此人力士。晋鄙听，大善；不听，可使击之。’于是公子请朱亥。朱亥曰：‘臣乃市井鼓刀屠者，而公子亲数存之，所以不报谢者，以为小礼无所用。今公子有急，此乃臣效命之秋也。’遂与公子俱。公子过谢侯生，侯生曰：‘臣宜从，老不能。请数公子行日，以至晋鄙军之日，北向自（颈）〔刭〕，以送公子。’公子遂行。至邺，矫魏王令代晋鄙。晋鄙合符，疑之，欲无听。朱亥袖四十斤铁椎，椎杀晋鄙，遂将晋鄙军击秦军。秦军解去，救邯郸，存赵。”

七雄：张衡《东京赋》：“七雄并争。”薛综注：“七雄谓韩、魏、燕、赵、齐、秦、楚也。”

雄雌：东方朔《答客难》：“并为十二国，未有雄雌。”[1]

意气：谢承《后汉书》：“杨乔曰：侯生为意气刎颈。”

七十老翁：《晋书·段灼传》：“七十老公复何所求哉。”

成按：“夷门抱关”、“屠肆鼓刀”，点化二豪之语，对仗天成，已征墨妙。末句复借用段灼理邓艾语，尤见笔精。使事至此，未许后人步骤。

新秦郡松树歌

青青山上松，数里不见今更逢。
不见君，心相忆，此心向君君应识。
为君颜色高且闲，亭亭迥出浮云间。

---

[1] 未有雄雌，《史记》、《汉书》、《文选》等皆作“未有雌雄”。

【注】

新秦郡:《唐书·地理志》:“关内道有麟州新秦郡。开元十二年，析胜州之连谷、银城置，十四年废，天宝元年复置。”

青雀歌

青雀翅羽短，未能远食玉山禾。
犹胜黄雀争上下，唧唧空仓复若何。

【注】

青雀:《尔雅》:“桑扈窃脂。”郭璞注:“俗谓之青雀，觜曲，食肉，好盗脂膏，因名云。”

玉山禾: 鲍照《空城雀》诗:“诚不及青鸟，远食玉山禾。”

空仓: 庾信诗:“饥噪空仓雀，寒惊懒妇机。”

同　咏

卢　象

啾啾青雀儿，飞来飞去仰天池。
逍遥饮啄安涯分，何假扶摇九万为。

【注】

扶摇:《庄子》:“穷发之北，有冥海者，天池也。有鱼焉，其广数千里，未有知其修者，其名为鲲。有鸟焉，其名为鹏，背若太山，翼若垂天之云，抟扶摇羊角而上者九万里，绝云气，负青天，然后图南。”陆德明注:“司马彪云:上行风谓之扶摇。”《尔雅》云:“扶摇谓之飙。”郭璞云:“暴风从下上也。”

同 咏

王 缙

林间青雀儿，来往翩翩绕一枝。
莫言不解衔环报，但问君恩今若为。

【注】

衔环：《续齐谐记》：“弘农杨宝性慈爱。年九岁，至华阴山，见一黄雀为鸱枭所搏，堕逐树下，伤瘢甚多，宛转复为蝼蚁所困。宝怀之以归，置诸梁上，夜闻啼声甚切，亲自照视，为蚊所啮，乃移置巾箱中，啖以黄花。逮十余日，毛羽成，飞翔朝去，暮来宿巾箱中，如此积年。忽与群雀俱来，哀鸣绕堂，数日乃去。是夕，宝三更读书，有黄衣童子曰：‘我王母使者，昔使蓬莱，为鸱枭所搏，蒙君之仁爱见救，今当受使南海。’别以四玉环与之，曰：‘令君子孙洁白，且从登三公事，如此环矣。’宝之孝大闻天下，名位日隆。子震，震生秉，秉生彪，四世三公。”

同 咏

崔兴宗

青扈绕青林，翩翾陋体一微禽。
不应长在藩篱下，他日凌云谁见心？

【注】

青扈：谢朓诗：“青扈飞不碍，黄口得相窥。”

翩翾：张华《鹪鹩赋》：“育翩翾之陋体兮，无玄黄以自贵。”刘良注：“翩翾，小飞貌。”

藩篱：张华《鹪鹩赋》：“生于蒿莱之间，长于藩篱之下。”

同　咏

裴　迪

动息自适性，不曾妄与燕雀群。
幸忝鸳鸾早相识，何时提携致青云。

【注】

燕雀群：《史记》："凤凰不与燕雀为群。"

陇头吟①

长城少年游侠客②，夜上戍楼看太白。
陇头明月迥临关③，陇上行人夜吹笛。
关西老将不胜愁，驻马听之双泪流④。
身经大小百馀战⑤，麾下偏裨万户侯。
苏武才为典属国，节旄空尽海西头⑥。

【校】

①一作"边情"。

②城，顾元纬本、《河岳英灵集》俱作"安"。

③迥，《唐诗品汇》作"尚"。

④泪，一作"涕"。

⑤身，《唐诗品汇》作"曾"。

⑥空尽，一作"零落"，《河岳英灵集》作"落尽"，《唐诗品汇》作"空落"。海西，《唐文粹》作"海南"。

【注】

陇头吟：《乐府诗集》："《陇头》，一曰《陇头水》。《通典》曰：'天水郡有大阪，名曰陇坻，亦曰陇山，即汉陇关也。'《三秦记》曰：'其阪九回，上者七日乃越。上有清水四注下，所谓陇头水也。'"

戍楼：庾信诗："戍楼侵岭路，山村落猎围。"

太白：《晋书》："太白进退以候兵，高埤迟速，静躁见伏，用兵皆象之，吉。其出西方，失行，夷狄败；出东方，失行，中国败。未尽期日，过参天，病其对国。若经天，天下革，民更王，是谓乱纪，人众流亡。"

陇关：章怀太子《后汉书》注："陇关，陇山之关也。今名大震关，在今陇州汧源县西。"

关西老将：《后汉书》："关西出将，关东出相。"

大小战：袁宏《后汉纪》："汉祖与项羽战大小百馀。"

麾下：《史记》："灌夫驰入吴军，至吴将麾下。"《正义》曰："麾，谓大将之旗。"

偏裨：《汉书》："大将军出必有偏裨，所以扬威武，参计策。"

万户侯：《汉书》："文帝曰：'惜李广不逢时，令当高祖世，万户侯岂足道哉！'"

苏武：《汉书·昭帝纪》："移中监苏武使匈奴，留单于庭十九岁乃还，奉使全节，以武为典属国，赐钱百万。"如淳注："以其久在外国，知边事，故令典主诸属国。"师古曰："典属国，本秦官，汉因之，掌归义蛮夷。"苏武本传："匈奴徙武北海上无人处，使牧羝，羝乳乃得归。武既至海上，廪食不至，掘野鼠去草食而食之。杖汉节牧羊，卧起操持，节旄尽落。"

海西头：隋炀帝诗："淮南江北海西头。"

老将行

少年十五二十时，步行夺取胡马骑①。
射杀山中白额虎②，肯数邺下黄须儿。
一身转战三千里，一剑曾当百万师。
汉兵奋迅如霹雳，虏骑崩腾畏蒺藜。
卫青不败由天幸，李广无功缘数奇。
自从弃置便衰朽③，世事蹉跎成白首。

昔时飞箭无全目[4]，今日垂杨生左肘。
路傍时卖故侯瓜，门前学种先生柳。
茫茫古木连穷巷[5]，寥落寒山对虚牖[6]。
誓令疏勒出飞泉，不似颍川空使酒。
贺兰山下阵如云，羽檄交驰日夕闻。
节使三河募年少[7]，诏书五道出将军。
试拂铁衣如雪色，聊持宝剑动星文。
愿得燕弓射大将[8]，耻令越甲鸣吾君[9]。
莫嫌旧日云中守，犹堪一战立功勋[10]。

【校】

①取，《乐府诗集》作“得”。

②山中，一作“中山”，一作“阴山”。

③便，凌本作“更”。

④箭，当作“雀”。

⑤茫茫，顾元纬本、凌本、《文苑英华》、《唐诗品汇》俱作“苍茫”。连，一作“迷”。

⑥寥，一作“辽”。

⑦三，刘本、顾可久本、《唐诗品汇》俱作“山”，误。

⑧大，刘本、凌本、顾可久本、《唐诗品汇》俱作“天”。

⑨耻，《唐诗品汇》作“敢”。吾君，刘本、《乐府诗集》、《唐诗正音》、《唐诗品汇》俱作“吴军”，误。

⑩立，《唐诗正音》作“树”，《乐府诗集》、《文苑英华》作“取”。

【注】

白额虎：《晋书》：“周处谓父老曰：‘今时和岁丰，何苦而不乐耶？’父老叹曰：‘三害未除，何乐之有？’处曰：‘何谓也？’答曰：‘南山白额猛兽，长桥下蛟，并子为三矣。’处乃入山，射杀猛兽，因投水搏蛟。”

黄须儿：刘孝标《世说》注：“《魏略》曰：任城威王彰字子文，太祖下太后第二子，性刚勇而黄须。北讨代郡，独与麾下百馀人突虏而走。太祖闻曰：‘我黄须儿可用也。’”

转战：转战，谓相驰逐战斗也。《后汉书》：“逾越险阻，转战千里。”

虏骑：曹植诗：“虏骑数迁移。”

蒺藜：《六韬》：“木蒺藜，去地二尺五寸，百二十具，败步骑，要穷寇，遮走北。狭路微径，张铁蒺藜，芒高四寸，广八寸，长六尺以上，千二百具，败走骑。”《埤雅》：“蒺藜布地蔓生，子有三角，刺人，状如菱而小。今兵家乃铸铁为之，以梗敌路，亦呼蒺藜。”

天幸：《汉书》：“霍去病所将常选，然亦敢深入，常与壮骑先其大军，亦有天幸，未尝困绝也。”按，“天幸”乃去病事，今指卫青，盖误用也。

数奇：《史记·李广传》：“元朔六年，广复为后将军，从大将军军出定襄，击匈奴。诸将多中首虏率，以功为侯者，而广军无功。元狩四年，广从大将军青击匈奴。青阴受上诫，以为李广老，数奇，毋令当单于，恐不得所欲。”如淳注：“数为匈奴所败，奇为不偶也。”《索隐》曰：“案，服虔云：‘作事数不偶也。’”《宋景文公笔记》：“《汉书·李广传》‘数奇’注，切为所角反，故学者皆曰‘数奇’音朔。孙宣公奭，当世大儒，亦从曰‘数’。后予得江南本，乃所具反，由是复观颜注，乃颜破朔从所具反，云世人不之觉。”《齐东野语》：“《李广传》‘广数奇，毋令当单于’注：‘奇，不偶也，言广命只不偶也。数，音所角切；奇，居宜切。’宋景文以为江南本《汉书》‘数’乃所具切，‘角’字乃‘具’字之误耳。然或以为疑。余因考《艺文类聚》、《冯敬通集》‘吾数奇命薄’，《唐文粹》徐敬业诗‘数奇良可叹’，王维诗‘卫青不败由天幸，李广无功缘数奇’，杜甫诗‘数奇谪关塞，道广存箕颍’，罗隐诗‘数奇当自愧，时薄欲何干’，东坡诗‘数奇逢恶岁，计拙集枯梧’，观其偶对，则数为命数，非疏数之数，音所具切明矣。”

全目：鲍照诗：“惊雀无全目。”李善注：“《帝王世纪》曰：帝羿有穷氏与吴贺北游，贺使羿射雀，羿曰：‘生之乎？杀之乎？’贺曰：‘射其左目。’羿引弓射之，误中右目，羿抑首而愧，终身不忘。故羿之善射，至今称之。”

左肘：见三卷“杨枝肘”注。

故侯瓜：《史记》："邵平者，故秦东陵侯。秦破，为布衣，贫，种瓜于长安城东，瓜美，故世俗谓之'东陵瓜'。"

疏勒：《后汉书》："耿恭以疏勒城旁有涧水可固，乃引兵据之。匈奴来攻恭，于城下拥绝涧水。恭于城中穿井十五丈不得水，吏士渴乏，笮马粪汁而饮之。恭仰叹曰：'闻昔贰师将军拔佩刀刺山，飞泉涌出；今汉德神明，岂有穷哉！'乃整衣服，向井再拜，为吏士祷。有顷，水泉奔出，众皆称万岁。乃令吏士扬水以示虏。虏出不意，以为神明，遂引去。"

颍川：《史记》："灌夫为人刚直使酒，家累数千万，食客日数十百人。陂池田园，宗族宾客为权利，横于颍川。"师古曰："使酒，因酒而使气也。"[1]

贺兰山：《元和郡县志》："贺兰山在灵州保静县西九十三里。山有树木青白，望如驳马，北人呼驳为贺兰，其山阿东望云中，形势相接，迤逦向北，经灵武县，又西北经保静西；又北经定远城西，又东北抵河，其抵河之处亦名乞伏山，在黄河西，从首至尾，有像月形。南北约长五百馀里，直边城之拒防山之东。"

羽檄：《汉书·高帝纪》："吾以羽檄征天下兵，未有至者。"师古注："檄者以木简为书，长尺二寸，用征召也。其有急事，则加以鸟羽插之，示速疾也。"魏武奏事云："今边有警，辄露檄插羽。"陆倕《石阙铭》："羽檄交驰，军书狎至。"

节使：刘孝威诗："边城多警急，节使满郊衢。"

三河：《史记·货殖传》："昔唐人都河东，殷人都河内，周人都河南。夫三河在天下之中，若鼎足，王者所更居也。"《水经注》："韦昭曰：河南、河东、河内为三河也。"

五道：《汉书·常惠传》："汉大发十五万骑，五将军分道出。"《匈奴传》："遣御史大夫田广明为祁连将军，四万馀骑，出西河；度辽将军范明友三万馀骑，出张掖；前将军韩增三万馀骑，出云中；后将军赵充国为蒲类将军，三万馀骑，出酒泉；云中太守田顺为虎牙将军，三万馀骑，出五原；凡五

[1] 此条实为《汉书·灌夫传》注文。

将军，兵十馀万骑，出塞各二千馀里。”

星文：见十四卷“七星文”注。

燕弓：顾可久谓“燕弓”合作“天弓”，引弧九星为天弓为解；“天将”合作“燕将”，引安禄山反范阳为解。成按：《列子》云：“纪昌乃以燕角之弧、朔蓬之簳射之。”左思《魏都赋》云：“燕弧盈库而委劲。”李周翰注：“燕弧角弓出幽燕地。”则燕弓之见称于世久矣。故温飞卿诗亦有“燕弓弦劲霜封瓦”之句，不得疑其字之误也。天将，自当依《文苑英华》、《唐文粹》、《乐府诗集》本作“大将”为是。

越甲：《说苑》：“越甲至齐，雍门子狄请死之。齐王曰：‘鼓铎之声未闻，矢石未交，长兵未接，子何务死之？为〔人臣之礼邪〕？’雍门子狄对曰：‘昔者王田于囿，左毂鸣，车右请死之，王曰：“子何为死？”车右曰：“为其鸣吾君也。”王曰：“左毂鸣者，工师之罪也，子何事之有焉？”车右曰：“臣不见工师之乘，而见其鸣吾君也。”遂刎颈而死，知有之乎？’齐王曰：‘有之。’雍门子狄曰：‘今越甲至，其鸣吾君，岂左毂之下哉？车右可以死左毂，而臣独不可以死越甲也？’遂刎颈而死。是日，越人引甲而退七十里，曰：‘齐王有臣钧如雍门子狄，拟使越社稷不血食。’遂引甲而归。齐王葬雍门子狄以上卿之礼。”

云中守：《汉书·冯唐传》：“上既闻廉颇、李牧为人，良说，乃拊髀曰：‘吾独不得廉颇、李牧为将，岂忧匈奴哉！’唐曰：‘陛下虽有廉颇、李牧，不能用也。’上曰：‘公何以言吾不能用颇、牧也？’唐曰：‘臣窃闻魏尚为云中守，军市租尽以给士卒，出私养钱，五日一杀牛，以飨宾客军吏舍人，是以匈奴远避，不及云中之塞。虏尝一入，尚率车骑击之，所杀甚众。夫士卒尽家人子，起田中从军，安知尺籍(符伍)〔伍符〕？终日力战，斩首捕虏，上功莫府，一言不相应，文吏以法绳之。其赏不行，吏奉法必用。愚以为陛下法太明，赏太轻，罚太重。且云中守尚坐上功首虏差六级，陛下下之吏，削其爵，罚作之。由是言之，陛下虽得李牧，不能用也。’文帝悦。是日，令冯唐持节赦魏尚，复以为云中守。”

燕支行

汉家天将才且雄[1]，来时谒帝明光宫[2]。
万乘亲推双阙下，千官出饯五陵东。
誓辞甲第金门里，身作长城玉塞中。
卫霍才堪一骑将[3]，朝廷不数贰师功[4]。
赵魏燕韩多劲卒，关西侠少何咆勃[5]。
报仇只是闻尝胆，饮酒不曾妨刮骨。
画戟雕戈白日寒，连旗大旆黄尘没。
叠鼓遥翻瀚海波，鸣笳乱动天山月[6]。
麒麟锦带佩吴钩，飒踏青骊跃紫骝。
拔剑已断天骄臂，归鞍共饮月支头。
汉兵大呼一当百，虏骑相看哭且愁。
教战须令赴汤火[7]，终知上将先伐谋[8]。

【校】

①天，顾元纬本、《唐诗品汇》俱作“大”。

②来时，一作“时来”。

③纔，凌本作“才”。

④不，《唐文粹》、《乐府诗集》俱作“莫”。

⑤勃，刘本、顾可久本、《唐诗品汇》俱作“哱”，非。

⑥天，《乐府诗集》作“关”。

⑦须，顾元纬本、凌本俱作“虽”。

⑧先伐谋，《唐文粹》、《乐府诗集》俱作“伐谋猷”。

【注】

【原注】时年二十一。

燕支：《史记》：“汉使骠骑将军去病将万骑出陇西，过焉支山千馀里，击匈奴，得胡首虏骑万八千馀级。”《元和郡县志》：“焉支山，一名删丹山，在甘州删丹县南五十里，东西百馀里，南北二十里。水草茂美，与祁连同。匈奴失祁连、焉支二山，乃歌曰：‘亡我祁连山，使我六畜不蕃息；失我焉支山，使我妇女无颜色。’”杨炎《燕支山神宁济公祠堂碑》：“西北之巨镇曰燕支，本匈奴王庭。昔汉武纳浑邪，开右地，置武威、张掖，而山界二郡之间连峰委会，云蔚黛起，积高之势，四向千里。”

亲推：《史记》：“上古王者之遣将也，跪而推毂曰：‘阃以内者，寡人制之；阃以外者，将军制之。’”

双阙：《尔雅》：“观谓之阙。”郭璞注：“宫门双阙。”邢昺疏：“《周礼·太宰》：‘正月之吉，县治象之法于象魏，使万民观治象。’郑众云：‘象魏，阙也。’刘熙《释名》云：‘阙在门两旁，中央阙然为道也。’《白虎通》云：‘阙是阙疑。义又相兼。’然则其上县法象、其状巍巍然高大谓之象魏，使人观之谓之观也。是观与象魏、阙一物而三名也。以门之两旁相对为双，故名双阙。”《雍录》：“阙之得名也，以其立土为高，夹峙宫门两旁，而中间阙然也。《周官》象魏、《春秋》两观，皆其物矣。秦始皇表南山为阙，取峰峦凹处名之为阙也。东晋寓金陵，或欲造阙，王导指牛首山曰：‘此天阙也。’则阙之为制可想矣。”

千官：《荀子》：“古者天子千官，诸侯百官。”

五陵：班固《西都赋》：“南望杜灞，北眺五陵。”按，李善、刘良注：宣帝之杜陵、文帝之霸陵，此二陵皆在南。高帝之长陵、惠帝之安陵、景帝之阳陵、武帝之茂陵、昭帝之平陵，此五陵皆在北。

辞甲第：《汉书·霍去病传》：“上为治第，令视之，对曰：‘匈奴不灭，无以家为也。’”《霍光传》：“赐甲第一区。”陆机诗：“甲第崇高闼。”李善注：“《汉书音义》曰：有甲乙次第，故曰甲第。”李周翰注：“甲第第一宅也。”

玉塞：《晋书·载记》：“控弦玉塞，跃马金山。”

卫霍：《汉书》：“遣大将军卫青、霍去病攻祁连，绝大漠，穷追单于，斩首十馀万级。”

贰师：《史记》“拜李广利为贰师将军，发属国六千骑及郡国恶少年数万人，以往伐宛。期至贰师城取善马，故号贰师将军。”

劲卒：《晋书·谢万传》：“诸将皆劲卒。”

咆勃：潘岳《西征赋》：“出申威于河外，何猛气之咆勃。”李善注：“咆勃，怒貌也。”

尝胆：《史记》：“越王句践反国，乃苦身焦思，置胆于坐，坐卧即仰胆，饮食亦尝胆也，曰：‘女忘会稽之耻邪！’”

刮骨：《三国志》：“关羽尝为流矢所中，贯其左臂，后疮虽愈，每至阴雨，骨尝疼痛。医曰：‘矢镞有毒，毒入骨，当破臂作创，刮骨去毒，然后此患乃除耳。’侯便伸臂，令医劈之。时羽适请诸将饮食相对，臂血流离，盈于盘器，而羽割炙饮酒，言笑自若。”

画戟：《韵会》：“《说文》：‘戈，平头戟也。从弋，一横之，象形也。’徐曰：‘谓戟小支上向则为戟，平之则为戈。’一曰，戟偏距为戈。”《增韵》：“双枝为戟，单枝为戈。”

雕戈：《国语》：“穆公衡雕戈出见使者。”韦昭注：“雕，镂也。”

大旆：《左传》：“亡大旆之左旃。”杜预注：“大旆，旗名。”

叠鼓：谢朓诗：“叠鼓送华輈。”李善注：“小击鼓谓之叠。”张铣注：“叠鼓，其声重叠也。”

瀚海：《史记》：“禅姑衍，临瀚海而还。”如淳注：“瀚海，北海名。”《正义》曰：“按，瀚海自一大海名，群鸟解羽伏乳于此，因名也。”

鸣笳：魏文帝《与吴质书》：“从者鸣笳以启路。”谢灵运诗：“鸣笳发春渚，税銮登山椒。”李周翰注：“笳，箫也。”

天山：《史记正义》：“天山一名白山，今名(折)〔初〕漫罗山，在伊吾县北百二十里。”《史记索隐》：祁连山：“《西河旧事》云：‘山在张掖、酒泉二界上，东西二百馀里，南北百里，有松柏五木，美水草，冬温夏凉，宜畜牧养。’一名天山，亦曰白山也。”晋灼《汉书》注：“天山在西域，近蒲类国，去长安八千馀里。”《北边备对》：“天山即祁连山也，又名时漫罗山，又名祁漫罗山，盖虏语谓为祁连也、时漫罗也、祁漫罗也，皆天也。”《通典》、《元和志》于张掖县既著祁连山矣，而伊、西、庭三州皆有此山，则是自甘肃张掖而西至于庭州，相去三千五六百里，而天山皆能周遍其地，此山亦广长矣。

吴钩：鲍照诗："锦带佩吴钩。"李周翰注："吴钩，钩类，头少曲。"《吴越春秋》："阖闾命于国中作金钩，令曰：'能为善钩者，赏之百金。'吴作钩者甚众，而有人贪王之重赏也，杀其二子，以血衅金，遂成二钩，献于阖闾，诣宫门而求赏。王曰：'为钩者众，而子独求赏，何以异于众夫子之钩乎？'作钩者曰：'吾之作钩也，贪而杀二子，衅成二钩。'王乃举众钩以示之，〔曰〕：'何者是也？'王钩甚多，形体相类，不知其所在。于是钩师向钩而呼二子之名：'吴鸿、扈稽，我在于此，王不知汝之神也！'声绝于口，两钩俱飞着父之胸。吴王大惊曰：'嗟乎！寡人诚负于子。'乃赏百金。"

青骊：《尔雅·释(马)〔畜〕》云："青骊，駽。"邢昺疏："舍人曰：'青骊马，今名駽马也。'孙炎曰：'色青黑之间，青毛、黑毛相杂者名駽。'今之铁骢也。"

紫骝：赤色马，唐人谓之"紫骝"，后人改呼"枣骝"。

天骄：《汉书》："胡者，天之骄子也。"

断臂：《汉书》："孝武之世，图制匈奴，患其兼从西域，结党南羌，乃表河曲，列四郡，开玉门，通西域，以断匈奴右臂。"

月支头：《史记》："匈奴破月支王，以其头为饮器。"

一当百：《后汉书·光武帝纪》："诸将既经累捷，胆气益壮，无不一当百。"

赴汤火：《汉书·晁错传》："故能使其众蒙矢石，赴汤火，视死如生。"

上将：《淮南子》："故上将之用兵也，上得天道，下得地利，中得人心，乃行之以机，发之以势，是以无破军败兵。"

伐谋：《孙子》："上兵伐谋，其次伐交，其次伐兵，其下攻城。"

桃源行

渔舟逐水爱山春，两岸桃花夹去津①。
坐看红树不知远，行尽青溪不见人②。
山口潜行始隈隩，山开旷望旋平陆。
遥看一处攒云树，近入千家散花竹③。

樵客初传汉姓名，居人未改秦衣服。
居人共住武陵源，还从物外起田园。
月明松下房栊静，日出云中鸡犬喧。
惊闻俗客争来集[4]，竞引还家问都邑[5]。
平明闾巷扫花开，薄暮渔樵乘水入。
初因避地去人间，更闻成仙遂不还[6]。
峡里谁知有人事，世中遥望空云山[7]。
不疑灵境难闻见，尘心未尽思乡县。
出洞无论隔山水，辞家终拟长游衍。
自谓经过旧不迷，安知峰壑今来变[8]。
当时只记入山深，青溪几度到云林[9]。
春来遍是桃花水，不辨仙源何处寻。

【校】

①去，《唐文粹》、《方舆胜览》、《乐府诗集》俱作“古”。

②不见，《文苑英华》、《唐文粹》、《方舆胜览》、《乐府诗集》俱作“忽值”。

③《方舆胜览》作“近入千花映烟竹”。

④惊，《文苑英华》作“忽”。

⑤都，《唐诗正音》作“乡”。

⑥更闻，刘本、顾可久本、《乐府诗集》、《唐诗品汇》俱作“更问”，《文苑英华》、《唐文粹》、《方舆胜览》俱作“及至”。遂，《文苑英华》、《唐文粹》、《方舆胜览》俱作“去”。

⑦中，刘本、顾可久本俱作“上”。

⑧峰，《文苑英华》作“岑”。

⑨度，一作“曲”。

【注】

【原注】时年十九。

隈隩：《玉篇》："隈，水曲也。""隩，水涯也。"

房栊：班婕妤赋："房栊虚兮风泠泠。"师古注："栊，疏槛也。"左思《吴都赋》："房栊对櫎，连阁相经。"李善注："《说文》曰：'栊，房室之疏也。'"

平明：《楚辞》："平明发兮苍梧。"

桃花水：《汉书》："来春桃花水盛。"师古注："《月令》：'仲春之月始雨水，桃始花。'盖桃方花时，既有雨水，川谷冰泮，众流猥集，波澜甚长，故谓之桃花水耳。而《韩诗传》云：'三月桃花水。'"

东坡谓："世传桃源事，多过其实。考渊明所记，止言先世避秦乱来此，则渔人所见，似是其子孙，非秦人不死者也。又云'杀鸡作食'，岂有仙而杀者乎？旧说南阳有菊水，水甘而芳，民居三十馀家，饮其水皆寿，或至百二三十岁。蜀青城山老人村有见五世孙者，道极险远，生不识盐醯，而溪中多枸杞，根如龙蛇，饮其水，故寿。近岁道稍通，渐能致五味，而寿亦益衰。桃源盖此比也欤。使武陵太守得而至焉，则已化为争夺之场久矣。尝意天壤之间若此者甚众，不独桃源。"其说甚正，乃后之诗人文士往往以为神踪仙境，如韩退之诗云"神仙有无何渺茫，桃源之说尤荒唐"，刘禹锡云"仙家一出寻无踪，至今流水山重重"，皆失之矣。右丞此诗亦未能免俗。

洛阳女儿行

洛阳女儿对门居，才可颜容十五馀。
良人玉勒乘骢马，侍女金盘脍鲤鱼。
画阁朱楼尽相望，红桃绿柳垂檐向。
罗帷送上七香车，宝扇迎归九华帐。
狂夫富贵在青春，意气骄奢剧季伦。
自怜碧玉亲教舞，不惜珊瑚持与人。
春窗曙灭九微火，九微片片飞花琐。
戏罢曾无理曲时，妆成只是薰香坐。
城中相识尽繁华，日夜经过赵李家。

谁怜越女颜如玉，贫贱江头自浣纱。

【校】

①一作“十八”。

【注】

【原注】时年十六①。

洛阳女儿：梁武帝《河中之水歌》：“河中之水向东流，洛阳女儿名莫愁。”

对门居：梁武帝乐府：“谁家女儿对门居。”

玉勒：庾信《华林园马射赋》：“控玉勒而摇星，跨金鞍而动月。”

金盘：《陌上桑古辞》：“就我求珍肴，金盘脍鲤鱼。”[1]

七香车：梁简文帝《乌栖曲》：“青牛丹毂七香车。”

九华帐：鲍照《行路难》：“七彩芙蓉之羽帐，九华蒲桃之锦衾。”九华，疑是古时花式之名。

季伦：《晋书》：“石崇字季伦，财产丰积，室宇宏丽，后房百数，皆曳纨绣珥，金翠丝竹，尽当时之选。庖膳穷水陆之珍。与贵戚王恺、羊琇之徒以奢靡相尚，恺以粭澳釜，崇以蜡代薪；恺作紫丝布步障四十里，崇作锦步障五十里以敌之；崇涂屋以椒，恺用赤石脂。崇、恺争豪如此。武帝每助恺，尝以珊瑚树赐之，高二尺许，枝柯扶疏，世所罕比。恺以示崇，崇便以铁如意击之，应手而碎。恺既惋惜，又以为嫉己之宝，声色方厉，崇曰：‘不足多恨，今还卿。’乃命左右悉取珊瑚树，有高三四尺者六七株，条干绝俗，光彩耀日，如恺比者甚众，恺怳然自失矣。”

碧玉：梁元帝诗：“碧玉小家女，来嫁汝南王。”

九微火：何逊诗：“月映九微火，风吹百和香。”

理曲：《古诗》：“当户理清曲。”徐陵《玉台新咏序》：“五日犹赊，谁能理曲？”

赵李：阮籍诗：“西游咸阳中，赵李相经过。”颜延年注：“赵，汉成帝

[1]“就我”二句，当是辛延年《羽林郎》中诗句，《陌上桑古辞》系赵氏误记。

赵后飞燕也；李，汉武帝李夫人也。并以善歌妙舞幸于二帝。”成按：《汉书·谷永传》云：“成帝数为微行，多近幸小臣，赵、李从微贱专宠，皆皇太后与诸舅夙夜所常忧。”此指赵飞燕、李平二女宠而言也。又《叙传》云：“会许皇后废，班婕妤供养东宫，进侍者李平为婕妤，而赵飞燕为皇后。自大将军薨后，富平、定陵侯张放、淳于长等始爱幸，出为微行，行则同舆执辔；入侍禁中，设宴饮之会，及赵、李诸侍中皆引满举白，谈笑大噱。”此则指赵、李二家之戚属言也。籍所引，正借用为贵戚事，而颜延年以赵飞燕、李夫人当之，误矣。刘孟会则以为当时实有此人，不必求其谁，何更属臆见。杨用修误读“小臣赵李”为句，又改易“专”字作“尊”字，以为即成帝尝与微行者，亦失之。

颜如玉：《古诗》：“燕赵多佳人，美者颜如玉。”

黄雀痴

黄雀痴，黄雀痴，谓言青鷇是我儿。
一一口衔食，养得成毛衣。
到大啁啾解游飏，各自东西南北飞。
薄暮空巢上，羁雌独自归。
凤凰九雏亦如此，慎莫愁思憔悴损容辉。

【注】

鷇：邢昺《尔雅疏》：鸟子生须母哺而食名“鷇”，谓燕雀之属也，《史记》“赵武灵王探雀鷇而食之”是也。鸟生子而能自啄食者名“雏”，谓鸡雉之属也，《礼记·内则》云“雏尾不盈握弗食”是也。

羁雌：枚乘《七发》：“朝则鹂黄鳱鴠鸣焉，暮则羁雌迷鸟宿焉。”吕延济注：“羁雌，孤鸟也。”

九雏：古《陇西行》：“凤凰鸣啾啾，一母将九雏。”

榆林郡歌

山头松柏林，山下泉声伤客心。
千里万里春草色，黄河东流流不息。
黄龙戍上游侠儿，愁逢汉使不相识。

【注】

榆林郡：《唐书·地理志》：关内道有胜州榆林郡。

黄河：《通典》："榆林郡北至黄河五里。"

黄龙戍：梁元帝诗："黄龙戍北花如锦，玄兔城前月似霜。"萧子显诗："遥看白马津上吏，传道黄龙征戍儿。"《宋书》："冯跋自号燕王，以其治黄龙城，故谓之黄龙国。"

游侠儿：曹植诗："借问谁家子，幽并游侠儿。"

问寇校书双溪

君家少室西，为复少室东，
别来几日今春风。
新买双溪定何似，馀生欲寄白云中①。

【校】

①似，凌本作"事"。

【注】

校书：按《唐书·百官志》：弘文馆有校书郎二人，集贤殿书院有校书四人，秘书省有校书郎十人，著作局有校书郎二人，崇文馆有校书郎二人，司经局有校书四人，俱九品官。

少室：《元和郡县志》："少室山，在河南府告成县西北五十里，登封县西十里。高十六里，周回三十里。"

寄崇梵僧

崇梵僧，崇梵僧，秋归覆釜春不还。
落花啼鸟纷纷乱，涧户山窗寂寂闲。
峡里谁知有人事，郡中遥望空云山。

【注】

崇梵僧:《江邻几杂志》:“王右丞《济州》诗云‘汶阳归客’,司马君实云:‘其地则唐济、郓州,今易地矣。又《崇梵僧》诗,初谓是僧名,乃寺名,近东阿覆釜村。”

涧户:《北山移文》:“涧户摧绝无与归。”

同崔傅答贤弟

洛阳才子姑苏客，桂苑殊非故乡陌①。
九江枫树几回青，一片扬州五湖白。
扬州时有下江兵，兰陵镇前吹笛声。
夜火人归富春郭，秋风鹤唳石头城。
周郎陆弟为俦侣，对舞前溪歌《白苎》。
曲几书留小史家②，草堂棋赌山阴墅。
衣冠若话外台臣，先数夫君席上珍。
更闻台阁求三语，遥想风流第一人。

【校】

①桂苑,凌本作“杜苑”,刘本、顾可久本、《唐诗品汇》俱作“杜宛”,《唐诗正音》作“桂宛”,俱非。故,《唐诗正音》作“旧”。

②史,《唐诗品汇》作“吏”。

【注】

洛阳才子：潘岳《西征赋》："贾生洛阳之才子。"

姑苏：《太平寰宇记》："隋平陈，改吴州为苏州，盖因州西有姑苏山，以为名。姑苏山一名姑胥山，在吴县西三十五里，连横山之北。《越绝书》云：'吴地胥门外有九曲路，阖庐造以游姑胥之台，以望湖中，窥百姓。'《淮南子》亦谓之'姑余'。"

桂苑：《太平寰宇记》："桂林苑，吴立，在升州上元县北四十里落星山之阳。《吴都赋》云'数军实于桂林之苑'，即此也。"

故乡陌：谢朓诗："叹息东流水，如何故乡陌。"

九江：《尚书》："荆州九江孔殷。"孔安国《传》云："江于此州界分为九道。"孔颖达《正义》云："《传》以江是此水大名，九江谓大江分而为九，犹大河分为九河，故言'江于此州之界分为九道'。郑云：'殷，犹多也。九江从山溪所出，其孔众多。《地理志》：九江在今庐江浔阳县南，皆东合于大江。'如郑此义，九江各自别源，其源非大江也，下流合于大江耳。然则江以南水无大小，俗人皆呼为江，或从江分出，或从外合来，故孔、郑各为别解。应劭注《地理志》云'江自浔阳分为九道'，符于孔说。"陆德明《经典释文》："九江，《浔阳地记》云：一曰乌白江，二曰蚌江，三曰乌江，四曰嘉靡江，五曰畎江，六曰源江，七曰廪江，八曰提江，九曰箘江。张须元《缘江图》云：一曰三里江，二曰五州江，三曰嘉靡江，四曰乌土江，五曰白蚌江，六曰白乌江，七曰箘江，八曰沙提江，九曰廪江。参差随水，长短或百里，或五十里，始于鄂陵，终于江口，会于桑落洲。《太康地记》曰：九江，刘歆以为湖汉九水入彭蠡泽也。"《方舆胜览》："《晁氏志》：太湖一湖而名曰五湖，昭馀祁一泽而名曰九泽，九江一水而名曰九江。"

五湖：《水经注》："江南东注于具区，谓之五湖口。五湖谓长塘湖、太湖、射贵湖、上湖、滆湖也。郭景纯《江赋》曰'注五湖以漫漭'，盖言江水经纬五湖，而包注太湖也。是以左丘明述《国语》曰'越伐吴，而战于五湖'是也。又'范蠡灭吴，返至五湖而辞越'，斯乃太湖之摄通称也。虞翻曰：'是湖有五道，故曰五湖。'韦昭曰：'五湖，今太湖也。'《尚书》谓之震泽，《尔雅》以为具区，方圆五百里。”《初学记》：“《周官》：‘扬州其浸五湖。’按，张勃《吴录》：‘五湖者，太湖之别名。以其周行五百里，故以“五湖”为名。或说以太湖、射贵湖、上湖、洮湖、滆湖为五湖。’按《国语》‘吴、越战于五湖’，直在笠泽一湖中战耳，则知或说非也。”《史记正义》：“五湖者，菱湖、游湖、莫湖、贡湖、胥湖，皆太湖东岸，五湾为五湖，盖古时应别，今并相连。”《一统志》：“太湖在苏州府城西南五十里，《禹贡》谓之震泽，《周官》、《尔雅》谓之具区，《史记》、《国语》谓之五湖，《图经》以贡湖、游湖、胥湖、梅梁湖、金鼎湖为五，魏韦昭以胥湖、蠡湖、洮湖、滆湖与太湖为五，吴虞翻云‘水通五道，谓之五湖’。其地跨苏、常、嘉、湖四府界。”

下江兵：《汉书》：“是时，南郡张霸、江夏羊牧、王匡等起云杜绿林，号曰下江兵，众皆万馀人。”

兰陵镇：《一统志》：“兰陵城在常州府城北八十里万岁镇西南。”

富春郭：《汉书·地理志》：会稽郡有富春县。《水经注》：“浙江又东北入富阳县，故富春也，晋后名春，改曰富阳也。”谢灵运诗：“宵济鱼浦潭，旦及富春郭。”[1]

石头城：《丹阳记》：“石头城，吴时悉土坞。义熙初始加砖累甓，因山以为城，因江以为池，地形险固，尤有奇势，亦谓之石首城也。”伏韬《北征记》：“石头城，建康西界临江城也。”《元和郡县志》：“石头城在上元县西四里，即楚之金陵城也，吴改为石头城。建安十六年，吴大帝修筑以置财宝军器，有戍，《吴都赋》云‘戎车盈于石城’是也。诸葛云‘钟山龙盘，石城虎踞’，言其形之险固也。”《太平寰宇记》：“石头城，楚威王灭越，置金陵邑，即此城也。后汉建安十七年，吴大帝乃加修理，改名石头城，用贮军粮器械。诸葛亮曾使建业，谓大帝曰：‘钟山龙盘，石城虎踞。’即此也。”

周郎：《吴志》：“周瑜时年二十四，吴中皆呼为周郎。”

陆弟：陆弟谓陆机之弟陆云。

前溪：《乐府古题要解》：“《前溪歌》，晋车骑将军沈玩所造舞曲

[1] 鱼浦，《文选》作“渔浦”。

也。”

白纻：《晋书》：“《白纻舞》，按舞辞有巾袍之言。纻本吴地所出，宜是吴舞也。晋《俳歌》又云：‘皎皎白绪，节节为双。’吴音呼绪为纻，疑白纻即白绪也。”

曲几：《晋书》：“王羲之尝诣门生家，见棐几滑净，因书之，真草相半，后为其父误刮去之，门生惊懊者累日。”

赌墅：《晋书》：“谢安命驾出游山墅，亲朋毕集，方与玄围棋赌别墅。”

外台：《汉官仪》：“尚书为中台，御史为宪台，谒者为外台。”裴松之《三国志》注：“兰台为外台，秘书为内阁。”《杜氏通典》：“或谓州府为外台。”

夫君：《楚辞》：“思夫君兮太息。”

席上珍：《礼记》：“儒有席上之珍以待聘。”

台阁：《后汉书·仲长统传》：“虽置三公，事归台阁。”章怀太子注：“台阁，谓尚书也。”

三语：《晋书》：“阮瞻见司徒王戎。戎问曰：‘圣人贵名教，老庄明自然，其旨同异？’瞻曰：‘将无同。’戎咨嗟良久，即命辟之。时人谓之‘三语椽’。”

第一人：《南史》：“谢琨风华为江左第一。”

同比部杨员外十五夜游有怀静者季

承明少休沐①，建礼省文书。
夜漏行人息，归鞍落日馀。
岂知三五夕②，万户千门辟。
夜出曙翻归，倾城满南陌。
陌头驰骋尽繁华，王孙公子五侯家。
由来月明如白日，共道春灯胜百花。
聊看侍中千宝骑，强识小妇七香车。
香车宝马共喧阗，个里多情侠少年。

竞向长杨柳市北，肯过精舍竹林前？
独有仙郎心寂寞，却将宴坐为行乐。
倘觅忘怀共往来③，幸沾同舍甘藜藿。

【校】

①明，顾元纬本作“恩”，误。

②岂，顾元纬本、凌本俱作“悬”。

③觅，顾元纬本、凌本俱作“觉”。

【注】

比部：《唐六典》：“刑部有比部员外郎一人，从六品上。”

建礼：《宋书》：“汉尚书寺居建礼门内。”《汉官仪》：“尚书郎主作文书起草，昼夜更直五日于建礼门内。”

三五夕：谢灵运诗：“期在三五夕。”李善注：“三五，谓十五日也。”

五侯：《汉书·元后传》：“河平二年，上悉封舅谭为平阿侯，商成都侯，立红阳侯，根曲阳侯，逢时高平侯。五人同日封，故世谓之‘五侯’。”

侍中：《史记》：“留侯子张辟疆[1]为侍中。”应劭曰：“入侍天子，故曰侍中。”《后汉书》：“侍中，比二千石。无员，常侍左右，赞导众事，顾问应对。”《唐书·百官志》：“门下省有侍中二人，正二品。”此诗所谓“侍中”者，乃天子近臣，犹《史记》所谓“侍中”，非唐时门下省之侍中也。

宝骑：骆宾王诗：“宝骑连花铁作钱，香轮骛水珠为网。”

长杨：《三辅黄图》：“长杨宫在今盩厔县东南三十里，本秦旧宫，至汉修饰之，以备行幸。宫中有垂杨数亩，因为宫名。”

柳市：《汉书》：“万章，字子夏，长安人也。长安炽盛，街闾各有豪侠，章在城西柳市。”师古曰：“《汉宫阙疏》云：细柳仓有柳市。”

精舍：成按：精舍本为讲读之地。《后汉书·刘淑传》：“遂隐居，立精舍讲授，诸生常数百人。”《檀敷传》：“立精舍教授，远方至者常数百人。”《包咸传》：“因住东海，立精舍讲授。”《李充传》：“立精舍讲授。”裴松

[1] 张辟疆，《史记·吕太后本纪》作“张辟彊”。

之《三国志》注："《魏武故事》曰：于谯东五十里筑精舍，欲秋夏读书，冬春射猎。"又："《江表传》曰：时有道士琅邪于吉，先寓居东方，往来吴会，立精舍，烧香读道书。"李善《文选》注："精舍，今读书斋是也。"自晋孝武帝太元六年初奉佛法，立精舍于殿内，引诸沙门居之，因此世俗谓佛寺为"精舍"。《翻译名义》或名僧坊者别屋谓之坊也，或名精舍者。《释迦谱》云："息心所栖，故曰精舍。"《灵裕寺诰》曰："非粗暴者所居，故云精舍。"《艺文类集》云："非由其舍精妙，良由精练行者所居也。"《涅槃经》："今在此间王舍大城，住迦兰陀竹林精舍。"《宋书·戴颙传》："黄鹄山北有竹林精舍，林涧甚美，颙憩于此涧。"

宴坐：《维摩诘经》："舍利弗白佛言：忆念我昔，曾于林中宴坐树下。"《释氏要览》："宴坐，又作'燕坐'。宴，安也，安息貌也。"

行乐：《汉书》："人生行乐耳。"

同舍：《汉书》："直不疑为郎，其同舍有告归，误将持其同舍郎金去。"

藜藿：《史记》："粝粱[1]之食，藜藿之羹。"《正义》曰："藜，似藿而表赤。藿，豆叶也。"

故人张谭工诗善易卜兼能丹青草隶顷以诗见赠聊获酬之①

不逐城东游侠儿，隐囊纱帽坐弹棋。
蜀中夫子时开卦，洛下书生解咏诗②。
药栏花径衡门里，时复据梧聊隐几。
屏风误点惑孙郎，团扇草书轻内史③。
故园高枕度三春，永日垂帷绝四邻。
自想蔡邕今已老④，更将书籍与何人？

[1] 粱，原本作"梁"，据《史记·太史公自序》改。

【校】

①酬,《唐诗正音》作“答”。

②书,一作“诸”。

③轻,凌本作“惊”。

④想,《文苑英华》作“惜”。

【注】

张諲:张彦远《名画记》:“张諲官至刑部员外郎,明易象,善草隶,工丹青,与王维、李颀等为诗酒丹青之友。尤善画山水。王维答诗曰:‘屏风误点惑孙郎,团扇草书轻内史。’李颀诗曰:‘小王破体闲文策,落日梨花照空壁。诗堪记室妒风流,画与将军作劲敌。’”

隐囊:《颜氏家训》:“梁朝全盛之时,贵游子弟无不熏衣剃面,傅粉施朱,驾长檐车,跟高齿屐,坐棋子方褥,冯班丝隐囊。”

纱帽:《中华古今注》:“武德九年十一月,太宗诏曰:‘自今以后,天子服乌纱帽,百官士庶皆同服之。’”

弹棋:《西京杂记》:“成帝好蹴踘,群臣以蹴踘为劳,体非至尊所宜,帝曰:‘朕好之,可择似而不劳者奏之。’家君作弹棋以献,帝大悦。”《后汉书》:“梁冀能挽满弹棋。”章怀太子注:“《艺经》曰:‘弹棋,两人对局,白黑棋各六枚,先列棋相当,更相弹也。其局以石为之。’”《梦溪笔谈》:“《西京杂记》云:‘汉成帝好蹴踘,群臣以蹴踘为劳,求相类而不劳者,遂为弹棋之戏。’予观弹棋绝不类蹴踘,颇与击踘相近,疑是传写误耳。唐薛嵩好蹴踘,刘纲劝止之曰:‘为乐甚众,何必乘危邀顷刻之欢?’此亦击踘,《唐书》误述为蹴踘。弹棋今人罕为之,有谱一卷,盖唐人所为。棋局方二尺,中心高,如覆盂,其巅为小壶,四角微隆起。今大名开元寺佛殿上有一石局,亦唐时物也。李商隐诗曰:‘玉作弹棋局,中心最不平。’谓其中高也。白乐天诗曰:‘弹棋局上事,最妙是长斜。’‘长斜’谓抹角斜弹,一发过半局,今谱中具有此法。柳子厚《叙棋》用二十四棋者,即此戏也。《汉书》注云:‘两人对局,黑白子各六枚。’与子厚所记小异。”

蜀中夫子:《高士传》:“严遵,字君平,蜀人也。隐居不仕。尝卖卜于成都市，日得百钱以自给，卜讫，则闭肆下帘，以著书为事。”鲍照诗：“君平因世闲，得还守寂寞。闭帘注《道德》，开卦述天爵。”

洛下书生：《晋书》：“谢安能为洛下书生咏，有鼻疾，故其音浊。名流爱其咏而弗能及，或手掩鼻以效之。”《世说》：“人问顾长康：‘何以不作洛生咏？’答曰：‘何至作老婢声？’”刘孝标注：“洛下书生咏，音重浊，故云‘老婢声’。”

药栏：李济翁《资暇录》：“今园庭中药栏，栏即药，药即栏，犹言围援，非花药之栏也。有不悟者以为藤架疏圃，可作切对，是不知其由来矣。按汉宣帝诏曰：‘池药未御幸者，假与贫民。’苏林注云：‘以竹绳连绵为禁药，使人不得往来尔。’《汉书》‘阑入宫禁’，字多作草下阑，则‘药栏’作‘药兰’，尤分明易悟也。”成考《宣帝纪》，乃是“池籞”，非“池药”，不得据此为证。梁庾肩吾诗：“向岭分花径，随阶转药栏。”以“花径”对“药栏”，其义显然。又唐岑参诗亦有“涧水吞樵路，山花醉药栏”之句，与庾义不相远，正不必过为创异之解也。

据梧：《庄子》：“倚树而吟，据槁梧而瞑。”郭象注：“行则倚树而吟，坐则据梧而睡。”

隐几：《庄子》：“南郭子綦隐几而坐。”陆德明注：“隐，凭也。”

误点：《历代名画记》：“曹不兴，吴兴人也。孙权使画屏风，误落笔点素，因就成蝇状。权疑其真，以手弹之。”

内史：《晋书》：“王羲之为右军将军、会稽内史。尝在蕺山见一老姥，持六角竹扇卖之。羲之书其扇，各为五字，姥初有愠色，因谓姥曰：‘但言是王右军书，以求百钱耶。’姥如其言，人竞买之。”《白氏六帖》：“王右军草书于团扇。”

蔡邕：《魏志》：“王粲徙长安，左中郎将蔡邕见而奇之。时邕才学显著，贵重朝廷，常车骑填巷，宾客盈坐。闻粲在门，倒屣迎之。粲至，年既幼弱，容状短小，一坐尽惊。邕曰：‘此王公孙也，有异才，吾不如也。吾家书籍文章，尽当与之。’”

答张五弟

终南有茅屋，前对终南山。
终年无客长闭关，终日无心长自闲。
不妨饮酒复垂钓，君但能来相往还①。

【校】

①相，顾可久本作“且”。

赠吴官

长安客舍热如煮，无个茗糜难御暑①。
空摇白团其谛苦②，欲向缥囊还归旅。
江乡鲭鲊不寄来，秦人汤饼那堪许？
不如侬家任挑达，草屩捞虾富春渚③。

【校】

①个，一作“过”。

②疑有讹字。

③捞，刘本、顾可久本俱作“螃”，误。

【注】

如煮：《释名》：“暑，煮也。热如煮物也。”

茗糜：傅咸《司隶教》：“闻南市有蜀妪，作茶粥卖之。廉事打破其器具，使无为。”唐储光羲有《吃茗粥》诗。

白团：《晋书》：“王珉好捉白团扇。”吴均诗：“羃䍥悬丹凤，逶迤摇白团。”

谛苦：《涅槃经》：“何谓苦谛？有八苦，故名曰苦谛。”

缥囊：《隋书·经籍志》：“盛以缥囊，书用缃素。”昭明太子《文选序》：

“词人才子，则名溢于缥囊；飞文染翰，则卷盈于缃帙。”吕向注：“缥，青白色。囊，有底袋也，用以盛书。”

鲭鲊：《南齐书·虞悰传》：“乃献醒酒鲭鲊一方而已。”

汤饼：《荆楚岁时记》：“六月伏日，并作汤饼，名为辟恶。按《魏氏春秋》：‘何晏以伏日食汤饼，取巾拭汗，面色皎然，乃知非傅粉。’则伏日汤饼自魏以来有之。”

草屩：《梁书·何点传》：“或驾柴车，蹑草屩，恣心所适，致醉而归。”

富春渚：谢灵运有《富春渚》诗，吕延济注：“富春渚在钱塘江上。”任昉诗“朝发富春渚”，吕向注：“富春，县名。渚，水曲也。”

雪中忆李揖

积雪满阡陌，故人不可期。
长安千门复万户，何处蹀躞黄金羁？

【注】

蹀躞：吴均诗：“蹀躞青骊马。”《韵会》：“蹀躞，行貌。”

黄金羁：吴均诗：“白马黄金羁，青骊紫丝鞚。”

送崔五太守

长安厩吏来到门，朱文露网动行轩①。
黄花县西九折坂，玉树宫南五丈原。
褒斜谷中不容幰，惟有白云当露冕。
子午山里杜鹃啼，嘉陵水头行客饭。
剑门忽断蜀川开，万井双流满眼来。
雾中远树刀州出，天际澄江巴字回。
使君年几三十馀②，少年白皙专城居。

欲持画省郎官笔③，回与临邛父老书。

【校】

①朱文，一作“未央”，误。

②几，《唐诗正音》作“纪”。

③笔，一作“草”。

【注】

长安厩吏：《汉书》：“朱买臣拜会稽太守，长安厩吏乘驷马车来迎，买臣遂乘传去。”张晏注：“故事，大夫乘官车驾驷，如今州牧刺史矣。”

朱文：《后汉书·王龚传》：“柱下无朱文之轸也。”章怀太子注：“朱文，画车为文也。”

黄花县：《太平寰宇记》：“废黄花县在凤州北六十里，本汉故道县地，唐武德元年分梁泉县置东有黄花川因名之。宝历元年，以其地并入梁泉。”

九折坂：《汉书》：“琅邪王阳为益州刺史，行部至邛郲九折坂，叹曰：‘奉先人遗体，奈何数乘此险？’”应劭注：“九折坂在蜀郡严道县。”《水经注》：“邛崃山在汉嘉严道县，一曰新道山。南有九折坂，夏则凝冰，冬则毒寒，王子阳[1]按辔处也。”《方舆胜览》：“九折坂在邛崃山，其坂阻峻曲回，九折乃至山上。”

玉树宫：《三辅黄图》：“甘泉宫北岸有槐树，今谓玉树，根干盘峙，三二百年木也。杨震《关辅古语》云：‘耆老相传，咸以为此树即扬雄《甘泉赋》所谓“玉树青葱”也。’”

五丈原：《水经注》：“斜水径五丈原东，诸葛亮《与步隲书》曰：‘仆前军在五丈原，原在武功西十里。’”《元和郡县志》：“五丈原在凤翔府郿县西南一十五里。”

褒斜谷：《括地志》：“褒斜，二谷名，在汉中郡褒城县北五十里，南谷曰褒，北谷曰斜，长四百七十里，同为一谷。”《方舆胜览》：“凤州之东，兴元之西，褒斜谷在焉。谷口三山，翼然对峙，南曰褒，北曰斜，在唐为驿路，

[1] 王子阳，“子”当为衍字。

所以通巴汉。”

不容幰：庾肩吾诗：“长安有曲陌，曲陌不容幰。”《说文》：“幰，车幔也。”

子午谷：颜师古《汉书》注：“京城直南山有谷通梁、汉道，名子午谷。”《一统志》：“子午谷在西安府城南一百里，谷中路通南北，故名。”

杜鹃啼：《埤雅》：“杜鹃一名子规，苦啼，啼血不止。一名怨鸟，夜啼达旦，血渍草木。凡始鸣，皆北向，啼苦则倒悬于树。《说文》所谓蜀主望帝化为子嶲。今谓之子规是也。”

嘉陵水：《水经注》：“汉水又南入嘉陵道而为嘉陵水，然世俗名之为皆陵水，非也。”《太平寰宇记》：“嘉陵江自凤州大散关发源，从利州下流入剑州剑门县界。”《一统志》：“嘉陵江在汉中府略阳县治西南，源出凤县东大散关，历两当、略阳，会东谷等水，流经四川利、阆、合州，至重庆府，入大江。”

剑门：《唐六典》注：“剑阁在剑州普安县界，今谓之剑门。”《太平寰宇记》：“剑门县，本汉梓潼县地，诸葛武侯相蜀，于此立剑门，以大剑山至此有隘束之路，故曰剑门。姜维距钟会于此。”

蜀川：《杜氏通典》：“今蜀郡、蒙阳、唐安、临邛、卢山等郡，亦曰蜀川。”

万井：《汉书》：“一同百里，提封万井。”

双流：左思《蜀都赋》：“带二江之双流。”刘渊林注：“江水出岷山，分为二江，经成都〔南〕，东(南)流经之，故曰带也。”《水经注》：“成都县有二江双流其下，故扬子云《蜀都赋》云‘两江珥其前者’也。”《太平寰宇记》：“秦李冰穿二江于成都城中，皆可行舟，今谓内江、外江是也。”

刀州：《晋书》：“王濬夜梦悬三刀于卧屋梁上，须臾又益一刀。濬惊觉，意甚恶之。主簿李毅再拜贺曰：‘三刀为“州”字，又益一者，明府其临益州乎？’果迁益州刺史。”唐人以蜀地为刀州本此，如姚合诗云：“东川横剑阁，南斗近刀州。”武元衡诗云：“锦谷岚烟里，刀州晚照西。”又云：“刀州城北剑山东，甲士屯云骑散风。”岑参、李远、李端、雍陶集中皆有之，并用王濬事也。

巴字：《三巴记》："阆白二水东南流，曲折三回如巴字。"《文献通考》："巴江自古集来，派于巴州郡治之右，状如'巴'字，又曰字江。"《方舆胜览》："《舆地广记》：巴峡水屈曲成'巴'字。或云江分三流，中有小流，横贯成'巴'字，故以为名。"

白皙：《左传》："有君子白皙，鬒须眉，甚口。"《汉书》："霍光白皙，疏眉目，美须髯。"师古注："皙，洁白也。"

专城居：《陌上桑》古辞："三十侍中郎，四十专城居。为人洁白皙，鬑鬑颇有须。"潘岳《马汧督诔》："剖符专城，纡青拖墨之司。"张铣注："专，擅也，谓擅一城也。谓守宰之属。"

画省：《杜氏通典》："尚书郎奏事明光殿，省(省)中皆以胡粉涂壁，画古贤烈女。"

郎官笔：《宋书·百官志》："《汉官》云：尚书、丞、郎月赐赤管大笔一双，隃糜墨一丸。"

临邛：《汉书·司马相如传》："蜀长老多言通西南夷之不为用，大臣亦以为然。相如欲谏，业已建之，不敢，乃著书，藉蜀父老为辞，而己诘难之，以风天子，且因宣其使指，令百姓皆知天子意。"

送李睢阳

将置酒，思悲翁。使君去，出城东。
麦渐渐，雉子斑。槐阴阴，到潼关。
骑连连，车迟迟[①]，心中悲。
宋又远，周间之。南淮夷，东齐儿。
碎碎织练与素丝，游人贾客信难持。
五谷前熟方可为，下车闭阁君当思。
天子当殿俨衣裳，太官尚食陈羽觞，
彤庭散绶垂鸣珰。

黄纸诏书出东厢，轻纨叠绮烂生光。
宗室子弟君最贤，分忧当为百辟先。
布衣一言相为死，何况圣主恩如天。
鸾声哕哕鲁侯旗，明年上计朝京师。
须忆今日斗酒别，慎勿富贵忘我为。

【校】

①迟迟，顾元纬本作“遥遥”。

【注】

李睢阳：《唐书》：“李峘性质厚，历宦有美名，以王孙封赵国公。杨国忠乱政，悉斥不附己者。峘由考功郎中拜睢阳太守。”

将进酒[1]、**思悲翁：**《宋书》汉鼓吹铙歌十八曲有《思悲翁曲》、《将进酒曲》。

麦渐渐：潘岳《射雉赋》：“麦渐渐以擢芒，雉鷕鷕而朝雊。”徐爰注：“渐渐，含秀之貌也。”

雉子斑：《宋书》汉鼓吹铙歌十八曲有《雉子斑》，此借用其字。

宋周：睢阳本春秋时宋地，与东周洛阳接壤。按《杜氏通典》：“睢阳郡东至彭城郡西界二百十里，西南到淮阳郡二百八十里，去东京七百八十里。”

淮夷：睢阳之南则淮海。孔颖达《毛诗正义》：“《禹贡》‘徐州淮夷蠙珠’，则淮夷在徐州也。”

齐儿：睢阳之东，则古齐地。《汉书·朱博传》：“观齐儿欲以此为俗耶！”

下车：《汉书》：“班伯为定襄太守。定襄闻伯素贵，年少，自请治剧，畏其下车作威，吏民竦息。”右丞作《苗公德政碑》云：“或闭阁思政，或下车作威。”政用其事。此诗以“下车闭阁”连用，亦与碑文同意。然只用“下车”二字，似歇后语也。

---

[1] 将进酒，诗正文作“将置酒”。

闭阁:《汉书》:“韩延寿为左冯翊,行县至高陵,民有昆弟相与讼田自言,延寿大伤之,曰:‘幸得备位,为郡表率,不能宣明教化,至令民有骨肉争讼,既伤风化,重使贤长吏、啬夫、三老、孝弟受其耻,咎在冯翊,当先退。’是日,移病不听事,因入卧传舍,闭阁思过。于是讼者宗族传相责让,此两昆弟深自悔,皆自髡肉袒谢,愿以田相移,终死不敢复争。”《后汉书》:“吴祐迁胶东侯相,政惟仁简,以身率物,民有争诉者,辄闭阁自责,然后断其讼,以道譬之。”

太官:《汉书》:“少府属官有太官。”师古注:“太官主膳食。”《后汉书·百官志》:“太官令一人,六百石,掌御饮食。”《唐六典》:“太官署:令二人,从七品下;丞四人,从八品下;监膳十人,从九品下;监膳史十五人,供膳二千四百人。太官令掌供膳之事,丞为之贰。凡朝会、燕飨,九品以上并供其膳食。”

尚食:《唐六典》:“尚食局:奉御二人,正五品下;直长五人,正七品上。掌供天子之常膳,随四时之禁,适五味之宜,当进食,必先尝。凡元正、冬至大朝会飨百官,与光禄视其品秩,分其等差而供焉。其赐王公已下及外方宾客亦如之。”

羽觞:《楚辞》:“瑶浆蜜勺,实羽觞些。”王逸注:“羽,翠羽也。”刘良注:“觞,酒器也。插羽于上也。”班婕好赋:“酌羽觞兮销忧。”(师古)〔刘德〕曰:“酒行疾如羽也。”孟康曰:“羽觞,爵也,作生爵形,有头尾羽翼。”如淳曰:“以玳瑁覆翠羽于下彻上见。”张衡《西京赋》:“羽觞行而无算。”刘良注:“羽觞杯上缀羽,以速饮也。”陆机诗:“羽觞不可算。”吕延济注:“羽觞置鸟羽于杯,以急饮也。”诸家之说不同,刘与吕皆属不经,如淳尤谬,惟孟解为优。

黄纸诏书:梁简文帝《谢启》:“黄纸诏书,先开泉府。”《石林燕语》:“唐中书制诏有四:封拜册书用简,以竹为之;画旨而施行者曰‘发日敕’,用黄麻纸;承旨而行者曰‘敕牒’,用黄藤纸;赦书皆用绢黄纸,始贞观间。或曰,取不蠹也。”《演繁露》:“石林言制敕用黄纸始高宗时,非也。晋恭帝时,王韶之迁黄门侍郎,凡诸诏(黄)〔奏〕皆其辞也。则东晋时已用黄纸写诏矣。”成按:《魏志·刘放传》:“即以黄纸授放作诏。”《世说》:“元帝默然无言,乃探怀中黄纸诏,裂掷之。”又云“明帝还内,作手诏满一黄纸”云云。则魏晋时已用黄纸,又不始于恭帝时矣。及考《春明退朝录》:“唐《日历》:贞观十年十月,诏始用黄麻纸写敕。上元三年闰三月戊子敕:‘制敕施行,既为永式,比用白纸,多有虫蠹,自今以后,尚书省颁下诸司及州下县,并用黄纸。’”则是贞观前久用黄纸写诏,但尚书所颁及州府所用尚是白纸,后乃改用黄耳。

东厢:《汉书》:“吕后侧耳于东厢听。”师古曰:“东厢,正寝之东西室皆曰厢,言似厢箧之形。”张衡《东京赋》:“下彫辇于东厢。”薛综注:“殿东西次为厢。”《雍录》:“正殿两旁有室,即厢也。车之有厢,亦其义也。”

宗室:按《唐书》,李峘乃太宗第三子吴王恪之曾孙,恪第三子琨之孙,祎之子。

分忧:《晋书·宣帝纪》:“天子南巡,观兵吴疆。帝留镇许昌,改封向亭侯,转抚军、假节,领兵五千,加给事中、录尚书事。帝固辞。天子曰:‘吾于庶事,以夜继昼,无须臾宁息。此非以为荣,乃分忧耳。’”

百辟:《诗》:“百辟卿士,媚于天子。”

鸾声:《诗》:“鲁侯戾止,言观其旂。其旂茷茷,鸾声哕哕。”

上计:贾公彦《周礼疏》:“汉之朝集使,谓之上计吏,谓上一年计会文书及功状也。”《后汉书·百官志》:“凡郡国皆掌治民,进贤劝功,决讼检奸。岁尽遣吏上计。”

忘我为:古《扊扅歌》:“今日富贵忘我为。”

寒食城东即事

清溪一道穿桃李，演漾绿蒲涵白芷。
溪上人家凡几家，落花半落东流水①。
蹴踘屡过飞鸟上，鞦韆竞出垂杨里。
少年分日作傲游，不用清明兼上巳。

【校】

①半，顾可久本作“共”。

【注】

白芷：《尔雅翼》：“白芷出近道下湿地，处处有之，可作面脂。其叶名蒿麻，可用沐浴。”

蹴踘：《史记索隐》：“鞠戏以皮为之，中实以毛，蹴蹋为戏也。”《荆楚岁时记》：“按刘向《别录》曰：‘蹴踘，黄帝所造，本兵势也。或云起于战国。’按，鞠与球同古，人蹋蹴以为戏也。”

鞦韆：刘孝孙《事原》：“《古今艺术图》云：鞦韆，北方戎狄爱习轻趫之戏，每至寒食为之。中国女子学之，乃以彩绳悬树，立架为之。”《韵会》：“鞦韆，绳戏，北方山戎以习轻趫者。”《复古编》云：“词人高无际作《鞦韆赋》，汉武后庭之戏，本云‘千秋’，祝寿词也，后讹为‘秋千’，又为‘鞦韆’。”

上巳：郑康成《周礼注》：“岁时祓除，如今三月上巳如水上之类。”贾公彦《疏》：“一月有三巳，据上旬之巳而为祓除之事，见今三月三日水上戒浴是也。”《后汉书·礼仪志》：“三月上巳，官民皆絜于东流水上，曰洗濯祓除、去宿垢疢为大絜。絜者，言阳气布畅，万物讫出，始絜之矣。”刘昭注：“谓之禊也。《风俗通》曰：‘《周礼》：“女巫掌岁时以祓除疾病。”禊者，絜也。春者，蠢也。蠢摇动也。《尚书》“以殷仲春，厥民析”，言人解析也。’蔡邕曰：‘《论语》：“暮春者，春服既成，冠者五六人，童子六七人，浴乎沂，风乎舞雩，咏而归。”自上及下，古有此礼。今三月上巳，祓禊于水滨，盖出于此。’杜笃《祓禊赋》曰‘巫咸之徒，秉火祈福’，则巫祝也。一说云，后汉有郭虞者，三月上巳产二女，二日中并不育，俗以为大忌，至此月日讳止家，皆于东流水上为祈禳自洁濯，谓之禊祠。引流行觞，遂成曲水。《韩诗》曰：‘郑国之俗，三月上巳，溱、洧两水之上，招魂续魄，秉兰草，祓除不祥。’《汉书》‘八月祓灞水’，亦斯义也。后之良史，亦据为正。臣昭曰：郭虞之说，良为虚诞。假有庶民旬内夭其二女，何足惊彼风俗，称为世忌乎？杜笃乃称‘王、侯、公主暨于富商，用事伊、洛，帷幔玄黄’。本传大将军梁商亦歌泣于洛禊也。自魏不复用三日水宴者焉。”

欧阳永叔作《浣溪沙》词，有云“绿杨楼外出秋千”，晁无咎深美之，以为“出”字后人道不到。读右丞“竞出垂杨”之句，则欧公又落第二义矣。

不遇咏

北阙献书寝不报，南山种田时不登。
百人会中身不预，五侯门前心不能。
身投河朔饮君酒，家在茂陵平安否？
且共登山复临水①，莫问春风动杨柳。
今人作人多自私②，我心不说君应知。
济人然后拂衣去，肯作徒尔一男儿？

【校】

①共，顾元纬本作“此”。

②作，顾元纬本作“晚”。

【注】

不报：《汉书》：“朱买臣至长安，诣阙上书，书久不报。”

不登：《礼记》：“岁凶年谷不登。”郑康成注：“登，成也。”

百人会：《世说》：“孝武在西堂会，伏滔预坐。还，下车呼其儿，语之曰：‘百人高会，临坐未得他语，先问：“伏滔何在？在此否？”此故未易得。为人作父如此，何如？’”

五侯门：《汉书》：“王氏方盛，宾客满门，五侯兄弟争名，其客各有所厚，不得左右，唯楼护尽入其门，咸得其欢心。”

河朔：《初学记》：“魏文帝《典论》曰：大驾都许，使光禄大夫刘松北镇。袁绍军与绍子弟日共宴饮，常以三伏之际，昼夜酣饮极醉，至于无知，云以避一时之暑。故河朔有‘避暑饮’。”

卷 七

近体诗三十九首

奉和圣制赐史供奉曲江宴应制

侍从有邹枚，琼筵就水开①。
言陪柏梁宴，新下建章来②。
对酒山河满，移舟草树回。
天文同丽日，驻景惜行杯。

【校】

①就，《唐诗品汇》作“向”。

②下，《文苑英华》作“自”。

【注】

供奉：《唐书》：“玄宗以中书务剧，文书多壅滞，乃选文学之士，号翰林供奉，与集贤院学士分掌制诏书敕。开元二十六年，又改翰林供奉为学士，别置学士院，专掌内命。”

曲江：康骈《剧谈录》：“曲江池，本秦世隑洲。开元中疏凿，遂为胜景。其南有紫云楼、芙蓉苑，其西有杏园、慈恩寺。花卉环周，烟水明媚，都人游玩，盛于中和、上巳之节，彩幄翠帱，匝于堤岸，鲜车健马，比肩击毂。上巳即宴赐臣僚，京兆府大陈筵席，长安、万年两县以雄盛相较，锦绣珍玩无所不施，百辟会于山亭，恩赐太常及教坊声乐。池中备彩舟数只，惟宰相、三使、北省官与翰林学士登焉。每岁倾动皇州，以为盛观。入夏则菰蒲葱翠，柳阴四合，碧波红渠，湛然可爱。好事者赏芳辰，玩清景，联骑携觞，亹亹不绝。”《长安志》：“升道坊龙华尼寺南有流水屈曲，谓之曲江。其深处下不见底。司马相如赋云‘临曲江之隑州’，盖其所也。”《雍录》：“唐曲江本秦隑州，至汉为宣帝乐游庙，亦名乐游苑，亦名乐游原。基地最高，四望宽敞。隋营京城，宇文恺以其地在京城东南隅，地高不便，故阙此地不为居人坊巷，而凿之为池，以厌胜之。又会黄渠水自城外南来，可以穿城而入，故隋世遂从城外包之入城为芙蓉池，且为芙蓉园也。长安中太平公主于原上置亭游赏，后赐宁、申、岐、薛王。正月晦日、三月三日、九月九日，京城士女咸即此祓禊，帟幕云布，车马填塞，词人乐饮歌诗。汉武帝时，池周围六里馀；唐周七里，占地三十顷，又加展拓矣。地在城东南升道坊龙华寺之南。"

侍从：班固《西都赋》："言语侍从之臣。"

邹枚：邹阳、枚乘也。《水经注》："梁王与邹、枚、司马相如之徒极游于其上。"

柏梁宴：《三辅黄图》："柏梁台，武帝元鼎二年春起。此台在长安城中北阙内。《三辅旧事》云：'以香柏为梁也。帝尝置酒其上，诏群臣和诗，能七言诗者乃得上。'"

建章：《三辅黄图》："建章宫在未央宫西长安城外。"

丽日：庾信诗："朱帘卷丽日，翠幕蔽重阳。"

从岐王过杨氏别业应教①

杨子谈经所②，淮王载酒过。
兴阑啼鸟换③，坐久落花多。
径转回银烛，林开散玉珂。
严城时未启，前路拥笙歌④。

【校】

①郭茂倩《乐府》采首四句入《近代曲辞》，题作《昆仑子》，《万首唐人绝句》亦同。

②所，《文苑英华》、《唐诗正音》、《唐诗品汇》俱作"处"，《万首唐

人绝句》、《乐府诗集》俱作“去”。

③兴阑，《万首唐人绝句》作“醉来”。换，《唐诗正音》、《唐诗品汇》俱作“缓”。

④拥，一作“引”。

【注】

岐王：刘昫《唐书》：“惠文太子范，睿宗第四子也。初封郑王，寻改封卫王。长寿二年，随例却入阁，徙封巴陵郡王。睿宗践祚，改封岐王。开元初，拜太子少师，带本官，历绛、郑、岐三州刺史。八年，迁太子太傅。范好学工书，雅爱文章之士，士无贵贱，皆尽礼接待。与阎朝隐、刘庭琦、张谔、郑繇篇题唱和，又多聚书画古迹，为时所称。”

应教：魏晋以来，人臣于文字间有属和，于天子曰“应诏”，于太子曰“应令”，于诸王曰“应教”。

淮王：《汉书》：“淮南王安好学术，折节下士，招致英隽以百数。”

载酒：《汉书》：“扬雄家素贫，嗜酒，人希至其门。时有好事者载酒肴从游学。”

玉珂：张华诗：“文轩树羽盖，乘马鸣玉珂。”

严城：何逊诗：“禁门俨犹闭，严城方警夜。”

《艇斋诗话》：前人诗言落花有思致者三：王维“兴阑啼鸟换，坐久落花多”，李嘉祐“细雨湿衣看不见，闲花落地听无声”，荆公“细数落花应坐久，缓寻芳草得归迟”。

从岐王夜宴卫家山池应教

座客香貂满，宫娃绮幔张。
涧花轻粉色，山月少灯光①。
积翠纱窗暗②，飞泉绣户凉。
还将歌舞出，归路莫愁长。

【校】

①少,《文苑英华》作“吐”,非。

②暗,《文苑英华》作“透”。

【注】

香貂:江总诗:“香貂拜黻衮,花绶拂玄除。”

绮幔:司马相如《长门赋》:“张罗绮之幔帷兮。”《大般若经》:“张以绮幔,内施珠帐。”

和尹谏议史馆山池①

云馆接天居②,霓裳侍玉除。
春池百子外③,芳树万年馀。
洞有仙人箓,山藏太史书。
君恩深汉帝,且莫上空虚④。

【校】

①尹,《文苑英华》作“伊”,非。

②云,一作“灵”。

③子,一作“草”,非。

④空,一作“云”。

【注】

尹谏议:刘昫《唐书》:“开元二十五年,道士尹愔为谏议大夫、集贤学士兼知史馆事。”宋祁《唐书》:“尹愔,秦州天水人。博学,尤通老子书。初为道士,玄宗尚玄言,有荐愔者,召对,喜甚,厚礼之,拜谏议大夫、集贤院学士,兼修国史。固辞不起。有诏以道士服视事,乃就职,专领集贤、史馆图书。开元末卒。”

史馆:《长安志》:“史馆在门下省北。贞观三年,置秘书内省,以修《五代史》;又置史馆,以编国史。”

云馆：左思《吴都赋》："虹蜺回带于云馆。"

天居：鲍照诗："层阁肃天居。"

霓裳：《楚辞》："青云衣兮白霓裳。"

玉除：曹植诗："凝霜依玉除。"李善注："玉除，阶也。《说文》曰：除，殿阶也。"

百子池：《西京杂记》："戚夫人侍儿贾佩兰说：在宫内时，常以七月七日临百子池，作于阗乐。"

万年树：《西京杂记》："初，修上林苑，群臣远方各献名果异树，亦有制为美名，以标奇异。中有千年长生树十株，万年长生树十株。"

仙人箓：《隋书·经籍志》"道经"："受道之法，初受《五千文箓》，次受《三洞箓》，次受《洞玄箓》，次受《上清箓》。箓皆素书，纪诸天曹官属佐吏之名有多少，又有诸符，错在其间，文章诡怪，世所不识。受者必先洁斋，然后赍金环，一并诸贽币，以见于师。师受其贽，以箓授之，仍剖金环，各持其半，云以为约。弟子得箓，缄而佩之。"陈子昂诗："凤蕴仙人箓，鸾歌素女琴。"

太史书：《史记·太史公自序》："略以拾遗补艺，成一家之言，厥协《六经》异传，整齐百家杂语，藏之名山，副在京师。"

上空虚：葛洪《神仙传》："河上公者，莫知其姓字。汉文帝时，公结草为庵，于河之滨。帝读《老子》经，颇好之，有所不解数事，时人莫能道之，闻时皆称河上公解《老子》经义旨，乃使赍所不决之事以问。公曰：'道尊德贵，非可遥问也。'帝即幸其庵，躬问之。帝曰：'子虽有道，犹朕民也，不能自屈，何乃高乎？'公即抚掌坐跃，冉冉在虚空中，去地数丈，俯仰而答曰：'余上不至天，中不累人，下不居地，何臣民之有？'帝乃下车，稽首曰：'朕以不德，忝统先业，才小任大，忧于不堪。虽治世事，而心敬道，直以暗昧，多所不了，惟愿道君有以教之。'公乃授素书二卷与帝，曰：'熟研之，此经所疑皆了，不事多言也。余注此经以来一千七百馀年，凡传三人，连子四矣，勿以示非其人。'言毕，失其所在。"

同崔员外秋宵寓直[①]

建礼高秋夜，承明候晓过。
九门寒漏彻，万井曙钟多。
月迥藏珠斗，云消出绛河[②]。
更惭衰朽质，南陌共鸣珂。

【校】

①同，《文苑英华》作“和”。

②消，《文苑英华》作“开”。

【注】

寓直：成按：潘岳《秋兴赋序》云：“予春秋三十有二，始见二毛。以太尉掾兼虎贲中郎将，寓直于散骑之省。”本以虎贲中郎将无省，故寄直于散骑省耳，后人则以直宿禁中为“寓直”矣。

曙钟：庾肩吾诗：“风长曙钟近，地迥洛城遥。”

珠斗：谓斗星相贯如珠。

绛河：《初学记》：“天河亦曰绛河。”

奉和杨驸马六郎秋夜即事

高楼月似霜，秋夜郁金堂。
对坐弹卢女，同看舞凤凰。
少儿多送酒，小玉更焚香。
结束平阳骑，明朝入建章。

【注】

杨驸马：按《唐书·公主列传》，玄宗二十九女，驸马杨姓者凡七人，未知孰是。

月似霜：梁元帝诗："玄兔城前月似霜。"

郁金堂：沈佺期诗："卢家少妇郁金堂。"

舞凤凰：张衡《东京赋》："鸣女床之鸾鸟，舞丹穴之凤凰。"

少儿：《汉书》："阳信长公主家僮卫媪，长女君孺，次女少儿，次女则子夫。"

小玉：鲍令晖有《代葛沙门妻郭小玉作》二首。又白居易诗"吴妖小玉飞作烟"，自注云："夫差女小玉死后，形见于王，其母抱之，霏微若烟雾散空。"然观元微之诗"小玉上床铺夜衾"，李长吉诗"小玉开屏见山色"，与右丞同意，俱作侍儿解，未详。

平阳骑：《史记》："大将军卫青者，平阳人也。其父郑季，为吏，给事平阳侯家，与侯妾卫媪通，生青。青壮，为侯家骑，从平阳主。建元二年春，青姊子夫得入宫幸上，乃召青为建章监，侍中。"

成按：《汉书》：少儿初与霍仲孺通，生去病，后更为詹事陈掌妻。卫青初为平阳侯家骑，后青尊贵而平阳侯曹寿有恶疾，就国，上诏青尚平阳主。皆非驸马家美事，而右丞用之，盖唐时引事，初无顾忌若此也。

酬虞部苏员外过蓝田别业不见留之作

贫居依谷口，乔木带荒村。
石路枉回驾，山家谁候门？
渔舟胶冻浦，猎火烧寒原①。
惟有白云外，疏钟闻夜猿②。

【校】

①烧，一作"绕"。

②"闻"字，疑是"间"字之讹。

【注】

虞部：刘昫《唐书·职官志》：工部有虞部员外郎一员，从六品上。

蓝田别业：《一统志》："辋川别业在西安府蓝田县西南辋谷，唐王维置别业于此。"

酬比部杨员外暮宿琴台朝跻书阁率尔见赠之作①

旧简拂尘看，鸣琴候月弹②。
桃源迷汉姓③，松树有秦官④。
空谷归人少，青山背日寒。
羡君栖隐处⑤，遥望白云端。

【校】

①台，凌本、《文苑英华》俱作"堂"。〇一作卢照邻诗。

②候，《文苑英华》作"俟"。

③源，一作"花"。

④树，顾元纬本、凌本俱作"径"。

⑤栖，凌本作"归"。

【注】

秦官：《艺文类聚》："《汉官仪》曰：秦始皇上封泰山，逢疾风暴雨，赖得松树，因复其下，封为五大夫。"《初学记》："小天门有秦时五大夫松见在。"

酬严少尹徐舍人见过不遇

公门暇日少，穷巷故人稀。
偶值乘篮舆，非关避白衣。
不知炊黍否，谁解扫荆扉？
君但倾茶椀，无妨骑马归。

【注】

少尹:《唐六典》:“京兆、河南、太原府尹一人,从三品,少尹二人,从四品下。”

公门:《东观汉纪》:“吴汉,南阳人。邓禹及诸将多荐举者再三,召见,其后勤勤不离公门。”

篮舆:《晋书·陶潜传》:“刺史王弘以元熙中临州,甚钦迟之,后自造焉。潜称疾不见。弘每令人候之,密知当往庐山,乃遣其故人庞通之等赍酒,先于半道邀之。潜既遇酒,便引酌野亭,欣然忘进。弘乃出与相(闻)〔见〕,遂欣宴穷日。弘要之还州,问其所乘,答曰:‘素有脚疾,向乘篮舆,亦足自反。’乃令一门生二儿共舆之至州,而言笑赏适,不觉有羡于华轩也。”

炊黍:裴松之《三国志注》:“沐并字德信,河间人。始为名吏,有志介。尝过姊,姊为杀鸡炊黍而不留也。”

慕容承携素馔见过

纱帽乌皮几,闲居懒赋诗。
门看五柳识,年算六身知。
灵寿君王赐,雕胡弟子炊。
空劳酒食馔,特底解人颐。

【注】

乌皮几:谢朓有《同咏座上玩器得乌皮隐几》诗。

六身:《左传》:“晋悼夫人食舆人之城杞者,绛县人或年长矣,无子,而往与于食。有与疑年,使之年。曰:‘臣小人也,不知纪年。臣生之岁,正月甲子朔,四百有四十五甲子矣,其季于今三之一也。’吏走问诸朝,师旷曰:‘七十三年矣。’史赵曰:‘亥有二首六身,下二如身,是其日数也。’士文伯曰:‘然则二万六千六百有六旬也。’”《正义》云:“二画为首,六画为身,下首之二画并之，使如其身旁，则是生来日数也。因亥画似算位，故假之以为言。”

灵寿：《汉书·孔光传》：“赐太师灵寿杖。”孟康注：“扶老杖也。”服虔注：“灵寿，木名。”师古注：“木似竹，有枝节，长不过八九尺，围三四寸，自然有合杖制，不须削治也。”

解人颐：《汉书》：“无说《诗》，匡鼎来；匡说《诗》，解人颐。”如淳注：“解颐，使人笑不能止也。”

酬慕容上①

行行西陌返，驻幰问车公②。
挟毂双官骑，应门五尺僮。
老年如塞北，强起离墙东。
为报壶丘子，来人道姓蒙③。

【校】

①一作“酬慕容十一”。

②幰，刘本、顾可久本俱作“炉”，非。

③“姓”字，疑是“住”字之讹。

【注】

车公：《杜氏通典》：“车胤为桓温治中，有会不同，温辄云：‘无车公不乐。’”

官骑：《后汉书》：“将军赐官骑十人。”《晋书·王祥传》：“置官骑二十人。”

应门：《晋书·李密传》：“内无应门五尺之童。”

壶丘子：《高士传》：“壶丘子林者，郑人也。道法甚优，列御寇师事之。”

酬张少府

晚年惟好静[1]，万事不关心。
自顾无长策[2]，空知返旧林[3]。
松风吹解带，山月照弹琴。
君问穷通理[4]，渔歌入浦深。

【校】

①年，一作“来”。

②长，一作“良”。

③知，《文苑英华》作“如”。

④君，一作“若”。

喜祖三至留宿

门前洛阳客，下马拂征衣。
不枉故人驾，平生多掩扉。
行人返深巷，积雪带馀晖。
早岁同袍者，高车何处归？

答王维留宿

祖　咏

四年不相见，相见复何为？
握手言未毕，却令伤别离。
升堂还驻马，酌醴便呼儿。
语默自相对，安用傍人知？

酬贺四赠葛巾之作

野巾传惠好，兹贶重兼金。
嘉此幽栖物，能齐隐吏心①。
早朝方暂挂，晚沐复来簪②。
坐觉嚣尘远，思君共入林。

【校】

①齐，凌本作“高”。

②复，凌本作“更”。

【注】

兼金：赵岐《孟子注》：“兼金，好金也。其价兼倍于常者，故谓之兼金。”江淹诗：“承荣重兼金。”

晚沐：沈约诗：“晨趋游建礼，晚沐卧郊园。”李善注：“沐，休沐也。”

入林：《世说》：“谢公道豫章，若遇七贤，必自把臂入林。”

寄荆州张丞相

所思竟何在？怅望深荆门。
举世无相识，终身思旧恩。
方将与农圃，艺植老丘园。
目尽南飞鸟①，何由寄一言。

【校】

①飞鸟，顾元纬本、凌本俱作“无雁”。

【注】

张丞相：刘昫《唐书》：“开元二十五年，监察御史周子谅上书忤旨，搒之殿庭，朝堂决杖死之。尚书右丞相张九龄以曾荐引子谅，左授荆州长史。”

所思竟何在：沈约《临高台》诗云：“所思竟何在？洛阳南陌头。”刘孝绰《棹歌行》云：“所思竟何在？相望徒盈盈。”首联全学其句。

荆门：盛宏之《荆州记》：“郡西溯江六十里，南岸有山，名曰荆门，北岸有山，名曰虎牙。二山相对，楚之西塞也。虎牙石壁红色，间有白文，如牙齿状。荆门上合下开，开达山南有门形，故因以为名。然唐人多呼荆州为荆门，文人称谓如此，不仅指荆门一山矣。”

辋川闲居赠裴秀才迪

寒山转苍翠①，秋水日潺湲。
倚杖柴门外，临风听暮蝉。
渡头馀落日，墟里上孤烟。
复值接舆醉，狂歌五柳前。

【校】

①转，顾可久本作“积”。

【注】

辋川：李肇《国史补》：“王维好释氏，故字摩诘。立性高致，得宋之问辋川别业，山水绝胜，今清源寺是也。”《雍录》：“辋川在蓝田县西南二十里，王维别墅在焉，本宋之问别圃也。”《陕西通志》：“辋川在蓝田县南峣山之口，去县八里。川口为两山之峡，随山凿石，计五里许。路甚险狭，过此豁然开朗，村墅相望蔚然，桑麻肥饶之地。四顾山峦掩映，似若无路，环转而南，凡十三区，其美愈奇。王摩诘别业在焉。有孟城坳、华子冈、文杏馆、斤竹岭二十景，维日与裴迪游咏其间。旧有《辋川图》四幅，沈国华摹十二幅，举世宝之。”

墟里：陶潜诗：“暧暧远人村，依依墟里烟。”

冬晚对雪忆胡居士家①

寒更传晓箭②，清镜览衰颜③。
隔牖风惊竹，开门雪满山④。
洒空深巷静，积素广庭闲。
借问袁安舍，翛然尚闭关。

【校】

①居，一作“处”。〇一作王劭诗。

②一作“寒更催唱晓”。

③览，一作“减”。

④门，一作“帘”。

【注】

袁安：《汝南先贤传》：“时大雪，积地丈馀。洛阳令自出案行，见人家皆除雪出，有乞食者。至袁安门，无有行路，谓安已死。令人除雪入户，见安僵卧，问何以不出，安曰：‘大雪，人皆饿，不宜干人。’令以为贤，举为孝廉。”

山居秋暝

空山新雨后，天气晚来秋。
明月松间照，清泉石上流。
竹喧归浣女，莲动下渔舟。
随意春芳歇，王孙自可留。

【注】

春芳歇：刘铄诗：“屡见流芳歇。”

王孙：《楚辞》：“王孙游兮不归，春草生兮萋萋。”

归嵩山作

清川带长薄①，车马去闲闲。
流水如有意，暮禽相与还②。
荒城临古渡，落日满秋山。
迢递嵩高下③，归来且闭关④。

【校】

①清，《文苑英华》作“晴”。

②禽，《文苑英华》作“云”。

③高，《文苑英华》作“山”。

④闭，一作“掩”。

【注】

嵩山：按《元和郡县志》：“嵩高山，在河南府告成县西北二十三里，登封县北八里，亦名外方山，东曰太室，西曰少室，嵩高总名，即中岳也。山高二十里，周回一百三十里。”

长薄：陆机《君子有所思行》：“曲池何湛湛，清川带华薄。”又《挽歌》：“按辔遵长薄。”李周翰注：“草木丛生曰薄。”

归辋川作

谷口疏钟动，渔樵稍欲稀。
悠然远山暮，独向白云归。
菱蔓弱难定，杨花轻易飞。
东皋春草色，惆怅掩柴扉。

韦给事山居

幽寻得此地[1]，讵有一人曾。
大壑随阶转，群山入户登。
庖厨出深竹，印绶隔垂藤。
即事辞轩冕，谁云病未能？

【校】

①幽寻，凌本作“寻幽”。

山居即事

寂寞掩柴扉，苍茫对落晖。
鹤巢松树遍[1]，人访荜门稀。
嫩竹含新粉[2]，红莲落故衣。
渡头灯火起，处处采菱归。

【校】

①树，凌本作“径”。

②嫩，顾元纬本作“绿”。

【注】

苍茫：庾信诗：“日晚荒城上，苍茫馀落晖。”

荜门：《左传》：“荜门圭窦之人。”杜预注：“荜门，柴门也。”《礼记》“荜门圭窬”，郑康成注：“荜门，荆竹织门也。”

莲衣：庾信诗：“莲浦落红衣。”

终南山[1]

太乙近天都[2]，连山到海隅[3]。
白云回望合，青霭入看无。
分野中峰变，阴晴众壑殊。
欲投人处宿，隔水问樵夫[4]。

【校】

①《文苑英华》作“终山行”。○《乐府诗集》采此诗后四句作一首，题曰“睦州歌第一”。

②乙，一作“一”。

③山，《文苑英华》作“天”，误。到，一作“接”。

④水，《文苑英华》作“浦”。

【注】

太乙：张衡《西京赋》：“于前则终南太乙，隆崛崔崒。”李善注：“《汉书》曰：‘太一山，古文以为终南。’《五经要义》曰：‘太一一名终南山，在扶风武功县。’此云‘终南太一’，不得为一山明矣。盖终南，南山之总名；太一，一山之别号耳。”潘岳《西征赋》亦云：“面终南而背云阳，跨平原而连嶓冢。九嵕巀嶭，太一巃嵸。”《唐书·地理志》：“京兆府武功县有太乙山，高十八里。”《一统志》：“太乙山在终南山南二十里，连亘秀特，上插云霄。”皆以终南、太一为二山也。右丞此作，则犹以太一为终南之别称耳。

青霭：江淹诗：“虚堂起青霭，崦嵫生暮霞。”

成按：《唐诗纪事》云：“或说此诗为议时之作，谓‘太乙近天都，连山接海隅’，言势焰盘据朝野也。‘白云回望合，青霭入看无’，言有表而无其内也。‘分野中峰变，阴晴众壑殊’，言恩泽偏也。‘欲投人处宿，隔水问樵夫’，言畏祸深也。”其说甚凿。王友琢崖尝辟之曰：“诗有二义，或寄怀于景物，或寓情于讽谕，各有指归。乃好事之徒，每以附会为能，无论其诗之为兴、为赋、为比，而必曲为之说，曰此有为而言也，无乃矫诬实甚欤。试思此诗，右丞自咏终南，于人何预？而或者云云，若是彼飞燕兴谗于太白，蛰龙腾谤于眉山，又何怪焉？黄山谷谓：‘杜子美诗妙处，乃在无意于文。彼喜穿凿者，弃其大旨，取其发兴，于所遇林泉、人物、草木、虫鱼以为物，物皆有所托。如世间商度隐语者，则子美之诗委地矣。’斯言也，岂仅读杜者当奉为金科哉？”琢崖又言：“首句‘天都’字，依《淮南子》云：‘登太山，履石封，以望八荒，视天都若盖，江河若带。’右丞《韦氏逍遥谷宴集序》云：‘天都近者，王官有之。’韩昌黎《乌氏庙碑铭》云：‘作庙天都，以致其孝。’皆以天都为帝都之别称，乃或引《关中记》言‘终南山在天之中，居都之南，故曰天都’者，是失之踳驳矣。次句是言其与他山连接不断，直至海隅耳。文意极明显。乃或谓终南在陕境，去海极遥，‘到海隅’者，形容之辞，如此必指东方之海隅而言，则齐鲁之间，岂有终南之拳石在者，是失之拘执矣。‘分野’句，是极言山之广大，《陕志》谓终南山西起陇山，东逾商洛，绵亘千里有馀，南北亦然，其盘踞不止一州之地，则知天之分野，亦不专隶一舍。或谓中峰之北，为雍为井鬼，中峰之南，为梁为翼轸者，是失之臆撰矣。”其讨论曲当，不事捋撦，多此类。平日论诗，必因其自然之势，而不好为钩深索隐之言，以求苟异于人，多与予见吻合者。故集中诸家曲说，刊削殆尽，洗清之功，实多得其益焉。

辋川闲居

一从归白社，不复到青门。
时倚檐前树，远看原上村。
青菰临水映①，白鸟向山翻。
寂寞於陵子，桔槔方灌园。

【校】

①映，一作“拔”。

【注】

白社：《水经注》：“北则白社故里也，昔孙子楚会董威辇于白社，谓此矣。”《太平寰宇记》：“白社里在洛阳故城建春门东，即董威辇旧居之地。”

於陵子：《高士传》：“陈仲子者，齐人也。其兄戴为齐卿，食禄万钟。仲子以为不义，将妻子适楚，居於陵，自谓於陵仲子。楚王闻其贤，欲以为相，遣使持金百镒，至於陵聘仲子。仲子出谢使者，逃去，为人灌园。”

桔槔：《韵会》：“桔槔，汲水机器。”

春园即事

宿雨乘轻屐，春寒着弊袍。
开畦分白水，间柳发红桃。
草际成棋局，林端举桔槔。
还持鹿皮几，日暮隐蓬蒿。

【注】

宿雨：江总诗：“初晴原野开，宿雨润条枚。”

淇上即事田园

屏居淇水上，东野旷无山。
日隐桑柘外①，河明闾井间。
牧童望村去，猎犬随人还②。
静者亦何事，荆扉乘昼关。

【校】

①日隐，一作“白日”。

②猎，《瀛奎律髓》作“田”。

与卢象集朱家

主人能爱客①，终日有逢迎。
贳得新丰酒，复闻秦女筝。
柳条疏客舍，槐叶下秋城。
语笑且为乐，吾将达此生②。

【校】

①爱，凌本作“对”。

②达，凌本作“适”。

【注】

卢象：刘禹锡《卢象集序》：“尚书郎卢公讳象，字纬卿。始以章句振起于开元中，与王维、崔颢比肩骧首，鼓行于时。妍词一发，乐府传贵。由前进士补秘书省校书郎，转右卫仓曹掾。丞相曲江公方执文衡，揣摩后进，得公深器之。擢为左补阙，河南府司录，司勋员外郎。名盛气高，少所卑下。为飞语所中，左迁齐、汾、郑三郡司马，入为膳部员外郎。时大盗起幽陵，入洛师，中夏衣冠不克归王所，为虏劫执，公堕胁从伍中。初谪果州长史，又贬永州司户，移吉州长史。天下无事，朝廷思用宿旧，征拜主客员外郎，道病留武昌，遂不起。”

贳：《汉书》：“常从王媪、武负贳酒。”师古注：“贳，赊也。李登、吕忱并音式制反，而今之读者谓与‘射’同，乃引地名射阳其字作‘贳’以为证验，此说非也。”

新丰酒：梁元帝诗：“试酌新丰酒，遥劝阳台人。”

过福禅师兰若

岩壑转微径①，云林隐法堂。
羽人飞奏乐，天女跪焚香②。

竹外峰偏曙，藤阴水更凉。
欲知禅坐久，行路长春芳。

【校】

①《文苑英华》作“岩壑带松径”，一本作“岩壑带茅径”。

②天，一本作“仙”。跪，凌本作“跽”。

【注】

兰若： 即僧寺。《释氏要览》：“兰若，梵云阿兰若，或云阿练若，唐言无净。《四分律》云空净处，《萨婆多论》云闲静处，《知度论》云远离处。”

羽人：《楚辞》：“仍羽人于丹丘。”王逸注：“《山海经》言有羽人之国、不死之民。或曰：人得道身生羽毛也。”

黎拾遗昕裴迪见过秋夜对雨之作①

促织鸣已急，轻衣行向重②。
寒灯坐高馆，秋雨闻疏钟。
白法调狂象，玄言问老龙。
何人顾蓬径，空愧求羊踪③。

【校】

①一本“裴”字下多“秀才”二字。

②向，刘本作“尚”。

③求，一作“牛”，误。

【注】

促织：《诗纪历枢》：“立秋，促织鸣，女工急促之候也。”郭璞《尔雅注》：“蟋蟀，今促织也，亦名青蛩。”

白法： 释氏以恶法为黑法，善法为白法。《华严经》：“能普增长一切白法。”

狂象：《遗教经》：“又如狂象无钩，猿猴得树，腾跃踔踯，难可禁制。”

《涅槃经》："譬如醉象，狂骙暴恶，多欲杀害。有调象师以大铁钩钩斲其项，即时调顺，恶心都尽。一切众生亦复如是。贪欲瞋恚愚痴醉，故欲多造恶，诸菩萨等以闻法钩斲之令住，更不得起造诸恶心。"

玄言：《晋书》："王衍妙善玄言，惟谈老庄为事。"

老龙：《庄子》："妸荷甘与神农同学于老龙吉。"

求羊踪：《群辅录》"求仲、羊仲不知何许人，皆治车为业，挫廉逃名。蒋元卿之去兖州，还杜陵，荆棘塞门，舍中有三径，不出，惟二人从之游，时人谓之'二仲'。"谢灵运诗："惟开蒋生径，永怀求羊踪。"

晚春严少尹与诸公见过

松菊荒三径，图书共五车。
烹葵邀上客，看竹到贫家。
鹊乳先春草[①]，莺啼过落花。
自怜黄发暮，一倍惜年华。

【校】

①鹊，《唐诗品汇》作"雀"。

【注】

晚春：梁元帝《纂要》："三月季春，亦曰暮春、末春、晚春。"

三径：《归去来辞》："三径就荒，松菊犹存。"

上客：沈约诗："匹彼露葵羹，可以留上客。"

黄发：《论衡》："人少则发黑，老则发白，白久则黄。"颜师古《汉书》注："黄发，老称，谓白发尽落，更生黄者。"

过感化寺昙兴上人山院[①]

暮持筇竹杖，相待虎溪头。

催客闻山响，归房逐水流。
野花丛发好，谷鸟一声幽。
夜坐空林寂②，松风直似秋。

【校】

①感化寺，《文苑英华》作“化感寺”。

②林，顾可久本作“村”。

【注】

感化寺：按刘昫《唐书·方伎传》：感化寺在蓝田。

虎溪：《莲社高贤传》：“远法师居东林，其处流泉匝寺，下入于溪。师每送客过此，辄有虎号鸣，因名虎溪。后送客，未尝过，独陶渊明、陆修静至，语道契合，不觉过溪，因相与大笑。”《太平寰宇记》：“庐山有虎溪桥，远大师送客不过此桥。”

同咏

裴迪

不远灞陵边，安居向十年。
入门穿竹径，留客听山泉。
鸟啭深林里，心闲落照前。
浮名竟何益，从此愿栖禅。

【注】

灞陵：《长安志》：“灞陵故城在万年县东北二十五里灞水之东。《十三州志》曰：‘灞陵，秦襄王所筑芷阳也。汉文帝更名霸陵。莽曰水革。’《郡国志》曰：‘在通化门东二十里。秦襄王葬于其坂，谓之霸上。其城即秦穆公所筑。汉王元年十月，至霸上，子婴降。文帝后六年，宗正刘礼为将军，次霸上，文帝后葬其地，谓之霸陵，因为县。’晋改为霸城。后周建德二年省。”

夏日过青龙寺谒操禅师

龙钟一老翁，徐步谒禅宫。
欲问义心义，遥知空病空。
山河天眼里，世界法身中。
莫怪销炎热，能生大地风。

【注】

龙钟：《埤苍》："龙钟，行不进貌。"

义心：《楞伽经》："此是过去未来现在，诸如来、应供、等正觉，性自性第一义心。以性自性第一义心，成就如来世间、出世间，〔出世间〕上上法。"

空病空：《维摩诘经》："得是平等，无有馀病，惟有空病，空病亦空。"鸠摩罗什注："上明无我无法，而未遣空。未遣空，则空为累，累则是病，故明空病亦空也。"

天眼：《法苑珠林》："昔佛在世时，诸弟子中阿那律天眼第一，能见三千大千世界，乃至微细，无幽不睹。"《翻译名义》："天眼通者，于眼得色界四大造清净色，是名天眼。天眼所见，自地及下地六道众生诸物，若近若远，若粗若细，诸色无不能照。是天眼有二种，一从报得，二从修得。"又云："凡是天眼，远近皆见，前后内外，昼夜上下，悉皆无碍。"

法身：僧肇《维摩诘经注》："经云：法身者，虚空身也。无生而无不生，无形而无不形。超三界之表，绝有心之境。阴入所不能摄，称赞所不能及。寒暑不能为其患，生死无以化其体。故其为物也，微妙无象，不可为有；备应万形，不可为无；弥纶八极，不可为小；细入无间，不可为大。故能入生出死，通洞乎无穷之化，变现殊方，应无端之求。此二乘之所不识，补处之所不睹。况凡夫无目，敢措思于其间哉？聊依经诚言粗标其玄极耳。然则法身在天，而天在人，而人岂可近舍丈六而远求法身乎？"《涅槃经》："复有菩萨摩诃萨，住大涅槃，断取一切十方无量诸佛世界，悉内已身。其中众生悉无迫迮，亦无往返及住处想。"

同 咏

裴 迪

安禅一室内，左右竹亭幽。
有法知不染，无言谁敢酬？
鸟飞争向夕，蝉噪已先秋。
烦暑自兹退[1]，清凉何所求。

【校】

①退，顾可久本作“适”。

【注】

安禅：《佛报恩经》：“山林树下，安禅静默。”

不染：《维摩诘经》：“法名无染，若染于法，乃至涅槃，是则染着，非求法也。”《华严经》：“不染世间一切法，而不断世间一切所作。”

郑果州相过[1]

丽日照残春[2]，初晴草木新。
床前磨镜客[3]，林里灌园人[4]。
五马惊穷巷[5]，双童逐老身[6]。
中厨办粗饭[7]，当恕阮家贫[8]。

【校】

①相，凌本作“见”。

②丽，刘本作“斜”。

③前，顾元纬本、凌本俱作“头”。

④林里，顾元纬本作“树下”，凌本作“花下”。

⑤惊，《方舆胜览》作“过”。

⑥逐，《方舆胜览》作“送”。

⑦中厨，《文苑英华》作“厨中”。

⑧当恕，《文苑英华》作“常恐”。

【注】

果州：《唐书·地理志》：山南西道有果州南充郡。

磨镜客：《列仙传》：“负局先生者，不知何许人也。语似燕、代间人，常负磨镜局，徇吴市中炫，磨镜一钱。因磨之，辄问主人，得无有疾苦者，出紫丸药以与之，得者莫不愈。如此数十年。后大疫病，家至户到与药，活者万计，不取一钱。吴人乃知其真人也。”

五马：王琢崖所辑《李太白诗注》辨“五马”事极详悉，今载于此，云：五马之说，古今谈者不一。据《墨客挥犀》云：“世谓太守为‘五马’，人罕知其故事。或言《诗》云：‘孑孑干旟，在浚之都。素丝组之，良马五之。’郑注谓‘《周礼》：“州长建旟。”汉太守比州长，法御五马’，故云。后见庞几先朝奉云：‘古乘驷马车，至汉时太守出，则增一马。’事见《汉官仪》也。”《演繁露》云：“太守五马，莫知的据。古乐府‘五马立踟蹰’，即其来已久。或言《诗》有‘良马五之’，侯国事也。然上言‘良马四之’，下言‘良马六之’，则或四或六，原非定制也。汉有驷马车，正用四马，而郑玄注《诗》曰：‘《周礼》：“州长建旟。”汉太守比州长，法御五马。’玄以州长比方汉州，大小相绝远矣。周之州乃反统隶于县，比汉太守品秩殊不侔，不足为据。然郑后汉时人，则太守之用五马，后汉已然矣。至唐白乐天《和春深二十首》诗曰：‘五匹鸣珂马，双轮画轼车。’至其自杭分司，有诗曰：‘钱塘五马留三匹，还拟骑游搅扰春。’杜诗亦曰：‘使君五马一马骢。’则是真有五马矣。若其制之所始，则未有知者。”按，今本《毛诗》郑注但云“《周礼》‘州长建旟’，谓州长之属”，不云“汉太守亦比州长，法御五马”，则其说舛矣。据师古《杜诗注》云：“昔王义之出守永嘉，庭列五马，后人遂据为太守事。”今按《晋书》及古今传记，羲之并未尝为永嘉太守，则其说亦谬也。宋人《五色线集》：“北齐柳元伯五子同时领郡，时五马参差于庭。”故时人呼太守为五马。今按古《罗敷行》已有“五马踟蹰”之句，则非自北齐始矣。《潘子真诗话》：“《礼》：天子六马，左右骖。三公九卿驷马，右骖。汉制，九卿则中二千石，亦右骖。太守驷马而已，其有加秩中二千石，乃右骖，故以‘五马’为太守美称。”《遯斋闲览》及《学林》云：“汉时朝臣，出使为太守增一马，故称‘五马’。”其说亦无他证，唯沈约《宋书》引《逸礼·王度记》曰：“天子驾六，诸侯驾五，卿驾四，大夫三，士二，庶人一。”后之太守，即古之诸侯，故有“五马”之称耳。此或近之。前之数说皆未的也。

双童：庾信诗：“五马遥相问，双童来夹车。”

中厨：古乐府《陇西行》：“谈笑未及竟，左顾敕中厨。促令办粗饭，慎莫使稽留。”

阮家贫：《晋书》：“阮咸与籍居道南，诸阮居道北，北阮富而南阮贫。”

过香积寺①

不知香积寺，数里入云峰。
古木无人径，深山何处钟②？
泉声咽危石，日色冷青松。
薄暮空潭曲，安禅制毒龙。

【校】

①《文苑英华》以此诗为王昌龄作。

②深，《文苑英华》作“空”。

【注】

香积寺：《雍录》：“香积寺，吕图在子午谷正北微西。郭子仪肃宗时收长安，陈于寺北。唐本传云：‘距丰水，临大川。’大川者，沉水、交水、唐永安渠也。盖寺在丰水之东，交水之西也。吕图云：‘在镐水发源之北。’则近昆明池矣。”《长安志》：“《城南名胜古迹图》：香积寺在神谷原右。《唐昭陵图》：香积寺与麻池相近，菩提寺在其左，惠昭寺在其右，属醴泉县。”《陕西通志》：“香积寺在长安县神禾原上。”

咽：《北山移文》："石泉咽而下怆。"

毒龙：《涅槃经》："但我住处，有一毒龙，其性暴急，恐相危害。"

成按：此篇起句极超忽，谓初不知山中有寺也。迨深入云峰，于古木森丛人踪罕到之区，忽闻钟声，而始知之。四句一气盘旋，灭尽针线之迹，非自盛唐高手，未易多觏。"泉声"二句，深山恒境，每每如此。下一"咽"字，则幽静之状恍然；着一"冷"字，则深僻之景若见。昔人所谓"诗眼"是矣。或谓上一句喻心境之空灵动宕，下一句喻心境之恬憺清凉，则未免求深反谬耳。"毒龙"宜作妄心譬喻，犹所谓心马情猴者，若会意作降龙实事用，失其解矣。

过崔驸马山池

画楼吹笛妓①，金椀酒家胡②。
锦石称贞女，青松学大夫。
脱貂贳桂酌③，射雁与山厨。
闻道高阳会，愚公谷正愚。

【校】

①画，一作"书"。

②椀，顾元纬本、凌本俱作"埒"。

③酌，顾元纬本、凌本俱作"醑"。

【注】

崔驸马：按《唐书·公主列传》，玄宗二十九女，驸马有崔惠童、崔嵩二人，未知孰是。

吹笛妓：《晋书》："王恺尝置酒，导与敦俱在坐，有女妓吹笛。"

酒家胡：辛延年《羽林郎》诗："依倚将军势，调笑酒家胡。"

锦石：庾信诗："锦石平砧面，莲房接杵腰。"

贞女石：《水经注》："贞女峡西岸高岩名贞女山，山下际有石如人形，高七尺，状如女子，故名贞女峡。古来相传有数女取螺于此，遇风雨昼晦，忽化为石。斯诚巨异，难以闻信。但启生石中，挚呱空桑，抑斯类矣。物之变化，宁以理求乎？”

脱貂：《晋书》：“阮孚迁黄门侍郎、散骑常侍，尝以金貂换酒，为所司弹劾。”

桂醑：沈约《郊居赋》：“席布骍驹，堂流桂醑。”

高阳会：徐友逊斋谓用山简饮酒高阳池上事；胡友澹园谓用高阳里德星聚事；郭友培元谓用《左传》“八恺”事，借作才子字用，不必拘泥“会”字。三说皆得。

愚公谷：《说苑》：“齐桓公出猎，逐鹿而走，入山谷之中，见一老公而问之曰：‘是为何谷？’对曰：‘为愚公之谷。’桓公曰：‘何故？’对曰：‘以臣名之。’桓公曰：‘今视公之仪状，非愚人也，何为以公名？’对曰：‘臣请陈之。臣故畜牸牛，生子〔而〕大，(而)卖之〔而〕买驹，少年曰：“牛不能生马。”遂持驹去。傍邻闻之，以臣为愚，故名此谷为愚公之谷。’”

送李判官赴江东①

闻道皇华使，方随皂盖臣。
封章通左语，冠冕化文身。
树色分扬子，潮声满富春。
遥知辨璧吏，恩到泣珠人。

【校】

①江东，一作“东江”。

【注】

判官：按《唐书·百官志》：“节度、观察、团练、防御诸使，各有判官一人。”《杜氏通典》：“判官分判仓、兵、骑、胄四曹事，副使及行军司马通署。”

皇华使：杜预《左传注》：“《皇皇者华》，君遣使臣之诗也。”

皂盖：《后汉·舆服志》："中二千石、二千石皆皂盖，朱两轓。"

封章：《汉书》："营平守节，屡奏封章。"

左语：扬雄《蜀纪》："蜀之先代人民椎结左语，不晓文字。"

文身：《礼记》："东方曰夷，被发文身，有不火食者矣。"孔颖达《正义》云："文身者，谓以丹青文饰其身。"《汉书》："今之苍梧、郁林、合浦、交阯、九真、南海、日南，皆粤分也。其君禹后，帝少康之庶子云，封于会稽，文身断发，以避蛟龙之害。"应劭曰："常在水中，故断其发，文其身，以象龙子，故不见伤害也。"《淮南子》："九疑之南，陆事寡而水事众，于是民人被发文身，以像鳞虫。"高诱注："文身刻画其体肉，墨其中，为蛟龙之状，以入水蛟龙不害也。"

扬子：《方舆胜览》："扬子江在真州扬子县南，与镇江分界。"《一统志》："扬子江在扬州府仪真县南，经通、泰二州，入于海。"

富春：《一统志》："富春江在杭州富阳县南，即浙江之上流。"

泣珠：《搜神记》："南海之外有鲛人，水居如鱼，不废织绩，其眼泣，则能出珠。"

卷　八

近体诗三十三首

送封太守

忽解羊头削，聊驰熊轼轓①。
扬舲发夏口，按节向吴门。
帆映丹阳郭，枫攒赤岸村②。
百城多候吏，露冕一何尊。

【校】

①轼，顾元纬本、凌本俱作“首”。

②攒，一作“藏”。

【注】

羊头削：《淮南子》：“羊头之销。”许慎注：“销，生铁也。”高诱注：“羊头之销，白羊子刀也。”

熊轼轓：《后汉书·舆服志》：“公、列侯安车，朱斑轮，倚鹿较，伏熊轼，皂缯盖，黑轓，右騑。”颜师古《汉书》注：“伏熊轼者，车前横轼为伏熊之形也。”《广韵》：“轓，车大箱也。”

扬舲：谢朓诗：“扬舲浮大川。”《玉篇》：“舲，小船屋也。”《韵会》：“舲，舟也。一曰舟有窗者。”

丹阳：《元和郡县志》：“丹阳郡故城在润洲上元县东南五里。”

赤岸：《太平寰宇记》：“扬州六合县有赤岸山。《南兖州记》云：‘瓜步山东五里有赤岸，南临江中。’按，罗君章云‘赤岸若朝霞’即此类也。涛水自海入江，冲激六七百里，至此岸侧，其势始衰。郭景纯《江赋》云‘鼓洪涛于赤岸’，即此也。”《方舆胜览》：“真州有赤岸山，其山岩与江岸数里，土色皆赤。”

送严秀才还蜀

宁亲为令子①，似舅即贤甥。
别路经花县，还乡入锦城。
山临青塞断，江向白云平。
献赋何时至，明君忆长卿。

【校】

①为，《文苑英华》作“真”。

【注】

秀才：《唐六典》：“凡贡举人有博识高才、强学待问、无失俊选者为秀才。”

宁亲：《法言》：“孝莫大于宁亲。”

令子：《南史·任昉传》：“褚彦回尝谓任遥曰：‘闻卿有令子，相为喜之。’”

似舅：《南史》：“何无忌，刘牢之之外甥，酷似其舅。”

花县：《白氏六帖》：“潘岳为河阳令，植桃李花，人号曰‘河阳一县花’。”

锦城：《益州记》：“锦城在州南笮桥东，流江南岸，昔蜀时故锦官处也，号锦里，城墉犹在。”《元和郡县志》：“锦城在成都县南十里，故锦官城也。”《舆地广记》：“成都旧谓之锦官城，言官之所织锦也，亦犹合浦之珠官云，又或名之曰锦里城。”

长卿：《汉书》：“司马相如字长卿，蜀郡成都人。著《子虚》之赋，久之，蜀人杨得意为狗监侍上，上读《子虚赋》而善之，曰：‘朕不得与此人同时哉！’得意曰：‘臣邑人司马相如自言为此赋。’上惊，乃召问相如。”

送张判官赴河西

单车曾出塞，报国敢邀勋。
见逐张征虏，今思霍冠军。
沙平连白雪，蓬卷入黄云。
慷慨倚长剑，高歌一送君。

【注】

河西：刘昫《唐书》："河西节度使，断隔羌胡，统赤水、大斗、建康、宁寇、玉门、墨离、豆卢、新泉等八军，张掖、交城、白亭三守捉。治在凉州，管兵七万三千人。"

单车：李陵《答苏武书》："足下昔以单车之使，适万乘之虏。"

张征虏：《三国志》："先主既定江南，以张飞为宜都太守，征虏将军。"

霍冠军：《史记·霍去病传》："天子曰：'剽姚校尉去病斩首虏二千二十八级，及相国、当户，斩单于大父行籍若侯产，生捕季父罗姑比，再冠军，以千六百户封去病为冠军侯。"

倚剑：江淹诗："倚剑临八荒。"李周翰注："倚，佩也。"

送岐州源长史归

握手一相送，心悲安可论。
秋风正萧索，客散孟尝门。
故驿通槐里，长亭下槿原①。
征西旧旌节，从此向河源。

【校】

①槿，一作"柏"。

【注】

【原注】源与余同在崔常侍幕中，时常侍已没。

岐州：《唐书·地理志》：关内道凤翔府扶风郡本岐州。

长史：《唐六典》："上州有长史一人，从五品上。中州有长史一人，正六品上。"

孟尝：《史记》："孟尝君在薛，招致诸侯宾客及亡人有罪者，皆归孟尝君。孟尝君舍业厚遇之，以故倾天下之士，食客数千人。"

槐里：《水经》："渭水又东径槐里县故城南。"郦道元注："县，古犬丘邑也。周郝王[1]都之，秦以为废丘，亦曰舒丘。汉三年改曰槐里，王莽更名槐治，世谓之大槐里。晋太康中，始平郡治也。其城递带防陆，旧渠尚存，即《汉书》所谓'槐里环堤'者也。"《史记正义》："《括地志》云：犬丘故城一名槐里，亦曰废丘，在雍州始平县南十里。"《长安志》："槐里驿在兴平县郭下，东至咸阳驿四十五里，西至武功驿六十五里。"

长亭：庾信《哀江南赋》："十里五里，长亭短亭。"

槿原：槿原，秦中地名，未详所在。宋之问诗："人悲槐里月，马踏槿原霜。"

旌节：《唐书·百官志》；"节度使辞日，赐双旌双节。"

河源：江淹诗："当学卫霍将，建功在河源。"李善注："河源，匈奴之境。《山海经》曰：'昆仑之东北隅，实维河源也。'"刘良注："河源即西域。"《唐书·地理志》：陇右道鄯州西平郡有河源军。

送张道士归山

先生何处去？王屋访毛君①。
别妇留丹诀，驱鸡入白云。
人间若剩住②，天上复离群。

---

[1] 周郝王，当是"周懿王"之讹。

当作辽城鹤，仙歌使尔闻。

【校】

①毛，诸本皆作“茅”，唯顾元纬本、凌本作“毛”，今从之。

②若剩住，《文苑英华》作“数剩住”，顾元纬本、凌本俱作“苦难剩”。

【注】

王屋：《元和郡县志》：“王屋山在河南府王屋县北十五里，周围一百三十里，高三十里。”

毛君：《真诰》：“昔毛伯道、刘道恭、谢稚坚、张兆期，皆后汉人也，学道在王屋山中，积四十馀年，共合神丹。毛伯道先服之而死，道恭服之，又死。谢稚坚、张兆期见二人如此，不敢服之，并捐山而归去。后见伯道、道恭在山上，二人悲愕，遂就请道，与之茯苓持行方，服之，皆数百岁。”

别妇：《晋书》：“许迈移入临安西山，登岩茹芝，眇尔自得，有终焉之志。乃改名玄，字远游，与妇书告别。又著诗十二首，论神仙之事焉。”

离群：《礼记》：“吾离群而索居，亦已久矣。”

辽城鹤：《搜神后记》：“丁令威本辽东人，学道于灵虚山，后化鹤归辽，集城门华表柱。时有少年，举弓欲射之，鹤乃飞，徘徊空中而言曰：‘有鸟有鸟丁令威，去家千年今始归。城郭如故人民非，何不学仙冢累累。’遂高上冲天。”

同崔兴宗送瑗公①

言从石菌阁，新下穆陵关。
独向池阳去，白云留故山。
绽衣秋日里，洗钵古松间。
一施传心法，惟将戒定还。

【校】

①一作“同崔兴宗送衡岳瑗公南归”。

【注】

穆陵关：《史记索隐》：“旧说云：穆陵在会稽，非也。按，今淮南府有故穆陵关，是楚之境。”《唐书·地理志》：沂州沂水县北有穆陵关。《一统志》：“穆陵关在青州府大岘山上。”

池阳：《汉书·地理志》：左冯翊有池阳县。应劭曰：“在池水之阳。”《史记正义》：“雍州泾阳县西北三里有池阳故城。”《舆地广记》：“耀州三原县，汉池阳县地，属左冯翊。”

传心：《神会禅师显宗记》：“自世尊灭后，西天二十八祖共传无住之心，同说如来知见。”

同 咏

崔兴宗

行苦神亦秀，泠然溪上松。
铜瓶与竹杖，来自祝融峰。
常愿入灵岳，藏经访遗踪。
南归见长老，且为说心胸。

【注】

祝融峰：《一统志》：“祝融峰在衡州府衡山县西北三十里，位值离宫，以配火德，乃祝融君游息之所。上有青玉坛，道书以为第二十四福地。”

送钱少府还蓝田

草色日向好，桃源人去稀。
手持平子赋，目送老莱衣。
每候山樱发，时同海燕归。

今年寒食酒，应得返柴扉①。

【校】

①得，一作"是"。

【注】

平子赋：《文选》有张平子《归田赋》。

目送：《南史》："张绪每朝见，武帝目送之。"

老莱衣：《艺文类聚》："《列士传》曰：老莱子孝养二亲，行年七十，婴儿自娱，着五色采衣。尝取浆上堂，跌仆，因卧地为小儿啼。或弄乌鸟于亲侧。"

山樱：沈约诗："山樱（火）〔发〕欲然。"

留别钱起①

卑栖却得性，每与白云归。
徇禄仍怀橘②，看山免采薇③。
暮禽先去马，新月待开扉。
霄汉时回首，知音青琐闱。

【校】

①秉恕按：钱起集亦载此诗，题作《晚归蓝田酬王维给事赠别》。《文苑英华》亦谓是起诗，题作《晚归蓝田酬中书常舍人赠别》，微有不同。《唐诗纪事》云："起还蓝田，王维赠别云'草色日向好，桃源人去稀'云云，起答诗云'卑栖却得性，每与白云归'云云。"是以二诗为互相酬答之作也。细玩"知音青琐"之句，合是钱作无疑，盖"留别"字是题，"钱起"字是作者姓名，本以同咏附载集中，或者因联书不断，误谓四字俱是诗题，遂作右丞之诗耳。五绝内"驻马分襟"一首，亦是此误。但旧本所定，未敢辄加变乱，聊存管见，以俟识者之论定焉。

②仍，凌本作“犹”。

③山，凌本作“花”。四句一作“别山如昨日，春露已沾衣。采蕨频盈手，看花空厌归”。

【注】

徇禄：谢灵运诗：“徇禄反穷海，卧痾对空林。”张铣注：“徇，求也。”

怀橘：《三国志》：“陆绩年六岁，于九江见袁术。术出橘，绩怀三枚，去，拜辞堕地。术谓曰：‘陆郎作宾客，而怀橘乎？’绩跪答曰：‘欲归遗母。’术大奇之。”

青琐闱：《汉书·元后传》“赤墀青琐”，孟康注：“以青画边户镂中，天子制也。”如淳曰：“门楣格再重，如人衣领再重，裹青，名曰青琐，天子门制也。”师古注：“孟说是。青琐者，刻为连琐文，而以青涂之也。”《尔雅》：“宫中之门谓之闱。”

送丘为往唐州

宛洛有风尘，君行多苦辛。
四愁连汉水，百口寄随人。
槐色阴清昼，杨花惹暮春。
朝端肯相送，天子绣衣臣。

【注】

唐州：《唐书·地理志》：山南东道昌州春陵郡治枣阳。武德五年，以唐城山更名唐州，九年，徙治比阳。

四愁：《文选》：“张衡为河间相，时天下渐弊，郁郁不得志，为《四愁诗》，依屈原以美人为君子，以珍宝为仁义，以水深雪氛为小人。思以道术相报，贻于时君，而惧谗邪不得以通。”

百口：《晋书·孙盛传》：“请为百口切计。”

随人：《元和郡县志》：“随州本春秋时随国，西至唐州三百六十里。”

朝端：《宋书·王弘传》："忝承人乏，位副朝端。"

绣衣：《汉书·百官公卿表》："侍御史有绣衣直指，出讨奸猾，治大狱。"师古注："衣以绣者，尊宠之也。"

杨升庵云：王右丞"杨花惹暮春"，李长吉"古竹老稍惹碧云"，温庭筠"暖香惹梦鸳鸯锦"，孙光宪"六宫眉黛惹春愁"，用"惹"字凡四，皆绝妙。

送元中丞转运江淮①

薄税归天府②，轻徭赖使臣。
欢沾赐帛老，恩及卷绡人。
去问珠官俗③，来经石劫春④。
东南御亭上⑤，莫使有风尘⑥。

【校】

①钱起集亦载此首。

②税，一作"赋"。

③珠，钱集作"殊"。

④凌本作"来看石劫城"，钱集作"来经几却春"。

⑤御，钱集作"卸"，刘本、顾可久本作"高"，俱非。

⑥使，钱集作"问"。

【注】

元中丞：刘昫《唐书》："元载智性敏悟，善奏对，肃宗嘉之，委以国计，俾充使江淮，都运领漕挽之任，寻加御史中丞。"

轻徭：《汉书·昭帝纪》："轻徭薄赋，与民休息。"

赐帛老：《汉书·文帝纪》："有司令县道，年九十以上，赐帛人二匹，絮三斤。"

卷绡人：左思《吴都赋》："泉室潜织而卷绡。"刘渊林注："俗传鲛人从水中出，曾寄寓人家，积日卖绡。鲛人临去，从主人索器，泣而出珠，满盘以与主人。”

珠官:《三国志》:“孙权黄武七年,改合浦为珠官郡。”刘昫《唐书》:“合浦郡,秦之象郡地,吴改为珠官。”

石劫:郭璞《江赋》:“石蚨应节而扬葩。”李善注:“《南越志》曰:石蚨形如龟脚,得春雨则生花,花似草花。”江淹《石劫赋序》:“海人有食石劫,一名紫蘬,蚌蛤类也。春而发花,有足异者。”

御亭:《太平寰宇记》:“御亭驿在常州东南一百三十八里。《舆地志》云:‘御亭在吴县西六十里,吴大帝所立。’梁庾肩吾诗云:‘御亭一回望,风尘千里昏。’即此也。开皇九年置为驿,十八年改为御亭驿。李袭誉改为望亭驿。”

送崔九兴宗游蜀

送君从此去，转觉故人稀。
徒御犹回首，田园方掩扉。
出门当旅食，中路授寒衣。
江汉风流地，游人何处归①。

【校】

①处,《唐诗纪事》作“岁”。

【注】

徒御:徒,徒行者;御,御车者。《诗》:“徒御啴啴。”

旅食:魏文帝《与吴质书》:“驰骋北场,旅食南馆。”

授:《诗》:“九月授衣。”

送崔兴宗

已恨亲皆远，谁怜友复稀。
君王未西顾，游宦尽东归。

塞阔山河净①，天长云树微。
方同菊花节，相待洛阳扉。

【校】

①阔，顾元纬本、凌本俱作“迥”。山，凌本作“江”。

送平淡然判官

不识阳关路，新从定远侯。
黄云断春色，画角起边愁①。
瀚海经年别②，交河出塞流。
须令外国使③，知饮月支头④。

【校】

①起，《唐诗正音》作“赴”，一作“越”。

②别，顾元纬本、凌本、《文苑英华》俱作“到”。

③须，《文苑英华》作“预”。

④知，一作“只”，非。

【注】

阳关：《汉书·地理志》：“燉煌郡龙勒有阳关、玉门关。”《元和郡县志》：“阳关，在沙州寿昌县西六里，以居玉门关之南，故曰阳关。本汉置也，谓之南道。西趋鄯善、莎车。”《北边备对》：“玉门、阳关，汉之两关，皆在燉煌郡寿昌县。《通典》曰：‘汉龙勒县(也)〔地〕。’玉门在县之北，阳关在玉门之南。一县而设二关者自此，而趋西域有南北道，故也。”

定远侯：《后汉书·班超传》：“使军司马班超安集于寘以西。超遂逾葱岭，迄县度，出入二十二年，莫不宾从。改立其王，而绥其人。不动中国，不烦戎士，得远夷之和，同异俗之心，而致天诛，捐宿耻，以报将士之仇。其封超为定远侯，邑千户。”

交河:《汉书》:"车师前(王)国,王治交河城,河水分流绕城下,故号交河。"《元和郡县志》:"交河出西州交河县北天山,水分流于城下,因以为名。"

送孙秀才[1]

帝城风日好[2],况复建平家。
玉枕双文簟[3],金盘五色瓜。
山中无鲁酒[4],松下饭胡麻。
莫厌田家苦[5],归期远复赊。

【校】

①《唐诗纪事》以此诗为王缙之作。

②风,《文苑英华》作"春"。

③文,《文苑英华》、《唐诗纪事》俱作"纹"。

④无,《文苑英华》、《唐诗纪事》俱作"沽"。

⑤厌,《文苑英华》作"怨"。

【注】

建平:《宋书》:"建平王景素好文章书籍,招集才义之士,倾身礼接,以收名誉。"

双文簟:《东宫旧事》有赤花双文簟。

五色瓜:阮籍诗:"昔闻东陵瓜,近在青门外。连畛距阡陌,子母相钩带。五色曜朝日,嘉宾四面会。"《述异记》:"吴桓王时,会稽生五色瓜。今吴中有五色瓜,岁时充贡献。"

鲁酒:《淮南子》:"鲁酒薄而邯郸围。"后人以薄酒为"鲁酒"本此。

胡麻:《法苑珠林》:"刘晨、阮肇食胡麻饭、山羊脯、牛肉,甚甘美。"

赊:《韵会》:"赊,《说文》:'贳买也。从贝佘声。'一曰远也。又徐曰:'又谓迟缓为赊。'"

成按：孙秀才盖客于京师，遨游诸王之门，不得意而归者，故首美帝城风日，并引建平家以为拟喻；承以“赤枕”、“金盘”一联，则客游之适意可知。今舍之而归去，所饮者若彼，所饭者若此。田家澹薄，大异畴昔，几何不生厌苦。然而莫厌也，视子之归期尚远，而迟缓不可必者，不犹愈乎？其慰藉之意深矣。

送刘司直赴安西

绝域阳关道，胡烟与塞尘①。
三春时有雁，万里少行人。
苜蓿随天马，蒲桃逐汉臣②。
当令外国惧，不敢觅和亲。

【校】

①烟，顾元纬本、凌本、《文苑英华》、《唐诗品汇》俱作“沙”。

②汉，凌本作“使”。

【注】

司直：《唐书·百官志》：大理寺有司直六人，从六品上。

安西：《杜氏通典》：“安西都护府本龟兹国也。大唐明庆中置，东接焉耆，西连疏勒，南邻吐蕃，北拒突厥。”

绝域：《汉书·陈汤传》：“讨绝域不羁之君，系万里难制之虏。”

苜蓿：《史记》：“大宛左右以蒲桃为酒，富人藏酒至万馀石，久者十数岁不败。俗嗜酒，马嗜苜蓿。汉使取其实来，于是天子始种苜蓿、蒲桃肥饶地。及天马多，外国使来众，则离宫别馆旁尽种蒲桃、苜蓿极望。”

天马：《史记》：“初，天子发书《易》，云：‘神马当从西北来。’得乌孙马好，名曰‘天马’。及得大宛汗血马，益壮，更名乌孙马曰‘西极’，名大宛马曰‘天马’云。”

送赵都督赴代州得青字

天官动将星，汉地柳条青①。
万里鸣刁斗，三军出井陉。
忘身辞凤阙，报国取龙庭。
岂学书生辈，窗间老一经②。

【校】

①地，顾元纬本、凌本俱作“上”，一作“沚”。

②间，《文苑英华》作“中”。老，《唐诗品汇》作“著”。

【注】

都督：《唐书·百官志》：“大都督府都督一人，从二品。中都督府都督一人，正三品。下都督府都督一人，从三品。掌督诸州兵马、甲械、城隍、镇戍、粮廪，总判府事。”

代州：《唐书·地理志》：代州雁门郡中都督府隶河东道。

天官：《史记》有《天官书》。《索隐》曰：“按，天文有五官。官者，星官也。星座有尊卑，若人之官曹列位，故曰天官。”

将星：《隋书·天文志》：“天将军十二星，在娄北，主武兵。中央大星，天之大将也。外小星，吏士也。大将星摇，兵起，大将出。小星不具，兵发。”

刁斗：《史记》：“不击刁斗以自卫。”孟康注曰：“刁斗以铜作鐎器，受一斗，昼炊饭食，夜击持行，名曰刁斗。”《索隐》曰：“刁音貂。按，荀悦云：‘刁斗，小铃，如宫传夜铃也。’苏林曰：‘形如铜，以铜作之，无缘，受一斗，故云刁斗。’铜即铃也。《埤苍》云：‘鐎，温器，有柄斗，似铫无缘。’”

井陉：《史记正义》：“井陉故关在并州石艾县东十八里，即井陉口。”《元和郡县志》：“井陉口今名土门口，在镇州获鹿县西南十里，即太行八陉之第五陉也。四面高，中央下，似井，故名之。”《唐书·地理志》：镇州常山郡获鹿县有故井陉关，一名土门关。

凤阙：《史记》：“建章宫其东则凤阙，高二十馀丈。”《索隐》曰：

“《三辅黄图》曰：‘武帝营建章，起凤阙，高二十五丈。’《三辅故事》云：‘北有圜阙，高二十丈，上有铜凤凰，故曰凤阙也。’”

龙庭：班固《封燕然山铭》：“蹑冒顿之区落，焚老上之龙庭。”张铣注：“龙庭，单于祭天地处也。”

送方城韦明府

遥思葭菼际，寥落楚人行。
高鸟长淮水，平芜故郢城。
使车听雉乳，县鼓应鸡鸣。
若见州从事，无嫌手板迎。

【注】

方城：《元和郡县志》：山南道唐州有方城县。

明府：成按：“明府”字始见于《汉书》韩延寿、龚遂两传中，然皆以称太守。《后汉书·张湛传》：“明府位尊德重，不宜自轻。”章怀太子注：“郡守所居曰府明者，尊高之称。”又《钟皓传》“明府必欲得其人”，《刘宠传》“明府下车以来”，《刘翊传》“明府听之，则被佞幸之名”，皆太守事也。惟《张俭传》，李笃呼外黄令毛钦为“明廷”，章怀太子注：“明廷犹明府。”唐人称县令为明府，当本于此。

葭菼：《诗》：“葭菼揭揭。”毛苌《传》：“葭，芦也。菼，薍也。”

长淮：《唐六典》：“淮水出唐州，历豫、颍、亳、泗四州之南境。”

郢城：《史记正义》：“《括地志》云：郢城在荆州江陵县东北，楚平王筑都之地也。”《杜氏通典》：“荆州江陵，故楚之郢地。秦分郢置江陵县，今县界有故郢城。”刘昫《唐书》：“荆州江陵汉县，南郡治所也。故楚都之郢城，今县北十里纪南城是也，后治于郢，在县东南。今治所桓温所筑城也。”

雉乳：《后汉书》：“鲁恭拜中牟令。郡国螟伤稼，犬牙缘界，独不入中牟。河南尹袁安闻之，疑其不实，使仁恕掾肥亲往廉之。恭随行阡陌，俱坐桑下，有雉过，止其旁。旁有小儿童，亲曰：‘儿何不捕之？’儿言：‘雉方将雏。’亲瞿然而起，与恭诀曰：‘所以来者，欲察君之政绩耳。今虫不犯禁，此一异也；化及鸟兽，此二异也；竖子有仁心，此三异也。’”

州从事：《续汉志》：“每州刺史皆有从事史。”

手板：《隋书·礼仪志》：“笏，晋、宋以来谓之手板。”

送李员外贤郎

少年何处去？负米上铜梁。
借问阿戎父，知为童子郎。
鱼笺请诗赋，橦布作衣裳。
薏苡扶衰病，归来幸可将。

【注】

负米：《家语》：“子路见于孔子，曰：‘昔者由也事二亲之时，常食藜藿之食，为亲负米百里之外。”

铜梁：《太平寰宇记》：“铜梁县在合州西一百五十里，亦汉垫江县地，宋改为宕渠县，魏为石镜之地。唐长安四年，刺史陈靖意以大足川侨户辐凑，置铜梁县，以铜梁山为名。”“铜梁山在合州石镜县南九里。左太冲《蜀都赋》云：‘外负铜梁于宕渠。’注云：‘铜梁，山名也。’按，其山出铁及桃竹杖，东西连亘二十馀里，山岭之上平整。远望诸山，而此独秀也。”

阿戎父：刘孝标《世说》注：“《竹林七贤论》曰：初，阮籍与王戎父浑俱为尚书郎，每造浑，坐未安，辄曰：‘与卿语，不如与阿戎语。’造戎，必日夕而返。”

童子郎：《后汉书·臧洪传》：“洪年十五，以〔父〕功拜童子郎。”章怀太子注：“汉法，孝廉试经者拜为郎。洪以年幼才俊，故拜童子郎也。”又《左雄传》：“雄奏征海内名儒为博士，又使公卿子弟为诸生。有志操者，加其俸禄。及汝南谢廉、河南赵建年始十二，各能通经，雄并奏拜童子郎。”又

《黄琬传》:"琬以公孙拜童子郎。"

鱼笺: 王勃《七夕赋》:"握犀管,展鱼笺。"

橦布: 左思《蜀都赋》:"布有橦花,面有桄榔。"刘渊林注:"橦华者,树名橦,其花柔毳,可绩为布也。出永昌。"《太平寰宇记》:"剑南道嶲州有橦木,可以为布。"

薏苡:《神农本草经》:"薏苡,味甘,微寒,主风湿痺,下气,除筋骨邪气,久服轻身益气。"

送梓州李使君①

万壑树参天,千山响杜鹃②。
山中一半雨②,树杪百重泉。
汉女输橦布③,巴人讼芋田。
文翁翻教授,不敢倚先贤④。

【校】

①梓州,《唐诗正音》作"东川"。

②《文苑英华》作"乡音听杜鹃"。

③半,二顾本、凌本、《唐诗品汇》俱作"夜"。

④橦,《瀛奎律髓》、《唐诗正音》俱作"賨"。

⑤不敢,当是"敢不"之讹。

【注】

梓州:《唐书·地理志》:剑南道有梓州梓潼郡。

输:《晋书·食货志》:"夷人输賨布,户一匹,远者或一丈。"

芋田: 左思《蜀都赋》:"瓜畴芋区。"郭义恭《广志》:"蜀汉既繁芋,民以为资。"《图经本草》:"芋今处处有之,闽、蜀、淮、楚尤多植。蜀川出者,形圆而大,状若蹲鸱,谓之芋魁。彼人种以当粮食而度饥年。"

文翁:《汉书》:"文翁,庐江舒人也。为蜀郡守,仁爱好教化。见蜀地僻陋有蛮夷风，文翁欲诱进之，由是大化，蜀地学于京师者比齐鲁焉。”《三国志》：“蜀本无学士，文翁遣相如东受七经，还教吏民，于是蜀学比于齐鲁。故《地理志》曰：‘文翁倡其教，相如为之师。’汉家得士盛于其世。”

钱牧斋云：《文苑英华》载王右丞诗，多与今行椠本小异，如“松下清斋折露葵”，“清斋”作“行斋”；“种松皆作老龙鳞”作“种松皆老作龙鳞”，并以《英华》为佳。《送梓州李使君》诗“山中一夜雨，树杪百重泉”作“山中一半雨”，尤佳，盖送行之诗，言其风土，深山冥晦晴雨相半，故曰“一半雨”，而续之以“僰女”、“巴人”之联也。崔颢诗“寄语西河使，知余报国心”，《英华》云“余知报国心”，如俗本，则颢此句为求知矣。此类甚多，读者宜详之。

送张五諲归宣城

五湖千万里，况复五湖西。
渔浦南陵郭，人家春谷溪。
欲归江淼淼，未到草凄凄。
忆想兰陵镇，可宜猿更啼①？

【校】

①更，一作“夜”。

【注】

南陵：《元和郡县志》：“南陵县东至宣州一百里，本汉春谷县地，梁于此置南陵县。”

春谷溪：谢朓诗：“山积陵阳阻，溪流春谷泉。”李善注：“《汉书》曰：丹阳郡有春谷县。《水经注》曰：江连春谷县北，又合春谷水。”

送友人南归

万里春应尽，三江雁亦稀①。

连天汉水广，孤客郢城归。
郧国稻苗秀②，楚人菰米肥③。
悬知倚门望，遥识老莱衣。

【校】

①亦稀，《文苑英华》作“欲飞”，非。

②郧，顾可久本、《唐诗正音》俱作“郎”，误。

③米，一作“菜”，《文苑英华》作“叶”。

【注】

三江：《水经注》：“巴陵西对长洲，其洲南磨湘浦，北对大江，故曰三江也。三水所会，亦谓之三江口矣。”《一统志》：“三江在岳州府城下，岷江为西江，澧江为中江，湘江为南江，皆会于此，故名，亦名三江口。”

汉水广：《诗》：“汉之广矣。”

郧国：杜预《左传》注：“郧国在江夏云杜县东南，有郧城。”郦道元《水经注》：“西有古竟陵大城，古郧国也。郧公辛所治，所谓郧乡矣。”《史记正义》：“《括地志》云：‘安州安陆县城，本春秋时郧国城。’”《舆地广记》：“复州沔阳县，春秋郧子之国，汉云杜县地，属江夏郡。”

菰米：《本草》：“陶弘景曰：菰米，一名雕胡，可作饼食。陈藏器曰：雕胡是菰蒋草米，古人所贵，故《内则》云‘鱼宜苽’，皆水物也。曹子建《七启》云‘芳菰精稗’，谓二草之实可以为饭也。苏颂曰：菰生水中，叶如蒲苇，其苗有茎梗者谓之菰蒋草，至秋结实，乃雕胡米也，古人以为美馔，今饥岁人犹采以当粮。”

倚门：《战国策》：“王孙贾年十五，事闵王。其母曰：‘汝朝出而晚来，则吾倚门而望；汝暮出而不还，则吾倚闾而望。’”

送贺遂员外外甥

南国有归舟，荆门溯上流。

苍茫葭菼外，云水与昭丘①。
樯带城乌去，江连暮雨愁。
猿声不可听，莫待楚山秋。

【校】

①与，一作“同”。

【注】

南国：韦昭《国语解》：“南国，江汉之间也。《诗》曰：‘滔滔江汉，南国之纪。’”

溯：《玉篇》：“溯，苏故切。逆流而上也。”

上流：臧荣绪《晋书》：“荆州势据上流。”

昭丘：王粲《登楼赋》：“西接昭丘。”李善注：“《荆州图记》曰：当阳东南七十里有楚昭王墓，登楼则见，所谓昭丘。”《水经注》：“沮水又南径楚昭王墓，东对麦城，故王仲宣之赋登楼云‘西接昭丘’是也。”

樯：《玉篇》：“樯，帆柱也。”

城乌：梁元帝诗：“城乌侵曙鸣。”

送杨长史赴果州①

褒斜不容幰，之子去何之②？
鸟道一千里，猿啼十二时③。
官桥祭酒客，山木女郎祠。
别后同明月，君应听子规。

【校】

①《瀛奎律髓》“长史”下多一“济”字。

②去，《方舆胜览》作“欲”。

③啼，《瀛奎律髓》、《唐诗正音》、《唐诗品汇》俱作“声”。

【注】

之子：《尔雅》："之子者，是子也。"

祭酒客：未详。王友琢崕谓：古者出行，必有祖道之祭，封土为山象，以菩刍棘柏为神主，酒脯祈告。既祭，以车轹之而去。事见《毛诗正义》。李长吉别友诗亦有"今将下东道，祭酒而别秦"之句，与此甚合，然不切蜀事，恐亦未的至。或引《史记·荀卿传》注"以席中尊者为祭酒"，或引《后汉书·刘焉传》中张鲁以祭酒为吏事，则更误矣。

女郎祠：《水经注》："南有女郎山，山上有女郎冢。远望山坟，嵬嵬状高，及即其所，裁有坟形。山（下）〔上〕直路下出，不生草木，世人谓之女郎道。下有女郎庙及捣衣石，言张鲁女也。有小水北流入汉，谓之女郎水。"《舆地广记》："兴元府褒城县有女郎山，上有女郎坟、女郎庙，俗言张鲁女所葬。"

明月：谢庄《月赋》："美人迈兮音尘绝[1]，隔千里兮共明月。"

子规：张华《禽经注》："望帝修道，处西山而隐，化为杜鹃鸟。或云化为杜宇鸟，亦曰子规鸟。至春则啼，闻者凄恻。"

送邢桂州

铙吹喧京口，风波下洞庭。
赭圻将赤岸，击汰复扬舲。
日落江湖白，潮来天地青。
明珠归合浦，应逐使臣星。

【注】

邢桂州：刘昫《唐书》："上元二年，以邢济兼桂州都督、侍御史，充桂管防御都使。"《地理志》：桂州始安郡都督府属岭南道。

京口：京口，即今镇江，自宋至陈常为重镇，在唐时为丹阳郡之丹徒县。

[1] 绝，《文选》作"阙"。

《方舆胜览》：京口，“《图经》‘其城因山为垒，缘江为境’，《尔雅》‘丘绝高曰京’，故名。”

洞庭：《史记正义》：“洞庭湖在岳州巴陵西南一里，南与青草湖连。”《舆地广记》：岳州巴陵县有洞庭湖，“圆广五百馀里，日月若出没于其中。”

赭圻：《元和郡县志》：“赭圻故城在宣州南陵县西北一百三十里，西临大江，吴所置赭圻屯处也。晋哀帝时，桓温领扬州牧，入朝参政，自荆州还，至赭圻，诏止之，遂城赭圻镇焉。”

击汰：《楚辞》：“乘舲船余上沅兮，齐吴榜以击汰。”王逸注：“舲船，船有窗牖，汰水波也。言己始去乘窗舲之船，西上沅湘之水，士卒齐举大棹，而击水波。”

合浦：《后汉书》：“孟尝迁合浦太守，郡不产谷实，而海出珠宝，与交阯比境，尝通商贩，貿籴粮食。先时宰守并多贪秽，诡人采求，不知纪极，珠遂渐徙于交阯郡界。于是行旅不至，人物无资，贫者饿死于道。尝到官，革易前弊，求民利病。曾未逾岁，去珠复还，百姓皆反其业，商(贾)〔货〕流通。”

使星：《后汉书》：“和帝即位，分遣使者，皆微服单行，各至州县，观采风谣。使者二人当到益部，投李郃候舍。时夏夕露坐，郃因仰观，问曰：‘二君发京师时，宁知朝廷遣二使耶？’二人默然，惊相视曰：‘不闻也。’问何以知之。郃指星示云：‘有二使星向益州分野，故知之耳。’”

送宇文三赴河西充行军司马

横吹杂繁笳①，边风卷塞沙。
还闻田司马，更逐李轻车。
蒲类成秦地②，莎车属汉家③。
当令犬戎国，朝聘学昆邪。

【校】

①吹，《文苑英华》作“笛”。

②类，刘本、顾可久本俱作“垒”，误。

③车，刘本、顾可久本俱作“居”，误；一本作“丘”，亦非。

【注】

行军司马：《唐书·百官志》：节度使有行军司马一人，“掌弼戎政。居则习搜狩，有役则申战守之法，器械、粮糒、军籍、赐予皆专焉”。

横吹：《古今注》：“横吹，胡乐也。张博望入西域，传其法于西京，唯得《摩诃》、《兜勒》二曲。李延年因胡曲更造新声二十八解，乘舆以为武乐。后汉以给边将军，和帝时，万人将军得用之。”《唐书·仪卫志》：“鼓吹五部，有大横吹、小横吹。大横吹部有节鼓二十四曲。小横吹部有角、笛、箫、笳、觱栗、桃皮觱栗六种，曲名失传。”

田司马：《汉书》：“田广明以郎为天水司马。”

李轻车：《汉书》：“李蔡为轻车将军，从大将军击右贤王，有功中率，封为乐安侯。”鲍照诗：“后逐李轻车，追虏穷塞垣。”

蒲类：《汉书·西域传》：“蒲类国，王治天山西疏榆谷，去长安八千三百六十里。西南至都护治所千三百八十七里。”《后汉书·班超传》：“战于蒲类海，多斩首虏而还。”章怀太子注：“蒲类，匈奴中海名，在敦煌北也。”[1]《窦固传》：“固与耿忠率酒泉、敦煌、张掖甲卒及卢水羌胡万二千骑出酒泉塞，至天山，击呼衍王，斩首千馀级。呼衍王走，追至蒲类海。”章怀太子注：“蒲类海今名婆悉海，在今庭州蒲昌县东南也。”

莎车：《汉书·西域传》：“莎车国，王治莎车城，去长安九千九百五十里。东北至都护治所四千七百四十六里。”《后汉书·西域传》：“莎车国，西经蒲犁、无雷，至大月氏。东去洛阳万九百五十里。”

犬戎：韦昭《国语解》：“犬戎，西戎之别名，在荒服。”《史记》：“犬戎氏以其职来王。”

昆邪：《汉书·匈奴传》：“昆邪、休屠王谋降汉，汉使骠骑将军迎之。昆邪王杀休屠王，并将其众降汉。”

[1]此注实为引《前汉音义》。

送孙二

郊外谁相送①，夫君道术亲。
书生邹鲁客，才子洛阳人。
祖席依寒草，行车起暮尘②。
山川何寂寞③，长望泪沾巾。

【校】

①《文苑英华》作“郭外谁将送”。

②起，《文苑英华》作“薄”。

③何，《文苑英华》作“向”。

【注】

沾巾：张衡诗：“侧身北望涕沾巾。”

送崔三往密州觐省

南陌去悠悠，东郊不少留。
同怀扇枕恋，独念倚门愁①。
路绕天山雪，家临海树秋。
鲁连功未报，且莫蹈沧洲。

【校】

①念，《文苑英华》作“解”。

【注】

密州：《唐书·地理志》：河南道有密州高密郡。

扇枕：《东观汉纪》：“黄香父为郡五官〔掾〕，贫无奴仆，香躬执勤苦，尽心供养。冬无被裤，而亲极滋味。暑即扇床枕，寒则身温席。”《晋书》：“王延事亲色养，夏则扇枕席，冬则以身温被。”

天山雪:《元和郡县志》:“天山一名白山,一名折罗漫山,在伊州北一百二十里,(冬)〔春〕夏有雪,出好木及金铁。匈奴谓之天山,过之皆下马拜。”

海树:《元和郡县志》:“密州东至大海一百六十里。”

鲁连:《史记》:“田单归而言鲁连,欲爵之,鲁连逃隐于海上,曰:‘吾与富贵而诎于人,宁贫贱而轻世肆志焉。’”

送丘为落第归江东

怜君不得意,况复柳条春。
为客黄金尽,还家白发新。
五湖三亩宅①,万里一归人②。
知祢不能荐③,羞为献纳臣④。

【校】

①宅,《文苑英华》作“地”。

②归,《文苑英华》作“行”。

③祢,顾元纬本、凌本、《唐诗品汇》俱作“尔”。

④为,顾元纬本、凌本、《唐诗纪事》、《唐诗品汇》俱作“称”,《文苑英华》作“看”。

【注】

三亩宅:《淮南子》:“任一人之能,不足以治三亩之宅也。”

知祢:《后汉书》:“祢衡善鲁国孔融,融亦深爱其才。衡始弱冠,而融年四十,遂与为交友,上疏荐之。”

献纳:班固《两都赋序》:“朝夕论思,日月献纳。”

汉江临泛①

楚塞三湘接②,荆门九派通。

江流天地外，山色有无中。
郡邑浮前浦，波澜动远空。
襄阳好风日③，留醉与山翁④。

【校】

①泛,《瀛奎律髓》作“眺”。

②湘,《瀛奎律髓》作“江”。

③日,《文苑英华》作“月”。

④翁,《文苑英华》、《瀛奎律髓》俱作“公”。

【注】

汉江:郭璞《山海经》注:“汉水出武都沮县东狼谷,经汉中魏兴至南乡,东经襄阳至江夏安陆县入江。”[1]《唐六典》注:“汉水源出梁州金牛县,初名漾水,一名沔水,历洋、金、均、襄、荆、郢、复七州,至沔州入于江。”《一统志》:“汉江源出陇西嶓冢山,由汉中流经郧县、均州、光化,至襄阳府城北,又东南经宜城,抵安陆州,至大别山,入于江。其水因地而名,曰漾、曰沔、曰汉、曰沧浪,盖总名为汉,别言之则有四耳。”

楚塞:江淹诗:“奉义至江汉,始知楚塞长。”

九派:郭璞《江赋》:“流九派乎浔阳。”李善注:“水别流为派。《尚书》曰‘九江孔殷’,应劭《汉书》注曰‘江自庐江浔阳分为九’也。”

好风日:庾肩吾诗:“何当好风日,极望长沙垂。”

山翁:《晋书》:“山简出为征南将军、都督荆、湘、交、广四州诸军事、假节,镇襄阳。优游卒岁,惟酒是耽。诸习氏,荆土豪族,有佳园池,简每出游嬉,多之池上,置酒辄醉,名之曰高阳池。时有童儿歌曰:‘山公出何许,往至高阳池。日夕倒载归,酩酊无所知。时时能骑马,倒着白接䍦。举鞭向葛强:“何如并州儿?”’”

[1]此条郭注实引《水经》。

登辨觉寺①

竹径从初地②，莲峰出化城。
窗中三楚尽③，林上九江平④。
软草承趺坐⑤，长松响梵声。
空居法云外，观世得无生。

【校】

①辨，一作“新”。

②从，《文苑英华》、《瀛奎律髓》俱作“连”。

③尽，《文苑英华》作“静”。

④上，凌本、《瀛奎律髓》俱作“外”。

⑤软，《文苑英华》作“嫩”。

【注】

初地：《涅槃经》：“无量无边恒河沙等诸菩萨辈得入初地。”

化城：“化城”注见二十卷中。

三楚：《水经注》：“文颖曰：《史记·货殖传》曰：‘淮以北沛、陈、汝南、南郡为西楚，彭城以东东海、吴、广陵为东楚，衡山、九江、江南、豫章、长沙为南楚，是为三楚者也。’”孟康《汉书》注：“旧名江陵为南楚，吴为东楚，彭城为西楚。”

法云：《净住子》：“慧日已沉，法云遐布。”

琢崖尝说，此诗“初地”即菩萨十地中之第一地，所谓欢喜地也，本是圣境中所造阶级之名，今借作寺外路径用。“化城”用《法华经》中化城事，本是方便小乘止息之喻，今借作寺中殿宇用。工则工矣，然右丞是学佛者，奈犯绮语戒何？语虽近释，实中理解，成观九经中语，为文人借用，失其本来面目，未易更仆数。即以右丞而论，如以“傅母”作乳媪用，“膳夫”作饔子用，“兽人”作猎夫用，“司谏”作言官用之类，皆与经义不合。虽于文无害，然不究其原而仅袭其步，恐有邯郸匍匐之患耳。

《瀛奎律髓》谓此诗似咏庐山僧寺，盖因三、四二句也，远近数千里，一望了然，佳处全在“窗中”、“林外”四字。或取“尽”字、“平”字，以敌老杜《兜率寺》诗中之“有”字、“自”字者，犹恐未的。

凉州郊外游望

野老才三户，边村少四邻[①]。
婆娑依里社，箫鼓赛田神。
洒酒浇刍狗，焚香拜木人。
女巫纷屡舞，罗袜自生尘。

【校】

①边村，顾元纬本、凌本俱作“村边”，误。

【注】

凉州：《唐书·地理志》：陇右道有凉州武威郡。

婆娑：《尔雅》：“婆娑，舞也。”邢昺疏：“李巡曰：‘婆娑，盘辟，舞也。’郭璞曰：‘舞者之容。’孙炎曰：‘舞者之容婆娑。’然则婆娑，舞者之状貌也。”

赛：《史记·封禅书》：“冬赛祷(祀)〔祠〕。”《索隐》曰：“赛，谓报神福也。”

刍狗：《淮南子》：“譬如刍狗、土龙之始成。”高诱注：“刍狗，束刍为狗，以谢过求福。”

罗袜：《洛神赋》：“凌波微步，罗袜生尘。”

观　猎[①]

风劲角弓鸣[②]，将军猎渭城。
草枯鹰眼疾，雪尽马啼轻。
忽过新丰市[③]，还归细柳营。

回看射雕处④，千里暮云平。

【校】

①《唐诗纪事》作“猎骑”。○郭茂倩《乐府》采首四句入近代曲辞，题曰《戎浑》。《万首唐人绝句》亦摘入绝句内，题作《戎浑》。

②劲，一作“动”。

③市，《云溪友议》作“戍”。

④射雕，《云溪友议》作“落雁”，一作“失雁”。

【注】

角弓：《诗》：“骍骍角弓。”

渭城：《水经注》：“太史公曰：长安，故咸阳也。汉高帝更名新城，武帝元鼎三年别为渭城，在长安西北渭水之阳，王莽之京城也。”《太平寰宇记》：“故渭城在今雍州咸阳县东北二十二里渭水北，即秦之杜邮，白起死于此。其城周八里，秦自孝公至始皇皆都于此城。武帝元鼎三年更名渭城，后汉省并地入长安，故此城存也。”

细柳营：《汉书》：“河内太守周亚夫为将军次细柳。”服虔曰：“细柳在长安西北。”裴骃《史记》注：“细柳，徐广曰：‘在长安西。’骃按：如淳曰：‘《长安图》细柳仓在渭北，近石徼。’张楫曰：‘在昆明池南，今有柳市是也。’”《史记索隐》：“按：《三辅故事》细柳在直城门外阿房宫西北维。又《匈奴传》云：‘细柳在长安西。’如淳云在渭北，非也。”《元和郡县志》：“细柳营在万年县东北三十里，相传云周亚夫屯军处。今按，亚夫所屯在咸阳西南二十里，言在此非也。”

射雕：《北史》：“斛律光尝从文襄于洹桥校猎，云表见一大鸟，射之，正中其颈，形如车轮，旋转而下，乃雕也。丞相属邢子高叹曰：‘此射雕手也。’”

胡应麟曰：右丞五言工澹闲丽，自有二派：“楚塞三江接”、“风劲角弓鸣”、“杨子谈经处”等篇，绮丽精工，沈、宋合调者也；“寒山转苍翠”、“寂寞掩柴扉”、“晚年惟好静”等篇，幽闲古澹，储、孟同声者也。

邵古庵谓：细柳、渭城皆在陕西长安县，新丰在临潼县，相去七十里，曰“忽过”，曰“还归”，正见其往返之易。成按：《汉书》内地名，诗人多袭用之，盖取其典而不俚也，兴会所至，一时汇集，又何尝拘拘于道里之远近而后琢句者哉？

卷　九

近体诗三十五首

春日上方即事①

好读《高僧传》，时看辟谷方。
鸠形将刻杖，龟壳用支床。
柳色春山映，梨花夕鸟藏②。
北窗桃李下，闲坐但焚香③。

【校】

①方，《文苑英华》作“房”，误。〇《乐府诗集》采此诗后四句，入《近代曲辞》，题作“长女命”，谓张说作。《万首唐人绝句》亦采此四句，收入五言绝句，命题正同，而仍作公诗。

②梨花，《瀛奎律髓》作“花明”。

③坐，《瀛奎律髓》作“步”。

【注】

高僧传：《隋书·经籍志》有《高僧传》十四卷，释僧祐撰。《唐书·艺文志》有虞孝敬《高僧传》六卷，僧惠皎《高僧传》十四卷，僧道宗《续高僧传》三十二卷。

鸠杖：《后汉书·礼仪志》：“仲秋之月，县道皆按户比民，年始七十者，授之以玉杖，铺之糜粥。八十九十，礼有加赐。玉杖长尺[1]，端以鸠鸟为饰。鸠者，不噎之鸟也。欲老人不噎。”

龟支床：《史记》：“南方老人用龟支床足，行二十馀年。老人死，移床，龟尚生不死。龟能行气导引。”

---

[1]尺，据中华书局本《后汉书》校当作“九尺”。

泛前陂

秋空自明迥①，况复远人间②。
畅以沙际鹤，兼之云外山。
澄波澹将夕③，清月皓方闲。
此夜任孤棹，夷犹殊未还。

【校】

①自明，一作“明月”。

②间，《文苑英华》作“寰”。

③波，一作“陂”。

【注】

夷犹：《楚辞》：“君不行兮夷犹。”王逸注：“夷犹，犹豫也。”谢朓诗：“停骖我怅望，辍棹子夷犹。”

杨升庵曰：王右丞诗“畅以沙际鹤，兼之云外山”，孟浩然诗“重以观鱼乐，因之鼓枻歌”，虽用助语词，却无头巾气。宋人黄、陈辈效之，如“且然聊尔耳，得也自知之”，又如“命也岂终否，时乎不暂留”，岂止学步邯郸、效颦西子已哉。

游李山人所居因题屋壁

世上皆如梦①，狂来或自歌②。
问年松树老，有地竹林多③。
药倩韩康卖，门容向子过④。
翻嫌枕席上，无那白云何⑤。

【校】

①世上，一作“世人”，一作“人事”。

②狂,《文苑英华》作“往”。或一作“止”。

③林,《文苑英华》作“阴”。

④向,一作“尚”。

⑤那,一作“奈”。

【注】

向子:《英雄记》:“向子平有道术,为县功曹,休归,自入山,担薪卖以供食饮。”《后汉书》:“向长字子平,河内朝歌人也。隐居不仕,性尚中和,好通《老》、《易》。贫无资食,好事者更馈焉,受之取足而反其馀。王莽大司空王邑辟之,连年乃至,欲荐之于莽,固辞乃止。”

登河北城楼作

井邑傅岩上①,客亭云雾间。
高城眺落日,极浦映苍山。
岸火孤舟宿,渔家夕鸟还。
寂寥天地暮②,心与广川闲。

【校】

①傅,《文苑英华》作“传”,误。

②暮,凌本作“外”。

【注】

河北:《唐书·地理志》:陕州平陆县本河北县,“天宝元年,太守李齐物开三门以利漕运,得古刃,有篆文曰‘平陆’,因更名”。

井邑:《释名》:“周制,九夫为井,其制似‘井’字也。四井为邑,邑犹悒也,邑人聚会之称也。”陆云诗:“修路无穷迹,井邑自相循。”

傅岩:《水经注》:“沙涧水北出虞山,东南径傅岩,历傅说隐室前,俗名之为圣人窟。孔安国《传》‘傅说隐于虞、虢之间’,即此处也。”《史记正义》:“《地理志》云:‘傅险即傅说版筑之处,所隐之处窟名圣氏窟,在今陕州河北县北七里，即虞国、虢国之界。’”《元和郡县志》：“傅岩在陕州平陆县北七里，即傅说版筑之处。”

寂寥：《四子讲德论》：“纷纭天地，寂寥宇宙。”李善注：“寂寥，旷远之貌也。”

广川：《史记》：“此皆广川大水，山林溪谷，不食之地也。”

登裴迪秀才小台作

端居不出户，满目望云山①。
落日鸟边下，秋原人外闲。
遥知远林际，不见此檐间。
好客多乘月，应门莫上关。

【校】

①望，一作“空”。

【注】

秋原：沈约诗：“秋原嘶代马。”

上关：刘桢诗：“应门重其关。”庾肩吾诗：“洛桥初度烛，青门欲上关。”

被出济州①

微官易得罪，谪去济(川)〔州〕阴。
执政方持法，明君无此心②。
闾阎河润上，井邑海云深。
纵有归来日，多愁年鬓侵③。

【校】

①《河岳英灵集》作“初出济州别城中故人”。

②无，一作"照"。

③多，诸本皆作"各"，《河岳英灵集》、《唐诗品汇》俱作"多"，今从之。

【注】

济州：刘昫《唐书·地理志》：隋置济北郡，武德四年改济州，天宝元年改为济阳郡，十三载六月一日废济州。

持法：《汉书》："翟方进为相公洁，请托不行郡国。持法刻深，举奏牧守九卿，峻文深诋，中伤者尤多。"

河润：《庄子》："河润九里。"

千塔主人

逆旅逢佳节，征帆未可前。
窗临汴河水，门渡楚人船。
鸡犬散墟落，桑榆荫远田。
所居人不见，枕席生云烟。

【注】

汴河：《舆地广记》："汴河盖古莨荡渠也，首受黄河水，隋炀帝开浚，以通江淮漕运，兼引汴水，亦曰通济渠。"郑樵《通志》："汴水一名鸿沟，一名官度水，一名通济渠，一名莨荡渠。或云莨荡渠别汴，首受河水，自汜水县东南过荥阳、陈留、睢阳、符离，至泗州入淮。"

使至塞上

单车欲问边，属国过居延①。
征蓬出汉塞②，归雁入胡天。
大漠孤烟直，长河落日圆。

萧关逢候骑③，都护在燕然。

【校】

①《文苑英华》作“衔命辞天阙，单车欲问边”。又“问”字，一作“向”。

②蓬，《文苑英华》作“鸿”。

③骑，顾可久本、《唐诗品汇》俱作“吏”。

【注】

属国：《汉书·武帝纪》：“匈奴昆邪王杀休屠王，并将其众合四万馀人来降，置五属国以处之。”师古注：“凡言属国者，存其国号而属汉朝，故曰属国。”《卫青传》：“乃分处降者于边五郡故塞外，而皆在河南，因其故俗为属国。”师古曰：“不改其本国之俗而属于汉，故号属国。”

居延：《汉书》：“将军去病、公孙敖出北地二千馀里，过居延，斩首虏三(千)〔万〕馀级。”师古曰：“居延，匈奴中地名也。韦昭以为张掖县，失之。张掖所置居延县者，以安处所获居延人而置此县。”《后汉书·郡国志》有张掖属国、居延属国。《史记索隐》：“《地理志》：‘张掖居延县西北有居延泽，古文以为流沙。’《广志》：‘流沙在玉门关外，有居延泽、居延城。’”《元和郡县志》：“居延海，在甘州张掖县东北一百六十里，即居延泽，古文以为流沙者，风吹沙流行，故曰流沙。”

征蓬：吴均诗：“胡笳屡凄断，征蓬未肯还。”

汉塞：《史记·匈奴传》：“单于既入汉塞。”

胡天：梁简文帝《阻归赋》：“陇树饶风，胡天少色。”

大漠：班固《燕然山铭》：“经碛卤，绝大漠。”李周翰注：“大漠，沙漠也。”

孤烟直：庾信诗：“野戍孤烟起。”《埤雅》：“古之烽火用狼粪，取其烟直而聚，虽风吹之不斜。”或谓边外多回风，其风迅急，袅烟沙而直上，亲见其景者始知“直”字之佳。

萧关：《史记正义》：“萧关，今古陇山关，在原州平凉县界。”《元和郡县志》：“萧关故城在原州平高县东南三十里，《汉书》文帝十四年，匈奴入萧关，杀北地都尉是也。”

候骑：《史记》：“候骑至雍甘泉。”何逊诗：“候骑出萧关，追兵赴马邑。”

燕然：《后汉书》：“车骑将军窦宪出鸡鹿塞，度辽将军窦鸿出（梱）〔稒〕杨塞，南单于出满夷谷，与北匈奴战于稽落山，大破之。追至（私）〔和〕渠（北）〔比〕鞮海。窦宪遂登燕然山，刻石勒功而还。”《太平寰宇记》：“燕然在振武军金河县北近碛。《入塞图》云：郎君戍又直北三千里至燕然山，又北行千里至瀚海。”《舆地广记》：“单于大都护府金河县有燕然山，东汉窦宪勒铭于此。”

晚春闺思①

新妆可怜色，落日卷罗帷②。
炉气清珍簟③，墙阴上玉墀。
春虫飞网户，暮雀隐花枝。
向晚多愁思，闲窗桃李时。

【校】

①《河岳英灵集》作“春闺”。

②罗，《河岳英灵集》作“帘”。

③炉，一作“淑”。

【注】

珍簟：谢朓诗：“珍簟清夏室，轻扇动凉飔。”

网户：《楚辞》：“网户朱缀，刻方连些。”王逸注：“网户，绮文镂也。”

戏题示萧氏外甥

怜尔解临池，渠爷未学诗。
老夫何足似，弊宅倘因之。

芦笋穿荷叶①，菱花罥雁儿。
郤公不易胜，莫着外家欺。

【校】

①穿，顾元纬本、凌本俱作“藏”。

【注】

临池：《晋书·卫恒传》：“张伯英临池学书，池水尽黑。”

弊宅：《晋书》：“魏舒少孤，为外家宁氏所养。宁氏起宅，相宅者云：‘当出贵甥。’祖母以魏氏甥小而慧，意谓应之。舒曰：‘当为外祖成此宅相。’”

郤公：《世说》：“王子敬兄弟见郤公，蹑履问讯，甚修外生礼。及嘉宾死皆着高屐，仪容轻慢。命坐，皆云：‘有事，不暇坐。’既去，郤公慨然曰：‘使嘉宾不死，鼠子敢尔。’”

秋夜独坐①

独坐悲双鬓，空堂欲二更。
雨中山果落，灯下草虫鸣。
白发终难变，黄金不可成。
欲知除老病，惟有学无生。

【校】

①《唐诗正音》作“冬夜书怀”，误。

【注】

黄金：江淹诗：“丹砂信难学，黄金不可成。”

待储光羲不至

重门朝已启，起坐听车声。

要欲闻清佩，方将出户迎。
晓钟鸣上苑，疏雨过春城。
了自不相顾，临堂空复情。

【注】

空复情: 谢朓诗:“婵娟空复情。”

听宫莺

春树绕宫墙，春莺啭曙光①。
欲惊啼暂断，移处弄还长。
隐叶栖承露，攀花出未央②。
游人未应返，为此思故乡③。

【校】

①《文苑英华》作“宫莺次第翔”。

②攀，一作“排”。

③《文苑英华》作“为此始思乡”。

【注】

承露:《咸阳古迹图》:“汉承露台在秦磁石门内。”

未央:《西京杂记》:“汉高帝七年，萧相国营未央宫，因龙首山制前殿，建北阙。”

早 朝

柳暗百花明，春深五凤城。
城乌睥睨晓①，宫井辘轳声。
方朔金门侍②，班姬玉辇迎。

仍闻遣方士，东海访蓬瀛。

【校】

①乌,《文苑英华》作“鸦”。

②侍,《文苑英华》作“召”。

【注】

睥睨:《释名》:“城上垣曰睥睨。”《广雅》:“睥睨,女墙也。”

辘轳:《韵会》:“辘轳,井上汲水木。”

方朔:《汉书》:“东方朔待诏金马门,稍得亲近。”

班姬:《汉书》:“成帝游于后庭,欲与班婕妤同辇载,婕妤辞。”

玉辇:潘岳《籍田赋》:“天子乃御玉辇。”

方士:《史记·封禅书》:“天子使方士入海,求蓬莱安期生之属。”

蓬瀛:《列子》:“渤海之东不知几亿万里,有大壑焉,实惟无底之谷,其下无底,名曰归墟。八纮九野之水,天汉之流,莫不注之,而无增无减焉。其中有五山焉:一曰岱舆,二曰员峤,三曰方壶,四曰瀛洲,五曰蓬莱。其山高下周旋三万里,其顶平处九千里。山之中间相去七万里,以为邻居焉。其上台观皆金玉,其上禽兽皆纯缟。珠玕之树皆丛生,华实皆有滋味,食之皆不老不死。所居之人皆仙圣之种,一日一夕飞相往来者,不可数焉。”

愚公谷三首

其 一

愚谷与谁去？唯将黎子同。
非须一处住，不那两心空。
宁问春将夏，谁论西复东。
不知吾与子，若个是愚公？

【注】

【原注】青龙寺与黎昕戏题。

其 二

吾家愚谷里[1]，此谷本来平。
虽则行无迹，还能响应声。
不随云色暗，只待日光明。
缘底名愚谷？都由愚所成。

【校】

①吾，顾可久本作“愚”。

其 三

借问愚公谷，与君聊一寻。
不寻翻到谷，此谷不离心。
行处曾无险，看时岂有深？
寄言尘世客，何处欲归临[1]。

【校】

①归临，一作“窥林”。

杂 诗

双燕初命子，五桃初作花[1]。
王昌是东舍，宋玉次西家。
小小能织绮，时时出浣纱。
亲劳使君问，南陌驻香车。

【校】

①初，一作“新”。作，凌本作“结”。

【注】

五桃：鲍照诗：“中庭五株桃，一株先作花。”

王昌：成按：唐人诗中多用王昌事，上官仪诗“南国自然胜掌上，东家复是忆王昌”，李义山诗“王昌只在墙东住，未必金堂得免嫌”，韩偓诗“何必苦劳魂与梦，王昌只在此墙东”。《襄阳耆旧传》：“王昌字公伯，为东平相散骑常侍，早卒，妇任城王曹子文女。昌弟式，为渡辽将军长史，妇尚书令桓楷女。昌母聪明有教典，二妇入门，皆令变服、下车，不得逾侈。后楷子嘉尚魏主，欲金缕衣见式妇，嘉止之曰：‘其妪严固，不得倍。尔不须持往，犯人家法。’其畏如此。”似非挑闼之流也。盖别是一人，然他书无考。

宋玉：《登徒子赋》：“宋玉曰：‘天下之佳人，莫若楚国；楚国之丽者，莫若臣里；臣里之美者，莫若臣东家之子。增之一分则太长，减之一分则太短，着粉则太白，施朱则太赤，眉如柳羽，肌如白雪，腰如束素，齿如含贝，嫣然一笑，惑阳城，迷下蔡。然此女登墙三年，窥臣三年，至今未许也。’”

织绮：梁武帝诗：“莫愁十三能织绮。”

过秦皇墓①

古墓成苍岭，幽宫象紫台。
星辰七曜隔，河汉九泉开。
有海人宁渡，无春雁不回。
更闻松韵切，疑是大夫哀。

【校】

①秦，《文苑英华》作“始”。〇时年十五，《文苑英华》作“时年二十”。

【注】

【原注】时年十五。

秦皇墓：《汉书》："秦始皇帝葬于骊山之阿，下锢三泉，上崇山坟，其高五十馀丈，周围五百有馀，石椁为游馆，人膏为灯烛，水银为江海，黄金为凫雁。珍宝之藏，机械之变，棺椁之丽，宫馆之盛，不可胜原。"《水经注》："秦始皇大兴厚葬，营建冢圹于丽戎之山，一名蓝田，其阴多金，其阳多玉。始皇贪其美名，因而葬焉。斩山凿石，下涸三泉，以铜为椁，旁行周回三十馀里，上画天文星宿之象，下以水银为四渎、百川、五岳、九州，具地理之势。宫观百官，奇器珍宝，充满其中。以人鱼膏为灯烛，取其不灭者久之。后宫无子者，皆使殉葬甚众。坟高五丈，周围五里馀，作者七十万人，积年方成。"《史记正义》："《括地志》云：'秦始皇陵在雍州新丰县西南十里。'"《长安志》："秦始皇陵在临潼县东一十五里。《国志》曰：'始皇陵有银蚕金雁，以多奇物，故俗云秦王地市。'《关中记》曰：'秦始皇陵在骊山之北，高数十丈，周六里，今在阴平县[1]界。'《三辅故事》曰：'始皇陵七百步[2]，以明珠为日月，鱼膏为脂烛，金银为凫雁，金蚕三十箔，四门施徼，奢侈太过。六年之间，为项籍所发。'《两京道理记》曰：'陵高一千二百四十尺，内院周五里，外院周十一里，俗呼当陵[3]。'"

紫台：江淹《恨赋》："紫台稍远。"李善注："紫台，犹紫宫也。"吕延济注："紫台，宫也，天子所居处。"

七曜：《初学记》："日月五星，谓之七曜。"

九泉：木华《海赋》："吹炯九泉。"李善注："地有九重，故曰九泉。"

故太子太师徐公挽歌四首

其一

功德冠群英，弥纶有大名。
轩皇用风后，傅说是星精。

---

[1] 阴平县，当作"阴盘县"。
[2] 七百步，据《类编长安志》当作"周七百步"。
[3] 俗呼当陵，《长安志》作"俗呼当陵南岭尖峰作望峰"，赵氏误断。

就第优遗老，来朝诏不名。
留侯常辟谷①，何苦不长生。

【校】

①常，一作“尝”。

【注】

徐公：刘昫《唐书》：“天宝八载闰六月戊辰，太子太师徐国公萧嵩薨。”

挽歌：《杜氏通典》：“汉高帝时，齐王田横自杀，其故吏不敢哭泣，但随柩叙哀。而后代相承，以为挽歌，盖因于古也。”李周翰《文选》注：“使挽柩者歌之，因呼为挽歌也。”

风后：《帝王世纪》：“黄帝梦大风吹，天下之尘垢皆去。帝悟而叹曰：‘风为号令执政者也，垢去土，后在也，天下岂有姓风名后者哉？’于是依占而求之，得风后于海隅，登以为相。”

傅说：《庄子》：“傅说得之，以相武丁，奄有天下。乘东维，骑箕尾，而比于列星。”

就第：《汉书》：“鸿嘉元年，张禹以老病乞骸骨，上加优再三，乃听许，赐安车驷马，黄金百斤，罢就第，以列侯朝朔望。”宋祁《唐书》嵩本传：“帝委嵩择相，嵩推韩休。及休同位，峭正不相假，至校曲直帝前。嵩惭，乞骸骨。帝慰之曰：‘朕未厌卿，何庸去乎？’嵩伏曰：‘臣待罪宰相，爵位既极，幸陛下未厌，得以乞身。有如厌臣，首领且不保，又安得自遂？’因流涕。帝为改容曰：‘卿言切矣，朕未能决。第归，夕当有诏。’俄遣高力士诏嵩曰：‘朕将尔留，而君臣谊当有始有卒者。’乃授尚书右丞相，与休皆罢。”

不名：《汉书》：“高皇帝褒赏元功，相国萧何邑户既倍，又蒙殊礼，奏事不名，入殿不趋。”

留侯：《史记》：“留侯曰：‘愿弃人间事，欲从赤松子游耳。’乃学辟谷，导引轻身。”刘昫《唐书》嵩本传：“嵩性好服饵，及罢相，于林园植药，合炼自适。”

其　二

谋猷为相国，翊赞奉乘舆①。
剑履升前殿，貂蝉托后车。
齐侯疏土宇，汉室赖图书。
僻处留田宅，仍才十顷馀。

【校】

①赞，一作“戴”。乘，《文苑英华》作“宸”。

【注】

谋猷：《书·君陈》：“尔有嘉谋嘉猷，则入告尔后于内，尔乃顺之于外，曰：斯谋斯猷，惟我后之德。”又《文侯之命》：“越小大谋猷，罔不率从。”

乘舆：贾谊《新书》：“天子车曰乘舆。”《十六国春秋》：“天子以四海为家，故行曰乘舆，止曰行在。”《唐六典》：“凡夷夏之通称天子曰皇帝，服御曰乘舆，行幸曰车驾。”

剑履：《史记》：“于是乃令萧何赐带剑履上殿，入朝不趋。”《隋书·礼仪志》：“大臣优礼，皆剑履上殿。”

貂蝉：《后汉书》：“侍中、中常侍加黄金珰，附蝉为文，貂尾为饰。”章怀太子注：“应劭《汉官》曰：‘说者以金取坚刚，百炼不耗，蝉居高饮洁，口在腋下，貂内劲捍而外温润。’因此物生义也。”《隋书·礼仪志》：“貂蝉，按《汉官》：‘内侍金蝉左貂，金取刚固，蝉取高洁也。’董巴《志》曰：‘内常侍，右貂金珰，银附蝉，内书令亦同此。’今宦者去貂，内史令金蝉右貂，纳言金蝉左貂。开皇时，加散骑常侍在门下者，皆有貂蝉。”《唐六典》注：“贞观初，置散骑常侍二员，隶门下省；明庆三年[1]，又置员外隶中书省，始有左、右之号。并金蝉、珥貂，左散骑与侍中左貂，右散骑与中书令右貂，谓之八貂。”

托后车：魏文帝《与吴质书》：“从者鸣笳以启路，文学托乘于后车。”刘良注：“托，附也。”

[1] 三年，据《太平御览》卷二二四引，当作“二年”，下“又置员外”当作“又置二员”。

齐侯: 按春秋,齐国属青州,不属徐州,而唐之徐州彭城郡又是宋地,非齐地。右丞用“齐侯”字未详。

疏土宇:《汉书·黥布传》:“疏爵而贵之。”张晏注:“疏,分也。”《后汉书·黄琼传》:“大启土宇,开地七百。”

图书:《汉书》:“沛公至咸阳,诸将皆争走金帛财物之府分之,萧何独先入收秦丞相、御史律令图书藏之。沛公具知天下阸塞、户口多少、强弱处、民所疾苦者,以何得秦图书也。”

田宅:《汉书》:“萧何买田宅,必居穷僻处,为家不治垣屋,曰:‘令后世贤,师吾俭。不贤,毋为势家所夺。’”

其 三

旧里趋庭日,新年置酒辰。
闻诗鸾渚客,赋献凤楼人。
北阙辞明主①,东堂哭大臣。
犹思御朱辂,不惜污车茵。

【校】

①阙,顾可久本、《文苑英华》俱作“首”。

【注】

鸾渚客: 傅咸诗:“双鸾游兰渚。”刘昫《唐书》嵩本传:“嵩子华,时为工部侍郎,衡以主婿三品,嵩皤然就养十馀年,家财丰赡,衣冠荣之。”

凤楼:《列仙传》:“萧史者,秦穆公时人也。善吹箫,能致孔雀、白鹤于庭。穆公有女字弄玉,好之,公遂以女妻焉。日教弄玉作凤鸣,居数年,吹似凤声,凤凰来止其屋。公为作凤台,夫妇止其上,不下数年,一旦皆随凤凰飞去。”《唐书·公主列传》:玄宗女“新昌公主下嫁萧衡”。

北首:《礼记》:“故死者北首,生者南乡。”孔颖达正义:“体魄降入于地为阴,故死者北首,归阴之义。”

东堂:《杜氏通典》:“挚虞《决疑注》云:‘国家为同姓王公妃主发哀

于东堂，为异姓公侯都督发哀于朝堂。'"《北史》："魏晋以来，亲临多阙，至于戚臣，必于东堂哭之。"

污车茵：《汉书》："丙吉为丞相，驭吏嗜酒，数逋荡，尝从吉出，醉欧丞相车上。西曹主吏白欲斥之，吉曰：'以醉饱之失去士，使此人将复何所容？西曹第忍之，此不过污丞相车茵耳。'"

其　四

久践中台座，终登上将坛。
谁言断车骑①，空忆盛衣冠。
风日咸阳惨，笳箫渭水寒。
无人当便阙，应罢太师官。

【校】

①言，《文苑英华》作"将"。

【注】

中台：《晋书·天文志》："三台六星，两两而居，起文昌，列抵太微。一曰天柱，三公之位也。在人曰三公。在天曰三台，主开德宣符也。西近文昌二星曰上台，为司命，主寿。次二星曰中台，为司中，主宗室。东二星曰下台，为司禄，主兵。"

上将坛：刘昫《唐书》嵩本传："开元十五年，凉州刺史、河西节度王君㚟恃众每岁攻击吐蕃。吐蕃大将悉诺逻恭禄及烛龙莽布支攻陷瓜州城，执刺史田元献及君㚟父寿，尽取城中军资及仓粮，仍毁其城而去。又攻玉门军及常乐县。无何，君㚟又为回纥诸部杀之于巩笔驿，河、陇震骇。乃以嵩为兵部尚书、河西节度使，判凉州事。嵩乃请以裴宽、郭虚己、牛仙客在其幕下，又请以建康军使，左金吾将军张守珪为瓜州刺史，修筑州城，招辑百姓，令其复业。时悉诺逻恭禄威名甚振，嵩乃纵反间于吐蕃，言其与中国潜通，赞普遂召而诛之。明年秋，吐蕃大下，悉末朗复率众攻瓜州，守珪出兵击走之。陇右节度使、鄯州都督张志亮引兵至青海西南渴波谷，与吐蕃接战，大破之。八月，嵩又遣副将杜宾客率弩手四千人，与吐蕃战于祁连城下，自晨至暮，散而复合，贼徒大溃，临阵斩其副将一人，散走山谷，哭声四合。露布至，玄宗大悦，乃加嵩同中书门下三品，恩顾莫比。十七年，又加兼中书令。自十四年燕国公张说罢中书令后，缺此位四年，而嵩居之。常带河西节度，遥领之。”

笳箫：曹植《与吴质书》：“觞酌陵波于前，笳箫发音于后。”

太师：《宋书》：“太师、太傅、太保，是为三公。论道经邦，燮理阴阳，无其人则阙。”《唐六典》：“太师、太傅、太保，非道德崇重则不居其位，无其人则阙之。”

故西河郡杜太守挽歌三首

其 一

天上去西征，云中护北平。
生擒白马将，连破黑雕城。
忽见刍灵苦[①]，徒闻竹使荣。
空留《左氏传》，谁继卜商名？

【校】

①苦，顾可久本、《文苑英华》俱作“善”。

【注】

西河郡：《唐书·地理志》：河东道有汾州西河郡。

云中：《史记正义》：“《括地志》云：云中故城在胜州榆林县东北四十里秦云中郡。”

北平：《史记正义》：“幽州渔阳县东南七十里北平城，即汉古北平也。”

白马将：《史记》：“有白马将出护其兵，李广上马，与十馀骑奔射杀胡白马将而复还。”

刍灵：《礼记》："涂车刍灵，自古有之，明器之道也。"郑康成注："刍灵，束茅为人马，谓之灵者，神之类。"

竹使：《汉书》："初与郡守为铜虎符、竹使符。"应劭曰："竹使符皆以竹箭五枚，长五寸，镌刻篆书第一至第五。"师古曰："与郡守为符者，谓各分其半，右留京师，左以与之。"《史记索隐》："《汉旧仪》：铜虎符发兵，长六寸；竹使符出入征发。"

左氏传：《晋书》："杜预立功之后，从容无事，乃躭思经籍，为《春秋左氏经传集解》。又参考众家谱第，谓之《释例》。又作《盟会图》、《春秋长历》，备成一家之学，比老乃成。"

卜商：《史记》："卜商，字子夏，少孔子四十四岁。孔子既没，子夏居西河教授，为魏文侯师。"《元和郡县志》："汾州西河郡，禹贡冀州之域。其在虞舜十二州，及周皆属并州，春秋时为晋地，后属魏，谓之西河。子夏居西河谓此也。"

其　二

返葬金符守①，同归石窌栖②。
卷衣悲画翟，持翣待鸣鸡。
容卫都人惨，山川驷马嘶。
犹闻陇上客，相对哭征西。

【校】

①守，刘本、顾可久本俱作"宇"，非。

②栖，一本作"妻"，为是。

【注】

金符：谢朓《思归赋》："拖银黄之沃若，剖金符之陆离。"金符，即铜虎符也。事见前首"竹使"注中。

石窌：《左传》："齐侯见保者，曰：'勉之！齐师败矣。'辟女子，女子曰：'君免乎？'曰：'免矣。'曰：'锐师徒免乎？'曰：'免矣。'曰：'苟君与吾父免矣，可若何！’乃奔。齐侯以为有礼，既而问之，辟司徒之妻也。予之石窌。”杜预注：“石窌，邑名，济北卢县东有地名石窌。”

卷衣：衣谓殡宫前所陈设之灵衣。殡将出，故卷而藏之，即谢朓《齐敬皇后哀策文》所云“俎彻三献，筵卷六衣”之义。或引《丧大记》：“北面三号，卷衣投于前。”此则始死之仪，非兴殡之事矣。

画翟：《礼记》：“夫人揄狄。”郑康成注：“翟，雉名，刻绘而画之，着于衣以为饰，因以为名也。”孔颖达《正义》云：“揄读如摇，狄读如翟，谓画摇翟之雉于衣，谓三夫人及侯伯夫人也。”

持翣：《周礼》：“大丧持翣。”《礼记·丧大记》：“黼翣二，黻翣二，画翣二。”郑康成注：“汉礼：翣以木为筐，广三尺，高二尺四寸，方，两角高，衣以白布。画者，画云气，其馀各如其像。柄长五尺，车行使人持之而从，既窆，树于圹中。《檀弓》曰‘周人墙置翣’是也。”孔颖达《正义》云：“翣形似扇，以木为之，在路则障车，入椁则障柩。凡有六枚，二画为黼，二画为黻，二画为云气。《礼器》云：‘天子八翣，诸侯六，大夫四。’”《释名》：“翣。齐人谓扇为翣，此似之也，象翣扇为清凉也。翣有黼有画，各以其饰名之也。”

鸣鸡：潘安仁《哀永逝文》：“闻鸡鸣兮戒朝，咸惊号兮抚膺。”

容卫：庾子山《入重阳阁》诗：“北原风雨散，南宫容卫疏。”又子山《周大将军赵公墓志铭》：“山河满目，容卫灵归。”卢思道《彭城王挽歌》：“容卫俨未归，空山照秋月。”所谓容卫，未详其义。或谓《后汉书·祭遵传》有“朱轮容车，介士军阵送葬”之文，章怀太子注：“容车，容饰之车，像生时也。”容卫恐亦是此义。成按：庾信《祀方泽歌》有“川泽茂祉，丘陵容卫”之句，右丞《曲江侍宴应制》诗有“草树连容卫，山河对冕旒”之句，顾况《宫词》有“玉阶容卫宿千官，风猎青旂晓仗寒”之句，则非送葬之仪矣。《北史》：“广阳王嘉性好仪饰，车服鲜华，既居仪同，又任端首，出入容卫，道路荣之。”则“容卫”即是仪卫之义矣。

征西：《后汉书·耿秉传》：“肃宗拜秉征西将军，遣案行凉州边境，劳赐保塞羌胡。永元三年卒。匈奴闻秉卒，举国号哭，或至梨面流血。”

其　三

涂刍去国门，秘器出东园。
太守留金印，夫人罢锦轩。
旌旄转衰木，箫鼓上寒原。
坟树应西靡，长思魏阙恩。

【注】

涂刍:《释名》:“涂车，以泥涂为车也。刍灵，束草为人马，灵名之也。”

祕器:《汉书》:“孔霸薨，上素服临吊者再，至赐东园秘器。”《后汉书·邓皇后纪》:“新野君薨，赠以长公主赤绶、东园秘器、玉衣绣衾。”章怀太子注:“东园，署名，属少府。主作凶器，故言秘也。”

锦轩:《汉书·西域传》:“冯夫人锦车持节。”服虔注:“锦车，以锦衣车也。”

西靡:《圣贤冢墓记》:“东平思王归国，思京师。后薨，葬东平，其冢上松柏皆西靡。”

魏阙:《淮南子》:“神游魏阙之下。”高诱注:“魏阙，王者门外阙也。所以悬教民之书于象魏也。巍巍高大，故曰魏阙。”

故南阳夫人樊氏挽歌二首

其　一

锦衣馀翟茀[①]，绣毂罢鱼轩。
淑女诗长在，夫人法尚存。
凝笳随晓旆，行哭向秋原。
归去将何见，谁能返戟门？

【校】

①茀，一作“茀”。

【注】

翟茀:《诗》:“翟茀以朝。”毛苌《传》:“翟,翟车也。夫人以翟羽饰车。”孔颖达《正义》:“茀,车蔽也。妇人乘车不露见,车之前后设障,以自隐蔽,谓之茀,因以翟羽为之。”

绣毂:张正见诗:“金门四姓聚,绣毂五香来。”

鱼轩:《左传》:“归夫人鱼轩。”杜预注:“鱼轩,夫人车,以鱼皮为饰。”

淑女:《子贡诗传》:“文王之妃姒氏思得淑女,以共内职,赋《关雎》。”

夫人法:《世说》:“王汝南少无婚,自求郝普女。司空以其痴,会无婚处,任其意,便许之。既婚,果有令姿淑德,生东海,遂为王氏母仪。”“王司徒妇,钟氏女,太傅曾孙,亦有俊才女德。钟、郝为娣姒,雅相亲重,钟不以贵陵郝,郝亦不以贱下钟。东海家内,则郝夫人之法;京陵家内,范钟夫人之礼。”

凝笳:谢朓诗:“凝笳翼高盖。”李善注:“徐引声谓之凝。”张铣注:“凝笳,其声凝咽也。笳,箫也。”

行哭:《礼记》:“内人皆行哭失声。”

戟门:郑司农《周礼》注:“棘门,以戟为门。”后人称“戟门”本此。

其 二

石窌恩荣重,金吾车骑盛。
将朝每赠言,入室还相敬。
叠鼓秋城动,悬旌寒日映。
不言长不归,环佩犹将听。

【注】

金吾:《后汉书》:“光武至长安,见执金吾车骑甚盛,因叹曰:‘仕宦当作执金吾。’”

将朝:《左传》:“伯宗每朝,其妻必戒之曰:‘“盗憎主人,民恶其上。”子好直言,必及于难。’”

相敬：《后汉书》："庞公者，南郡襄阳人也。居岘山之南，未尝入城府，夫妻相敬如宾。"

悬旌：陆机《辨亡论》："悬旌江介，筑垒遵渚。"

环佩：《后汉书·后纪》："居有保阿之训，动有环佩之响。"

达奚侍郎夫人寇氏挽歌二首①

其　一

束带将朝日，鸣环映牖辰。
能令谏明主②，相劝识贤人③。
遗挂空留壁，回文日覆尘。
金蚕将画柳，何处更知春？

【校】

①刘本、顾可久本俱作"送奚侍郎夫人寇氏"，非。《文苑英华》题上多"吏部"二字。

②明，一作"皇"。

③劝，《文苑英华》作"助"。

【注】

达奚侍郎：按，《唐书·杨国忠传》有礼部侍郎达奚珣，是其人也。后为河南尹，降禄山，受伪署。贼平，伏诛。

鸣环：刘孝绰诗："曳绡争掩縠，摇佩奋鸣环。"

遗挂：潘岳《悼亡》诗："流芳未及歇，遗挂犹在壁。"吕延济注："遗挂，谓平生玩用之物尚在于壁。"

回文：《晋书》："窦滔妻苏氏，始平人也，名蕙，字若兰。善属文。滔，苻坚时为秦州刺史，被徙流沙。苏氏思之，织锦为回文旋图诗以赠滔。宛转循环以读之，辞甚凄惋，凡八百四十字。"

金蚕：《南史·王元谟传》："元谟从弟元象位下邳太守，好发冢，地无完椁。人间垣内有小冢，坟上殆平，每朝日初升，见一女子立冢上，近视则亡。或以告元象，便命发之，有一棺尚全，有金蚕、铜人以百数。”《始兴简王传》：“于益州园地得古冢，无复棺，但有石椁。铜器十馀种，并古形；玉璧三枚；珍宝甚多，不可皆识；金银为蚕蛇形者数斗。”《宜都王传》：“于时人发桓温女冢，得金巾箱，织金篾为严器，又有金蚕银茧等物甚多。”《史记正义》：“《括地志》云：‘齐桓公墓在临淄县南二十一里牛山上。晋永嘉末，人发之，初得板，次得水银池，有气不得入，经数日，乃牵犬入中，得金蚕数十箔，珠襦、玉匣、缯彩、军器不可胜数。’”

画柳：《释名》：“舆棺之车曰輀，其盖曰柳。柳，聚也。众饰所聚，亦其形偻也。亦曰鳖甲，以鳖甲亦然也。”孔颖达《礼记正义》：“按《丧大记》注云：‘在旁曰帷，在上曰荒。’皆所以衣柳，则以帷荒之内木材为柳，其实帷荒及木材等总名曰柳。故《缝人》云：‘衣翣柳之材。’注云：‘柳之言聚，诸饰之所聚。’是帷荒总称柳也。”

其 二

女史悲彤管，夫人罢锦轩。
卜茔占二室[①]，行哭度千门。
秋日光能澹，寒川波自翻[②]。
一朝成万古，松柏暗平原。

【校】

①占，《文苑英华》作“瞻”。

②波，《文苑英华》作“浪”。

【注】

彤管：毛苌《诗传》：“古者后夫人必有女史彤管之法，不记过，其罪杀之。”杜预《左传注》：“彤管，赤管笔，女史记事规诲之所执。”《后汉书·后纪》：“女史彤管，记功书过。”

恭懿太子挽歌五首

其一

何悟藏环早，才知拜璧年。
翀天王子去，对日圣君怜。
树转宫犹出，笳悲马不前。
虽蒙绝驰道，京兆别开阡。

【注】

恭懿太子：刘昫《唐书》："恭懿太子佋，肃宗第十二子。至德二载封兴王。上元元年六月薨。佋，皇后张氏所生，上尤钟爱。后屡危太子，欲以兴王为储贰，会薨而止。七月丁亥，诏曰：'厚礼所以饰终，易名所以表行。况情钟天属，宠及侯封。载畴加等之美，式备元储之赠，永怀轸念，有恻彝章。第十二子故兴王佋，毓庆璇源，分华若木，天资纯孝，神假聪明。河间聚书，幼闻乐善之旨；延陵听乐，早得知音之妙。顷以暂婴沉瘵，殆积旬时，而资敬益彰，颖晤逾爽。爱亲之恋，言不间于斯须；告诀之辞，事先符于梦寐。顾惟至性，实切深哀。将祚土析珪，载崇藩翰，闻《诗》对《易》，爰就琢磨。方冀成立，岂期夭丧。瑶英始茂，遽摧于当春；隙驷俄迁，忽沉于厚夜，兴言痛悼，闵惜良深。宜赍宠于青宫，俾哀荣于玄穸。可赠太子，谥曰恭懿。应缘丧葬，所司准式。仍令京兆尹刘晏充监护使。'诏宰臣李揆持节册命。十一月，葬于高阳原。其哀册曰：'维上元元年，太岁庚子，六月己未朔，二十六日甲申，皇第十二子持节凤翔等四州节度观察大使兴王佋，薨于中京内邸，殡于寝之西阶。粤八月丁亥，册赠皇太子，庙号恭懿。冬十一月庚寅，诏葬于长安之高阳原，礼也。燕隧开封，龙輴进辙，陈祖载而就位，俨涂刍以成列。皇帝哀玉林之閟景，悯璇蕚之惟[1]霜。瞻龙绋而增思，怀雁池而永伤。考谥惟古，褒崇有式。爰诏史司，恭宣懿德。其辞曰："惟天祚唐，累叶重光，中兴宸景，再纽乾纲。本枝建国，磐石疏疆，克开龙嗣，实曰贤王。骊源孕彩，日

[1] 惟，据《文苑英华》、《唐大诏令》当作"罹"。

干腾芳，深仁广孝，蕴艺含章。秀发童年，惠彰龀齿，蹈礼知方，承尊叶旨。对日流辩，占风擅美。鲁卫后尘，间平绝轨。胡孽初构，王师未班。爰从褓褓，载历险艰。爱备中掖，名崇懿藩，居常禀训，动不违颜。礼及佩觿，朝加分器，胙土延渥，登坛受帅。玉质金声，文经武纬，乐善为宝，崇儒是贵。濬哲外朗，温文内深，阅书成诵，观乐表音。《五经》在口，六律谐心，才优艺洽，绝古超今。蛇豕犹梗，寰区未乂。涤虑祈真，焚香演偈。食去荤血，心依定惠。庶福邦家，俾清凶秽。雾露婴疾，聪明害神，沉疴始遘，弥旷盈旬。止虑无扰，发言有伦，在膏方亟，问膳逾勤。云物告征，星辰变象，楚药无救，秦毉莫仗。灵仪窅而上宾，徽音邈其长往。违旧邸于青社，即幽陵于黄壤。呜呼哀哉！魂气夺兮去何之，精灵存兮孝有思。念君亲之永隔，托梦寐而来辞。延桂宫而震悼，贯椒壶而缠悲。旌遗芳于碣馆，贲新命于储闱。呜呼哀哉！先远戒候，占龟献吉。指鹑野而西临，背凤城而右出。天惨惨而苦雾，山苍苍而曀日。望驰道而长辞，赴幽涂而永毕。呜呼哀哉！生为宠王兮宸爱所钟，殁追上嗣兮朝典斯崇。升玉笙于洞府，阅银桊于泉宫。金石谁固，人生有终，简册攸记兮德音无穷。敢直词于篆美，庶永代而成风。呜呼哀哉！'佋薨时年八岁。既薨之夕，肃宗、张后俱梦佋有如平昔，拜辞流涕而去。帝方寝疾，追念过深，故特以储闱之赠宠之。"《唐会要》："恭懿太子沿陵，在京兆府长安县界。"

藏环：《晋书》："羊祜年五岁时，令乳母取所弄金环，乳母曰：'汝先无此物。'祜即诣邻人李氏东垣桑树中，探得之。主人惊曰：'此吾亡儿所失物也，云何持去！'乳母具言之，李氏悲惋。时人异之，谓李氏子则祜之前身也。"

拜璧：《左传》："楚共王无冢適，有宠子五人，无適立焉。乃大有事于群望，而祈曰：'请神择于五人者，使主社稷。'乃遍以璧见于群望曰：'当璧而拜者，神所立也，谁敢违之？'既乃与巴姬密埋璧于大室之庭，使五人斋，而长入拜。康王跨之，灵王肘加焉，子干、子皙皆远之；平王弱，抱而入，再拜，皆压纽。"

翀天：用周灵王太子晋事。孙绰《游天台山赋》："王乔控鹤以冲天。"

详见五卷“浮丘公”注中。

对日：《晋书》：“明帝幼而聪哲，为元帝所宠异。年数岁，尝坐膝前，属长安使来，因问帝曰：‘汝谓日与长安孰近？’对曰：‘长安近。不闻人从日边来，居然可知也。’明日，宴群僚，又问之。对曰：‘日近。’元帝失色，曰：‘何乃异间者之言乎？’对曰：‘举头见日，不见长安。’由是益奇之。”

驰道：《汉书·成帝纪》：“上尝急召，太子出龙楼门，不敢(疾)〔绝〕驰道，西至直城门，得绝乃度，还入作室门。上迟之，问其故，以状对。上大悦，乃著令，令太子得绝驰道云。”应劭曰：“驰道，天子所行道也，若今之中道。”师古注：“绝，横度也。”

京兆阡：谓京兆尹别开墓道也。或引《汉书·原涉传》内“京兆阡”事，非是。

其　二

兰殿新恩切，椒宫夕临幽。
白云随凤管，明月在龙楼。
人向青山哭，天临渭水愁。
鸡鸣常问膳，今恨玉京留。

【注】

兰殿：颜延年《元皇后哀策文》：“兰殿常阴，椒涂弛卫。”李善注：“《汉武故事》曰：‘帝以七月七日旦生于猗兰殿。’”

椒宫：《汉官仪》：“皇后称椒房，以椒涂室，亦取温暖除恶气也。”《三辅黄图》：“椒房殿在未央宫，以椒和泥涂，取其温而芬芳也。”

临：临，力鸩切，作“林”字去声读。杜预《左传注》：“临，哭也。”

问膳：《礼记》：“文王之为世子，朝于王季日三。鸡初鸣而衣服，至于寝门外，问内侍之御者曰：‘今日安否何如？’内竖曰：‘安。’文王乃喜。食上，必在视寒暖之节。食下，问所膳。命膳宰曰：‘末有原。’应曰：‘诺。’然后退。”

其 三

骑吹凌霜发，旌旗夹路陈。
恺容金节护①，册命玉符新。
傅母悲香褓，君家拥画轮。
射熊今梦帝②，秤象问何人。

【校】

①恺，一作“礼”。

②今，顾元纬本作“非”。

【注】

骑吹：《海录碎事》：“列于殿庭者为鼓吹，今之从行鼓吹为骑吹。”

玉符：《唐六典》：“随身鱼符之制，左二右一。太子以玉，亲王以金，庶官以铜，佩以为饰。”

傅母：《列女传》：“下堂则从傅母保阿。”

褓：《说文》：“褓，小儿衣也。”

画轮：《晋书·舆服志》：“画轮车，驾牛，以彩漆画轮毂，故名曰画轮车。上起四夹杖，左右开四望，绿油幢，朱丝络，青交路，其上形制事事如辇，其下犹如犊车耳。至尊出朝堂举哀乘之。”

射熊：《史记》：“赵简子疾，五日不知人，寤而语大夫曰：‘我之帝所甚乐，有一熊欲来援我，帝命我射之，中熊，熊死。又有一罴来，我又射之，中罴，罴死。帝甚喜，赐我二笥，皆有副。’”

秤象：《魏志·邓哀王冲传》：“时孙权曾致巨象，太祖欲知其斤重，访之群下，咸莫能出其理。冲曰：‘致象大船之上，而刻其水痕所至，称物以载之，则校可知矣。’太祖大悦，即施行焉。”

其 四

苍舒留帝宠，子晋有仙才。
五岁过人智，三天使鹤催。

心悲阳禄馆①，目断望思台。
若道长安近，何为更不来？

【校】

①阳，一作“四”，非。

【注】

苍舒：《魏志》：“邓哀王冲，字苍舒。少聪察岐嶷，生五六岁，智意所及，有若成人之智。太祖数对群臣称述，有欲传后之意。年十三，建安十三年疾病，太祖亲为请命。及亡，哀甚。文帝宽喻太祖，太祖曰：‘此我之不幸，而汝曹之幸也。’”

三天：《云笈七签》：“三天者，清微天、禹馀天、大赤天是也。天宝君治在玉清境，即清微天也，其气始清。灵宝君治在上清境，即禹馀天也，其气玄黄。神宝君治在太清境，即大赤天也，其气玄白。”

阳禄馆：班婕妤《伤悼赋》：“痛阳禄与柘馆兮，仍襁褓而离灾。”服虔注：“二馆名也。生子此馆，皆失之也。”师古注：“二观并在上林中。”

望思台：《汉书·戾太子传》：“上怜太子无辜，乃作思子宫，为归来望思之台于湖。”颜师古曰：“言己望而思之，庶太子之魂归来也。其台在今湖城县之西，閺乡之东，基址犹存。”

其　五

西望昆池阔，东瞻下杜平。
山朝豫章馆，树转凤凰城。
五校连旗色，千门叠鼓声。
金环如有验，还向画堂生。

【注】

西望：沈约诗：“南瞻储胥观，西望昆明池。”首联盖学其句。

昆池：《三辅黄图》：“汉昆明池，武帝元狩四年穿，在长安西南，周围十里。《西南夷传》曰：'天子遣使求身毒国市竹，而为昆明所闭。天子欲伐之，越嶲昆明国有滇池，方三百里故作昆明池以象之，以习水战，因名曰昆明池。'《食货志》曰：'时越欲与汉用船战逐，乃大修昆明池也。'《三辅旧事》曰：'昆明池地三百三十二顷。'《图》曰：'上林苑有昆明池，周匝四十里。'"《长安志》："昆明池在长安县西二十里，今为民田。"

下杜：《汉书·宣帝纪》："率常在下杜。"孟康注："在长安南。"师古注："下杜即今之杜城。"《长安志》："下杜城，在长安县南一十五里。其城周三里一百七十三步。《春秋左氏传》：'晋范宣子曰："昔匄之祖，在周为唐杜氏。"'杜预注曰：'周成王灭唐，迁之于杜，为杜伯国。'《记》曰：'周宣王四十三年，杜伯入为王卿士，无罪而王杀之。'《史记》曰'秦武公十一年，初县杜'，即此地也。《括地志》曰：'盖宣王杀杜伯，以后子孙微弱，附于秦。及春秋后，武公灭之为县。汉宣帝修杜之东原为陵，曰杜陵县，更名此为下杜城。'《庙记》曰：'下杜城，杜伯所筑。东有杜原，城在底下，故曰下杜。'"《雍录》："秦武公灭杜，以杜国为杜县。县之东有原，名为东原，宣帝以为己陵，故东原之地遂为杜陵县也。既有杜陵县，则名称与杜县相混，遂改杜县为下杜以别之。或言，杜县之东有杜原，而此之下杜在其下方，故以下杜名，此全不审也。"

豫章馆：《三辅黄图》："豫章观，武帝造，在昆明池中，亦曰昆明观。"班固《西都赋》："集乎豫章之宇，临乎昆明之池。"吕延济注："豫章，馆名也。"张衡《西京赋》："豫章珍馆，揭焉中峙。"薛综注："以豫章木为台馆也。"

五校：《汉书·霍光传》："发材官轻车北军五校士军阵至茂陵，以送其葬。"按《后汉书·百官志》有屯骑校尉、越骑校尉、步兵校尉、长水校尉、射声校尉，皆属北军中候，所谓五校也。章怀太子《顺帝纪》注以长水、步兵、射声、胡骑、车骑五校尉为五校，误也。

画堂：《三辅黄图》："太子宫有甲观画堂。《汉书》曰：'孝成皇帝，元帝太子也。母曰王皇后。元帝在太子宫生甲观画堂。'画堂，谓宫殿中彩画之室。"

成按：五诗中，羊祜事凡二用，晋明帝事凡二用，王子晋事凡三用，魏邓哀王事凡二用，右丞全不以此为诗病。若使今人下笔尔尔，有不訾其俭于书卷者乎？

卷 十

近体诗二十六首

奉和圣制从蓬莱向兴庆阁道中留春雨中春望之作应制①

渭水自萦秦塞曲②，黄山旧绕汉宫斜。
銮舆迥出仙门柳③，阁道回看上苑花④。
云里帝城双凤阙，雨中春树万人家。
为乘阳气行时令，不是宸游重物华⑤。

【校】

①《文苑英华》作“奉和御制从蓬莱宫向兴庆阁道中作”。

②塞，《文苑英华》作“甸”。

③仙，《唐诗正音》、《唐诗品汇》俱作“千”。

④回，《文苑英华》作“遥”。

⑤重，顾元纬本、凌本、《唐诗品汇》俱作“玩”。

【注】

蓬莱：《雍录》：“大明宫南端门名丹凤，在平地。门北三殿相踏，皆在山上，至紫宸又北则为蓬莱殿，殿北有池，亦云蓬莱池。”

兴庆：刘昫《唐书》：“兴庆宫，在东内之南隆庆坊，本玄宗在藩时宅也。自东内达南内，有夹城复道，经通化门达南内。人主往来两宫，人莫知之。”《唐会要》：“开元二年七月二十九日，以兴庆里旧邸为兴庆宫。初，上在藩邸，与宋王等同居于兴庆里，时人号曰‘五王子宅’。至景龙末，宅内有龙池涌出，日以浸广，望气者云有天子气。中宗数行幸其地，命泛舟，以驰象蹈气以厌之，至是为宫焉。后于西南置楼，西面题曰‘花萼相辉之楼’，南面题曰‘勤政务本之楼’。”《长安志》：“南内兴庆宫距外郭城东垣。武后大足元年，睿宗在藩，赐为‘五王子宅’。明皇始居之，宅临大池。中宗时，望气者云此池有天子气，故尝游宴此池，上巳泛舟，以厌之。南街东出春明门。开元（三）〔二〕年置宫，因本坊为名。十四年，又取永嘉、胜业坊之半增广之，谓之南内，置朝堂。十六年，以宫成，御朝德音，释徒以下罪。二十年，筑夹城入芙蓉园，自大明宫，东夹罗城复道，经通化门，以达此宫。次经春明、延喜门，至曲江芙蓉园，而外人不之知也。”

阁道：《史记》：“周驰为阁道，自殿下直抵南山。”张衡《西京赋》：“钩陈之外，阁道穹隆。”吕向注：“阁道，飞陛也。”

黄山：《汉书·地理志》：右扶风槐里县“有黄山宫，孝惠二年起”。《汉书·扬雄传》：“北绕黄山，濒渭而东。”《三辅黄图》：“黄山宫在兴平县西三十里。”《水经》：“渭水又东北径黄山宫南。”郦道元注：“即《地理志》所谓‘县有黄山宫，惠帝三年起’者也。《东方朔传》曰‘武帝微行，西至黄山宫’，故世谓之游城，非[1]也。”

銮舆：班固《西都赋》：“乘銮舆，备法驾。”

阳气：《后汉书·郎𫖮传》：“方春东作，布德之元，阳气开发，养导万物。王者因天视听，奉顺时气，宜务崇温柔，遵其行令。”

成按：结句言天子之出，本为阳气畅达，顺天道而巡游，以行时令，非为赏玩物华。因事进规，深得诗人温厚之旨，可为应制体之式。

大同殿生玉芝龙池上有庆云百官共睹圣恩便赐宴乐敢书即事①

欲笑周文歌宴镐，遥轻汉武乐横汾②。
岂如玉殿生三秀③，讵有铜池出五云。

[1] 非，《四库全书》本《水经注》无，并校曰：“案，近刻也上有‘非’字，衍。”

陌上尧樽倾北斗，楼前舜乐动南薰。
共欢天意同人意，万岁千秋奉圣君。

【校】

①“生”字，一本作“柱产”二字。“上”字下，一本多“神光照殿”四字。敢，《文苑英华》作“因”。

②遥，凌本作“还”。

③如，顾元纬本、凌本、《唐诗品汇》俱作“知”。

【注】

大同殿：《唐六典》：“兴庆宫之西曰兴庆门，次南曰金明门，门内之北曰大同门，其内曰大同殿。”

玉芝：刘昫《唐书》：“天宝七载三月乙酉，大同殿柱产玉芝，有神光照殿。”“八载六月，大同殿又产玉芝一茎。”

龙池：《唐诗纪事》：“龙池，兴庆宫池也。明皇潜龙之地。”《雍录》：“帝王之兴，悉著符瑞。理固有之，然而傅会者多也。玄宗之名，与隆庆坊旧宅相符，固可命以为瑞矣。《六典》所记曰：‘宅有井，忽涌为小池，周袤数十丈，常有云气或黄龙出其中。至景云间，潜复出水，其沼浸广，里中人悉移居，遂鸿洞为龙池焉。’开元初，以为离宫，后又增广，遂为南内。其正殿名大同殿，殿之东北即有龙池殿，盖主此池以为之名也。然予详而考之，《长安志》曰：‘龙池在跃龙门南，本是平地，自垂拱初载后，因雨水流潦成小流，后又引龙首渠波分溉之，日以滋广。至景龙中，弥亘数顷，深至数丈，常有云龙之祥，后因谓之龙池。’《志》又曰：‘龙首渠者，隋城外东南角有龙首堰，隋文帝自北堰分浐水，北流至长乐陂西北，分为二渠，其西渠自永嘉坊西南流经兴庆宫。’吕《图》亦著浐水入兴庆池路。则是兴庆之能变平地以为龙池者，实引浐之力，人力胜而旧池改，故始时数尺，久乃数顷不难也。至《六典》所纪，乃言初时井溢，已乃泉生，合二水以成此池，则全没导浐之实，而专以归诸变化也。《六典》者，中书令张九龄之所领撰，已上而罢令，李林甫继之，仍加注以奏。凡此掩饰增损，实皆注文，而本文无之，则是谄辞皆出林甫，而非九龄之所得知也。以其人想之，则饰虚成有，自可见矣。”

宴镐：成按：《诗经》：“王在在镐，岂乐饮酒。”本武王事，谓为周文者，误也。然考宋之问《幸昆池应制诗》亦云“镐饮周文乐，汾歌汉武才”，岂唐人相袭作周文事用耶？

横汾：汉武帝《秋风辞》：“上行幸河东，祀后土，顾视帝京欣然，中流与群臣饮燕。上欣甚，乃自作《秋风辞》曰：‘秋风起兮白云飞，草木黄落兮雁南归。兰有秀兮菊有芳，携佳人兮不能忘。泛楼船兮济汾河，横中流兮扬素波。箫鼓鸣兮发棹歌，欢乐极兮哀情多，少壮几时兮奈老何。’”《水经注》：“汉武帝行幸河东，济汾河，作《秋风辞》于斯水之上。”

三秀：《楚辞》：“采三秀兮于山间。”王逸注：“三秀，谓芝草也。”

铜池：按《汉书·宣帝纪》：“元康四年，金芝九茎产于函德殿铜池中。”师古注：“铜池，承霤是也，以铜为之。”与龙池义不合，亦疑有误。

五云：文人多谓庆云五色为五云，或引《周礼·保章氏》之“五云”入注者，非是。

尧樽：杜审言诗：“尧尊随步辇，舜乐绕行麾。”

北斗：《楚辞》：“援北斗兮酌桂浆。”王逸注：“斗谓玉爵。”

南薰：《家语》：“昔者舜弹五弦之琴，造《南风》之诗，其诗曰：‘南风之薰兮，可以解吾民之愠兮；南风之时兮，可以阜吾民之财兮。’”

敕赐百官樱桃

芙蓉阙下会千官，紫禁朱樱出上兰。
总是寝园春荐后①，非关御苑鸟衔残。
归鞍竞带青丝笼，中使频倾赤玉盘。
饱食不须愁内热②，大官还有蔗浆寒③。

【校】

①总，《文苑英华》作“才”。

②愁，《文苑英华》作“忧”。

③蔗，《文苑英华》作“柘”。

【注】

【原注】时为文部郎中。

文部：《唐书·百官志》：“吏部郎中二人，正五品上。”“天宝十一载改吏部曰文部，至德二载复旧。”

芙蓉阙：车縠诗：“重关如隐起，双阙似芙蓉。”庾信诗：“长虹双瀑布，圆阙两芙蓉。”

紫禁：谢庄《宣贵妃诔》：“收华紫禁。”李善注：“王者之宫，以象紫微，故谓宫中为紫禁。”吕延济注：“紫禁即紫宫，天子所居也。”

朱樱：左思《蜀都赋》：“朱樱春熟。”颜师古《汉书》注：“樱桃，即今之朱樱也。《礼记》谓之含桃，《尔雅》谓之荆桃。”《本草图经》：“樱桃其实熟时，深红色者谓之朱樱；紫色，皮里有细黄点者谓之紫樱。”

上兰：《三辅黄图》：“上林苑有上兰观。”

寝园：寝，寝庙；园，园陵也。《三辅黄图》：“孝文太后、孝昭太后皆有寝园。”《演繁露》：“古不墓祭，祭必于庙，庙皆有寝，故也。凡庙列诸寝前，寝则位乎庙后，以象人君之前朝后寝也。凡寝之有衣冠、几杖象生之具者，即在庙之寝也。秦人始于墓侧立寝，汉世因之，诸陵皆有园寝。”

春荐：成按：《月令》：“仲夏之月，天子乃以雏尝黍，羞以含桃，先荐寝庙。”《淮南》、《吕览》诸书皆同。唐李绰《岁时记》云：“四月一日，内园进樱桃，寝园荐讫，颁赐百官各有差。”亦是孟夏事。惟《汉书·叔孙通传》云：“古者有春尝果，方今樱桃熟，可献，愿陛下出，因取樱桃献宗庙。”师古曰：“《礼记》曰：‘仲春之月，羞以含桃，先荐寝庙。’即此樱桃也。今所谓朱樱者是也。”右丞诗中用“春荐”字，当是其时虽四月一日，而节令未改，尚在暮春，否则因师古之注而误也。

鸟衔：高诱《吕氏春秋》注：“含桃，樱桃，莺鸟所含食，故言含桃。”《史记索隐》：“张揖云：樱桃一名含桃，《吕氏春秋》云‘莺鸟所含，故曰含桃。’《尔雅》谓之荆桃也。”

青丝笼:《陌上桑》古辞:“青丝为笼系,桂枝为笼钩。”

赤玉盘:《艺文类聚》:“史云:后汉明帝于月夜宴群臣于照园,太官进樱桃,以赤瑛为盘,赐群臣。月下视之,盘与樱桃同色,群臣皆笑云是空盘。”

内热:《食疗本草》:“樱桃食多无损,但发虚热耳。”

蔗浆:《楚辞》:“臑鳖炮羔,有柘浆些。”王逸注:“柘,藷蔗也。取藷蔗之汁为浆饮也。”《汉书·礼乐志》:“泰尊柘浆析朝酲。”应劭注:“柘浆,取甘柘汁以为饮也。柘与蔗同。”

同 咏

右补阙**崔兴宗**

未央朝谒正逶迤,天上樱桃锡此时。
朱实初传九华殿,繁花旧杂万年枝。
全胜晏子江南橘①,莫比潘家大谷梨。
闻道令人好颜色,《神农本草》自应知。

【校】

①全,诸本皆作“未”,非是,今从《文苑英华》、《唐诗纪事》作“全”。

【注】

逶迤:成按:《说文》:“逶迤,衺去之貌。”从移尔切。[1]《韵会》:“逶迤行貌。”从唐何切。皆与本韵不合,且义亦难通,当是“委蛇”之讹,作委曲自得解为是。

九华殿:《博物志》:“西王母遣使乘白鹿,告帝当来,乃供帐九华殿以待之。”《初学记》:《洛阳宫殿簿》有九华殿。

晏子橘:《说苑》:“晏子将使荆,荆王闻之,谓左右曰:‘晏子,贤人也。今方来,欲辱之,何以也?’左右对曰:‘为其来也,臣请缚一人,过王而行。’于是荆王与晏子立语,有缚一人过王而行。王曰:‘何为者也?’对曰:‘齐人也。’王曰:‘何坐?’曰:‘坐盗。’王曰:‘齐人固盗乎?’晏子反顾之,

[1]《说文解字》逶、迤二字皆训“衺去之貌”,“逶”字于为切,“迤”字移尔切。

曰:‘江南有橘，齐王使人取之，而树之于江北，生不为橘，乃为枳。所以然者何？其土地使之然也。今齐人居齐不盗，来之荆而盗，得无土地使之然乎？’荆王曰:‘吾欲伤子，而反自中也。’”

大谷梨: 潘岳《闲居赋》:“张公大谷之梨。”刘良注:“洛阳张公居大谷，有夏梨，海内惟此一树。”

好颜色: 陶弘景《名医别录》:“樱桃调中益脾气，令人好颜色，美志。”

敕借岐王九成宫避暑应教①

帝子远辞丹凤阙，天书遥借翠微宫。
隔窗云雾生衣上，卷幔山泉入镜中。
林下水声喧语笑，岩间树色隐房栊。
仙家未必能胜此，何事吹笙向碧空②。

【校】

①《文苑英华》于“避暑”下多“之作”二字。

②笙，二顾本、凌本、《唐诗品汇》俱作“箫”。

【注】

九成宫:《雍录》:“九成宫在凤翔府麟游县，本隋仁寿宫，文帝以避暑，每岁春往冬还。文帝竟终于此宫。太宗欲以宫奉高祖，高祖恶之，不往。贞观五年，太宗自修缮，以备清暑，改为九成宫。”《陕西志》:“九成宫，其(趾)〔址〕在麟游县城西五里之天台山。”

丹凤阙:《唐六典》:“大明宫南面五门，正南曰丹凤门，丹凤门内正殿曰含元殿。”

翠微宫:《尔雅·释山》云:“未及上，翠微。”郭璞注:“近上旁陂。”邢昺疏:“谓未及顶上，在旁陂陀之处，名翠微。一说山气青缥色，故曰‘翠微’也。”右丞所谓“翠微宫”，盖取此意，与终南山之翠微宫无涉。

吹笙: 用周灵王太子晋事，见五卷“浮丘公”注中。

和贾舍人早朝大明宫之作

绛帻鸡人送晓筹①，尚衣方进翠云裘。
九天阊阖开宫殿②，万国衣冠拜冕旒。
日色才临仙掌动③，香烟欲傍衮龙浮。
朝罢须裁五色诏，珮声归向凤池头④。

【校】

①送，《唐诗鼓吹》、《唐诗品汇》俱作“报”。

②天，《文苑英华》作“重”。

③色，《瀛奎律髓》作“影”。

④向，凌本、《瀛奎律髓》、《唐诗品汇》俱作“到”。

【注】

大明宫:《长安志》:“大明宫在禁苑之东南，南接京城之北面，西接宫城之东北隅。南北五里，东西三里。贞观八年，置为永安宫城。九年，改曰大明宫，以备太上皇清暑。百官献赀财以助役。龙朔三年，大加兴造，号曰蓬莱宫。咸亨元年，改曰含元宫，寻复大明宫。初，高宗命司农少卿梁孝仁制造此宫，北据高原，南望爽垲，每天晴日朗，南望终南山如指掌，京城坊市街陌，俯视如在槛内，盖甚高爽也。”

绛帻:《汉官仪》:“宫中舆台并不得畜鸡，夜漏未明三刻鸡鸣，卫士候于朱雀门外，着绛帻，专传鸡唱。”

鸡人:《周礼》:“鸡人夜嘑旦以嘂百官。”

尚衣:《唐书·百官志》:“尚衣局奉御二人，直长四人，掌供冕服、几案。”

翠云裘: 宋玉《讽赋》:“主人之女，翳承日之华，披翠云之裘。”

九天:《吕氏春秋》:“中央曰钧天，东方曰苍天，东北曰变天，北方曰玄天，西北曰幽天，西方曰颢天，西南曰朱天，南方曰炎天，东南曰阳天。”

仙掌：《三辅黄图》："《庙记》曰：'神明台，武帝造，祭仙人处，上有承露盘，有铜仙人，舒掌捧铜盘玉杯，以承云表之露。以露和玉屑服之，以求仙道。'《长安记》：'仙人掌大七围，以铜为之。'"

五色诏：《邺中记》："石虎诏书以五色纸，着凤雏口中。"

凤池：《晋书》："荀勖拜中书监，久之，以勖守尚书令。勖久在中书，专管机事。及失之，甚惘惘怅怅。或有贺之者，勖曰：'夺我凤凰池，诸君贺我耶？'"《通典》："魏晋以来，中书监、令掌赞诏命，记会时事，典作文书。以其地在枢近，多承宠任，是以人固其位，谓之'凤凰池'焉。"

早朝大明宫呈两省僚友

贾　至

银烛朝天紫陌长，禁城春色晓苍苍。
千条弱柳垂青琐，百啭流莺绕建章。
剑佩声随玉墀步，衣冠身惹御炉香。
共沐恩波凤池里①，朝朝染翰侍君王。

【校】

①里，《唐诗品汇》作"上"。

【注】

两省：《杜氏通典》："时谓尚书省为南省，门下中书为北省；亦谓门下省为左省，中书省为右省；或通谓之两省。"成按：至德二年十月，肃宗入京师。明年，改元乾元。是时，贾至为中书舍人，杜甫为右拾遗，皆有史传岁月可证。王维之为中书舍人为给事，岑参之为右补阙，其岁月无考，要亦当在是时，皆两省官也。是年六月，甫贬华州司功参军，则四诗之唱和正在乾元元年戊戌之春中也。

紫陌：刘孝绰诗："纡馀出紫陌，迤逦度青楼。"

御炉：《唐书·仪卫志》："朝日，殿上设黼扆、蹑席、熏炉、香案。"

同 和

杜 甫

五夜漏声催晓箭，九重春色醉仙桃。
旌旗日暖龙蛇动，宫殿风微燕雀高。
朝罢香烟携满袖，诗成珠玉在挥毫。
欲知世掌丝纶美，池上于今有凤毛。

【注】

五夜：陆倕《新漏刻铭》："六日无辨，五夜不分。"李善注："卫宏《汉旧仪》曰：'昼漏尽，夜漏起，省中用火，中黄门持五夜，甲夜，乙夜，丙夜，丁夜，戊夜也。'"

九重：《楚辞》："君之门以九重。"

丝纶：【原注】舍人先世掌丝纶。〇《礼记》："王言如丝，其出如纶；王言如纶，其出如綍。"《唐书·贾曾传》："玄宗为太子，遴选宫僚，以曾为舍人。俄擢中书舍人，以父嫌名不拜，徙谏议大夫，知制诰。开元初，复拜中书舍人，曾固辞。议者谓中书乃曹司，非官称，嫌名在礼不讳，乃就职。与苏晋同掌制诰，皆以文辞称，时号'苏贾'。子至，从玄宗幸蜀，拜起居舍人，知制诰，历中书舍人。"

凤毛：《世说》："王敬伦丰姿似父，作侍中，加授桓公公服，从大门入。桓公望之，曰：'大奴固自有凤毛。'"《南齐书》："谢超宗，祖灵运，宋临川内史。父凤。超宗好学，有文辞，盛得名誉。解褐奉朝请。新安王子鸾，孝武帝宠子，超宗以选补王国常侍。王母殷淑仪卒，超宗作诔奏之，帝大嗟赏，曰：'超宗殊有凤毛，恐灵运复出。'"

同 和

岑 参

鸡鸣紫陌曙光寒，莺啭皇州春色阑。
金阙晓钟开万户，玉阶仙仗拥千官。

花迎剑佩星初落，柳拂旌旗露未干。
独有凤凰池上客，《阳春》一曲和皆难。

【注】

皇州：谢朓诗："春色满皇州。"张铣注："皇州，帝都也。"

玉阶：班固《西都赋》："玉阶彤庭。"张铣注："玉阶，以玉饰阶也。"

花柳：成按：朱晦庵谓唐时殿庭间皆植花柳，故杜子美诗有"退朝花底散，归院柳边迷"之句。岑诗用"花"、"柳"字，亦其一证。

阳春：《新序》："客有歌于郢中者，其始曰《下里》、《巴人》，国中属而和者数千人；其为《阳陵》、《采薇》，国中属而和者数百人；其为《阳春》、《白雪》，国中属而和者数十人而已也。引商刻羽，杂以流征，国中属而和者不过数人。是其曲弥高者，其和弥寡。"

毛西河曰：丙午年，避人在湖西，长至夜饮施愚山使君官舍。愚山偶论王维、岑参、杜甫和贾至《早朝》诗，惟杜甫无法，坐客怫然。予解曰："徐之。往有客亦主此说，予责其或过，客曰：'不然。律法极细，吾弟论其粗者。律，律也。既题"早朝"，则鸡鸣晓钟、衣冠阊阖，律法如是矣。王维歉于岑参者，岑能以"花迎"、"柳拂"、"《阳春》一曲"补舍人原唱"春色"二字，则王稍减耳。其他则无不同者，何则？律故也。杜即不然，王母仙桃，非朝事也；堂成而燕雀贺，非朝时境也；五夜便日暖耶，舛也，且日暖非早时也；若夫旌旗之动，宫殿之高，未尝朝者也，曰"朝罢"，乱也；"诗成"与早朝半四句，乏主客也。如是非律矣。'予时无以应。然则愚山之论此岂过耶？"愚山大喜，遂书其说以作记。

成按：《早朝》四作，气格雄深，句调工丽，皆律诗之佳者。结句俱用"凤池"事，惟老杜独别，此其妙处不容掩者也。若评较全篇，定其轩轾，则岑为上，王次之，杜、贾为下，虽苏子瞻所赏在"旌旗日暖"二句，杨诚斋所取在"花迎剑佩"一联，文人爱尚各有不同。读西河毛氏之说，其优劣固已判矣，但谓王母仙桃非朝时之事，燕雀相贺非朝时之境，二语犹有未当处。仙桃即殿廷所植之桃，以其托根禁地，故曰仙桃，迎晨而春色浓酣，天然如醉，与王母仙桃迥焉无涉。燕雀每于天光焕发之后，高飞四散，此句咏"早"字甚得，然写作宫殿间景致，未免荒凉耳。要之于堂成而燕雀贺之说，杳不相干也。以此见訾，未免过苦。若其馀之所论驳，岂为无当，或者必欲不祧工部，反訾岑、王二作，宾处太详，主处太略，不如杜作后四句全注意舍人为得和诗体者，岂非溺爱而反蹈不明之过哉？或嫌右丞四用衣冠之字，未免冗杂，亦属吹毛求疵，洗垢索瘢。善言诗者，正不必拘拘于此。至《瀛奎律髓》以京师蹀血之后，疮痍未复，而四人夸美朝仪如此，讥其已泰，宋人腐语尤属可嗤。

和太常韦主簿五郎温汤寓目①

汉主离宫接露台，秦川一半夕阳开。
青山尽是朱旗绕，碧涧翻从玉殿来。
新丰树里行人度②，小苑城边猎骑回。
闻道甘泉能献赋，悬知独有子云才。

【校】

①汤，凌本、《唐诗鼓吹》、《唐诗品汇》俱作“泉”。

②树，一作“市”。

【注】

太常主簿：《唐书·百官志》：“太常寺有主簿二人，从七品上。”

温汤：《唐书·地理志》：京兆府昭应县“有宫在骊山下，贞观十八年置，咸亨二年始名温泉宫。天宝六载，更温泉宫曰华清宫，治汤井为池，环山列宫室，又筑罗城，置百司及十宅。”《长安志》：“温汤，在临潼县南一百五十步，骊山之西北。《雍州图》曰：‘温汤在新丰县界温谷，即温泉也。’《三秦记》曰：‘骊山汤，旧说以三牲祭，乃得入，可以去疾消病，不尔即烂人肉。俗云始皇与神女戏，不以礼，神女唾之，即生疮。始皇怖谢，神女为出温泉而洗除，后人因以为验。’《汉武帝故事》曰：‘骊山汤，初始皇砌石起宇，至汉武又加修饰焉。’《十道志》曰：‘今按，泉有三所。其一处即皇堂石井，周武帝天和四年大冢宰宇文护所造。隋文帝开皇三年，又修屋宇，列树松柏千馀株。贞观十八年，诏左屯卫大将军姜行本、将作少匠阎立德营建宫殿、御汤，名汤泉宫。太宗临幸制碑。咸亨二年，名温泉宫。天宝六载，改为华清宫。骊山上下，益治汤井为池，台殿环列山谷，明皇岁幸焉。又筑会昌城。即于汤所置百司及公卿邸第焉。"

离宫：《三辅黄图》："离宫，天子出游之宫也。"

露台：《汉书·文帝纪》："帝尝欲作露台，召匠计之，直百金。上曰：'百金，中人十家之产也，吾奉先帝宫室，常恐羞之，何以台为！'"师古曰："今新丰县南骊山之顶有露台乡，极为高显，犹有文帝所欲作台之处。"《括地志》："新丰县南骊山上犹有露台之旧址。"《翼奉传》云："孝文露台其积土基至今犹存。"

甘泉赋：《汉书》："扬雄，字子云。孝成帝时，客有荐雄文似相如者，上方郊祠甘泉泰畤、汾阴后土，以求继嗣，召雄待诏承明之庭。正月，从上甘泉，还奏《甘泉赋》以风。"

悬知：庾信诗："悬知曲不误，无事畏周郎。"

《蔡宽夫诗话》：乐天《听歌》诗"长爱夫怜第二句，请君重唱夕阳开"，注云谓："王右丞辞'秦川一半夕阳开'，此句尤佳。"今《摩诘集》此诗所谓"汉主离宫接露台"是也，题乃是《和太常韦主簿温汤寓目》，不知何所指为想夫之辞。大抵唐人歌曲不随声为长短句，多是五言或七言，取其辞与声相叠成音耳，岂非当时文人之辞为一时所称者，皆为歌人窃取而播之曲调乎？

杨升庵曰：予尝爱王维《温泉寓目赠韦五郎》诗。夫唐至天宝，宫室盛矣，秦川八百里而夕阳一半开，则四百里之内皆离宫矣。此言可谓肆而隐，奢丽若此，而犹以汉文惜露台之费比之，可谓反而讽。末句欲韦郎效子云之赋，则其讽谏可知也。言之无罪，闻之可戒，得扬雄之旨者，其王维乎？

成按：诗以"寓目"命题，则前六句皆即目中之所见而言也。"汉主"句纪其所见宫室之富而并及其地，"秦川"句纪其所见风景之丽而兼记其时。"青山"、"碧涧"之句乃寓目于近而言其所见者如此，"新丰"、"小苑"之句乃寓目于远而咏其所见者又如此，末则归美韦郎以见属和之意。诗之大旨不过尔尔。温汤接近露台，本是骊山实境，其曰"汉主"者，以汉武曾于此修饰堂宇，故遂以汉主离宫为言，何尝有反讽之意乎？夕阳未落，或为云霞所覆，其馀辉所及，往往半有半无，今登高望远，时一遇之，不知杨氏有何创见，而谓“四百里之内皆离宫”耶？夫以秦皇之淫侈，而史传所记宫室之广三百馀里，唐又复过之，则其淫侈又驾秦皇而上之矣，果见何书何传而为此言耶？甘泉献赋，唐人习用，执此而言讽谏，尤属迂谈。且赋云“屏玉女”、“却虙妃”者，以指赵昭仪也。倘好事者于此比类而及之曰：右丞并以此谏明皇当疏远玉环。吾知杨氏闻此，必以为实获我心也。诗人之锦心绣肠，夫岂有玲珑曲折若此者，而乃以此厚诬古人欤？

苑舍人能书梵字兼达梵音皆曲尽其妙戏为之赠①

名儒待诏满公车，才子为郎典石渠。
莲花法藏心悬悟，贝叶经文手自书。
楚辞共许胜扬马，梵字何人辨鲁鱼？
故旧相望在三事，愿君莫厌承明庐。

【校】

①《文苑英华》本无“皆”字、“为”字、“之”字。

②今，顾元纬本作“非”。

【注】

苑舍人：《唐书·艺文志》：“苑咸，京兆人。开元末上书，拜司经校书、中书舍人，贬汉东郡司户参军，复起为舍人，终永阳太守。”

名儒：《后汉书》：“谢该善明《春秋左氏》，为世名儒。”

公车：《汉书》“东方朔初来，上书文辞不逊，高自称誉，上伟之，令待诏公车。”师古注：“公车令属卫尉，上书者所诣也。”《后汉书·光武帝纪》：“公、卿、司隶、州牧举贤良方正各一人，遣诣公车。”章怀太子注：“公车，门名，公车所在，因以名焉。《汉官仪》曰：‘公车掌殿司马门，天下上事及征召皆总领之。’”

石渠:《三辅黄图》:“石渠阁,萧何造,其下砻石为渠以导水,若今御沟,因为阁名。所藏入关所得秦之图籍;至于成帝,又于此藏秘书焉。《三辅旧事》:‘石渠阁在未央宫大殿北,以藏秘书。’”

法藏:《法华经》:“阿难常为侍者,护持法藏。”

贝叶:《酉阳杂俎》:“贝多出摩伽陁国,长六七丈,经冬不凋。此树有三种:一者多罗娑力叉贝多,二者多梨婆力叉贝多,三者部婆力叉多罗梨。并书其叶,部阇一色取其皮书之。贝多是梵语,汉翻为叶。贝多罗力叉者,汉书叶树也。西域经书,用此三种皮叶,若能保护,亦得五六百年。”

鲁鱼:《抱朴子》:“谚曰:书三写,鱼成鲁,虚为虎。”

三事:郑康成《毛诗笺》:“以‘三事大夫’为三公。”

承明庐:《汉书》:“君厌承明之庐,劳侍从之事。”张晏注:“承明庐在石渠阁外。直宿所止曰庐。”陆机《洛阳记》:“承明门,后宫出入之门。吾常怪谒帝承明庐,问张公,张公云:‘魏明帝作建始殿,朝会皆由承明门。’”

答 诗并序

苑 咸

王员外兄以予尝学天竺书,有戏题见赠。然王兄当代诗匠,又精禅理,枉采知音,形于雅作,辄走笔以酬焉。且久未迁,因而嘲及。

莲花梵字本从天,华省仙郎早悟禅。
三点成伊犹有想,一观如幻自忘荃。
为文已变当时体,入用还推间气贤。
应同罗汉无名欲,故作冯唐老岁年。

【注】

梵字:《西域记》:“详其文字,梵天所制,原始垂则,四十七言,遇物合成,随事转用。”《法苑珠林》:“昔造书之主,凡有三人:长名曰梵,其书右行;次曰佉卢,其书左行;少者苍颉,其书下行。梵、佉卢居于天竺,黄史苍颉在于中夏。梵、佉取法于净天,苍颉因华于鸟迹,文画诚异,传理则同矣。仰寻先觉所说有六十四书，鹿轮转眼，笔制区分。龙鬼八部，字体殊式。准梵及佉卢为世胜文，故天竺诸国谓之天书。西方写经，同祖梵文。然三十六国，往往有异。譬诸中土，犹有篆籀之变体乎！”又云：“佛生天竺，彼土士族婆罗门者，总称为梵。梵者，清净也。承引光音色天。其光音天，梵世最为下。劫初来此，食地肥者，身重不去，因即为人。仍其本名，故称为梵。语言及书，既象于天，是以彼云梵书、梵语。”

华省：潘岳《秋兴赋》：“独展转于华省。”

三点成伊：佛书：“‘伊’字如草书‘下’字。”按《涅槃经》：“何等名为秘密之藏？犹如∴字三点，若并则不成伊，纵亦不成，如摩酰首罗面上三目，乃得成伊，三点若别，亦不得成伊。我亦如是，解脱之法亦非涅槃，如来之身亦非涅槃，摩诃般若亦非涅槃，三法各异亦非涅槃。我今安住如是三法，为众生故，名入涅槃，如世伊字。”

一观如幻：《菩萨璎珞经》：“观一切法，如空如幻。”

忘荃：《庄子》：“荃者所以在鱼，得鱼而忘荃。言者所以在意，得意而忘言。”陆德明注：“荃，七全反。香草也，可以饵鱼。”

间气：《春秋演孔图》：“正气为帝，间气为臣。”

罗汉：《四十二章经》：“常行二百五十戒，进止清净，为四真道行，成阿罗汉。阿罗汉者，能飞行变化，旷劫寿命，住动天地。”《隋书》：“罗汉者，出入生死，去来隐显，而不为累。”

冯唐：《史记》：“冯唐以孝著，为中郎署长，事文帝，拜为车骑都尉。景帝立，以唐为楚相，免。武帝求贤良，举冯唐。唐时年九十馀，不能复为官，乃以唐子冯遂为郎。”

重酬苑郎中并序

顷辄奉赠，忽枉见酬，叙末云：“且久不迁，因而嘲及。”诗落句云“应同罗汉无名欲，故作冯唐老岁年”，亦《解嘲》之类也①。

何幸含香奉至尊，多惭未报主人恩。

草木岂能酬雨露[2]，荣枯安敢问乾坤？
仙郎有意怜同舍，丞相无私断扫门。
扬子《解嘲》徒自遣，冯唐已老复何论。

【校】

①类，凌本作“意”。

②岂，顾元纬本、凌本俱作“尽”。

【注】

【原注】时为库部员外。

含香：《宋书》：“《汉官》云：尚书郎口含鸡舌香，以其奏事答对，欲使其气息芬芳也。”《梦溪笔谈》：“《日华子》云鸡舌香治口气，所以三省故事，郎官日含鸡舌香，欲其奏事对答其气芬芳。”

扫门：《史记》：“魏勃少时，欲求见齐相曹参，家贫无以自通，乃尝独早夜扫齐相舍人门外。舍人怪之，以为物，而伺之，得勃。勃曰：‘愿见相君，无因，故为子扫，欲以求见。’于是舍人见勃，曹参因以为舍人。”

解嘲：《汉书·扬雄传》：“哀帝时，丁、傅、董贤用事，诸附离之者或起家至二千石。时雄方草《太玄》，有以自守，泊如也。或嘲雄以玄尚白，而雄解之，号曰《解嘲》。”

酬郭给事

洞门高阁霭馀晖，桃李阴阴柳絮飞。
禁里疏钟官舍晚[1]，省中啼鸟吏人稀。
晨摇玉珮趋金殿[2]，夕奉天书拜琐闱[3]。
强欲从君无那老[4]，将因卧病解朝衣。

【校】

①官，凌本作“客”。晚，《唐诗正音》作“晓”。

②晨，一作“朝”。

③奉，一作“捧”。天，凌本作“丹”。

④那，一作“奈”。

【注】

洞门：《汉书·董贤传》：“重殿洞门。”师古注：“洞门，谓门门相对也。”

官舍：《史记·陈豨传》：“邯郸官舍皆满。”

省中：《汉书·昭帝纪》：“共养省中。”伏俨注：“蔡邕云本为禁中，门阁有禁，非侍卫之臣不得妄入。孝元皇后父名禁，避之，故曰省中。”师古曰：“省，察也，言入此中皆当察视，不可妄也。”

琐闱：刘昭《后汉书》注：“《汉旧仪》曰：‘黄门郎属黄门令，日暮入对青琐门拜，名曰夕郎。’《宫阁簿》：青琐门在南宫。卫(瓘)〔权〕注《吴都赋》曰：‘青琐，户边青镂也。一曰天子门内有眉，格再重，里青画曰琐。’”

那：《韵会》：“那，语助也。乃个切，音与奈同。”《后汉书·韩康传》：“公是韩伯休那？”章怀太子注：“那，语馀声也，音乃贺反。”

解朝衣：张协诗：“抽簪解朝衣，散发归海隅。”

既蒙宥罪旋复拜官伏感圣恩窃书鄙意兼奉简新除使君等诸公

忽蒙汉诏还冠冕，始觉殷王解网罗。
日比皇明犹自暗，天齐圣寿未云多。
花迎喜气皆知笑①，鸟识欢心亦解歌。
闻道百城新佩印，还来双阙共鸣珂。

【校】

①皆知，一作“犹能”。

②今，顾元纬本作“非”。

【注】

解网：《史记》："汤出，见野张网四面，祝曰：'自天下四方皆入吾网。'汤曰：'嘻，尽之矣！'乃命去其三面，祝曰：'欲左，左；欲右，右。不用命，乃入吾网。'诸侯闻之，曰：'汤德至矣，及禽兽。'"

花笑：《史通》："俗文士谓鸟鸣为啼，花发为笑。"

酌酒与裴迪

酌酒与君君自宽，人情翻覆似波澜。
白首相知犹按剑，朱门先达笑弹冠。
草色全经细雨湿①，花枝欲动春风寒。
世事浮云何足问，不如高卧且加餐。

【校】

①经，《文苑英华》作"轻"。

【注】

酌酒：鲍照《行路难》："酌酒以自宽，举杯断绝歌路难。"

波澜：陆机诗："休咎相乘蹑，翻覆若波澜。"

先达：《韩非子》："管仲、鲍叔相谓曰：'齐国之诸公子其可辅者，非公子纠则小白也。与子人事一人焉，先达者相收。"

弹冠：《汉书》："王吉与贡禹为友，世称'王阳在位，贡禹弹冠'，言其取舍同也。"

王弇州曰：摩诘七言律，自"应制"、"早朝"诸篇外，往往不拘常调。至"酌酒与君"一篇，四联皆用仄法，此是初、盛唐所无。又云：右丞此篇，与岑嘉州"娇歌急管杂青丝，银烛金尊映翠眉。使君地主能相送，河尹天明坐莫辞。春城月出人皆醉，野戍花深马去迟。寄声报尔山翁道，今日河南异昔时"、苏子瞻"我行日夜见江海，枫叶芦花秋兴长。平淮忽迷天远近，青山久与船低昂。寿州已见白石塔，短棹又转黄茅冈。波平风软望不到，故人久立天苍茫"八句皆拗体也。

然自有唐、宋之辨。

成按："草色"一联，乃是即景托谕，以众卉而邀时雨之滋，以奇英而受春寒之痼。即植物一类，且有不得其平者，况世事浮云变幻，又安足问耶？拟之六义，可比可兴。

辋川别业

不到东山向一年，归来才及种春田。
雨中草色绿堪染，水上桃花红欲然①。
优娄比丘经论学，伛偻丈人乡里贤。
披衣倒屣且相见，相欢语笑衡门前。

【校】

①欲，刘本作"亦"。

【注】

欲然：梁元帝诗："杯间花欲然，竹径露初圆。"

优娄比丘：佛之弟子有优楼频螺迦叶，梵语"优楼频螺"汉翻"木瓜瘫"，以胸前有瘫如木瓜故也。《释氏要览》："梵语云：比丘，秦言乞士，谓上于诸佛乞法，资益慧命，下于施主乞食，资益色身。"

经论：释氏以佛所说者为经，菩萨所言者为律，声闻所著者为论。

伛偻丈人：《庄子》："仲尼适楚，出于林中，见痀偻者承蜩，犹掇之也。仲尼曰：'子巧乎？有道邪？'曰：'我有道也。五六月累丸，二而不坠，则失者锱铢；累三而不坠，则失者十一；累五不坠，犹掇之也。吾处身也若厥株拘，吾执臂也若槁木之枝。虽天地之大，万物之多，而惟蜩翼之知。吾不反不侧，不以万物易蜩之翼，何为而不得！'孔子顾谓弟子曰：'用志不分，乃凝于神，其痀偻丈人之谓乎！'"

倒屣：《魏志》："王粲徙长安，左中郎将蔡邕见而奇之。时邕才学显著，贵重朝廷，常车骑填巷，宾客盈坐。闻粲在门，倒屣迎之。"

早秋山中作[①]

无才不敢累明时，思向东溪守故篱。
不厌尚平婚嫁早[②]，却嫌陶令去官迟。
草堂蛩响临秋急[③]，山里蝉声薄暮悲[④]。
寂寞柴门人不到，空林独与白云期[⑤]。

【校】

①中，顾可久本作“居”。

②不，顾元纬本、凌本俱作“岂”。

③蛩，《文苑英华》作“虫”。

④声，《文苑英华》作“鸣”。

⑤期，一作“归”。

【注】

尚平：《高士传》：“尚长字子平，河内朝歌人也，隐居不仕。建武中，男女嫁娶既毕，敕断家事勿相关，‘当如我死也’。于是遂肆意与同好北海禽庆俱游五岳名山，竟不知所终。”

蛩：《韵会》：“蛬，《尔雅》：‘蟋蟀，蛬。’一曰蜻蛚，今促织也，亦曰趋织。”《集韵》通作“蛩”。

积雨辋川庄作[①]

积雨空林烟火迟，蒸藜炊黍饷东菑。
漠漠水田飞白鹭，阴阴夏木啭黄鹂。
山中习静观朝槿，松下清斋折露葵[②]。
野老与人争席罢，海鸥何事更相疑[③]。

【校】

①积，《文苑英华》作“秋”。○《众妙集》作“秋归辋川庄作”。

②清，《文苑英华》作“行”。

③事，一作“处”。

【注】

蒸藜：《尔雅翼》：“《毛诗义疏》曰：‘莱，藜也。’茎叶皆似王刍，今兖州蒸以为茹，谓之莱蒸。”

习静：何逊诗：“习静闷衣巾，读书烦几案。”梁朱超诗：“当夏苦炎埃，习静对花台。”

朝槿：《埤雅》：“木槿似李，五月始花。《月令》‘木槿荣’是也。花如葵，朝生夕陨。一名舜，盖瞬之义取于此。”王僧孺诗：“妾意在寒松，君心逐朝槿。”

露葵：宋玉《讽赋》：“烹露葵之羹。”曹植《七启》：“芳菰精稗，霜蓄露葵。”张铣注：“蓄与葵宜于霜露之时。”

争席：《列子》：“杨朱南之沛，至梁而遇老子。老子曰：‘而睢睢而盱盱，而谁与居？太白若辱，盛德若不足。’杨朱蹙然变容曰：‘敬闻命矣。’其往也，舍者迎将家，公执席，妻执巾栉；舍者避席，炀者避灶。其反也，舍者与之争席矣。”

《诗人玉屑》云：杜少陵诗云：“两个黄鹂鸣翠柳，一行白鹭上青天。”王维诗云：“漠漠水田飞白鹭，阴阴夏木啭黄鹂。”极尽写物之工。

李肇《国史补》云：王维有诗名，然好窃取人文章佳句。“行到水穷处，坐看云起时”，《英华集》中诗也。“漠漠水田飞白鹭，阴阴夏木啭黄鹂”，李嘉祐诗也。

《石林诗话》(诗)云：〔诗〕下双字极难，须使五言、七言之间除去五字、三字外，精神兴致全见于两言，方为工妙。唐人记“水田飞白鹭，夏木啭黄鹂”为李嘉祐诗，王摩诘窃取之，非也。此两句好处，正在添“漠漠”、“阴阴”四字，此乃摩诘为嘉祐点化，以自见其妙。如李光弼将郭子仪军，一号令之精采数倍；不然，嘉祐本句但是咏景耳，人皆可到。

《竹坡老人诗话》云：摩诘四字下得最为稳切。

成按：诸家采选唐七言律者，必取一诗压卷。或推崔司勋之“黄鹤楼”，或推沈詹事之“独不见”，或推杜工部之“玉树彫伤”、“昆明池水”、“老去悲秋”、“风急天高”等篇。吴江周篆之则谓：冠冕庄丽，无如嘉州“早朝”；澹雅幽寂，莫过右丞“积雨”。澹斋翁以二诗得廊庙山林之神髓，取以压卷，真足空古准今。要之，诸诗皆有妙处，譬如秋菊春松，各擅一时之秀，未易辨其优劣。或有扬此而抑彼，多由览者自生分别耳，质之舆论，未必佥同也。

过乘如禅师萧居士嵩丘兰若

无着天亲弟与兄，嵩丘兰若一峰晴。
食随鸣磬巢乌下，行踏空林落叶声。
迸水定侵香案湿，雨花应共石床平。
深洞长松何所有，俨然天竺古先生。

【注】

嵩丘：《艺文类聚》：“俗说曰：傅亮北征，在黄河中，垂至洛，遥见嵩高山。于时同从客在坐，问傅曰：‘潘安仁《怀旧赋》云：“前瞻太室，旁眺嵩丘。”嵩丘、太室故是一山，何以言旁眺？’亮曰：‘有嵩丘山，去太室七十里，此是写书误耳。’”《河南郡图经》：“嵩丘在县西南十五里。”

无着天亲：《稽古要录》：“初，天竺国无着大士频升知足天宫，咨参慈氏惟识宗旨。及其弟天亲菩萨生西度罗阅国，发明大乘，遂相与制论。”《通塞志》：“天竺国无着出世阐教，其弟天亲所造小乘论五百部，后因无着开悟，复造大乘论五百部，世称千部论师。”《翻译名义》：“无着是初地菩萨天亲之兄。佛灭千年，从弥沙塞部出家。”

迸水：《法苑珠林》：“晋浔阳庐山西有龙泉精舍，即慧远沙门之所立也。远始南度，爱其区丘，欲创寺宇，未知定方。遣诸弟子访履林涧，疲息此地，群僧并渴。率同立誓曰：‘若使此处宜立精舍，当愿神力即出佳泉。’乃以杖掘地，清泉涌出，遂畜为池，因构堂宇。”

雨花：《法华经》：“佛说此经已，结跏趺坐，入于无量义处三昧，身心不动。是时，天雨曼陀罗华，摩诃曼陀罗华，曼殊沙华，摩诃曼殊沙华，而散佛上及诸大众。”

古先生：《西升经》：“老子西升，开道竺乾。号古先生，善入无为。不终不始，永存绵绵。”李荣注：“竺乾者，西域之国名也，号古先生者，谓无上大道先天而生，故曰古先生，即老子之别号也。”

春日与裴迪过新昌里访吕逸人不遇①

桃源一向绝风尘②，柳市南头访隐沦。
到门不敢题凡鸟，看竹何须问主人。
城外青山如屋里③，东家流水入西邻。
闭户著书多岁月④，种松皆老作龙鳞⑤。

【校】

①昌，《唐诗鼓吹》作“丰”。

②一向，顾元纬本、凌本俱作“四面”，《唐诗正音》、《唐诗鼓吹》、《唐诗品汇》俱作“面面”。绝，《唐诗鼓吹》作“少”。

③外，一作“上”。

④著，《文苑英华》作“看”。

⑤诸本皆作“种松皆作老龙鳞”，今从《文苑英华》、《唐诗纪事》本。

【注】

凡鸟：《世说》：“嵇康与吕安善，每一相思，千里命驾。安后来，值康不在，喜出户延之，不入，题门上作‘凤’字而去。喜不觉，犹以为欣。故作‘凤’字，凡鸟也。”

看竹：《晋书·王徽之传》：“时吴中一士大夫家有好竹，欲观之，便出坐舆造竹下，讽啸良久。主人洒扫请坐，徽之不顾。将出，主人乃闭门，徽之便以此赏之，尽欢而去。”

闭户著书：《后汉书》：“王充以为俗儒守文，多失其真，乃闭门潜思，绝庆吊之礼，户牖墙壁各置刀笔，著《论衡》八十五篇，二十馀万言。”

同 咏

裴 迪

恨不逢君出荷蓑，青松白屋更无他。
陶令五男曾不有，蒋生三径任相过。
芙蓉曲沼春流满，薜荔成帷晚霭多。
闻说桃源好迷客，不如高枕眄庭柯[①]。

【校】

①枕，《唐诗纪事》作“卧”。

【注】

荷蓑：《小雅》：“尔牧来思，何蓑何笠。”何、荷古通用。

五男：陶渊明《责子诗》：“白发被两鬓，肌肤不复实。虽有五男儿，总不好纸笔。阿舒已二八，懒惰故无匹。阿宣行志学，而不爱文术。雍端年十三，不识六与七。通子垂九龄，但觅梨与栗。天运苟如此，且进杯中物。”

三径：见七卷“求羊踪”注。

芙蓉：《楚辞章句》：“芙蓉，荷花也。”

薜荔：《楚辞·九歌》：“罔薜荔兮为帷。”《尔雅翼》：“薜荔状如乌韭，而生于石上，食之止心痛，亦缘木生，在屋曰昔耶，在墙曰垣衣。今薜荔叶厚实而圆，多蔓，好敷岩石上若罔，故云‘罔薜荔兮为帷’也。或夤缘上木，古木之上，有绝大者，开花结实，其实上锐而下平，外青而中瓤，经霜则瓤红而甘，乌鸟所啄，儿童亦食之，谓之木馒头，亦曰鬼馒头，其状如饼饵中馒头也，食之发瘴。”

庭柯：《归去来辞》：“引壶觞而自酌，眄庭柯以怡颜。”

送方尊师归嵩山

仙官欲往九龙潭①，旄节朱旛倚石龛②。
山压天中半天上，洞穿江底出江南。
瀑布杉松常带雨③，夕阳彩翠忽成岚④。
借问迎来双白鹤，已曾衡岳送苏耽。

【校】

①往，《文苑英华》作“住”。

②旄，顾元纬本、凌本俱作“毛”。

③杉松，凌本作“松杉”。

④彩，一作“苍”。

【注】

仙官：葛洪《神仙传》：“欲举形登天上补仙官，当用金丹。”

九龙潭：《一统志》：“龙潭在登封县东二十五里嵩顶之东，九潭相接，其深莫测。”《登封县志》：“九龙潭在太室东岩之半山巅，众水咸归于此，盖一大峡也。峡作九叠，每叠结为一潭，递相灌输。水色洞黑，其深无际，崖崿险峻，波涛怒激。登临者至此，辄懔然生畏焉。有石记，戒人游龙潭者勿语笑，以黩神龙，龙怒则有雷恐。”

旄节：《真诰》：“老君佩神虎之符，带流金之铃，执紫毛之节，巾金精之巾。”《紫阳真人内传》：“衍门子乘白鹿，执羽盖，杖青毛之节，侍从十馀玉女。”

朱旛：刘孝绰诗：“月殿曜朱旛，风轮和宝铎。”

苏耽：成按：《水经注》、《洞仙传》所载苏耽事，皆无衡岳白鹤之说。唯葛洪《神仙传》有苏仙公，所载事迹略同，当是一人也。其传有云，“先生洒扫门庭，修饰墙宇，友人曰：‘有何邀迎？’答曰：‘仙侣当降。’俄顷之间，乃见天西北隅紫云氤氲，有数十白鹤飞翔其中，翩翩然降于苏氏之门，皆化为少年，仪形端美，如十八九岁，怡然轻举。先生敛容逢迎，乃跽白母曰：

‘某受命当仙，被召有期，仪卫已至，当违色养。’即便拜辞”云云，岂即此事乎？

送杨少府贬郴州

明到衡山与洞庭，若为秋月听猿声。
愁看北渚三湘近①，恶说南风五两轻。
青草瘴时过夏口，白头浪里出湓城②。
长沙不久留才子，贾谊何须吊屈平。

【校】

①近，顾可久本、《唐诗鼓吹》俱作“客”，《唐诗正音》、《唐诗品汇》俱作“远”。

②出，《唐诗正音》作“见”。

【注】

郴州：《唐书·地理志》：郴州桂阳郡属江南西道。

衡山：《水经注》：“湘水又北径衡山县东。山在西南，有三峰，一名紫盖，一名容峰[1]。容峰最为竦杰，自远望之，苍苍隐天，故罗含云‘望若阵云，非清霁素朝，不见其峰’。丹水涌其左，澧泉流其右。《山经》谓之岣嵝山，为南岳也。”《括地志》：“衡山，一名岣嵝山，在衡州湘潭县西四十一里。”《方舆胜览》：“南岳，一名衡山，在潭州衡山县西三十里，晋因山以名郡。《湘中记》：‘度应斗衡位值离宫，故曰南岳，又名霍山。’《尔雅疏》：‘泰与岱、衡与霍，皆一山有二名。’《南岳记》：‘衡山者，朱陵之灵台，太虚之宝洞。上承翼轸，钤总万物，故名衡山；下踞离宫，统摄火师，故号南岳。赤帝馆其岭，祝融宅其阳。逮于轩辕，以潜、霍二山副焉。’《长沙志》：‘轩翔耸拔九千馀丈，尊卑差次七十二峰。岩洞溪涧泉石之胜，交错于中。又有数十洞、十五岩、三十八泉、二十五溪、九池、九潭、六源、八桥、九井、

[1] 容峰，当作“芙蓉”。

三穿、三漏，此最著者。'"

北渚：《水经注》："冯水出临贺郡冯乘县东北冯冈，其水导源〔冯溪〕，西北流，县(冯溪)以托名焉。冯水带约众流，浑成一川，谓之北渚。"《楚辞》："帝子降兮北渚。"

青草瘴：《广州记》："地多瘴气，夏为青草瘴，秋为黄茅瘴。"王友琢崖谓：郴州、夏口皆在岭内，无有瘴气。"瘴"当是"涨"字之讹，盖谓青草湖之水涨耳。《元和郡县志》："巴丘湖，又名青草湖，在巴陵县南七十九里，周回二百六十五里，俗云即古云梦泽也。"《一统志》："青草湖，一名巴丘湖，北连洞庭，南接潇湘，东纳汨罗之水。每夏秋水泛，与洞庭为一水，涸则此湖先干，青草生焉。"是其义矣。

湓城：《元和郡县志》："隋文帝平陈，置江州总管，移理湓城。古之湓口城也，汉高帝六年灌婴所筑。"《太平寰宇记》："江州初理豫章郡，后至成帝咸通元年移理湓城，即今郡是也。"《一统志》："湓城，即今九江府治。"

贾谊：《汉书》："天子议以贾谊任公卿之位，绛、灌、东阳侯、冯敬之属尽害之，乃毁谊曰：'雒阳之人年少初学，专欲擅权，纷乱诸事。'于是天子后亦疏之，不用其议，以谊为长沙王太傅。谊既以适去，意不自得，及度湘水，为赋以吊屈原。屈原，楚贤臣也，被谗放逐，作《离骚赋》，其终篇曰：'已矣，国亡人，莫我知也。'遂自投江而死。谊追伤之，因以自喻。"

屈平：《史记》："屈原者，名平，楚之同姓也。"

成按：送人迁谪，用贾谊事者多矣，然俱代为悲忿之词，惟李供奉《巴陵赠贾舍人》诗云："圣主恩深汉文帝，怜君不遣到长沙。"与右丞此篇结句俱得忠厚和平之旨，可为用事翻案法。

出塞作

居延城外猎天骄①，白草连天野火烧。
暮云空碛时驱马②，秋日平原好射雕。

护羌校尉朝乘障，破虏将军夜渡辽。
玉靶角弓珠勒马，汉家将赐霍嫖姚。

【校】

①城，《文苑英华》作“门”。

②白，一作“百”，非。天，《文苑英华》作“山”。

③驱，《文苑英华》作“驻”。

【注】

【原注】时为御史监察塞上作。

居延城：《汉书·地理志》：张掖郡有居延县，“居延泽在东北，古文以为流沙”。师古曰：“阚骃云：武帝使伏波将军路博德筑遮虏障于居延城。”《括地志》：“汉居延县故城在甘州张掖县东北千五百三十里。”《太平寰宇记》：“居延城，后汉为县，废城在今张掖县东北，本匈奴中地名也，亦曰居延塞。”

碛：《北边备对》：“幕者，漠也，言沙碛广漠，望之漠漠然也。汉以后史家变称为碛。碛者，沙积也，其义一也。”

护羌校尉：《汉官仪》：“护羌校尉，武帝置，秩比二千石，持节，以护西羌。”

乘障：《汉书》：“上乃遣狄山乘障。”师古注：“乘，登也。登而守之。”障谓塞上险要之处，别筑为城，因置吏士而为障蔽，以扞寇也。

破虏将军：《魏志》：“袁术表孙坚行破虏将军。”

渡辽：《汉书》：“辽东乌桓反，以中郎将范明友为度辽将军，将北边七郡郡千骑[1]击之。”应劭曰：“当度辽水往击之，故以‘度辽’为官号。”《水经》：“大辽水出塞外卫白平山，东南入塞，过辽东湘平县西，又东南过房县西，又东过海市县西，南入于海。”

靶：《说文》：“靶，辔革也。”

霍嫖姚：《汉书》：“霍去病年十八为侍中。善骑射，再从大将军。大将

[1] 千骑，《汉书·昭帝纪》作“二千骑”。

军受诏，与壮士，为票姚校尉，与轻勇骑八百直弃大将军数百里赴利，斩捕首虏过当。”服虔注：票姚“音飘摇”。师古曰：“票音频妙反。姚音羊召反。票姚，劲疾之貌也。荀悦《汉纪》作‘票鹞’字。去病后为票骑将军，尚取‘票姚’之字耳。今读者音飘遥，则不当其义也。”然诗人多从服音。

成按：王弇州甚佳此作，谓非两犯“马”字，足当压卷。谢廷瓒《维园铅摘》以为“驱马”当作“驱雁”，引鲍照诗“秋霜晓驱雁”，阳衒之《洛阳伽蓝记》“北风驱雁，千里飞雪”为证。予谓“驱马”、“射雕”皆塞外射猎之事，若作“驱雁”，则与上下句全不贯串。诗中复字，初、盛名手往往不忌，以此摘为疮痏，未免深文。至欲改易一字以为全璧，亦如无意味画工，割蕉加梅，是则是矣，岂妙手所谓冬景哉！或谓刘梦得一诗用两“高”字，苏东坡一诗用两“耳”字，皆以解义不同，不作重复论。然观杜工部《崔评事弟许相迎不到》一诗，既云“江阁要宾许马迎”，又云“醉于马上往来轻”，两“马”字全无分别。古今诗律之细，必推老杜，杜亦不以此为忌，何必鳃鳃于是乎？

听百舌鸟

上兰门外草萋萋，未央宫中花里栖。
亦有相随过御苑①，不知若个向金堤。
入春解作千般语，拂曙能先百鸟啼。
万户千门应觉晓，建章何必听鸣鸡。

【校】

①有，顾元纬本、凌本俱作“自”。

【注】

百舌鸟：高诱《淮南子》注：“反舌，百舌鸟也。能辨（反）〔变〕其舌，（变）〔反〕易其声，以效百鸟之鸣，故谓百舌。”

金堤：《子虚赋》：“媻姗勃窣上金堤。”师古注：“金堤，言水之堤塘坚如金也。”张衡《西京赋》：“周以金堤，树以杞柳。”

卷十一

近体诗二十七首

奉和圣制庆玄元皇帝玉像之作应制

明君梦帝先①，宝命上齐天。
秦后徒闻乐，周王耻卜年。
玉京移大像，金箓会群仙。
承露调天供，临空敞御筵。
斗回迎寿酒，山近起炉烟。
愿奉无为化，斋心学自然②。

【校】

①先,《文苑英华》作“见”。

②斋,一本作“齐”,非是。

【注】

玄元皇帝:《杜氏通典》:“大唐乾封元年,追号老君为太上玄元皇帝。”

玉像: 刘昫《唐书》:“初,太清宫成,命工人于太白山采白石,为玄元圣容,又采白石为玄宗圣容,侍立于玄元之右,皆依王者衮冕之服,(彩缯)〔缯彩〕珠玉为之。”《录异记》:“天宝中,玄宗皇帝立玄元庙于长安大宁里临淄旧邸,欲塑玄元像,梦神人曰:‘太白北谷中有玉石,可取而琢之,紫气见处是也。’翌日,命使入谷求之,山下人云:‘旬日来常有紫气,连日不散。’果于其下掘获玉石,琢为玄元像,高二丈许,又为二真人、二侍童及李林甫、陈希烈之形,高六尺以来。”《雍录》:“华清宫老君殿朝元阁之南,玉石为老君像,制作精绝。”

梦帝:《通鉴》:“开元二十九年,上梦玄元皇帝告云:‘吾有像在京城西南百馀里，汝遣人求之，吾当与汝兴庆宫相见。'上遣使求得之于盩厔楼观山间。夏，闰四月，迎置兴庆宫。五月，命画玄元真容，分置诸州开元观。"

秦后： 张衡《西京赋》："昔者大帝悦秦穆公而觐之，飨以钧天广乐。"李善注："虞喜《志林》曰：啰曰：'天帝醉，秦暴金误陨石坠。'谓秦穆公梦天帝奏钧天乐，已有此啰。"成按：《史记·赵世家》"与百神游于钧天，广乐九奏万舞，不类三代之乐"，乃赵简子事，其引秦穆公，但云"我之帝所甚乐"云云，不言闻乐也，《西京赋》当另有所据，今无考矣。

卜年：《左传》："成王定鼎于郏鄏，卜世三十，卜年七百，天所命也。"

金箓：《隋书》："道经者云其洁斋之法，有黄箓、玉箓、金箓、涂炭等斋。"《唐六典》："斋有七名，其一曰金箓大斋，调和阴阳，消灾伏害，为帝王国(王)〔土〕延祚求福。"

无为：《史记》："李耳无为自化，清净自正。"《老子》："故圣人云：我无为而民自化。"

斋心：《列子》："黄帝退而闲居大庭之馆，斋心服形。"

自然：《老子》："人法地，地法天，天法道，道法自然。"

奉和圣制与太子诸王三月三日龙池春禊应制[①]

故事修春禊，新宫展豫游。
明君移凤辇，太子出龙楼。
赋掩陈王作，杯如洛水流。
金人来捧剑，画鹢去回舟[②]。
苑树浮宫阙，天池照冕旒。
宸章在云汉[③]，垂象满皇州。

【校】

①应制，《文苑英华》作"之作"。

②去，顾元纬本、凌本俱作"出"。

③汉，顾元纬本、凌本俱作“表”。

【注】

春禊：《广韵》：“禊，祓除不祥也。”《晋书·礼志》：“汉仪，季春上巳，官及百姓皆禊于东流水上，洗濯祓除去宿垢。而自魏以后，但用三日，不以上巳也。”徐广《史记》注：“三月上巳，临水祓除谓之禊。”江总诗：“上巳娱春禊。”

凤辇：《唐会要》：“旧制，辇有七：一曰大凤辇，二曰大芳辇，三曰仙游辇，四曰小轻辇，五曰芳亭辇，六曰大玉辇，七曰小玉辇。”

陈王：《魏志》：“陈思王植，字子建。邺铜爵台新成，太祖悉将诸子登台，使各为赋。植援笔立成，可观，太祖甚异之。”

洛水：《晋书·束皙传》：“武帝尝问挚虞三日曲水之义，虞对曰：‘汉章帝时，平原徐肇以三月初生三女，至三日俱亡，村人以为怪，乃招携之水滨洗祓，遂因水以泛觞，其义起此。’帝曰：‘必如所谈，便非好事。’皙进曰：‘挚虞小生，不足以知，臣请言之。昔周公成洛邑，因流水以泛酒，故逸《诗》云“羽觞随波”。又秦昭王以三日置酒河曲，见金人奉水心之剑，曰：“令君制有西夏。”及霸诸侯，因此立为曲水。二汉相缘，皆为盛集。’”

画鹢：《子虚赋》：“浮文鹢。”张揖注：“鹢，水鸟也。画其像于船首。”张正见诗：“波中画鹢涌，帆上锦花飞。”

奉和圣制上巳于望春亭观禊饮应制①

长乐青门外，宜春小苑东。
楼开万户上②，辇过百花中。
画鹢移仙妓③，金貂列上公。
清歌邀落日，妙舞向春风④。
渭水明秦甸⑤，黄山入汉宫。
君王来祓禊，灞浐亦朝宗。

【校】

①应制，《文苑英华》作“之作”。○《万首唐人绝句》、《乐府诗集》摘首四句，题作《浣沙女》，改“辇过”作“人向”。

②户，《文苑英华》作“井”。

③妓，《唐诗品汇》作“仗”。

④妙，《文苑英华》作“妍”。

⑤甸，《文苑英华》作“殿”。

【注】

望春亭：《唐书·地理志》：京兆府万年县有“南望春宫，临浐水，西岸有北望春宫，宫东有广运潭”。《雍录》：“南望春亭、北望春亭在禁苑东南高原之上，旧记多云望春宫，其东正临浐水也。”

金貂：《隋书·礼仪志》：“武冠，今左右侍臣及诸将军武官通服之。侍中常侍，则加金紫[1]焉，插以貂尾，黄金为饰云。”江淹诗：“金貂服玄缨。”

上公：《尚书》：“庸建尔于上公。”《晋书·职官志》：“太宰与太傅、太保皆为上公。”《唐六典》：“三师，训导之官也，其名即周之三公。汉哀、平间，始尊师傅之位在三公之上，谓之上公。”

清歌妙舞：谢朓诗：“清歌留上客，妙舞送将归。”

灞浐：《三辅黄图》：“灞水出蓝田谷，西北入渭。浐水亦出蓝田谷，北至霸陵入霸。”

朝宗：《禹贡》：“江、汉朝宗于海。”孔安国《传》：“二水经此州而入海，有似于朝，百川以海为宗。宗，尊也。”孔颖达《正义》云：“《周礼·大宗伯》：诸侯见天子之礼，‘春见曰朝，夏见曰宗’。郑云：‘朝犹朝也，欲其来之早也。(尊宗)〔宗，尊〕也，欲其尊王也。’‘朝宗’是人事之名，水无性识，非有此义。以海水大而江、汉小，以小就大，似诸侯归于天子，假人事而言也。”《诗》：“沔彼流水，朝宗于海。”郑康成《笺》：“兴者，水流而入海，小就大也。喻诸侯朝天子亦犹是也。诸侯春见天子曰朝，夏见曰宗。”孔颖

[1] 金紫，《隋书·礼仪志》作“金珰附蝉”。

达《正义》:“朝宗者,本诸侯见天子之礼。臣之朝君,犹水之趋海,故以水流入海为朝宗也。”

奉和圣制幸玉真公主山庄因题石壁十韵之作应制[1]

碧落风烟外,瑶台道路赊。
如何连帝苑,别自有仙家。
比地回銮驾[2],缘溪转翠华。
洞中开日月,窗里发云霞。
庭养冲天鹤,溪流上汉查[3]。
种田生白玉,泥灶化丹砂。
谷静泉逾响,山深日易斜。
御羹和石髓,香饭进胡麻。
大道今无外,长生讵有涯。
还瞻九霄上,来往五云车。

【校】

①真,刘本、顾可久本、《唐诗品汇》俱作“霄”,非。

②比,《唐诗品汇》作“此”,一作“匝”,俱非。

③流,刘本、《唐诗品汇》俱作“留”。

【注】

玉真公主: 按《唐书·公主列传》:玉真公主,睿宗女,字持盈,始封崇昌县主。太极元年为道士,筑观京师,以方士史崇玄为师,俄进号上清玄都大洞三景师。

山庄:《古楼观紫云衍庆集》:“玉真公主与金仙公主俱入道,今楼观南山之麓,有玉真公主祠堂存焉。俗传其地曰邸宫,以为主家别馆之遗址也。然碑志湮没,图经废舛。惟开元中戴璇楼观碑有‘玉真公主师心此地’之语，而王维、储光羲皆有玉真公主山庄、山居之诗，则玉真祠堂为观之别馆审矣。因尽录唐人题咏，刻之祠中。元祐二年，岁在丁卯，七月望日，河东薛绍彭题。”

碧落：《度人经》：“道言：昔于始青天中，碧落空歌。”注云：“东方第一天有碧霞遍满，是云碧落。”

瑶台：《拾遗记》：“昆仑山有瑶台十二，各广千步，皆五色玉为台基。”

銮驾：庾肩吾诗：“銮驾总朝游。”

翠华：《上林赋》：“建翠华之旗。”李善注：“翠华，以翠羽为葆也。”

冲天鹤：见九卷“翀天”注。

上汉查：《博物志》：“旧说云，天河与海通。近世有人居海渚者，年年八月有浮槎去来，不失期。人有奇志，立飞阁于槎上，多赍粮，乘槎而去。十馀日中，犹观日月星辰，自后茫茫忽忽，亦不觉昼夜。去十馀月，奄至一处，有城郭状，屋舍甚严，遥望宫中，多织妇。见一丈夫，牵牛渚次饮之。牵牛人乃惊问曰：‘何由至此？’此人具说来意，并问此是何处，答曰：‘君还至蜀郡，访严君平，则知之。’竟不上岸。因还如期。后至蜀，问君平。曰：‘某年月日，有客星犯牵牛宿。’记其年月，正是此人到天河时也。”

种玉：《搜神记》：“阳公伯雍，洛阳县人也。性笃孝。父母亡，葬无终山，遂家焉。山高八十里，上无水，公汲水，作义浆于阪头，行者皆饮之。三年，有一人就饮，以一斗石子与之，使至高平好地有石处种之，云：‘玉当生其中。’阳公未娶，又语云：‘汝后当得好妇。’语毕不见。乃种其石，数岁，时时往视，见玉子生石上，人莫知也。有徐氏者，右北平著姓，女甚有行，时人求，多不许。公乃试求徐氏。徐氏笑以为狂，因戏云：‘得白璧一双来，当听为婚。’公至所种玉田中，得白璧五双，以聘。徐氏大惊，遂以女妻公。天子闻而异之，拜为大夫。乃于种玉处，四角作大石柱，各一丈，中央一顷地，名曰‘玉田’。”

石髓：《晋书》：“王烈尝得石髓如饴，即自服半，馀半与嵇康，皆凝而为石。”《列仙传》：“邛疏者，周封史也。煮石髓而服之，谓之石钟乳。”葛洪《神仙传》：“神山五百年一开，其中石髓出，得而服之，寿与天相毕。”

无外:《庄子》:“至道无外,谓之大一。”

九霄: 沈约诗:“锐意三山上,托慕九霄中。”张铣注:“九霄,九天仙人所居处也。”《云笈七签》:“九霄,九天也。”

五云车: 庾信诗:“东明九芝盖,北烛五云车。”

奉和圣制登降圣观与宰臣等同望应制[1]

凤扆朝碧落,龙图耀金镜。
维岳降二臣,戴天临万姓。
山川八校满,井邑三农竟。
比屋皆可封,谁家不相庆。
林疏远村出,野旷寒山静。
帝城云里深,渭水天边映。
喜气含风景[2],颂声溢歌咏。
端拱能任贤,弥彰圣君圣。

【校】

①《文苑英华》本“圣”作“御”,“应制”作“之作”。又顾元纬本、凌本俱无“等”字。

②喜,《文苑英华》作“佳”。

【注】

降圣观: 按《唐骊山宫图》,降圣观在山城门之下,虢国庄在其东,饮鹿槽在其西。《通鉴》:“天宝七载十二月戊戌,或言玄元皇帝降于朝元阁。”胡三省注:“玄宗于华清宫中起老君殿,殿之北为朝元阁,以或言老君降于此,改为降圣阁。”

凤扆: 孔安国《尚书传》:“扆,屏风,画为斧文,置户牖间。”谓之“凤扆”者,当是画凤于扆上也。

龙图: 张衡《东京赋》:“龙图授羲,龟书畀姒。”《水经注》:“黄帝东巡河，过洛，修坛沉璧，受龙图于河，龟书于洛，赤文篆字。”

金镜：刘孝标《广绝交论》：“圣人握金镜，阐风烈。”李善注：“《雒书》曰：‘秦失金镜。’郑玄注：‘金镜，喻明道也。’”

维岳：《诗·大雅》：“崧高维岳，骏极于天。维岳降神，生甫及申。”

八校：《汉书·百官公卿表》：中垒校尉、屯骑校尉、步兵校尉、越骑校尉、长水校尉、胡骑校尉、射声校尉、虎贲校尉，凡八校尉，皆武帝初置。

三农：《周礼》：“一曰三农生九谷。”郑康成注：“郑司农云：三农，平地、山、泽也。玄谓三农，原、隰及平地。”

比屋：陆贾《新语》：“尧舜之民，可比屋而封。”

端拱：《北史》：“天子端拱，群司奉职。”

奉和圣制御春明楼临右相园亭赋乐贤诗应制

复道通长乐，青门临上路。
遥闻凤吹喧，闇识龙舆度[①]。
褰旒明四目，伏槛纡三顾。
小苑接侯家，飞甍映宫树。
商山原上碧，浐水林端素。
银汉下天章，琼筵承湛露。
将非富民宠[②]，信以平戎故。
从来简帝心，讵得回天步。

【校】

①龙，凌本作“金”。

②民，《文苑英华》作“人”。秉恕按，唐人以太宗讳，故以“(名)〔民〕”为“人”，右丞是作既云“应制”，自当用“人”字，“民”字疑是后人所改。

【注】

春明楼：《唐六典》：京城“东面三门，中曰春明，北曰通化，南曰延兴”。

右相:《唐书》:天宝元年,“改侍中为左相,中书令为右相”。

复道:《史记·叔孙通传》:“孝惠帝为东朝长乐宫,及间往来,数跸烦人,乃作复道。”

上路:《汉书·枚乘传》:“游曲台,临上路。”梁简文帝诗:“垂阴满上路。”

凤吹:《北山移文》:“闻凤吹于洛浦。”丘迟诗:“驰道闻凤吹。”吕延济注:“凤吹,笙也。笙体似凤,故也。”

龙舆:隋炀帝诗:“翠霞乘凤辇,碧雾翼龙舆。”

明四目:《尚书》:“明四目,达四聪。”孔安国《传》:“广视听于四方,使天下无壅塞也。”孔颖达《正义》云:“明四方之目,使为己远视四方也。达四方之聪,使为己远听闻四方也。”

伏槛:《楚辞》:“坐堂伏槛,临曲池些。”王逸注:“槛,楯也。”

三顾:《三国志·诸葛亮传》:“先帝不以臣卑鄙,猥自枉屈,三顾臣于草庐之中。”

商山:《杜氏通典》:上洛郡上洛县“有商山,亦名地肺山,亦名楚山,四皓所隐。其地险阻。王莽命明威侯王级曰:‘绕霤之固,南当荆楚。’绕霤者,言四面塞阨屈曲,水回绕而霤,即今七盘十二(綷)〔绕〕”。王应麟《地理通释》:“商山在商州上洛县南十四里,商洛县南一里。”

浐水:潘岳《西征赋》:“南有玄灞素浐。”李善注:“玄、素,水色也。”《雍录》:“浐水,源出蓝田县境之西暨,稍北行至白鹿原西,即趋大兴城。隋世自城外马头堰壅之向长乐坡入城,西至万年、长安两县,凡邑里、宫禁、苑囿,多以此水为用。直至霸陵,乃始合霸,又至新丰县,乃始同霸入渭。”《一统志》:“浐水在陕西西安府城东一十五里,源出蓝田县,合金谷水北流入灞水。”

银汉:《白氏六帖》:“天河谓之天汉、银汉、银河、河汉、天津、绛河、明河。”

湛露:毛苌《诗传》:“《湛露》,天子燕诸侯也。”郑康成《笺》:“燕,谓与之燕饮酒也。诸侯朝觐会同，天子与之燕，所以示慈惠。”

富民：《史记·平津侯传》：“治国之道，富民为（要）〔始〕；富民之要，在于节俭。”

平戎：《左传》：“齐侯使管夷吾平戎于王，使隰朋平戎于晋。”杜预注：“平，和也。”

帝心：《后汉书·耿秉传》：“每公卿会议，常引秉上殿，访以边事，多简帝心。”王俭《褚渊碑文》：“绩简帝心，声敷物听。”

天步：陆机诗：“粲粲光天步。”

或谓律诗无仄韵，其仄韵者乃是对偶古诗耳。成谓古律之分，当以调以格，不当以韵。唐人试士，类用律诗，今考张谓之“落日山照曜”，豆卢荣之“春风扇微和”，裴次元、何儒亮之“亚父碎玉斗”，郭邕之“洛出书”，俱用仄韵，不居然可知乎？孙月峰作《排律（辦）〔辨〕体》，特出仄律一门，盖有见于此矣。

奉和圣制暮春送朝集使归郡应制

万国仰宗周，衣冠拜冕旒。
玉乘迎大客，金节送诸侯。
祖席倾三省，褰帷向九州。
杨花飞上路，槐色荫通沟。
来预钧天乐，归分汉主忧。
宸章类河汉①，垂象满中州②。

【校】

①一作“宸章在云汉”。

②中，一作“皇”。

【注】

朝集使：《唐六典》：“凡天下朝集使皆令都督、刺史及上佐更为之；若边要州都督、刺史及诸州水旱成分，则他官代焉。皆以十月二十五日至于京师，十月一日户部引见讫，于尚书省与群官礼见，然后集于考堂，应考绩之事。元日，陈其贡篚于殿庭。”《唐书·礼乐志》：“设诸州朝集使位：都督、刺史三品以上位于文、武官三品之东、西，四品以下分方位于文、武官当品之下。”

宗周：毛苌《诗传》：“宗周，镐京也。”《博物志》：“周自后稷至于文、武，皆都关中，号为宗周。”《舆地广记》：“京兆府本周室所居，谓之宗周。”

玉乘：江淹《恨赋》：“丧金舆及玉乘。”李善注：“玉乘，玉辂也。”

大客：《周礼》：“大行人掌大宾之礼及大客之仪，以亲诸侯。”郑康成注：“大宾，要服以内诸侯。大客，谓其孤卿。”

金节：《周礼》：“山国用虎节，土国用人节，泽国用龙节，皆以金为之。”郑康成注：“诸侯使臣行頫聘，则以金节授之，以为行道之信也。”

三省：三省，唐时以尚书省、门下省、中书省为三省。

褰帷：《后汉书》：“贾琮为冀州刺史。旧典，传车骖驾，垂赤帷裳，迎于州界。及琮之部，升车言曰：‘刺史当远视广听，纠察美恶，何有反垂帷裳以自掩塞乎？’乃命御者褰之。百城闻风，自然竦震。”

通沟：左思《魏都赋》：“疏通沟以滨路，罗青槐以荫涂。”

钧天：《史记》：“赵简子疾，五日不知人。寤，语大夫曰：‘我之帝所甚乐，与百神游于钧天，广乐九奏万舞，不类三代之乐，其声动人心。’”

乐：当作洛音，对下“忧”字，与沈佺期“称觞献寿乐钧天”同意。

中州：《列子》：“从中州以东。”嵇康《琴赋》：“放肆大川，济乎中州。”李善注：“中州，犹中国也。”张铣注：“中州，帝都也。”

奉和圣制送不蒙都护兼鸿胪卿归安西应制

上卿增命服，都护扬归旆。
杂虏尽朝周，诸胡皆自郐[①]。
鸣笳瀚海曲，按节阳关外。

落日下河源，寒山静秋塞[2]。
万方氛祲息，六合乾坤大[3]。
无战是天心，天心同覆载。

【校】

①郃，《文苑英华》作“会”。

②静，《文苑英华》作“尽”。

③大，《文苑英华》作“太”。

【注】

不蒙：不蒙，蕃将之姓。郭友培元谓当是“夫蒙”之讹。刘昫《唐书·高仙芝传》有安西节度使夫蒙灵詧，即其人也。

鸿胪卿：《唐书·百官志》：“鸿胪寺卿一人，从三品；少卿二人，从四品。”

命服：郑康成《毛诗笺》：“命服者，命为将，受王命之服也。”沈约《安陆昭王碑文》：“军麾命服之序。”李善注：“命服，爵命之服也。”

归旆：陆机诗：“引领望归旆。”

杂虏：鲍照《白马篇》：“杂虏入云中。”成按：杂虏朝周，盖用《王会解》中四夷大会之事，见《逸周书》第（九十五）〔五十九〕篇，文多不载。

自郃：《左传》：“自《郃》以下无讥焉。”杜预注：“不复讥论之，以其微也。”成按：右丞用其字者，亦取诸胡微细，如曹、郃小国，不足置论之意。

氛祲：《晋书·阮孚传》：“皇泽遐被，贼寇敛迹，氛祲既澄，日月自朗。”

六合：颜师古《汉书》注：“天地四方谓之六合。”

三月三日曲江侍宴应制[1]

万乘亲斋祭，千官喜豫游。
奉迎从上苑，祓禊向中流。
草树连容卫，山河对冕旒。
画旗摇浦溆，春服满汀洲。

仙乐龙媒下②，神皋凤跸留。
从今亿万岁，天宝纪春秋③。

【校】

①《文苑英华》“曲江”下有“楼”字。

②乐，顾元纬本、凌本俱作“籞”。

③纪，顾元纬本、凌本俱作“治”。

【注】

祓禊：孟康《汉书》注：“祓，除也。今三月上巳祓禊也。”师古曰：“祓音废，禊音系。”《韵语阳秋》：“上巳日于流水上洗濯祓除，去宿垢，故谓之祓禊。禊者，洁也。”

浦溆：《楚辞》：“入溆浦余儃佪兮。”吕延济注：“溆，亦浦类也。”谢灵运诗：“映泫归溆浦。”

汀洲：《楚辞》：“搴汀洲兮杜若。”《文字集略》：“汀，水际也。”

籞：《汉书·宣帝纪》：“池籞未御幸者，假与贫民。”苏林曰：“折竹以绳绵连禁御，使人不得往来，律名为籞。”应劭曰：“籞者，禁苑也。”章怀太子《后汉书·章帝纪》注亦曰：“籞，禁苑也。音语。”

龙媒：《汉书》：“天马来，龙之媒。”应劭注：“言天马者乃神龙之类，今天马已来，此龙必至之效也。”张正见诗：“红尘扬翠毂，赭汗染龙媒。”

神皋：张衡《西京赋》：“实惟地之奥区神皋。”张铣注：“神者，美言之。泽畔曰皋。”沈约《齐安乐昭王碑文》：“禹穴神皋。”李周翰注：“皋，地也。其地肥沃，故云神皋。”任昉《竟陵文宣王行状》：“神皋载穆。”李周翰注：“神皋，良田也，谓都畿之内也。”

跸：颜师古《汉书》注：“《汉仪注》曰：皇帝辇动，左右侍帷幄者称警，出殿则传跸，止人清道也。”《宋书·礼志》：“《汉仪》曰：‘出称警，入称跸。’说者云，车驾出则应称警，入则应称跸也，而今俱唱之。史臣以为警者，警戒也；跸者，止行也。今从乘舆而出者，并警戒以备非常也。从外而入乘舆相干者，跸而止之也。”

天宝：此诗是天宝改元时所作。

奉和圣制十五夜燃灯继以酺宴应制①

上路笙歌满，春城漏刻长②。
游人多昼日，明月让灯光。
鱼钥通翔凤，龙舆出建章。
九衢陈广乐，百福透名香③。
仙妓来金殿④，都人绕玉堂。
定应偷妙舞⑤，从此学新妆。
奉引迎三事，司仪列万方⑥。
愿将天地寿，同以献君王。

【校】

①《文苑英华》作“奉和十五夜燃灯继以酺宴之作应制”。

②漏刻，凌本作“刻漏”。

③透，一作“迓”。

④仙，一作“神”。

⑤定，《文苑英华》作“止”。妙，一作“艳”。

⑥列，《文苑英华》作“立”。

【注】

燃灯：《菊坡丛话》：“唐明皇在东都，正月望夜，移仗上阳宫，设蜡炬，连属不绝，结彩缯为灯楼，高五十丈，垂以珠玉，风动锵鸣，灯有龙凤虎豹之状，士民纵乐。初止三夜，后又增十七、十八两夜。当时惟王右丞《奉和圣制》一诗括尽时事。”

酺宴：《汉书》：“酺五日。”服虔曰：“酺音蒲。”文颖曰：“音步。汉律，三人以上无故群饮酒，罚金四两，今诏横赐得令会聚饮食五日也。”师古曰：“酺之为言布也，王德布于天下而合聚饮食为酺。服音是也。”

漏刻:《后汉书》:“孔壶为漏,浮箭为刻,下漏数刻,以考中星。”

鱼钥:《芝田录》:“门钥必以鱼者,取其不瞑目守夜之义。”梁简文帝诗:“夕门掩鱼钥,宵床悲画屏。”

翔凤:《初学记》:“《晋宫阁名》曰:总章观有翔凤楼。”《雍录》:“唐都畿内外宫殿有薰风、就日、翔凤、咸池、临照、望仙、鹤羽、乘龙等殿,凌烟、翔凤等阁。”

九衢:《楚辞·天问》:“靡萍九衢。”王逸注:“九交道曰衢。”后人称广路曰“九衢”本此。

百福:《初学记》:《洛阳宫殿簿》有百福殿。《唐六典》:“两仪殿之右曰宜秋门,宜秋门之右曰百福门,其内曰百福殿。”《唐宫城图》百福殿在太极殿内,与千秋殿并。

奉引:《汉书·郊祀志》:“礼月之夕,奉引复迷。”韦昭注:“奉引,前导引车。”《后汉书》:“乘舆大驾,公卿奉引。”张衡《东京赋》:“奉引既毕,先辂乃发。”薛综注:“奉引,谓引道者。”

司仪:《周礼》:“司仪掌九仪之宾客摈相之礼,以诏仪容、辞令、揖让之节。”

奉和圣制重阳节宰臣及群臣上寿应制①

四海方无事,三秋大有年。
百工逢此日②,万寿愿齐天。
芍药和金鼎,茱萸插玳筵。
玉堂开右个,天乐动宫悬。
御柳疏秋影,城鸦拂曙烟。
无穷菊花节,长奉《柏梁篇》。

【校】

①应制,《文苑英华》作“之作”。

②工，顾元纬本、凌本皆作“生”。

【注】

三秋：李善《文选》注：“秋有三月，故曰三秋。《春秋元命苞》曰：阳气数成于三，故时别三月。宋衷曰：四时皆象此类，不唯秋也。”

大有年：《穀梁传》：“五谷大熟，为大有年。”

百工：百官也。字见《尚书》。

芍药：《子虚赋》：“勺药之和具，而后御之。”韦昭曰：“勺药，和齐咸酸美味也。”郭璞曰：“勺药，五味也。”师古曰：“勺药，药草名，其根主和五脏，又辟毒气，故合之于兰桂五味，以助诸食，因呼五味之和为勺药耳。今人食马肝、马肠者，犹合勺药而煮之，岂非古之遗法乎？”李善注：“服虔曰：‘具美也，或以勺药调食也。’文颖曰：‘五味之和也。’晋灼曰：‘《南都赋》曰“归雁鸣鵽，香稻鲜鱼，以为勺药，酸甜滋味，百种千名”之说是也。’服氏之说，以勺药为药名，或者因说今之煮马肝，犹加勺药，古之遗法。晋氏之说，以勺药为调和之意。枚乘《七发》曰‘勺药之酱’，然则和调之言，于义为得。”《尔雅翼》：“芍药根可以和五脏，制食毒。古者有芍药之酱，合之于兰桂五味，以助诸食，因呼五味之和为芍药。《七发》曰‘勺药之酱’，《子虚赋》曰‘勺药之和具，而后御之’，《南都赋》曰‘归雁鸣鵽，香稻鲜鱼，以为芍药，酸甜滋味，百种千名’，是因致其滋味也。故孔子曰：‘不得其酱，不食。’非以备味，自爱之至矣。服虔、文颖、伏俨辈解芍药称具美也，或以为勺药调食，或以为五味之和，或以为以兰桂调食，虽各得彷佛，然未究名实之所起。至韦昭，又训其读‘勺，丁削切；药，旅酌切’，则并没此物之名实矣。”《西溪丛语》：“《溱洧》诗‘赠之以勺药’，江淹《别赋》‘下有芍药之诗’，《子虚》、《南都》二赋言勺药者，乃以鱼肉等物为醢食物也。子建《七发》、张景阳《七命》勺药云云，五臣注勺音酌，药音略。《广韵》亦有二音，《子虚赋》诸家皆误以为《溱洧》之芍药。韩退之《偃城联句》诗云‘两相铺氍毹，五鼎调勺药’，又曰‘但掷顾笑金，难祈却老药’二‘药’不同音也。”

金鼎：鲍照诗：“金鼎玉匕合神丹。”

茱萸：《艺文类聚》：“《风土记》曰：九月九日，律中无射而数九，俗尚此日折茱萸房以插头，言辟除恶气而御初寒。”

玳筵： 刘桢《瓜赋》：“布象牙之席，薰玳瑁之筵。”

右个：《吕氏春秋》：“季秋之月，天子居总章右个。”高诱注：“明堂中方外圜，通达四出，各有左右房，谓之个，犹隔也。”[1]

宫悬：《周礼》：“正乐县之位，王宫县，诸侯轩县，卿大夫判县，士特县。”郑康成注：“乐县，谓钟磬之属县于笋簴者。郑司农云：宫县四面县，轩县去其一面，判县又去其一面，特县又去其一面。四面象宫室四面有墙，故谓之宫县。”贾谊《新书》：“天子之乐宫悬，诸侯之乐轩悬。”

三月三日勤政楼侍宴应制

彩仗连宵合，琼楼拂曙通。
年光三月里，宫殿百花中。
不数秦王日，谁将洛水同。
酒筵嫌落絮，舞袖怯春风。
天保无为德，人欢不战功。
仍临九衢宴，更达四门聪。

【注】

勤政楼： 刘昫《唐书》：“玄宗于兴庆宫西南置楼，西面题曰花萼相辉之楼，南面题曰勤政务本之楼。”《长安志》：“兴庆宫之西南隅曰勤政务本楼，楼南向，开元八年造。每岁千秋节，酺饮楼前。”按《旧唐书》本纪：“天宝四载春三月甲申，宴群臣于勤政楼。”又：“十四载春三月甲寅，宴群臣于勤政楼，奏《九部乐》，上赋诗，效柏梁体。”

四聪： 见本卷“明四目”注下。

---

[1] 此条高诱注在《孟春纪》“天子居青阳左个”句下，非所引之句下。

和陈监四郎秋雨中思从弟据

袅袅秋风动，凄凄烟雨繁。
声连鳷鹊观，色暗凤凰原。
细柳疏高阁，轻槐落洞门。
九衢行欲断，万井寂无喧。
忽有愁霖唱，更陈多露言。
平原思令弟，康乐谢贤昆。
逸兴方三接，衰颜强七奔。
相如今老病，归守茂陵园。

【注】

袅袅：《楚辞》："袅袅兮秋风。"王逸注："袅袅，秋风摽木貌。"

鳷鹊观：《上林赋》："过鳷鹊，望露寒。"张揖注："鳷鹊观，武帝建元中作，在云阳甘泉宫外。"《三辅黄图》："甘泉苑，建元中作石阙、封峦、鳷鹊观于苑垣内。"

凤凰原：《太平寰宇记》：雍州昭应县有凤凰原，"后汉延光二年，凤凰集新丰，即此原也，亦骊山之别麓"。《一统志》："凤凰原在西安府临潼县东北一十里。"

愁霖唱：谢瞻《答灵运》诗："忽获愁霖唱，怀劳奏所诚。"吕向注："灵运寄愁霖诗于瞻，故有此答。"

多露：《国风》："岂不夙夜，(为)〔谓〕行多露。"

平原：《晋书·陆机传》："成都王颖以机参大将军军事，表为平原内史。"又《陆云传》："云字士龙，六岁能属文，性清正，有才理。少与兄机齐名，虽文章不及机，而持论过之，号曰'二陆'。"谢灵运诗："末路值令弟。"

康乐：《南史·谢灵运传》："灵运袭封康乐公，性豪侈，车服鲜丽，衣物多改旧形制，世共宗之，咸称谢康乐也。"又《谢惠连传》："惠连年十岁能属文，族兄灵运嘉赏之，云：‘每有篇章，对惠连辄得佳语。’”

三接：见《周易·晋卦》。

七奔：《左传》：“吴始伐楚，伐巢，伐徐，子重奔命。马陵之会，吴入州来。子重自郑奔命。子重、子反于是乎一岁七奔命。”

和仆射晋公扈从温汤

天子幸新丰，旌旗渭水东。
寒山天仗里①，温谷幔城中。
奠玉群仙座，焚香太乙宫②。
出游逢牧马，罢猎有非熊③。
上宰无为化，明时太古同。
灵芝三秀紫，陈粟万箱红。
王礼尊儒教④，天兵小战功。
谋猷归哲匠，词赋属文宗。
司谏方无阙，陈诗且未工。
长吟吉甫颂，朝夕仰清风。

【校】

①寒，一作“远”。里，一作“外”。

②焚，《文苑英华》作“薰”。

③有，一作“见”。

④王礼，《文苑英华》作“玉醴”，误。

【注】

【原注】时为右补阙。

仆射晋公：刘昫《唐书》：“开元二十五年七月庚申，封李林甫为晋国公。”“天宝元年八月壬辰，吏部尚书兼右相李林甫加尚书左仆射。”

温谷：潘岳《西征赋》：“南有汤井温谷。”李善注：“温谷，即温泉也。”

幔城：庾肩吾诗："别筵开帐殿，离舟卷幔城。"

群仙：按《长安志》：华清宫中有集灵台、朝元阁，皆祀神之所。

牧马：《庄子》："黄帝将见大隗乎具茨之山，方明为御，昌寓骖乘，张若、謵朋前马，昆阍、滑稽后车。至于襄城之野，七圣皆迷，无所问涂。适遇牧马童子，问涂焉，曰：'若知具茨之山乎？'曰'然。''若知大隗之所存乎？'曰：'然。'黄帝曰：'异哉小童！非徒知具茨之山，又知大隗之所存。请问为天下。'小童曰：'夫为天下者，亦奚以异乎牧马者哉？亦去其害马者而已矣。'"

非熊：《搜神记》："吕望钓于渭阳，文王出游猎，占曰：'今日猎得一狩，非龙非螭，非熊非罴，合得帝王师。'果得太公于渭之阳。与语，大悦，同车载而还。"

上宰：谢灵运诗："上宰奉皇灵，侯伯咸宗长。"

陈粟：《史记》："太仓之粟，陈陈相因。"

万箱：《诗·小雅》："乃求千斯仓，乃求万斯箱。"箱，郑康成作"车箱"解。

红：《汉书·贾捐之传》："太仓之粟，红腐而不可食。"左思《吴都赋》："觑海陵之仓，则红粟流衍。"吕延济注："红粟，谓储久而色赤。"

儒教：《晋书·宣帝纪》："博学洽闻，伏膺儒教。"

天兵：《扬雄·长杨赋》："天兵四临，幽都先加。"李善注："天兵，言兵威之盛如天也。"

哲匠：殷仲文诗："哲匠感萧辰。"李周翰注："哲，智也。匠，谓善宰万物者。"

文宗：《后汉书·崔骃传赞》："崔为文宗，世擅雕龙。"《南史·徐陵传》："自陈创业，文檄军书及受禅诏策，皆陵所制，为一代文宗。"

司谏：成按：《周礼》："司谏，掌纠万民之德而劝之朋友，正其行而强之道艺，巡问而观察之，以时书其德行道艺，辨其能而可任于国事者。以考乡里之治，以诏废置，以行赦宥。"郑康成注云："谏犹正也，以道正人行。"则非后世谏官之职，盖借用也。

陈诗:《礼记》:“命太史陈诗,以观民风。”郑康成注:“陈诗,谓采其诗而视之。”

吉甫颂:《诗·大雅》:“吉甫作诵,穆如清风。”

和宋中丞夏日游福贤观天长寺之作

已相殷王国,空馀尚父溪。
钓矶开月殿,筑道出云梯。
积水浮香象,深山鸣白鸡。
虚空陈妓乐①,衣服制虹霓。
墨点三千界②,丹飞六一泥。
桃源勿遽返,再访恐君迷。

【校】

①陈,一作“无”。

②墨,顾元纬本、凌本俱作“黑”。

【注】

【原注】即陈左相所施。

陈左相:《唐书·宰相表》:天宝五载四月丁酉,门下侍郎陈希烈同中书门下平章事。六载二月甲辰,希烈为左丞相兼兵部尚书。

殷王国:《史记》:“武丁夜梦得圣人,名曰说。以梦所见视群臣百吏,皆非也。于是乃使百工营求之野,得说于傅险中。是时说为胥靡,筑于傅险,见于武丁。武丁曰是也。得而与之语,果圣人,举以为相,殷国大治。”

尚父溪:刘向《列仙传》:“吕尚西适周,匿于南山,钓于磻溪。”郑康成《毛诗笺》:“尚父,吕望也,尊称焉。”

月殿:萧子良诗:“月殿风转,层台气寒。”

筑道:孔安国《尚书传》:“傅氏之岩在虞、虢之界,通道所经,有涧水坏道,常使胥靡刑人筑护此道。说贤而隐,代胥靡筑之以供食。”

云梯：谢灵运诗："惜无同怀客，共登青云梯。"李善注："郭璞《游仙诗》曰：'安事登云梯。'张湛《列子》注云：'云梯可以陵虚。'"刘良注："仙者因云而升，故曰云梯。"然考唐人诗句，多以山磴为云梯也。

香象：《涅槃经·寿命品》云："譬如香象为人所缚，虽有良师，不能禁制，顿绝羁锁自恣而去。"又《现病品》中列言诸象之力，有凡象、野象、二牙象、四牙象、雪山白象、香象、青象、黄象、赤象、白象、山象等名。

白鸡：《续博物志》："陶隐居云：学道之人居山，宜养白鸡、白犬，可以辟邪。"

妓乐：《法华经》："诸天妓乐，百千万种，于虚空中，一时俱作。"

墨点：《法华经》："佛告诸比丘：'乃往过去无量无边不可思议阿僧祇劫，尔时有佛，名大通智胜如来，彼佛灭度已来，甚大久远，譬如三千大千世界所有地种，假使有人磨以为墨，过于东方千国土，乃下一点，大如微尘，又过千国土，复下一点，如是展转，尽地种墨，于汝等意云何，是诸国土，若筭师，若筭师弟子，能得边际，知其数不？''不也，世尊。''诸比丘，是人所经国土，若点不点，尽抹为尘，一尘一劫，彼佛灭度已来，复过是数无量无边百千万亿阿僧只劫，我以如来知见力故，观彼久远，犹若今日。"

六一泥：《抱朴子》："第一之丹，名曰丹华。当先作玄黄，用雄黄水、矾石水一钵作汞。戎盐、卤咸、矾石、牡砺、赤石脂、滑石、胡粉各数十斤，以六一泥封之，火之三十六日。成，服之，七日仙。"《云笈七签》："作六一泥法，矾石、戎盐、卤咸、礜石，右四物分等烧之，二十日止。复取左顾牡蛎、赤石脂、滑石，凡七物，分等，视土釜大小，令足以泥土釜，合治万杵讫，置铁器中，猛下火，九日九夜，药正赤，复治万杵，下细筛，和以醇酽苦酒，合如泥，名曰六一泥。取两赤〔土〕釜，随人作多少，定其釜大小，以六一泥涂两土釜，表里皆令厚三分，日中曝之十日，期令干燥。"

沈十四拾遗新竹生读经处同诸公之作

闲居日清静，修竹自檀栾①。

嫩节留馀箨，新丛出旧栏。
细枝风响乱，疏影月光寒。
乐府裁龙笛，渔家伐钓竿。
何如道门里，青翠拂仙坛。

【校】

①自，《文苑英华》作“复”。

【注】

檀栾：枚乘《兔园赋》：“修竹檀栾，夹池水。”谢朓诗：“檀栾映修竹。”吕延济注：“檀栾，竹美貌。”

龙笛：虞世南《琵琶赋》：“凤箫辍吹，龙笛韬吟。”

仙坛：《永嘉记》：“阳屿有仙石山，顶上有平石，方十馀丈，名仙坛。坛陬辄有一筋竹，凡有四竹，葳蕤青翠，风来动音，自成宫商。石上净洁，初无粗箨，相传云，曾有却粒者于此羽化，故谓之仙石。”阴铿诗：“夹池一丛竹，青翠不惊寒。湘川染别泪，衡岭拂仙坛。”

赠东岳焦炼师

先生千岁馀①，五岳遍曾居。
遥识齐侯鼎，新过王母庐。
不能师孔墨，何事问长沮。
玉管时来凤，铜盘即钓鱼。
竦身空里语，明目夜中书。
自有还丹术②，时论太素初。
频蒙露版诏，时降软轮车。
山静泉逾响，松高枝转疏。
支颐问樵客③，世上复何如？

【校】

①岁,《文苑英华》作“载”。

②还丹,一作“丹砂”。

③支,《文苑英华》作“搘”。

【注】

炼师:《唐六典》:“道士修行有三号:其一曰法师,其二曰威仪师,其三曰律师。其德高思精,谓之炼师。”故当时凡称学道者,皆曰炼师云。

五岳:《说苑》:“五岳:太山,东岳也;霍山,南岳也;华山,西岳也;恒山,北岳也;嵩山,中岳也。”

齐侯鼎:《史记》:“李少君见上,上有故铜器,问少君。少君曰:‘此器齐桓公十年陈于柏寝。’已而按其刻,果齐桓公器。一宫尽骇。”

王母庐:曹植诗:“驱风游西海,东过王母庐。”

铜盘:《后汉书》:“左慈,字元放,少有神道。尝在司空曹操坐。操从容顾众宾曰:‘今日高会,珍羞略备,所少吴松江鲈鱼耳。’元放于下坐应曰:‘此可得也。’因求铜盘贮水,以竹竿饵钓于盘中,须臾引一鲈鱼出。操大拊掌笑,会者皆惊。操曰:‘一鱼不周坐席,可更得乎?’放乃更饵钓沉之,须臾复引出,皆长三尺馀,生鲜可爱。操使目前鱠之,周浃会者。”

竦身:《淮南子》:“若士举臂而竦身,遂入云中。”葛洪《神仙传》:“班孟者,不知何许人。能飞行终日,又能坐空虚之中,与人言语。”

明目:《抱朴子》:“或问明目之道,抱朴子曰:能引三焦之升景,召大火于南离,洗之以明目,熨之以阳光,及烧丙丁洞视符,以酒和洗之,古人曾以夜书也。”

还丹:《抱朴子》:“若取九转之丹,内神鼎中,夏至之后,爆之鼎热,翕然煇煌,俱起神光五色,即化为还丹。取而服之一刀圭,即白日升天。”

太素:《列子》:“太素者,质之始也。”《白虎通》:“先有太初,后有太始。形兆既成,名曰太素。混沌相连,视之不见,听之不闻,然后剖判。”

软轮车:《后汉书·明帝纪》:“尊事三老,兄事五更。安车软轮,供绥执授。”章怀太子注:“安车,坐乘之车;软轮,以蒲裹轮。”蔡邕《独断》:

"使者安车软轮送迎而至其家。"

赠焦道士

海上游三岛①，淮南预八公②。
坐知千里外，跳向一壶中。
缩地朝珠阙，行天使玉童。
饮人聊割酒，送客乍分风。
天老能行气，吾师不养空。
谢君徒雀跃，无可问鸿蒙。

【校】

①岛，凌本作"岳"。

②预，《文苑英华》作"遇"。

【注】

八公：《水经注》："淮南王刘安是汉高帝之孙，厉王长子也。折节下士，笃好儒学。养方术之徒数十人，皆为俊异焉。多神仙秘法鸿宝之道。忽有八公，皆须眉皓素，诣门希见。门者曰：'吾王好长生，今先生无住衰之术，未敢相闻。'八公咸变成童，王甚敬之。八士并能炼金化丹，出入无间，乃与安登山，埋金于地，白日升天。"

坐知：《抱朴子》："服黄丹一刀圭，即便长生不老矣。及坐见千里之外，吉凶皆知，如在目前也。"又云："用明镜九寸以上自照，有所思存，七日七夕则见神仙，或男或女，或老或少，一示之后，心中自知千里之外，方来之事也。"

一壶：葛洪《神仙传》："壶公者，不知其姓名。时汝南有费长房者，为市掾。忽见公从远方来，入市卖药，人莫识之。卖药口不二价，治病皆愈。常悬一空壶于屋上，日入之后，公跳入壶中，人莫能见，惟长房楼上见之，知非常人也。长房乃日日自扫公座前地，及供馔物，公受而不辞。公知长房笃信，谓曰：‘至暮无人时更来。’长房如其言即往，公语房曰：‘见我跳入壶中时，卿便可效我跳，自当得入。’长房依言，果不觉已入。入后不复见壶，惟见仙宫世界，楼观、重门、阁道。宫左右侍者数十人。公语房曰：‘我仙人也。昔处天曹，以公事不勤见责，因谪人间耳。卿可教，故得见我。’”

缩地：葛洪《神仙传》：“费长房有神术，能缩地脉，千里存在，目前宛然，放之复舒如旧也。”

玉童：《太上飞行九神玉经》：“凡行玉清之道，出则诸天侍轩，给玉童、玉女各三千人。行上清之道，出则五宿侍卫，给玉童、玉女各一千五百人。行太清之道，出则五帝侍卫，给玉童、玉女各八百人。”

割酒：葛洪《神仙传》：“曹公召左慈，乃为设酒。慈曰：‘今当远旷，乞分杯饮酒。’曹公闻慈求分杯饮酒，谓当使公先饮，以余与慈耳。而慈拔道簪以画杯，酒中断，其间相去数寸，即饮半，半与公。”

分风：葛洪《神仙传》：“庐山庙有神，能于帐中共外人语，饮酒空中投杯。人往乞福，能使江湖之中分风举帆，行各相逢。”《水经注》：“宫亭山庙甚神，能分风劈流，住舟遣使。行旅之过，必敬祀而后得去，故曹毗咏云：‘分风为贰，劈流为两。’”

天老：《帝王世纪》：“黄帝以风后配上台，天老配中台，五圣配下台。”

行气：《抱朴子》：“欲求神仙，惟当得其至要。至要者，在于宝精行气，服一大药便足，亦不用多也。”又曰：“初学行气，鼻中引气而闭之，阴以心数，至一百二十，乃以口微吐之。及引之，皆不欲令己耳闻其有出入之声，常令入多出少。以鸿毛着鼻口之上，吐气而鸿毛不动为候也。渐自转增其心数，久可以至千，至千则老者更少，日还一日矣。夫行气，当以生气之时，勿以死气之时也，故曰仙人服六气，此之谓也。”

养空：贾谊《服赋》：“养空而浮。”服虔注：“道家养空虚若浮舟也。”司马贞注：“言体道之人，但养空性，而心若浮舟也。”《北史·徐则传》：“先生履德养空，宗玄齐物。”

鸿蒙：《庄子》：“云将东游，过扶摇之枝，而适遭鸿蒙。鸿蒙方将拊脾雀跃而游。云将见之，倘然止，贽然立，曰：‘叟何人邪？叟何为此？’鸿蒙拊脾雀跃不辍，对云将曰：‘游。’云将曰：‘朕愿有问也。’鸿蒙仰而视云将曰：‘吁！’云将曰：‘天气不和，地气郁结，六气不调，四时不节。今我愿合六气之精，以育群生，为之奈何？’鸿蒙拊脾雀跃掉头曰：‘吾弗知，吾弗知。’”

投道一师兰若宿①

一公栖太白，高顶出云烟②。
梵流诸壑遍③，花雨一峰偏。
迹为无心隐，名因立教传。
鸟来还语法，客去更安禅。
昼涉松露尽④，暮投兰若边。
洞房隐深竹，清夜闻遥泉。
向是云霞里，今成枕席前。
岂惟留暂宿，服事将穷年。

【校】

①一作“宿道一上方院”，顾可久本作“投福禅师兰若宿”。

②云，一作“风”。

③壑，一作“洞”。

④露，一作“路”。

【注】

道一：《传灯录》：“江西道一禅师，汉州什邡人也，姓马氏，容貌奇异，牛行虎视，引舌过鼻，足下有二轮文。幼岁依资州唐和尚落发，受具于渝州圆律师。唐开元中，习禅定于衡岳传法院，遇让和尚，同参九人，惟师密受心印。”

太白：《水经注·地理志》曰：“县有太一山，古文以为终南，杜预以为中南也。亦曰太白山，在武功县南，去长安二百里，不知其高几何。俗云：武功太白，去天三百。杜彦达曰：太白山南连武功山，于诸山最为秀杰，冬夏积雪，望之皓然。"《太平寰宇记》："太白山在凤翔府郿县东南五十里。"《一统志》："太白山在西安府武功县南九十里。"

鸟来：《法苑珠林》："齐邺东大觉寺沙门僧范，姓李，平乡人也。善解群书，时称府库。晚年出家，经论谙委，言行相辅，祥征屡降。尝有胶州刺史杜弼于邺显义寺请范冬讲。至《华严六地》，忽有一雁飞下，从浮图东顺行入堂，正对高座，伏地听法。讲散徐出，还顺塔西，乃尔翔逝。又于此寺夏讲，雀来在座西南伏听，终于九旬。又曾处济州，亦有一鹗鸟飞来入听，讲讫便去。"

洞房：《上林赋》："岩窔洞房。"李周翰注："洞，通也。"

山中示弟等①

山林吾丧我，冠带尔成人。
莫学嵇康懒，且安原宪贫。
山阴多北户，泉水在东邻。
缘合妄相有，性空无所亲。
安知广成子，不是老夫身。

【校】

①二顾本、凌本皆无"等"字。

【注】

吾丧我：《庄子》："南郭子綦曰：今者吾丧我，汝知之乎？"

嵇康懒：嵇康《绝交书》："性复疏懒，筋驽肉缓，头面常一月十五日不洗，不大闷痒，不能沐也。"

原宪贫：《史记》："原宪亡在草泽中，子贡相卫，而结驷连骑，排藜藿，入穷阎，过谢原宪。宪摄敝衣冠，见子贡。子贡耻之，曰：'夫子岂病乎？'原宪曰：'吾闻之，无财者谓之贫，学道而不能行者谓之病。若宪，贫也，非病也。'"

缘合：《涅槃经》："是受皆从缘合而生。"《大般若经》："然一切法，自性本空，无生无灭，缘合谓生，缘离谓灭，实无生灭。”僧肇《维摩诘经》注：“身亦然耳，众缘所成，缘合则起，缘散则离。”

性空：《涅槃经》：“观一切法，本性皆空。”《华严经》：“法性本空寂，无取亦无见。性空即是佛，不可得思量。”

广成子：葛洪《神仙传》：“广成子者，古之仙人也，居崆峒之山石室之中。黄帝闻而造焉，请问治身之要。广成子答曰：‘至道之精，杳杳冥冥。无视无听，抱神以静，形将自正；必静必清，无劳尔形，无摇尔精，乃可长生。慎内闭外，多知为败，我守其一，以处其和。故千二百岁而形未尝衰。得我道者，上为皇；失吾道者，下为土。将去汝，入无穷之门，游无极之野，与日月参光，与天地为常。人其尽死，而我独存矣。’”

田　家[①]

旧谷行将尽，良苗未可希[②]。
老年方爱粥[③]，卒岁且无衣。
雀乳青苔井，鸡鸣白板扉。
柴车驾羸牸，草屩牧豪豨[④]。
多雨红榴折[⑤]，新秋绿芋肥。
饷田桑下憩，旁舍草中归。
住处名愚谷，何烦问是非[⑥]。

【校】

①《文苑英华》“家”字下多一“作”字。

②苗，顾元纬本、凌本俱作“田”。

③粥，《文苑英华》作“竹”，误。

④豪，一作“膏”。

⑤多，一作“夕”。

⑥何烦，《文苑英华》作“烦君”。

【注】

卒岁:《诗》:“无衣无褐,何以卒岁。”郑康成《笺》:“卒,终也。”

雀乳:傅休奕诗:“雀乳空井中。”

柴车:《后汉书》:“赵壹独柴车草屏。”章怀太子注:“《韩诗外传》曰:周子高对齐景公曰:‘臣赖君之赐,疏食恶肉可得而食,驽马柴车可得而乘。’柴车,弊恶之车也。”

羸㹀:《世说》:“负重致远,曾不若一羸㹀。”

草屩:《汉书》:“卜式既为郎,布衣草蹻而牧羊。”师古曰:“蹻即草鞋也,南方谓之蹻,字本作‘屩’。”

豪狶:《方言》:“猪,北燕、朝鲜之间谓之豭,关东西或谓之彘,或谓之豕,南楚谓之狶。”

过卢员外宅看饭僧共题①

三贤异七圣②,青眼慕青莲。
乞饭从香积,裁衣学水田。
上人飞锡杖,檀越施金钱。
趺坐檐前日,焚香竹下烟。
寒空法云地,秋色净居天。
身逐因缘法,心过次第禅。
不须愁日暮,自有一灯然。

【校】

①一本作“过卢四员外宅看饭僧共题七韵”。

②圣,顾元纬本、凌本、《唐诗品汇》俱作“贤”。

【注】

三贤:《仁王经》:“三贤十圣住果报,惟佛一人居净土。”《大藏一览》:“长者论,如三乘中十住菩萨学生空观,对治阐提不信障。十行菩萨作法空观，修自利利他行，对治声闻自利障。十回向菩萨作法空观，成起悲愿力，垂形六道，教化众生，对治独觉自度障。此三十心菩萨，谓之三贤。”

七圣：释氏以信行、法行、信解、见得、身证、时解脱、不时解脱为七圣。又《仁王经》：“复有十亿七贤居士，德行具足。”

青眼：《晋书》：“阮籍能为青白眼，见礼俗之士，以白眼对之。及嵇喜来吊，籍作白眼，喜不怿而退。喜弟康闻之，乃赍酒挟琴造焉，籍大悦，乃见青眼。”

青莲：《大般若经》：“世尊眼相修广，譬如青莲花叶，甚可爱乐。”《维摩诘经》：“目净修广如青莲。”僧肇注：“天竺有青莲花，其叶修而广，青白分明，有大人目相，故以为喻也。”

水田：《释氏要览》：“《僧祇律》云：佛住王舍城，帝释石窟前经行，见稻田畦畔分明，语阿难言：‘过去诸佛，衣相如是，从今依此作衣相。’《增辉记》云：田畦贮水，生长嘉苗，以养形命。法衣之田，润以四利之水，增其三善之苗，以养法身慧命也。”

飞锡：孙绰《游天台山赋》：“应真飞锡以蹑虚。”李周翰注：“应真得真道之人，执锡杖而行于虚空，故云飞也。”

檀越：《翻译名义》：“梵语陀那钵底，唐言施主，今称檀那，讹‘陀’为‘檀’，去‘钵底’，留‘那’也。又称檀越者，檀即施法也。此人行施，越贫穷海。”

金钱：《法苑珠林》：“《贤愚经》云：波婆梨自竭所有，为设大会，一切都集。设会已讫，大施达嚫，人得五百金钱。”

法云地：《华严经·十地品》：“如须弥卢山王纯宝所成大威德，诸天咸住其中，无有穷尽；菩萨所住法云地，亦复如是。如来力无畏不共法，一切佛事咸在其中，问答宣说，不可穷尽。”

净居天：色界十八天之中，净居天为最，无烦天、无热天、善见天、善现天、色究竟天，此五天皆谓之净居天，谓杂欲净身所居也。第三果人于知界中，九品习气，俱时灭尽，即生此天，不复欲界受生，故又谓之五不还天。《法苑珠林》：“从广果以上，无烦、无热等五净居天，惟是那含罗汉之所住也。纵凡生彼天者，要是进向那含，身得四禅，发于无漏，起熏禅业。或起一品，乃至九品，方乃得生。凡夫无此熏禅业，故不得生也。”

因缘法：《法华经》：“大通智胜如来广说十二因缘法，无明缘行，行缘识，识缘名色，名色缘六入，六入缘触，触缘受，受缘爱，爱缘取，取缘有，有缘生，生缘老死忧苦悲恼。无明灭则行灭，行灭则识灭，识灭则名色灭，名色灭则六入灭，六入灭则触灭，触灭则受灭，受灭则爱灭，爱灭则取灭，取灭则有灭，有灭则生灭，生灭则老死忧悲苦恼灭。”《维摩诘经》：“以因缘法化众生，故我为辟支佛。”《华严经》：“一切世间从缘生，不离因缘见诸法。”

次第禅：《华严经》：“随其次第，入诸禅定。”《涅槃经后分》：“以三昧力得入初禅，渐渐次第，入第四禅。”

济州过赵叟家宴

虽与人境接，闭门成隐居。
道言庄叟事，儒行鲁人馀。
深巷斜晖静，闲门高柳疏。
荷锄修药圃，散帙曝农书。
上客摇芳翰，中厨馔野蔬。
夫君第高饮，景晏出林闾。

【注】

【原注】公左降济州司仓参军时作。

道言：《南史·顾欢传》：“佛言华而引，道言实而抑。”

庄叟：《北史·萧大圜传》：“沽酪牧羊，协潘生之志；畜鸡种黍，应庄叟之言。”

儒行：《礼记》：“哀公曰：‘敢问儒行？’”

散帙：谢灵运诗：“散帙问所知。”刘良注：“散帙，谓开书帙也。”《说文》:“帙,书衣也。”

林闾:颜延年诗:“林闾时晏开。”李善注:“《尔雅》曰:‘野外谓之林。’郑玄《周礼》注云:‘闾,里门也。’”

青龙寺昙壁上人兄院集并序

吾兄大开荫中,明彻物外①,以定力胜敌,以惠用解严。深居僧坊,傍俯人里。高原陆地,下映芙蓉之池;竹林果园,中秀菩提之树。八极氛霁②,万汇尘息。太虚寥廓,南山为之端倪;皇州苍茫,渭水贯于天地。经行之后,趺坐而闲,升堂梵筵,饵客香饭。不起而游览,不风而清凉。得世界于莲花,记文章于贝叶。时江宁大兄持片石命维序之,诗五韵,坐上成。

高处敞招提,虚空讵有倪?
坐看南陌骑,下听秦城鸡。
渺渺孤烟起,芊芊远树齐。
青山万井外,落日五陵西。
眼界今无染,心空安可迷?

【校】

①明,一本作“朝”,外,一本作“独”,俱非。

②霁,一本作“气”,非。

【注】

定力:《璎珞经》:“所谓定力者,立根上位菩萨摩诃萨,摄意去想不怀狐疑,是谓定力。”

解严:《宋书·武帝纪》:“公至彭城,解严息甲。”胜敌、解严皆以兵事为佛法借喻。

僧坊:《佛报恩经》:“造立僧坊,供养僧众。”

高原陆地:《维摩诘经》:“高原陆地,不生莲花。”

竹林果园: 班固《西都赋》:“竹林果园,芳草甘木。”

菩提树:《唐会要》:“菩提树一名婆罗树,叶似白杨。”《西域记》:“金刚坐上菩提树者,即毕钵罗之树也。昔佛在世,高数百尺,屡经残伐,犹高四五丈。佛坐其下,成等正觉,因而谓之菩提树焉。茎干黄白,枝叶青翠,冬夏不凋,光鲜无变。每至如来涅槃之日,叶皆凋落,顷之如故。”

八极:《淮南子》:“八纮之外,乃有八极。东北方曰方上之山,曰苍门。东方曰东极之山,曰开明之门。东南方曰波母之山,曰阳门。南方曰南极之山,曰暑门。西南方曰编驹之山,曰白门。西方曰西极之山,曰阊阖之门。西北方曰不周之山,曰幽都之门。北方曰北极之山,曰寒门。”高诱注:“八极,八方之极。”

太虚: 孙绰《游天台山赋》:“太虚辽廓而无阂。”李善注:“太虚,天也。”李周翰注:“太虚,混气也。辽廓,广远也。”

端倪:《庄子》:“反覆终始,不知端倪。”

经行:《法华经》:“经行林中,勤求佛道。”《释氏要览》:“经行慈恩,解云:西域地湿,叠砖为道,于中往来,如布之经,故曰经行。”

梵筵: 沈约《栖禅精舍铭》:“往辞妙幄,今承梵筵。”

世界莲花:《华严经》“尔时普贤菩萨告大众言:诸佛子,此十不可说佛刹微尘数香水海,在华藏庄严世界海中,如天帝网,分布而住。此最中央香水海,名无边妙华光,以现一切菩萨形,摩尼王幢为底,出大莲花,名一切香摩尼王庄严。有世界种而住其上,名普照十方炽然宝光明,以一切庄严具为体。有十不可说佛刹微尘数世界于中布列”云云,文多不备录。

江宁大兄:《唐书》:“王昌龄,字少伯,江宁人。第进士,补秘书郎,又中宏词,迁汜水尉。不护细行,贬龙标尉。以世乱还乡里,为刺史闾丘晓所杀。昌龄工诗,绪密而思清,时谓王江宁云。”

招提:《释氏要览》:“《招提增辉记》:梵云拓斗提奢,唐言四方僧物,但笔者讹‘拓’为‘招’,去‘斗’、‘奢’,留‘提’,故称‘招提’,即今十方住持寺院是也。”

芊芊: 谢灵运诗:“远树暧阡阡。”李善注:“《广雅》曰:芊芊,盛也。

阡与芊同。”

同 咏

王昌龄

本来清净所，竹树引幽阴[1]。
檐外含山翠，人间出世心。
圆通无有象，圣境不能侵。
真是吾兄法，何妨友弟深。
天香自然会，灵异识钟音。

【校】

①引，顾元纬本作“隐”。

【注】

圆通：周听无遗曰圆，虚明离障曰通。《楞严经》：“真信明了，一切圆通。”

圣境：《楞严经》：“心存佛国，圣境冥现。”

天香：《涅槃经后分》：“一切诸天，雨无数百千种种上妙天香天华，遍满三千大千世界。”庾信诗：“天香下桂殿，仙梵入伊笙。”

同 咏

王 缙

林中空寂舍，阶下终南山。
高卧一床上[1]，回看六合间。
浮云几处灭，飞鸟何时还。
问义天人接，无心世界闲。
谁知大隐客，兄弟自追攀[2]。

【校】

①上，二顾本俱作“地”。

②客，一作“者”。

【注】

空寂舍：“空寂舍”字见《维摩诘经》，详二十卷“空舍”注中。

大隐：王康琚诗：“小隐隐陵薮，大隐隐朝市。”

同 咏

裴 迪

灵境信为绝，法堂出尘氛。
自然成高致，向下看浮云。
逶迤峰岫列，参差闾井分。
林端远堞见，风末疏钟闻。
吾师久禅寂，在世超人群。

【注】

逶迤：此“逶迤”当依《说文》作邪去貌解。

卷十二

近体诗十六首

春过贺遂员外药园

前年槿篱故，今作药栏成[1]。
香草为君子，名花是长卿。
水穿盘石透，藤系古松生。
画畏开厨走[2]，来蒙倒屣迎。
蔗浆菰米饭，蒟酱露葵羹。
颇识灌园意，於陵不自轻。

【校】

①今，顾元纬本、凌本俱作“新”。

②画，一作“书”。走，一作“去”。

【注】

药园：唐李华《贺遂员外药园小山池记》：“贺遂公，衣冠之鸿鹄，执宪起草，不尘其心，梦寐以青山白云为念。庭际有砥砺之材，础礩之璞，立而像之衡巫，堂下有畚锸之坳，圩填之凹，陂而象之江湖。种竹艺药，以佐正性，华实相蔽，百有馀品。凿井引汲，伏源出山，声闻池中，寻窦而发，泉跃波转而盈沼，支流脉散而满畦。一夫蹑轮而三江逼户，十指攒石而群山倚蹊。智与化侔，至人之用也。其间有书堂琴轩，置酒娱宾。卑痺而敞若云天，寻丈而豁如江汉。以小观大，则天下之理尽矣。心目所自，不忘乎赋情遣辞，取兴兹境，当代文士，目为诗园。道在抑末敦元，可以扶教。赵郡李华举其略而记之。”

槿篱：沈约诗：“槿篱疏复密。”《通志略》：“木槿，人多植庭院间，亦可作篱，故谓之槿篱。”

香草：《楚辞章句》：“《离骚》之文，依《诗》取兴，引类譬喻。故善鸟香草，以配忠贞；恶禽臭物，以比谗佞；灵修美人，以媲于君；宓妃佚女，以譬贤臣；虬龙鸾凤，以托君子；飘风云霓，以为小人。”

长卿：谓司马长卿也，喻风流艳丽之意。白乐天《东亭》诗云“绿树为闲客，红蕉当美人”，亦是此意。或谓是草中之徐长卿，盖本萧子云赋“长卿晚翠，简子秋红”之句而云然。成按：《蜀本草》：“徐长卿生下湿川泽之间，苗似小麦，两叶相对。三月苗青，七月、八月着子，似萝摩子而小，九月苗黄，十月凋。”初非奇英珍草，与名花意不贯。

开厨：《晋书》：“顾恺之尝以一厨画糊题其前，寄桓玄，皆其深所珍惜者。玄乃发其厨后，窃取画，而缄闭如旧以还之，给云未开。恺之见封题如初，但失其画，直云妙画通灵，变化而去，亦犹人之登仙，了无怪色。”《南史》：“时有高平郗绍作《晋中兴书》，数以示何法盛。法盛有意图之，绍不与。至书成，在斋内厨中，法盛诣绍，绍不在，直入窃书。绍还失之，无复兼本，于是遂行何书。”是书、画二者皆有开厨失去之事，愚意究以“画”字为是。

蒟酱：《史记》：“使番阳令唐蒙风指晓南越。南越食蒙蜀枸酱。”裴骃《集解》：“徐广曰：‘枸，一作“蒟”，音窶。’骃按：《汉书音义》曰：‘枸木似榖树，其叶似桑叶。用其叶作酱酢，美，蜀人以为珍味。’”《索隐》曰：“按：晋灼枸音矩。刘德云：‘枸树如桑，其椹长二三寸，味酢，取其实以为酱，美。’”小颜云：“枸者缘木而生，非树也。今蜀土家出枸，实不长二三寸，味辛似姜，不酢，刘说非也。”《广志》云：“枸色黑，味辛，下气消谷。”刘渊林《蜀都赋》注：“蒟酱缘树而生，其子如桑椹，熟时正青，长二三寸，以蜜藏而食之，味香，温调五脏。”《南方草木状》：“蒟酱，荜茇也。生于蕃国者大而紫，谓之荜茇；生于番禺者小而青，谓之蒟焉。可以为食，故谓之酱焉。交阯、九真人家多种，蔓生。”

河南严尹弟见宿弊庐访别人赋十韵

上客能论道，吾生学养蒙。
贫交世情外，才子古人中。
冠上方簪豸[①]，车边已画熊。
拂衣迎五马，垂手凭双童。
花醥和松屑[②]，茶香透竹丛。
薄霜澄夜月，残雪带春风。
古壁苍苔黑，寒山远烧红。
眼看东候别，心事《北山》同[③]。
为学轻先辈[④]，何能访老翁。
欲知今日后，不乐为车公。

【校】

①簪，《文苑英华》作“安”。

②醥，一作“醴”。

③山，《文苑英华》作“川”。

④为，《文苑英华》作“若”。

【注】

养蒙：字出《周易·蒙卦》。

簪豸：《独断》：“法冠，楚冠也，一曰柱后、惠文冠，高五寸，以纚裹，铁柱卷，秦制执法服之。今御史廷尉监平服之，谓之獬豸冠。獬豸，兽名，一角。今冠两角，以獬豸为名，非也。”刘昫《唐书·舆服志》：“法冠一名獬豸冠，以铁为柱，其上施珠两枚，为獬豸之形，左右御史台流内九品以上服之。”

画熊：刘昭《后汉书·舆服志》注：“《古今注》曰：武帝天汉四年，令诸侯王大国朱轮，特虎居前，左兕右麋；小国朱轮画，特熊居前，寝麋居左右，卿车者也。”

醥：左思《蜀都赋》：“觞以清醥。”李周翰注：“醥，清酒也。”

候：候谓封土为坛，以记里也。唐制，五里只候，十里双候。韩昌黎《路旁堠》诗“堆堆路傍堠，一双复一只”是也。

北山：《申公诗说》：“《北山》，大夫行役，不得以养其父母，而作此诗。”

先辈：成按：先辈有三义。一为尊敬之称，《国史补》云“进士互相推敬，谓之先辈”是也。一为己第之称，《演繁露》云“唐世举人呼己第者为先辈”是也。一为先达之称，《魏志·陶谦传》注“郡守张磐同郡先辈与谦父友意殊亲之”、《吴志·阚泽传》“州里先辈丹阳唐固亦终身积学，称为儒者”、《隋书·经籍志》“班固为兰台令史，与诸先辈陈宗、尹敏、孟冀等共成《光武本纪》”是也。右丞此句当作先达解。

车公：《晋书》：“车胤善于赏会。当时每有盛坐，而胤不在，皆云：‘无车公不乐。’谢安游集之，日辄开筵待之。”

送秘书晁监还日本国并序①

舜觐群后，有苗不服②；禹会诸侯，防风后至。动干戚之舞，兴斧钺之诛，乃贡九牧之金，始颁五瑞之玉。我开元天地大宝圣文神武应道皇帝，大道之行，先天布化，乾元广运，涵育无垠。若华为东道之标，戴胜为西门之候，岂甘心于邛杖？非征贡于苞茅。亦由呼韩来朝，舍于蒲陶之馆；卑弥遣使，报以蛟龙之锦。牺牲玉帛，以将厚意；服食器用，不宝远物。百神受职，五老告期，况乎戴发含齿，得不稽颡屈膝？海东国日本为大，服圣人之训，有君子之风。正朔本乎夏时，衣裳同乎汉制。历岁方达，继旧好于行人；滔天无涯，贡方物于天子。司仪加等，位在王侯之先；掌次改观，不居蛮夷之邸。我无尔诈，尔无我虞。彼以好来，废关弛禁。上敷文教③，虚至实归，故人民杂居，往来如市。晁司马④结发游圣，负笈辞亲，问礼于老聃，学《诗》于子夏。鲁借车马，孔丘遂适于宗周；郑献缟衣，季札始通于上国。名成太学，官至客卿。必齐之姜，不归娶于高国；在楚犹晋，亦何独于由余？游宦三年，愿以君羹遗母；不居一国，欲其昼锦还乡。庄舄既显而思归，关羽报恩而终去。于是驰首北阙，裹足东辕⑤。篚命赐之衣，怀敬问之诏。金简玉字，传道经于绝域之人；方鼎彝樽，致分器于异姓之国。琅邪台上，回望龙门；碣石馆前，夐然鸟逝。鲸鱼喷浪，则万里倒回；鹢首乘云，则八风却走。扶桑若荠，郁岛如萍⑥。沃白日而簸三山，浮苍天而吞九域。黄雀之风动地，黑蜃之气成云。淼不知其所之，何相思之可寄？嘻！去帝乡之故旧，谒本朝之君臣。咏七子之诗，佩两国之印。恢我王度，谕彼蕃臣。三寸犹在，乐毅辞燕而未老，十年在外；信陵归魏而逾尊，子其行乎！余赠言者。

积水不可极，安知沧海东？
九州何处远⑦，万里若乘空？
向国惟看日，归帆但信风⑧。
鳌身映天黑，鱼眼射波红⑨。
乡树扶桑外，主人孤岛中。
别离方异域，音信若为通。

【校】

①还，《极玄集》、《文苑英华》、《唐诗正音》俱作“归”。又《极玄集》、《唐诗品汇》俱无“国”字。

②服，一本作“格”。

③上，顾元纬本作“止”。

④晁，旧本作“朝”，盖古字朝、晁通用故也。顾元纬以“朝”字为误，真误矣。

⑤驰，一本作“稽”；裹，一本作“里”，俱非。

⑥萍，一本作“浮”。

⑦远，《极玄集》作“所”。

⑧帆，一作“途”。

⑨鱼，一作“蜃”。

【注】

秘书监:《唐书·百官志》:“秘书省监一人,从三品;少监二人,从二品上。”

晁监:《唐书·日本传》:“长安元年,遣朝臣真人粟田贡方物。开元初,粟田复朝,请从诸儒授经,诏四门助教赵玄默即鸿胪寺为师,献大幅布为贽,悉赏物贸书以归。其副朝臣仲满慕华不肯去,易姓名曰朝衡,历左补阙,仪王友,多所该识,久乃还。天宝十二载,朝衡复入朝,上元中,擢左散骑常侍、安南都护。”

日本:《唐书》:“日本,古倭奴也。去京师万四千里,直新罗东南,在海中,岛而居,东西五月行,南北三月行。国无城郭,联木为栅落,以草茨屋。左右小岛五十馀,皆自名国,而臣附之。后稍习夏音,恶倭名,更号日本。使者自言,国近日所出,以为名。或云日本乃小国,为倭所并,故冒其号。使者不以情,故疑焉。”

有苗:《韩非子》:“当舜之时,有苗不服,禹将伐之。舜曰:‘不可。上德不厚而行武,非道也。’乃修教三年,执干戚舞,有苗乃服。”

防风:《博物志》:“禹平天下,会诸侯会稽之野,防风氏后到,杀之。”

九牧金:《左传》:“昔夏之方有德也,远方图物,贡金九牧,铸鼎象物。”

五瑞玉:《尚书》“辑五瑞”孔颖达《正义》:“《周礼·典瑞》云:‘公执桓圭,侯执信圭,伯执躬圭,子执谷璧,男执蒲璧。’是圭璧为五等之瑞,诸侯执之以为王者瑞信,故称‘瑞’也。”

尊号:刘昫《唐书·玄宗本纪》:天宝八载闰六月丙寅,“群臣上皇帝尊号为开元天地大宝圣文神武应道皇帝”。

先天:《周易》:“先天而天弗违,后天而奉天时。”

广运:《尚书·大禹谟》“帝德广运”孔安国《传》:“广谓所覆者大,运谓所及者远。”

涵育:《宋书·顾觊之传》:“夫圣人虚怀[1]以涵育,凝明以洞照。”

[1] 虚怀,《宋书·顾觊之传》作“怀虚”。

无垠：屈原《九章》："穆渺渺之无垠。"《广韵》："垠，岸也。"

苦垂：苦垂，未详，徐宗伯《全唐诗录》作"若华"。成按：《大荒北经》："洞野之山有赤树，青叶赤华，名曰若木。"郭璞注："生昆仑西附西极，其花光赤下照地。"非东方之木，疑非是。

标：郭璞《江赋》："峨嵋为泉阳之揭，玉垒作东别之标。"李善注："标，表也。"

戴胜：《山海经·西山经》："玉山，是西王母所居也。西王母其状如人，豹尾虎齿而善啸，蓬发戴胜，是司天之厉及五残。"郭璞注："胜，玉胜也，音庞。"又《大荒西经》："昆仑之丘有人戴胜，虎齿，有豹尾，穴处，名曰西王母。"

候：《后汉书·百官志》："门有门候。"《三辅黄图》："汉城门皆有候，门候主候时、谨启闭也。"

邛杖：《史记》："博望侯张骞使大夏来，言居大夏时，见蜀布、邛竹杖，使问所从来，曰：'从东南身毒国，可数千里，得蜀贾人市。'或闻邛西可二千里有身毒国。骞因盛言大夏在汉西南，慕中国，患匈奴隔其道，诚通蜀，身毒国道便近，有利无害。于是天子乃令王然于、柏始昌、吕越人等，使间出西夷西，指求身毒国。"《正义》曰："邛都邛山出此竹，因名邛竹。节高实中，或寄生，可为杖。"

包茅：《左传》："齐侯以诸侯之师伐楚，楚子使与师言，管仲对曰：'尔贡包茅不入，王祭不供，无以缩酒，寡人是征。'"杜预注："包，裹束也。茅，菁茅也。束茅而灌之以酒为缩酒。"

蒲陶馆：《汉书》："元寿二年，单于来朝，上以太岁厌胜所在，舍之上林苑蒲陶宫。"成按：此是乌珠留单于事，非呼韩邪，盖误用也。

卑弥：《魏志》："倭国乱，相攻伐历年，乃共立一女子为王，名曰卑弥呼，事鬼道，能惑众。景初二年六月，倭女王遣大夫难升米等诣郡，求诣天子朝献。其年十二月，诏书报倭女王曰：'制诏亲魏倭王卑弥呼：带方太守刘夏遣使送汝大夫难升米、次使都市牛利奉汝所献男生口四人，女生口六人，班布二匹二丈，以到。汝所在逾远，乃遣使贡献，是汝之忠孝，我甚哀汝。今以绛地交龙锦五匹、绛地绉粟罽十张、蒨绛五十匹、绀青五十匹，答汝所献贡直。’”

不宝远物：《尚书·旅獒》：“不宝远物，则远人格。”

百神受职：《礼记》：“故礼行于郊，而百神受职焉。”孔颖达《正义》：“百神，天之群神也。王郊天备礼，则星辰不忒，故云受职。”

五老：沈约《宋书》：“尧率舜等升首山，遵河渚。有五老游焉，盖五星之精也。相谓曰：‘《河图》将来告帝以期，知我者重瞳黄姚。’五老因飞为流星，上入昴。”

戴发含齿：《列子》：“有七尺之骸，手足之异，戴发含齿，倚而趋者，谓之人。”

王侯先：《汉书·匈奴传》：“呼韩邪单于朝天子于甘泉宫，汉宠以殊礼，位在诸侯王上，赞谒称臣而不名。”

掌次：《周礼·掌次》：“掌王次之法，以待张事。王大旅上帝，则张毡案，设皇邸。朝日、祀五帝，则张大次、小次，设重帟重案，合诸侯亦如之。师田，则张幕，设重帟重案。诸侯朝觐会同，则张大次、小次。”

蛮夷邸：《后汉书·西域传》：“传送京师，县蛮夷邸。”章怀太子注：“蛮夷皆置邸以居之，若今鸿胪寺也。”《三辅黄图》：“蛮夷邸，在长安城内藁街。”

尔诈我虞：《左传》：“宋及楚平，华元为质。盟曰：‘我无尔诈，尔无我虞。’”

文教：《禹贡》：“三百里揆文教，二百里奋武卫。”

问礼：《家语》：“孔子问礼于老聃，访乐于苌弘。”

学诗：《家语》：“卜商，卫人，字子夏。习于《诗》，能通其义，以文学著名。”

鲁借车马：《家语》：“孔子谓南宫敬叔曰：‘吾闻老聃博古知今，通礼乐之原，明道德之归，则吾师也。今将往矣。’对曰：‘谨受命。’遂言于鲁君曰：‘孔子将适周，观先王之遗制，考礼乐之所极，斯大业也，君曷以乘资之，臣请与往。’公曰：‘诺。’与孔子车一乘，马二匹，竖子侍御，敬叔与俱至周。”

缟衣：《左传》襄二十九年："吴公子札聘于郑，见子产，如旧相识。与之缟带，子产献纻衣焉。""缟衣"字疑误。

上国：《左传》昭二十七年："吴子使延州来季子聘于上国。"孔颖达《正义》："服虔云：'上国，中国也。盖以吴辟在东南，地势卑下，中国在其上，流故谓中国为上国也。'下云'遂聘于晋'，则上国之言不包晋矣，当总谓宋、卫、陈、郑之徒为上国耳。"

齐姜：《诗》："岂其娶妻，必齐之姜。"

娶高国：《左传》："齐侯伐晋夷仪。敝无存之父将室之，辞，以与其弟，曰：'此役也不死，反必娶于高、国。'"杜预注："高氏、国氏，齐贵族也。无存欲必有功，还取卿相之女。"

在楚犹晋：《左传》："苟有寡君，在楚犹在晋也。"

由余：《史记》："戎王使由余于秦。由余，其先晋人也，亡入戎，能晋言。闻穆公贤，故使由余观秦。秦穆公退而问内史廖曰：'孤闻邻国有圣人，敌国之忧也。今由余贤，寡人之害，将奈之何？'内史廖曰：'戎王处僻匿，未闻中国之声。君试遗其女乐，以夺其志；为由余请，以疏其间；留而莫遣，以失其期。戎王怪之，必疑由余。君臣有间，乃可虏也。且戎王好乐，必怠于政。'缪公曰：'善。'因与由余曲席而坐，传器而食，问其地形与其兵势尽詧，而后令内史廖以女乐二八遗戎王。戎王受而悦之，终年不还。于是秦乃归由余。由余数谏不听，穆公又数使人间要由余，由余遂去降秦。"

遗母：《左传》："颍考叔为颍谷封人，有献于公。公赐之食。食舍肉，公问之，对曰：'小人有母，皆尝小人之食矣，未尝君之羹，请以遗之。'"

不居一国：《汉书》："贤者不独居一国，范蠡遍游天下，由余去戎入秦。"

昼锦：《前汉纪》："朱买臣拜会稽太守，上谓之曰：'富贵不归故乡，如衣锦夜行。今还故乡，富贵于子何如？'买臣顿首谢上。"

庄舄：《史记》："越人庄舄仕楚执珪，有顷而病。楚王曰：'舄，故越之鄙细人也，今仕楚执珪，贵富矣，亦思越不？'中谢对曰：'凡人之思故，在其病也。彼思越则越声，不思越则楚声。'使人往听之，犹尚越声也。"

关羽：《三国志》："曹公擒关羽以归，拜为偏将军，礼之甚厚，而察其心神无久留之意，谓张辽曰：'卿试以情问之。'既而辽以问羽，羽叹曰：'吾极知曹公待我厚，然吾受刘将军厚恩，誓以共死，不可背之。吾终不留，吾要当立效以报曹公乃去。'及羽杀颜良，曹公知其必去，重加赏赐。羽尽封其所赐，拜书告辞，而奔先主于袁军。"

裹足：《后汉书·郅恽传》："君不授骥以重任，骥亦俛首裹足而去耳。"

敬问诏：《汉书》："孝文前六年，遗匈奴书曰：'皇帝敬问匈奴大单于无恙。'"

金简玉字：《吴越春秋》："禹登宛委山，发金简之书，案金简玉字，得通水之理。"

方鼎：《左传》："晋侯赐子产莒之二方鼎。"孔颖达《正义》曰："服虔云：'鼎三足则圆，四足则方。'"

彝樽：《国语》："出其尊彝。"韦昭解："尊、彝皆受酒之器。"《尚书叙》："武王既胜殷，邦诸侯，班宗彝，作《分器》。"孔安国《传》："赋宗庙彝器酒樽赐诸侯。"孔颖达《正义》："《周礼》有司尊彝之官，郑云：'彝亦尊也。郁鬯曰彝。彝，法也，言为尊之法正。'然则盛鬯者为彝，盛酒者为尊，皆祭宗庙之酒器也。"

琅琊台：《山海经》："琅琊台在渤海间，琅琊之东。"郭璞注："今琅琊在海边，有山嶕峣特起，状如高台，此即琅琊台也。"《史记正义》："琅琊山在密州东南百三十里，琅琊台在山上。"《水经注》："琅琊，山名也，越王句践之故国也。句践并吴，欲霸中国，徙都琅琊。秦始皇二十六年，灭齐以为郡。城即秦王之所筑也。遂登琅琊大乐之〔山〕，作层台于其上，谓琅琊台。台在城东南十里，孤立特显，出于众山，上下周二十馀里，傍滨巨海。秦王乐之，因留三月，乃徙黔首三万户于琅琊山下，复十二年。所作台基三层，层高三丈，上级平敞，方二百馀步，高五里。刊石立碑，纪秦功德。"《舆地广记》："越王句践欲霸中国，徙都琅琊，起观台于山，周七里，以望东海。"

龙门：高诱《淮南子》注："龙门，河之隘也，在左冯翊。"《太平寰宇记》："龙门山，在同州韩城县北五十里，《禹贡》所谓'导河积石，至于龙门'。《三秦记》云：'河津一名龙门，外悬泉而两旁有山，川陆不通，鱼鳖莫上，故江河大鱼有暴腮龙门之困。'"

碣石：《水经注》："濡水又东南至絫县碣石山。文颖曰：碣石在辽西絫县，王莽之选武也。絫县并属临渝，王莽更临渝为凭德。《地理志》曰：大碣石山在右北平骊城县西南，王莽改曰碣石也。汉武帝亦尝登之，以望巨海，而勒其石于此。今枕海有石如甬道数十里，当山顶有大石如柱形，往往而见，立于巨海之中，潮水大至〔则隐〕，及潮波退，不动不没，不知深浅，世名之天桥柱也。状若人造，要亦非人力所就，韦昭亦指此以为碣石也。"《舆地广记》："平州石城县有《禹贡》碣石山，秦皇、汉武皆登之，以望巨海。其石碣然而立在海旁，故名之。《晋太康地志》云：'秦筑长城，所起于碣石，在今高丽界，非此碣石也。'"王应麟《通鉴地理通释》："碣石，在平州石城县西南，汉右北平郡骊城县，碣然而立在海旁。其山昔在河口海滨，历世既久，为水所渐，沦入于海，去岸五百馀里。《禹贡》：'夹右碣石，入于河。'《山海经》：'碣石之山，绳水出焉。'注《水经》曰：'今在辽西临渝县南水中，秦皇刻碣石门登之，以望巨海。'《通典》：'碣石山在汉乐浪郡遂城县，长城起于此山。长城东截辽水而入高丽，遗趾犹存。'"

鸟逝：木华《海赋》："望涛远决，冏然鸟逝。"

鲸鱼：《古今注》："鲸鱼者，海鱼也。大者长千里，小者数十丈。一生数万子，常以五月、六月就岸边生子，至七、八月，导从其子还大海中。鼓浪成雷，喷沫为雨，水族惊畏皆逃匿，莫敢当者。其雌曰鲵，大者亦长千里，眼为明月珠。"

鹢首：《淮南子》："龙舟鹢首，浮吹以娱。"高诱注："鹢，大鸟也。画其像着船头，故曰鹢首也。"

八风：《淮南子》："何谓八风？东北曰炎风，东方曰条风，东南曰景风，南方曰巨风，西南曰凉风，西方曰飂风，西北方曰丽风，北方曰寒风。"

扶桑：《十洲记》："扶桑在碧海之中，地方万里。上有太帝宫，太真东王父所治处。地多林木，叶皆如桑。又有椹树，长者数千丈，大二千馀围。树两两同根偶生，更相依倚，是以名为扶桑。仙人食其椹，而一体皆作金光色，飞翔空玄。其树虽大，其叶椹故如中夏之桑也。但椹稀而色赤，九千岁一生实耳，味绝甘香美。”《南史》：“扶桑国者，齐永元元年，其国沙门慧深来至荆州，说云：‘扶桑在大汉国东二万馀里，地在中国之东，其上多扶桑木，故以为名。扶桑叶似桐，初生如笋，国人食之。实如梨而赤，绩其皮为布，以为衣，亦以为锦。’”

若荠：《颜氏家训》：“《罗浮山记》云：‘望平地，树如荠。’戴暠诗：‘今上关山望，长安树如荠。’”薛道衡诗：“遥原树若荠，远水舟如叶。”

郁岛：《水经注》：“东北海中有大洲，谓之郁洲。《山海经》所谓郁山在海中者也，言是山自苍梧徙此云。山上犹有南方草木，今郁州治，故崔季珪之叙《述初赋》言‘郁州者，故苍梧之山也。心悦而怪之。闻其上有仙人石室也，乃往观。见一道人，独处休休然，不谈不对，顾非己及也。’即其赋所云‘吾夕济于郁洲’者也。”《太平寰宇记》：“海州东海县，本秦末田横所保郁洲，亦曰郁州，亦谓之田横岛，为赣榆县之地。宋泰始六年失淮北，于郁洲上侨立青州，即此地。”《一统志》：“淮安府海州朐山东北。海中有大洲，谓之郁洲，又名郁州，一名郁州山，一名苍梧山，或云昔从苍梧飞来。”

九域：李善《文选》注：“《韩诗》云：‘方命厥后，奄有九域。’薛君曰：九域，九州也。”

黄雀风：周处《风土记》：“六月则有东南长风，俗名黄雀长风。时海鱼变为黄雀，因为名也。”

蜃气：《埤雅》：“蜃形似蛇而大，腰以下鳞尽逆，一曰状似螭龙，有耳有角，背鬣作红色，嘘气成楼台，望之丹碧隐然，如在烟雾。高鸟倦飞，就之以息。喜且至，气辄吸之而下，今俗谓之蜃楼，将雨即见。《史记》曰‘海旁蜃气成楼台，广野气成宫阙’，即此是也。”

七子诗：魏文帝《典论》：“今之文人，鲁国孔融、广陵陈琳、山阳王粲、北海徐幹、陈留阮瑀、汝南应玚、东平刘桢，斯七子者，于学无所遗，于辞无所假，咸自以骋骐骥于千里，仰齐足而并驰。”

王度：《左传》：“思我王度，式如玉，式如金。”

乐毅:《战国策》:“昌国君乐毅为燕昭王合五国之兵而攻齐,下七十馀城,尽郡县之以属燕。三城未下,而燕昭王死。惠王即位,用齐人反间,疑乐毅,而使骑劫代之将。乐毅奔赵,赵封以为望诸君。”

信陵:《史记·信陵君列传》:“公子留赵十年不归。秦闻公子在赵,日夜出兵东伐魏。魏王患之,使使往请公子。公子归,救魏。魏王见公子,相与泣,而以上将军印授公子,公子遂将。率五国之兵,破秦军于河外,走蒙骜。遂乘胜逐秦军至函谷关,抑秦兵,秦兵不敢出。当是时,公子威震天下。”

积水:《荀子》:“积土而为山,积水而为海。”

鳌:《楚辞章句》:“鳌,大龟也。”

送徐郎中①

东郊春草色②,驱马去悠悠。
况复乡山外,猿啼湘水流。
岛夷传露版,江馆候鸣驺。
卉服为诸吏,珠官拜本州。
孤莺吟远墅,野杏发山邮。
早晚方归奏,南中绝忌秋③。

【校】

①徐,顾元纬本、凌本俱作“祢”。

②草色,顾元纬本作“色早”。

③绝,诸本皆作“才”,今从《唐诗品汇》及顾可久本作“绝”。

【注】

湘水:王应麟《通鉴地理通释》:“湘水出全州清湘县阳朔山,东入洞庭,北至衡州衡阳县入江。”《唐六典》注:“湘水出桂州湘源县,北流历永、衡、潭、岳四州界,入洞庭。”

露版:《宋书·谢灵运传》:“孟𫖮露版上言。”

邮:《广雅》:“邮,驿也。”

南中:《华阳国志》:“晋泰始六年初,置蜀之南中诸郡。南中在昔,盖夷越之地。”

送熊九赴任安阳①

魏国应刘后,寂寥文雅空。
漳河如旧日,之子继清风。
阡陌铜台下,闾阎金虎中。
送车盈灞上,轻骑出关东。
相去千馀里,西园明月同。

【校】

①安,刘本、顾可久本俱作“洛”,误。

【注】

安阳:《唐书·地理志》:相州邺郡有安阳县。

应刘:《魏志》:“始文帝为五官将,及平原侯植皆好文学。汝南应玚字德琏,东平刘桢字公斡,并见友善。”谢庄《月赋》:“陈王初丧应刘,端忧多暇。”

漳河:《杜氏通典》:“漳水在相州邺县西。”《元和郡县志》:“浊漳水在相州邺县北五里。”

铜台:《水经注》:“邺城之西北有三台,皆因城为基,巍然崇举,其高若山。建安十五年,魏武所起,其中曰铜雀台,高十丈,有屋百馀间。”《一统志》:“铜雀台在漳德府临漳县治西,魏曹操筑,并金虎、冰井,三台相去各六十步。其上复道楼阁相通,中央悬绝,铸大铜雀,高一丈五尺,置之楼顶。”

金虎:《魏志》:“建安十八年九月,作金虎台,凿渠引漳水入白沟,以通河。”《一统志》:“金虎台在漳德府临漳县治西南邺镇,曹操于台下凿渠,引漳水入白沟,遗址尚存。”

灞上：《元和郡县志》："白鹿原在万年县东二十里，亦谓之霸上。汉文帝葬其上，谓之霸陵。王仲宣诗曰'南登霸陵岸，回首望长安'，即此也。"《雍录》："霸上，霸水之上也，亦曰霸头。"

轻骑：《史记·刘敬传》："轻骑一日一夜可以至秦中。"

西园：曹子建《公宴》诗："公子敬爱客，终宴不知疲。清夜游西园，飞盖相追随。明月澄清景，列宿正参差。"沈约诗："西园游上才。"吕向注："西园，谓魏氏邺都之西园也。文帝每以月夜，集文人才子，共游于西园。"《一统志》："西园在彰德府邺县旧治，魏曹操所作。"

送李太守赴上洛

商山包楚邓，积翠蔼沉沉。
驿路飞泉洒，关门落照深。
野花开古戍，行客响空林。
板屋春多雨，山城昼欲阴。
丹泉通虢略，白羽抵荆岑。
若见西山爽，应知黄绮心。

【注】

上洛：按《唐书·地理志》：商州上洛郡属关内道。

楚邓：《太平寰宇记》：商州"东至邓州七百里"。

关门：《南都赋》："是以关门反距，汉德久长。"《水经注》："《晋地道记》曰：峣关当上洛县西北。"《括地志》："故武关在商州商洛县东九十里。"《唐书·地理志》：商州上洛郡商洛县东有武关。

板屋：《诗》："在其板屋。"

丹泉：《水经》："丹水出京兆上洛县西北冢岭山，东南过其县南，又东南过商县南，又东南至于丹水县，入于汋。"《一统志》："丹水出商县竹山，东流入河南界。"

虢略：《左传》："东尽虢略。"孔颖达《正义》云："虢略，虢之境界也。"《后汉书·郡国志》：弘农郡"陆浑西有虢略地"。《太平寰宇记》：商州"北至虢州四百里"。

白羽：杜预《左传》注："析，楚邑，一名白羽，今南乡析县。"《水经注》："淅水又东径淅县故城北，盖《春秋》之白羽也。"《舆地广记》："邓州内乡县，本楚之白羽邑，《春秋》昭十八年'许迁于白羽'，后改为析；汉属弘农郡，后汉属南阳郡；晋属顺阳郡，后曰西淅，置淅阳郡；后周改曰中乡；隋改中乡曰内乡，属淅阳郡；唐属邓州。"

荆岑：王粲《登楼赋》："蔽荆山之高岑。"李善注："《汉书》：临沮县荆山在东北也。"

西山爽：《世说》："王子猷作桓车骑参军，桓谓王曰：'卿在府久，比当相料理。'初不答，直高视，以手板拄颊，云：'西山朝来，致有爽气。'"

黄绮：《高士传》："四皓者，皆河内轵人也，或在汲。一曰东园公，二曰甪里先生，三曰绮里季，四曰夏黄公，皆修道洁己，非义不动。秦始皇时，见秦政虐，乃退入蓝田山，而作歌曰：'莫莫高山，深谷逶迤。晔晔紫芝，可以疗饥。唐虞世远，吾将何归？驷马高盖，其忧甚大。富贵之畏人，不如贫贱之肆志。'乃共入商雒，隐地肺山，以待天下定。及秦败，汉高闻而征之，不至。深自匿终南山，不能屈己。"陶潜诗："咄咄俗中愚，且当从黄绮。"

成按：诗中复二"泉"字、三"山"字，凡十二见地形，竟无太守意。古人不以为病，李于鳞选唐诗，去取极刻，亦登此首，则诗之所尚，概可知矣。彼吹毛索垢者，必执一例以绳古人之诗，又安能得佳构于牝牡骊黄之外哉？

游感化寺[①]

翡翠香烟合，瑠璃宝地平[②]。
龙宫连栋宇，虎穴傍檐楹。
谷静惟松响，山深无鸟声。
琼峰当户拆，金涧透林鸣[③]。

郢路云端迥，秦川雨外晴。
雁王衔果献[4]，鹿女踏花行[5]。
抖擞辞贫里，归依宿化城。
绕篱生野蕨，空馆发山樱。
香饭青菰米[6]，嘉蔬绿芋羹[7]。
誓陪清梵末，端坐学无生。

【校】

①《文苑英华》作“游化感寺”。

②地，凌本、《唐诗正音》、《唐诗品汇》俱作“殿”。

③鸣，《文苑英华》、《唐诗品汇》俱作“明”。

④雁，一作“凤”，非。

⑤踏，《文苑英华》作“蹈”。

⑥菰，一作“萌”。

⑦绿，一作“紫”。芋，《文苑英华》、《唐诗品汇》俱作“笋”。羹，《文苑英华》作“茎”。

【注】

翡翠：梁简文帝《咏烟》诗：“欲持翡翠色。”

瑠璃：《法华经》：“地平如掌，瑠璃所成。”

檐楹：谢惠连诗：“落日隐檐楹。”

金涧：鲍照诗：“霜崖灭土膏，金涧侧泉脉。”

雁王：《佛报恩经》：“有五百群雁从北方来，飞空南过。中有雁王堕猎网中，时有一雁悲鸣吐血，即鼓两翅来投雁王，五百群雁徘徊虚空，亦复不去。猎师念言：‘鸟兽尚能共相恋慕，不惜身命，我今当以何心而杀是雁王？’寻时开网，放使令去。”《法苑珠林》：“宋京师道林寺有沙门僧伽达多，博通经论，偏以禅思为业。以元嘉之初来游宋境。达多常在山中坐禅。日时将逼，念欲受斋，乃有群鸟衔果，飞来授之。达多思维：昔猕猴奉蜜，佛亦受而食之；今飞鸟授食，何为不可。于是受进食之。”

鹿女：《佛报恩经》："有国号波罗奈，去城不远，有山名圣所游居。其山有一仙人住居南窟，复有一仙住居北窟。二山中间有一泉水，其泉水边有一平石。尔时南窟仙人在此石上浣衣洗足。去后未久，有一雌鹿来饮泉水，次第到浣衣处，饮是石上浣衣垢汁。饮此衣垢汁已，回头反顾，自舐小便处。尔时雌鹿寻便怀妊，月满产生。鹿产生法，要还向本得胎处，即还水边，住本石上，悲鸣宛转，产生一女。南窟仙人闻是鹿大悲鸣声，即出往看，见此雌鹿产生一女，以草衣裹拭，将还，采众妙果，随时将养，渐渐长大。至年十四，其父爱念，常使宿火令不断绝。忽于一日，心不谨慎，便使火灭。其父语其女言：'北窟有火，汝可往取。'尔时鹿女即往诣北窟，步步举足，皆生莲华，随其踪迹，行伍次第如似街陌。往至北窟，从彼仙人乞求少火。尔时仙人见此女人福德如是，足下生莲华，报言：'欲得火者，汝当右绕我窟，满足七帀，行伍次第，了了分明。'随其举足，皆生莲华，绕七帀已，语其女言：'复当在此右边还归去者，当与汝火。'尔时鹿女为得火，故随教而去。"

贫里：用《法华经》穷子事，见二十卷"宝藏"注。

归依：《华严经》："哀哉众生，生老病死之所恐怖，我当云何，为作归依，令其永得身心安隐。"

野蕨：谢灵运诗："野蕨渐紫苞。"

嘉蔬：郭璞《江赋》："挺自然之嘉蔬。"傅亮《喜雨赋》："覃馀润于嘉蔬。"

绿芋羹：沈约诗："绿芋郁参差。"《汉书·翟方进传》："饭我豆食羹芋魁。"师古注："羹芋魁者，以芋根为羹也。"

清梵：庾信诗："清梵两边来。"

游悟真寺[①]

闻道黄金地，仍开白玉田[②]。
掷山移巨石，咒岭出飞泉。
猛虎同三径，愁猿学四禅。

买香燃绿桂，乞火踏红莲[3]。
草色摇霞上[4]，松声泛月边。
山河穷百二，世界满三千[5]。
梵宇聊凭视[6]，王城遂渺然。
灞陵才出树[7]，渭水欲连天。
远县分诸郭[8]，孤村起白烟[9]。
望云思圣主，披雾忆群贤[10]。
薄宦惭尸素，终身拟尚玄。
谁知草庵客，曾和《柏梁篇》。

【校】

①《唐诗纪事》、《唐诗品汇》俱以此诗为王缙所作。

②开，《文苑英华》作“依”。

③踏，一作“塌”。红，凌本、《唐诗纪事》俱作“青”。

④上，《唐诗品汇》作“起”。

⑤满，一作“接”。

⑥凭视，《文苑英华》作“平览”，《唐诗纪事》作“凭览”。

⑦才，一作“才”。

⑧诸，《文苑英华》、《唐诗纪事》俱作“朱”。

⑨村，《文苑英华》作“城”。

⑩忆，一作“隐”。

【注】

悟真寺：《长安志》：“崇法寺，即唐悟真寺也，在蓝田县东南二十里王顺山。白居易有诗述其灵，后改名。”《法苑珠林》：“雍州蓝田东悟真山寺，寺居蓝田谷之西崖，制穷山美，殿堂严整。”

黄金地：《法苑珠林》：“须达长者请祇陀太子，欲买园造精舍。祇陀太子言：‘若能以黄金布地，令间无空者，便当相与。’须达曰：‘诺，谨随其价。’便使人象负金出，八十顷中须臾欲满，残馀少地。须达思惟：‘何藏金足，不多不少，当取满之。'祇陀问言：'嫌贵置之。'答言：'不也。自念金藏，何者可足，当得补满。'祇陀念言：'佛必大德，乃使斯人轻宝乃尔。教齐且止，勿更出金。园地属卿，树木属我。我自上佛，共立精舍。'"

白玉田：《后汉书·郡国志》："蓝田出美玉。"张衡《西京赋》："爰有蓝田珍玉，是之自出。"

咒泉：《十六国春秋》："昙无谶随王入山。王渴须水，不能即得，谶乃密咒石为出水，因赞曰：'大王惠泽所感，遂使枯石生泉。'邻国闻者，莫不叹伏。"

四禅：《涅槃经》："获得四禅，神通安乐。"《华严经》："是菩萨住此发光地时，即离欲恶不善法，有觉有观，离生喜乐，住初禅；灭觉观，内净一心，无觉无观，定生喜乐，住第二禅；离喜住舍，有念正知，身受乐，诸圣所说，能舍有念正受乐，住第三禅；断乐先除，苦喜忧灭，不苦不乐，舍念清净，住第四禅。"

绿桂：《拾遗记》："王母与昭王游于燧林之下，取绿桂之膏，燃以照夜。"

乞火：见本卷"鹿女"注中。

百二：《汉书》："秦，形胜之国也，带河阻山，县隔千里，持戟百万，秦得百二焉。"应劭曰："言河山之险，与诸侯相悬隔，地绝千里，所以能擒诸侯者，利百二也。"苏林曰："百二，得百中之二，二万人也。秦地险固，二万人足当诸侯百万人也。"

世界三千：《法苑珠林》："《长阿含》、《起世经》等：四洲地心即是须弥山。山外别有八山围。如须弥山下，大海深八万四千由旬。其边八山大海，初广八千由旬，中有八功德水。如是渐小，至第七山下，水广一千二百五十由旬，其外咸海，广于无际。海外有山，即是大铁围山。四周围轮，并一日月，昼夜回转，照四天下，名为一国土。即以此为量，数至满千，铁围绕讫，名小千世界。即数小千，复至一千，铁围绕讫，名为中千世界。即数中千，复满一千，铁围绕讫，名为大千世界。其中四洲、山王、日月，乃至有顶，各有万亿。成则同成，坏则同坏，皆是一化佛所统之处，名为三千大千世界，号为娑婆世界。梵本正音，名为索诃世界。依《自誓三昧经》云沙诃世界。"《释氏要览》:"三千大千世界,即释迦牟尼佛所化境也。世界何义?《楞严经》云:世为迁流,界为方位。又云:东、西、南、北、四维、上、下名界、过去、未来、现在名世。《长阿含经》并《起世因本经》云:四洲地心,即须弥山。梵音'苏弥卢',此云妙高。此山有八山绕外,有大铁围山,周回围绕,并一日月昼夜回转,照四天下,名一国土。积千国土,名小千世界。积一千小千界,名中千世界。积一千中千界,名大千世界。以三积千故,名三千大千世界。"

王城:鲍照诗:"家世宅关辅,胜带宦王城。"

望云:《史记》:"帝尧者,就之如日,望之如云。"

披雾:《晋书》:"尚书令卫瓘见乐广而奇之,命诸子造焉,曰:'此人之水镜,见之莹然,若披云雾而睹青天也。"

尸素:《汉书》:"今朝廷大臣,上不能匡主,下亡以益民,皆尸位素餐。"潘岳《关中》诗:"愧无献纳,尸素以甚。"李善注:"薛君《韩诗章句》曰:何谓素餐?素餐者,质人但有质朴,而无治民之材,名曰素餐。尸禄者,颇有所知,善恶不言,默然不语,苟欲得禄而已,譬若尸焉。"

尚玄:用扬雄《太玄》事。

草庵客:《神仙传》:"焦先居河之湄,结草为庵,独止其中。"

与苏卢二员外期游方丈寺而苏不至因有是作①

共仰头陀行,能忘世谛情。
回看双凤阙②,相去一牛鸣。
法向空林说,心随宝地平。
手巾花氍净,香帔稻畦成。
闻道邀同舍,相期宿化城。
安知不来往,翻以得无生③。

【校】

①《文苑英华》、《唐诗品汇》俱以此诗为王昌龄所作。

②凤，顾元纬本作“树”，误。

③以得，顾元纬本、凌本、《唐诗品汇》俱作“得似”。

【注】

头陀行：《法苑珠林》：“夫五欲盖缠，并是禅障。既能除弃，其心寂静，堪能修道。故此章内具明十二头陀之行。少欲知足，无过此等。西云头陀，此云抖擞。能行此法，即能抖擞烦恼，去离贪着。如衣抖擞，能去尘垢。是故从喻为名。”《翻译名义》：“头陀，新云杜多，此云抖擞，亦云修治，亦云洮汰。《垂裕记》云：抖擞烦恼故也。《善住意天子经》云：头陀者，抖擞贪欲、嗔恚、愚痴、三界、内外六入，若不取不舍，不修不著，我说彼人，名为杜多。今讹称头陀。《大品》云：须菩提，说法者，受持十二头陀，一作阿兰若，二常乞食，三衲衣，四一坐食，五节量食，六中后不饮浆，七冢间住，八树下住，九露地住，十常坐不卧，十一次第乞食，十二但三大衣。”

世谛：《涅槃经》：“世尊，所说世谛第一义谛，其义云何？如出世人之所知者名第一义谛，世人知者名为世谛。五阴和合，称言某甲。凡夫众生，随其所称，是名世谛。解阴无有某甲名字，离阴亦无某甲名字。出世之人，如其性相，而能知之，名第一义谛。或复有法有名有实，或复有法有名无实。有名无实者，即是世谛，有名有实者，是第一义谛。如我众生，寿命知见，养育丈夫，作者受者，热时之焰，乾闼婆城，龟毛兔角，旋火之轮。诸阴界入，是名世谛。苦集灭道，名第一义谛。”昭明太子解二谛义云：“所言二谛者，一是真谛，二名俗谛。真谛亦名第一义谛，俗谛亦名世谛。真谛、俗谛，以立体立名；义谛、世谛，以褒贬立目。”《宗镜录经》云：“以凡夫见之为世谛，以圣人见之为空谛。所称谛者，审实不虚，故称为谛。世谛不无，执假为谛，真谛非有，证实为谛。”

一牛鸣：《太藏一览》：“一牛鸣地，其声五里。”《翻译名义》：“拘卢舍，此云五百弓，亦云一牛吼地，谓大牛鸣声所极闻。或云一鼓声。《拘舍》云二里，《杂宝藏》云五里。”

心平：《楞严经》：“持地菩萨言：昆舍如来摩顶谓我：‘当平心地，则世界地一切皆平。’”

花氎：《南史》："高昌国有草，实如茧，茧中丝如细纩，名曰白叠子。国人取之，织以为布，布甚软白，交市用焉。"

晓行巴峡

际晓投巴峡，馀春忆帝京。
晴江一女浣，朝日众鸡鸣①。
水国舟中市，山桥树杪行②。
登高万井出，眺迥二流明。
人作殊方语，莺为旧国声③。
赖谙山水趣⑤，稍解别离情。

【校】

①鸡，《唐诗品汇》作"禽"。

②杪，凌本作"上"。

③旧，《唐诗正音》作"故"。

④谙，《文苑英华》、《唐诗品汇》皆作"多"。

【注】

巴峡：刘渊明《蜀都赋》注："三峡，巴东永安县有高山相对，相去可二十丈，左右崖甚高，人谓之峡，江水过其中。"

馀春：梁简文帝《晚春赋》："待馀春于北阁。"

树杪：《韵会》："杪，木末也。"

殊方：《汉书》："殊方万里，悦德归谊。"

赋得清如玉壶冰①

藏冰玉壶里，冰水类方诸②。
未共销丹日，还同照绮疏。

抱明中不隐，含净外疑虚。
气似庭霜积，光言砌月馀③。
晓凌飞鹊镜，宵映聚萤书。
若向夫君比，清心尚不如④。

【校】

①凌本、《文苑英华》皆无"赋得"二字。

②《文苑英华》作"玉壶何用好，偏许素冰居"。

③言，《毛氏试帖》本作"涵"。

④《文苑英华》作"若向贪夫比，贞心定不馀"。又"如"字，顾元纬本、凌本俱作"知"。

【注】

【原注】京兆府试，时年十九。

清如玉壶冰：鲍照《白头吟》："清如玉壶冰。"

方诸：郑康成《周礼注》："鉴，镜属，取水者，世谓之方诸。"《淮南子》："方诸见月则津而为水。"高诱注："方诸，阴燧大蛤也。熟摩拭令热。月盛时，以向月下则水生，以铜盘受之，下水数滴。"

绮疏：《后汉书·梁冀传》："窗牖皆有绮疏青琐。"章怀太子注："绮疏，谓镂为绮文也。"

飞鹊镜：《神异传》："有夫妇相别，破镜，人各执半以为信。其妻与人通，镜化为鹊，飞至夫前，夫乃知之。后人因铸镜为鹊，安背上。"吴均诗："愿为飞鹊镜，翩翩照离别。"

聚萤书：《晋书》："车胤恭勤不倦，博学多通。家贫，不常得油，夏月则练囊盛数十萤火以照书，以夜继日焉。"

春日直门下省早朝

骑省直明光，鸡鸣谒建章。
遥闻侍中佩，暗识令君香①。
玉漏随铜史②，天书拜夕郎③。
旌旗映阊阖，歌吹满昭阳。
官舍梅初紫，宫门柳欲黄。
愿将迟日意，同与圣恩长。

【校】

①君，《文苑英华》作“公”。

②随，《文苑英华》作“催”。

③拜，《文苑英华》作“问”。

【注】

【原注】时为左补阙。

门下省：《雍录》：“按《六典》，宣政殿前有两庑，两庑各自有门。其东曰日华，日华之东则门下省也，以其地居殿庑之左，故又曰左省也。凡两省官系衔以左者，如左散骑、左谏议、给事中皆其属也。西廊有门曰月华，月华之西即中书省也，凡系衔为右者，如右谏议、右常侍、中书舍人则其属也。故东西两省皆有骑省，为其各分左右，而常侍亦分左右也。”

骑省：谓散骑之省，出潘岳《秋兴赋序》。唐时两省皆有散骑常侍，故亦谓之“骑省”。

侍中佩：《宋书·礼志》：“侍中、左右常侍皆佩水苍玉。”《古今注》：“汉末丧乱，玉佩之法绝而不传。魏侍中王粲识古佩法，始更制焉。”

令君香：《艺文类聚》：“《襄阳记》曰：荀令君至人家，坐处三日香。”

铜史：陆倕《新漏刻铭》：“铜史司刻，金徒抱箭。”李善注：“张衡《漏水转浑天仪制》曰：盖上又铸金铜仙人，居左壶，为胥徒，居右壶，皆以左手抱箭，右手指刻，以别天时早晚。”

夕郎：见十卷“琐闱”注中。

歌吹：梁徐(俳)〔悱〕妻刘氏诗：“况复昭阳近，风传歌吹声。”[1]

迟日：《诗》：“春日迟迟。”毛苌《传》云：“迟迟，舒缓也。”孔颖达《正义》云：“迟迟者，日长而暄之意，故为舒缓。计春秋漏刻多少正等，而秋言凄凄，春言迟迟者，阴阳之气感人不同。张衡《西京赋》云：‘人在阳则舒，在阴则惨。’然则人遇春暄，则四体舒泰，春觉昼景之稍长，谓日行迟缓，故以迟迟言之。及遇秋景，四体褊燥，不见日行急促，惟觉寒气袭人，故以凄凄言之。凄凄是凉，迟迟是暄，二者观文似同，本意实异也。”

上张令公

珥笔趋丹陛，垂珰上玉除。
步檐青琐闼，方幰画轮车。
市阅千金字，朝开五色书①。
致君光帝典，荐士满公车。
伏奏回金驾，横经重石渠。
从兹罢角抵，希复幸储胥②。
天统知尧后，王章笑鲁初。
匈奴遥俯伏，汉相俨簪裾。
贾生非不遇，汲黯自堪疏。
学《易》思求我，言《诗》或起予。
尝从大夫后，何惜隶人馀。

【校】

①开，一作“闻”。

[1] 此二句出自《玉台新咏》中《和婕妤怨》诗。清纪容舒《玉台新咏考异》云：“案，《乐府诗集》此首及下一首均作王叔英妻，《玉台》旧本亦必如是，后人因《艺文类聚》载此首为徐悱妻，遂改题此首为令娴，而未检前之已见耳。”

②希，顾元纬本、凌本俱作“且”，误。

【注】

张令公：《唐书·玄宗本纪》：开元十一年“四月甲子，张说为中书令”。二十(一)〔二〕年五月戊子，“张九龄为中书令”。此张令公应是九龄，顾元纬以为张说，误矣。

珥笔：曹植《求通亲亲表》：“安宅京室，执鞭珥笔。”李善注：“珥笔，(载)〔戴〕笔也。”潘岳诗：“优游省闼，珥笔华轩。”吕向注：“珥，执也。”

垂珰：鲍照诗：“垂珰散佩盈玉除。”

步檐：《上林赋》：“步櫩周流。”师古注：“步櫩，言其下可行步，即今之步廊也。”左思《魏都赋》：“方步櫩而有逾。”李善注：“步櫩，长廊也。”

青琐闼：范彦龙诗：“摄官青琐闼，遥望凤凰池。”

方幰：纪少瑜诗：“日落庭光转，方幰屡移阴。”

千金字：《史记》：“是时诸侯多(辨)〔辩〕士，如荀卿之徒，著书布天下。吕不韦乃使其客人人著所闻，集论以为八览、六论、十二纪，二十馀万言。以为备天地万物古今之事，号曰《吕氏春秋》。布咸阳市门，悬千金其上，延诸侯游士宾客，有能增损一字者予千金。”

帝典：王俭《褚渊碑文》：“光我帝典，缉彼民黎。”

回金驾：颜延年诗：“金驾映松山。”李善注：“金驾，金辂也。”《后汉书》：“帝尝轻与期门近出，姚期顿首车前曰：‘臣闻古今之戒，变生不意，诚不愿陛下微行数出。’帝为之回舆而还。”

石渠：《汉书》：“韦玄成受诏，与太子太傅萧望之及《五经》诸儒杂论同异于石渠阁。”

角抵：《汉书·武帝纪》：“元封三年春，作角抵戏。”文颖注：“名此乐为角抵者，两两相当角力，角技艺射御，故名角抵，盖杂乐技也。”《元帝纪》：初元五年“罢角抵”。《贡禹传》：“天子纳善其忠，乃下诏罢角抵诸戏。”《刑法志》：“春秋之后，灭弱吞小，并为战国，稍增讲武之礼，以为戏乐，用相夸视。而秦更名角抵。”《后汉书·南匈奴传》：“祖会飨赐作乐，角抵百戏。”章怀太子注：“角抵之戏则鱼龙爵马之属，言两两相当，亦角而为抵对，即今之斗朋，古之角抵也。”

储胥：《三辅黄图》：“武帝作迎风馆于甘泉山，后加露寒、储胥二馆，皆在云阳。(甘泉中)[1]”

天统：《汉书》：“汉承尧运，德祚已盛，断蛇着符，旗帜上赤，协于火德，自然之应，得天统矣。”孟康曰：“十一月天统，物萌色赤，故云得天统矣。”臣瓒曰：“汉承尧绪，为火德。秦承周后，以火代木，得天之统绪，故曰得天统。汉初因秦正，至太初元年始用夏正，不用十一月为正也。”

王章：《左传》：“晋侯请隧，弗许，曰：‘王章也。’”

鲁初：《檀弓》：“夫鲁有初。”郑康成注：“初，谓故事。”

匈奴：《汉书》：“单于来朝，引见白虎殿。丞相王商坐未央廷中，单于前，拜谒商。商起，离席与言，单于仰视商貌，大畏之，迁延却退。天子闻而叹曰：‘此真汉相矣。’”

贾生：《汉书》：“刘向称：‘贾谊言三代与秦治乱之意，其论甚美，通达国体，虽古之伊、管，未能远过也。使时见用，功化必盛。为庸臣所害，甚可悼痛。’追观孝文玄默躬行以移风俗，谊之所陈略施行矣。及欲改定制度，以汉为土德，色尚黄，数用五，及欲试属国，施五饵三表以系单于，其术固已疏矣。谊亦天年早终，虽不至公卿，未为不遇也。”

汲黯：《史记》：“汲黯为中大夫，以数切谏，不得久留内。”

求我：见《周易·蒙卦》。

隶人：《左传》“隶人、牧、圉”。

哭褚司马

妄识皆心累，浮生定死媒。
谁言老龙吉，未免伯牛灾。
故有求仙药，仍馀遁俗杯。
山川秋树苦，窗户夜泉哀。

---

[1] 按，“甘泉中”三字当属下读。露寒、储胥二馆皆在甘泉宫外。

尚忆青骡去，宁知白马来。
汉臣修《史记》，莫蔽褚生才。

【注】

老龙吉:《庄子》:“妸荷甘与神农同学于老龙吉。神农隐几阖户昼瞑，妸荷甘日中奓户而入，曰:‘老龙死矣。’神农隐几拥杖而起，曝然投杖而笑，曰:‘天知予僻陋慢訑，故弃予而死。亡矣，夫子无所发予之狂言而死矣夫。’”

伯牛灾:《史记》:“伯牛有恶疾，孔子往问之。”

青骡:《鲁女生别传》:“李少君死后百馀日，人见其在河东蒲坂，乘青骡。帝闻之，发棺，无所见。”

白马:《后汉书》:“范式少游太学，为诸生，与汝南张劭为友。劭字元伯。二人并告归乡里。式仕为郡功曹，忽梦见元伯玄冕垂缨屣履而呼曰:‘巨卿，吾以某日死，当以尔时葬，永归黄泉。子未我忘，岂能相及！’式怳然觉寤，悲叹泣下，便服朋友之服，投其葬日，驰往赴之。式未及到，而丧已发引，既至圹，将窆，而柩不肯进。其母抚之曰:‘元伯，岂有望邪？’遂停柩移时，乃见有素车白马，号哭而来。其母望之曰:‘是必范巨卿也。’巨卿既至，叩丧言曰:‘行矣元伯！死生路异，永从此辞。’会葬者千人，咸为挥涕。式因执绋而引，柩于是乃前。”

褚生:《史记索隐》:“张晏曰:‘褚先生，颍川人。仕元、成间。’韦陵云:‘《褚颉家传》:褚少孙，梁相褚大弟之孙，宣帝时为博士，寓居沛，事大儒王式，故号“先生”，续《太史公书》。’”

过沈居士山居哭之

杨朱来此哭，桑扈返于真。
独自成千古，依然旧四邻。
闲檐喧鸟雀，故榻满埃尘。
曙月孤莺啭，空山五柳春。

野花愁对客，泉水咽迎人。
善卷明时隐，黔娄在日贫。
逝川嗟尔命，丘井叹吾身。
前后徒言隔，相悲讵几晨①。

【校】

①几，凌本、《唐诗品汇》俱作“岁”。

【注】

杨朱：《列子》：“随梧之死，杨朱抚其尸而哭。”

桑扈：《庄子》：“子桑户、孟子反、子琴张三人相与友，莫然有间，而子桑户死，未葬。孔子闻之，使子贡往待事焉。或编曲，或鼓琴，相和而歌曰：‘嗟来桑户乎！嗟来桑户乎！而已反其真，而我犹为人猗！’”

善卷：《高士传》：“善卷者，古之贤人也。尧闻得道，乃北面师之。及尧受终之后，舜又以天下让卷。卷曰：‘予立于宇宙之中，冬衣皮毛，夏衣絺葛，春耕种，形足以劳动；秋收敛，身足以休（息）〔食〕。日出而作，日入而息，逍遥于天地之间，而心意自得。吾何以天下为哉？悲夫！子之不知余也。’遂不受，去，入深山，莫知其终。”

黔娄：《列女传》：“鲁黔娄先生死，曾子与门人往吊之，哭之曰：‘嗟乎！先生之终也，何以为谥？’其妻曰：‘以“康”为谥。’曾子曰：‘先生在时，食不充口，衣不盖形，死则手足不敛，旁无酒肉，生不得其美，死不得其荣，何乐于此，而谥为“康”乎？’其妻曰：‘昔先生君尝欲授之以政，以为相国，（而辞）〔辞而〕不为，是有馀贵也。君尝赐之粟三十钟，先生辞而不受，是有馀富也。彼先生者，甘天下之淡味，安天下之卑位，不戚戚于贫贱，不忻忻于富贵，求仁而得仁，求义而得义，其谥为“康”，不亦宜乎？’”

逝川：鲍照诗：“东海并逝川，西山导落晖。”王俭《褚渊碑文》：“感逝川之无舍，哀清晖之渺默。”

丘井：《维摩诘经》：“是身如丘井，为老所逼。”鸠摩罗什曰：“丘井，丘墟枯井也。”

哭祖六自虚

否极当闻泰，嗟君独不然。
悯凶才稚齿[①]，羸疾至中年。
馀力文章秀，生知礼乐全。
翰留天帐览，词入帝宫传。
国讶终军少，人知贾谊贤。
公卿尽虚左，朋识共推先。
不恨依穷辙，终期济巨川。
才雄望羔雁，寿促背貂蝉。
福善闻前录，歼良昧上玄。
何辜铩鸾翮，何事与龙泉[②]？
鵩起长沙赋，麟终曲阜编。
城中君道广，海内我情偏。
乍失疑犹见[③]，沉思悟绝缘。
生前不忍别，死后向谁宣？
为此情难尽，弥令忆更缠。
本家清渭曲，归葬旧茔边。
永去长安道，徒闻京兆阡[④]。
旐车出郊甸，乡国隐云天[⑤]。
定作无期别，宁同旧日旋[⑥]。
候门家属苦[⑦]，行路国人怜。
送客哀终进[⑧]，征途泥复前[⑨]。
赠言为挽曲，奠席是离筵。
念昔同携手，风期不暂捐。
南山俱隐逸，东洛类神仙。
未省音容间，那堪生死迁？
花时金谷饮，月夜竹林眠。

满地传《都赋》，倾朝看药船。
群公咸属目⑩，微物敢齐肩。
谬合《同人》旨，而将玉树连。
不期先挂剑，长恐后施鞭。
为善吾无矣，知音子绝焉。
琴声纵不没，终亦断悲弦⑪。

【校】

①齿，凌本作“子”，误。

②《文苑英华》作“底事碎龙泉”。又“与”字一作“失”，一作“劚”。

③见，《文苑英华》作“在”。

④闻，《文苑英华》作“开”。

⑤天，凌本作“间”。

⑥旧，凌本作“昔”。

⑦属，凌本作“族”。

⑧终，一作“难”。

⑨泥，《文苑英华》、顾可久本俱作“哭”。

⑩公，一作“英”。

⑪断，一作“继”。

【注】

【原注】时年十八。

否泰：《抱朴子》：“寒暑代谢，否终则泰。”

闵凶：《左传》：“寡君少遭闵凶。”杜预注：“闵，忧也。”

稚齿：《后汉书·郎颢传》：“子奇稚齿，化阿有声。”王融《曲水诗序》：“耆年阙市井之游，稚齿丰车马之好。”

羸疾：《晋书·陶潜传》：“躬耕自资，遂抱羸疾。”

天帐：《书断》：“梁鹄，字孟皇，安定乌氏人。少好书，受法于师宜官，以善八分书知名。举孝廉为郎，灵帝重之，亦在鸿都门下，迁幽州刺史。魏武甚爱其书，常悬帐中，又以钉壁，以为胜宜官也。”

终军：《汉书》：“终军，字子云，济南人也。少好学，以辩博能属文闻于郡中。年十八，选为博士弟子。至府受遣，太守闻其有异才，召见军，甚奇之。”

贾谊：《汉书》：“贾谊，洛阳人也。年十八，以能诵诗书属文称于郡中。”

虚左：见六卷“夷门”注中。

穷辙：《晋书》：“阮籍时率意独驾，不由径路，车迹所穷，辄恸哭而返。”

巨川：《尚书》：“若济巨川，用汝作舟楫。”

羔雁：《说苑》：“卿以羔为贽。羔者，羊也。羊群而不党，故卿以为贽。大夫以雁为贽。雁者，行列有长幼之礼，故大夫以为贽。”《后汉书·陈纪传》：“每宰府辟召，常同时旌命，羔雁成群。”

福善：《尚书·汤诰》：“天道福善祸淫。”

歼良：《诗》：“歼我良人。”孔绍安诗：“与善成空说，歼良信在兹。”

上元：扬雄《甘泉赋》：“将郊上玄。”李善注：“上玄，天也。”

铩鸾翮：颜延年诗：“鸾翮有时铩。”李善注：“许慎曰：铩，残羽也。”

龙泉：见十六卷“龙跃平津”注[1]。

鵩赋：《汉书》：“贾谊为长沙王太傅三年，有鵩飞入谊舍，止于坐隅。鵩似鸮，不祥鸟也。谊既谪居长沙，长沙卑湿，谊自伤悼，以为寿不得长，乃

---

[1] 十六卷“龙跃平津”注：《晋书》：“初，吴之未灭也，斗牛之间常有紫气，道术者皆以吴方强盛，未可图也，惟张华以为不然。及吴平之后，紫气愈明。华闻豫章人雷焕妙达纬象，乃要焕宿，屏人曰：‘可共寻天文，知将来吉凶。’因登楼仰观，焕曰：‘仆察之久矣，惟斗牛之间颇有异气。’华曰：‘是何祥也？’焕曰：‘宝剑之精，上彻于天耳。’华曰：‘在何郡？’焕曰：‘在豫章丰城。’华曰：‘欲屈君为宰，密共寻之，可乎？’焕许之。华大喜，即补焕为丰城令。焕到县，掘狱屋基，入地四丈馀，得一石函，光气非常，中有双剑，并刻题，一曰龙泉，一曰太阿。其夕，斗牛间气不复见焉。焕以南昌西山北岩下土以拭剑，光芒艳发。大盆盛水，置剑其上，视之者精芒炫目。遣使送一剑并土与华，留一自佩。或谓焕曰：‘得两送一，张公岂可欺乎？’焕曰：‘本朝将乱，张公将受其祸。此剑当系徐君墓树耳。灵异之物，终当化去，不永为人服也。’华得剑，宝爱之，常置坐侧。华以南昌土不如华阴赤土，报焕书曰：‘详观剑文，乃干将也，莫邪何复不至？虽然，天生神物，终当合耳。’因以华阴土一斤致焕。焕更以拭，剑倍益精明。华诛，失剑所在。焕卒，子华为州从事，持剑行经延平津，剑忽于腰间跃出堕水，使人没水取之，不见剑，但见两龙，各长数丈，蟠萦有文章，没者惧而反。须臾光彩照水，波浪惊沸，于是失剑。华叹曰：‘先君化去之言，张公终合之论，此其验乎！’”

为赋以自广。”

麟终：《春秋元命苞》：“孔子曰：‘丘作《春秋》，始于元，终于麟，王道成也。’”范宁《穀梁集解》：“《春秋》之文，广大悉备，义始于隐公，道终于获麟。”

曲阜：《史记》：“封周公旦于少昊之墟曲阜，是为鲁公。”应劭曰：“曲阜在鲁城中，委曲长七八里。”

京兆阡：《汉书》：“武帝时，京兆尹曹氏葬茂陵，民谓其道为京兆阡。”

郊甸：潘岳诗：“登城望郊甸。”

风期：庾信诗：“风期幸共存。”

神仙：《后汉书》：“郭林宗游于洛阳，始见河南尹李膺。膺大奇之，遂相友善，于是名振京师。后归乡里，衣冠诸儒送至河上，车数千辆。林宗唯与李膺同舟而济。众宾望之，以为神仙焉。”

金谷：石崇《金谷诗叙》曰：“余以元康六年，从太仆卿出为使持节监青徐诸军事、征虏将军，有别庐，在河南县界金谷涧中。或高或下，有清泉茂林，众果、竹柏、药草之属，莫不毕备。又有水碓、鱼池、土窟，其为娱目欢心之物备矣。时征西大将军、祭酒王诩当还长安，余与众贤共送往涧中，昼夜游宴，屡迁其坐，或登高临下，或列坐水滨。时琴瑟笙筑，合载车中，道路并作；及住，令与鼓吹递奏。遂各赋诗，以叙中怀；或不能者，罚酒三斗。”

竹林：《魏氏春秋》：“嵇康寓居河内之山阳县，与之游者未尝见其喜愠之色。与陈留阮籍、河内山涛、河南向秀、籍兄子咸、琅琊王戎、沛人刘伶相与友善，游于竹林，号为‘七贤’。”

都赋：《世说》：“庾仲初作《扬都赋》成，以呈庾亮。亮以亲族之怀，大为其名价云：‘可三《二京》，四《三都》。’于是人人竞写，都下纸为之贵。”

药船：《晋书·夏统传》：“会三月上巳，洛中王公以下，并至浮桥，士女骈填，车服烛路。统时在船中曝所市药，诸贵人车乘来者如云，统并不之顾。”

同人：见《周易·同人卦》。

玉树：《世说》：“魏明帝使后弟毛曾与夏侯玄共坐，时人谓‘蒹葭倚玉树’。”

挂剑:《史记》:“季札之初使,北过徐君。徐君好季札剑,口勿敢言。季札心知之,为使上国,未献。还至徐,徐君已死,于是乃解其宝剑,系之徐君冢树而去。从者曰:‘徐君已死,尚谁与乎?’季子曰:‘不然,始吾已心许之,岂以死倍吾心哉!’”

为善:《左传》:“子产闻子皮卒,哭,且曰:‘吾已!无为为善矣,惟夫子知我。’”

知音:《楚辞章句》:“钟子期死,伯牙破琴绝弦,不更复鼓,以世无知音也。”

卷十三

近体诗七十三首

答裴迪[1]

淼淼寒流广，苍苍秋雨晦。
君问终南山，心知白云外。

【校】

①《万首唐人绝句》作“答裴迪忆终南山”。

辋口遇雨忆终南山因献绝句

裴　迪

积雨晦空曲，平沙灭浮彩。
辋水去悠悠，南山复何在。

【注】

辋口：《长安志》：“辋谷水，出南山辋谷，北流入霸水。”《陕西志》：“辋川在蓝田县南峣山之口，去县八里，水沦涟如车辋然。川尽处为鹿苑寺，即王维别业。”

山中寄诸弟妹[1]

山中多法侣，禅诵自为群。
城郭遥相望，惟应见白云[2]。

【校】

①《万首唐人绝句》无“诸”字。凌本、《唐诗正音》俱无“妹”字。

②见，顾元纬本、凌本俱作“礼”，误。

【注】

禅诵：谓坐禅诵经。《陈书》：“吴郡陆庆筑室屏居，以禅诵为事。”

闻裴秀才迪吟诗因戏赠[①]

猿吟一何苦，愁朝复悲夕[②]。
莫作巫峡声，肠断秋江客。

【校】

①《万首唐人绝句》作“闻裴迪吟诗戏赠”。

②悲，凌本作“愁”。

【注】

巫峡：《水经注》：“丹山西即巫山者也。其间首尾一百六十里，谓之巫峡，盖因山为名也。绝巘多生柽柏，悬泉瀑布，飞漱其间，清荣峻茂，良多趣味。每至晴初霜旦，林寒涧肃，常有高猿长啸，属引凄异，空谷传响，哀转久绝。故渔者歌曰：‘巴东三峡巫峡长，猿鸣三声泪沾裳。’”《一统志》：“巫峡，在夔州府巫山县东三十里，即巫山也，与西陵峡、归峡并称三峡。连山七百里，略无断处。自非亭午夜分，不见日月。”

赠韦穆十八

与君青眼客，共有白云心。
不向东山去，日令春草深[①]。

【校】

①日，一作“自”。

皇甫岳云溪杂题五首

鸟鸣涧

人闲桂花落，夜静春山空。
月出惊山鸟，时鸣春涧中。

【注】

皇甫岳：按《唐书·宰相世系表》有皇甫岳，乃皇甫恂之子，未知即此人否。

莲花坞

日日采莲去，洲长多暮归。
弄篙莫溅水，畏湿红莲衣。

鸬鹚堰

乍向红莲没，复出清浦飏①。
独立何褵褷，衔鱼古查上。

【校】

①清，顾可久本作“晴”。浦，《万首唐人绝句》作“蒲”。

【注】

鸬鹚：《埤雅》：“鸬鹚，水鸟，似鹢而黑，一名鷧。嘴曲如钩，食鱼，入喉则烂。其热如汤，其骨主鲠及噎，盖以类推之者也。此鸟吐而生子，神农书所谓‘鸬鹚不卵生，口吐其雏，独为一异’者也。扬孚《异物志》云：‘鸬鹚能没于深水，取鱼而食之。不卵而孕雏于池泽，既胎而又吐生，多者生七八，少生五六，相连而出，若丝绪焉。水鸟而巢高木之上。’”

褵褷：木华《海赋》："凫雏离褷，鹤子淋渗。"张铣注："离褷、淋渗，羽毛初生貌。"

古查：《玉篇》："楂，水中浮木也，亦作'查'。"江总诗："古楂横近涧，危石耸前洲。"

上田平

朝耕上平田，暮耕上平田。
借问问津者，宁知沮溺贤①。

【校】

①宁，《唐诗正音》作"谁"。

萍池

春池深且广，会待轻舟回。
靡靡绿萍合，垂杨扫复开①。

【校】

①扫复开，顾元纬本、凌本俱作"复扫开"。

辋川集并序

余别业在辋川山谷，其游止有孟城坳、华子冈、文杏馆、斤竹岭、鹿柴、木兰柴、茱萸沜、宫槐陌、临湖亭、南垞、欹湖、柳浪、栾家濑、金屑泉、白石滩、北垞、竹里馆、辛夷坞、漆园、椒园等，与裴迪闲暇，各赋绝句云尔。①

【校】

①秉恕按：《唐书》本传称维尝聚其田园所为诗，号《辋川集》者，即此

二十首，是盖当时自为一帙耳。

孟城坳

新家孟城口，古木馀衰柳。
来者复为谁，空悲昔人有。

同 咏

裴 迪

结庐古城下，时登古城上。
古城非畴昔，今人自来往。

【注】

畴昔：《檀弓》："余畴昔之夜。"郑康成注："畴，发声也。昔，犹前也。"

华子冈

飞鸟去不穷，连山复秋色。
上下华子冈，惆怅情何极。

同 咏

裴 迪

落日松风起，还家草露稀。
云光侵履迹，山翠拂人衣。

文杏馆

文杏裁为梁，香茅结为宇。
不知栋里云，去作人间雨。

【注】

文杏梁:《长门赋》:"刻木兰以为榱兮,饰文杏以为梁。"

香茅: 左思《吴都赋》:"食葛香茅。"

栋里云: 郭璞诗:"云生梁栋间,风出窗户里。"

同　咏

裴　迪

迢迢文杏馆,跻攀日已屡。
南岭与北湖,前看复回顾。

斤竹岭

檀栾映空曲,青翠漾涟漪。
暗入商山路,樵人不可知。

【注】

斤竹: 考戴凯之《竹谱》、刘美之《续竹谱》、赞宁《笋谱》,皆无斤竹名。惟谢灵运有《从斤竹涧越岭溪行》诗一首,又灵运《游名山志》云"神子溪南山与七里山分流,去斤竹涧数里",始见"斤竹"之名。《通志略》"竹之良者,惟有篁竹。谢灵运所游之涧,今在雁荡",则斤竹即篁竹是矣。

同　咏

裴　迪

明流纡且直,绿筿密复深。
一径通山路,行歌望旧岑。

【注】

绿筿:《说文》:"筿,小竹也。"谢灵运诗:"绿筿媚清涟。"

鹿 柴

空山不见人，但闻人语响。
返景入深林，复照青苔上①。

【校】

①苔，一作“莓”。

【注】

柴：柴，士迈切，音与“砦”同，栅也。一作“寨”。凡师行野次，立木为区落，谓之“柴”。别墅有篱落者，亦谓之“柴”。

同 咏

裴 迪

日夕见寒山，便为独往客。
不知松林事①，但有麏麚迹。

【校】

①松，顾可久本、《万首唐人绝句》、《唐诗纪》事皆作“深”。

【注】

麏麚：《广韵》：“麏，鹿属。”“麚，牡鹿。”刘绘诗：“麏麚或腾倚，林薄杳芊眠。”

木兰柴

秋山敛馀照，飞鸟逐前侣。
彩翠时分明，夕岚无处所。

【注】

处所：《高唐赋》：“风止雨霁，云无处所。”

同　咏

裴　迪

苍苍落日时，鸟声乱溪水。
缘溪路转深，幽兴何时已？

茱萸沜

结实红且绿，复如花更开。
山中倘留客，置此茱萸杯①。

【校】

①茱萸，顾元纬本、凌本俱作“芙蓉”。

【注】

茱萸沜：《广韵》：“沜，水涯。”音与“泮”同。《玉篇》直以为古文“泮”字。盖其水上有茱萸，因名。《图经本草》：“茱萸今处处有之，江淮、蜀汉尤多，木高丈馀，皮青绿色，叶似椿而阔厚，紫色。三月开红紫细花，七月、八月结实，似椒子，嫩时微黄，至熟则深紫。”

芙蓉杯：庾信诗：“芙蓉承酒杯。”又云：“芙蓉即奉杯。”

同　咏

裴　迪

飘香乱椒桂，布叶间檀栾。
云日虽回照，森沉犹自寒。

宫槐陌

仄径荫宫槐，幽阴多绿苔。
应门但迎扫，畏有山僧来。

同 咏

裴 迪

门南宫槐陌[1]，是向欹湖道[2]。
秋来山雨多[3]，落叶无人扫。

【校】

①南，二顾本、《唐诗品汇》俱作“前”。

②是，顾可久本作“堤”。

③山，《唐诗品汇》作“风”。

临湖亭

轻舸迎上客[1]，悠悠湖上来。
当轩对樽酒，四面芙蓉开。

【校】

①上，《万首唐人绝句》作“仙”。

【注】

舸：《方言》：“南楚、江、湘凡船大者谓之舸。”

同 咏

裴 迪

当轩弥滉漾，孤月正徘徊。
谷口猿声发，风传入户来。

【注】

滉漾：《玉篇》：“滉，漾波也。”

南垞

轻舟南垞去，北垞淼难即。
隔浦望人家，遥遥不相识[①]。

【校】

①遥遥，《唐诗正音》作“遥山”，误。

【注】

南垞：成按：《集韵》：垞，直加切，小丘名。或疑古字书多不载“垞”字，而《玉篇》、《韵会》诸书，均以“垞”字为古文“宅”字，颇疑“垞”字即“垞”字之讹。《正韵》麻、陌二韵，垞、垞二字俱不收，姑从《集韵》作茶音读。

同咏

裴迪

孤舟信风泊[①]，南垞湖水岸。
落日下崦嵫，清波殊淼漫。

【校】

①风，顾元纬本作“一”。

【注】

崦嵫：《山海经》：“鸟鼠同穴之山西南三百六十里曰崦嵫之山。”郭璞注：“日没所入山也，见《离骚》。奄兹两音。”

欹湖

吹箫凌极浦，日暮送夫君。
湖上一回首，山青卷白云[①]。

【校】

①山青，顾可久本作“青山”。

同 咏

裴 迪

空阔湖水广，青荧天色同。
舣舟一长啸，四面来清风。

【注】

青荧：《羽猎赋》："石玉嶜崟，眩耀青荧。"师古注："青荧，言其色青而有光荧也。"李善注："青荧，光明貌。"

舣舟：《史记》："乌江亭长檥船待。"徐广注："檥音仪，一音俄。"骃按："应劭曰：'檥止也。'孟康曰：'檥音蚁，附也。附船着岸也。'如淳曰：'南方人谓整船向岸曰檥。'"檥、舣字同。

柳 浪

分行接绮树①，倒影入清漪。
不学御沟上，春风伤别离。

【校】

①分行，顾元纬本、凌本俱作"行分"。

【注】

绮树：江淹《四时赋》："忆上国之绮树，想金陵之蕙枝。"

同 咏

裴 迪

映池同一色，逐吹散如丝。
结阴既得地，何谢陶家时。

栾 家 濑

飒飒秋雨中，浅浅石溜泻。

跳波自相溅，白鹭惊复下。

【注】

石溜泻：谢朓《郊游》诗："霾靡青莎被，潺湲石溜泻。"

同　咏

裴　迪

濑声喧极浦，沿步向南津。
泛泛凫鸥渡，时时欲近人。

金屑泉

日饮金屑泉，少当千馀岁。
翠凤翔文螭①，羽节朝玉帝。

【校】

①翔，一作"翊"。

【注】

翠凤：《拾遗记》："西王母乘翠凤之辇而来，前导以文虎文豹，后列雕麟紫(麈)〔麏〕。"

羽节：羽节谓羽盖毛节，并是仙人之仪卫。《桓真人升仙记》："五色霞内见霓旌羽节，仙童灵官百馀人。"

同　咏

裴　迪

潆渟澹不流，金碧如可拾。
迎晨含素华，独往事朝汲。

【注】

素华:《本草》:“平旦第一汲为井华水。”

白石滩

清浅白石滩,绿蒲向堪把①。
家住水东西,浣纱明月下。

【校】

①向,《唐诗纪事》、《唐诗品汇》俱作“尚”。

同咏

裴迪

跂石复临水,弄波情未极。
日下川上寒,浮云淡无色①。

【校】

①无色,一作“秋色”,一作“凝碧”。

【注】

跂石:庾信诗:“下桥先劝酒,跂石始调琴。”

北垞

北垞湖水北,杂树映朱栏。
逶迤南川水,明灭青林端。

同咏

裴迪

南山北垞下①,结宇临欹湖。
每欲采樵去,扁舟出菰蒲。

【校】

①山，世本或作“上”。

【注】

扁舟：《汉书》：“范蠡乃乘扁舟，浮江湖。”孟康注：“扁舟，特舟也。”

竹里馆

独坐幽篁里，弹琴复长啸。
深林人不知，明月来相照。

【注】

幽篁：《楚辞》：“余处幽篁兮，终不见天。”王逸注：“幽篁，竹林也。”吕向注：“幽，深也。篁，竹丛也。”

同咏

裴迪

来过竹里馆，日与道相亲。
出入惟山鸟，幽深无世人。

辛夷坞

木末芙蓉花，山中发红萼。
涧户寂无人，纷纷开且落①。

【校】

①纷纷，刘本、顾可久本俱作“丝丝”。

【注】

辛夷：朱子《楚辞集注》：“辛夷，树大连合抱，高数仞。其花初发如笔，北人呼为木笔。其花最早，南人呼为迎春。”

木末：《楚辞》："搴芙蓉兮木末。"

同　咏

裴　迪

绿堤春草合，王孙自留玩。
况有辛夷花，色与芙蓉乱。

漆　园

古人非傲吏，自阙经世务。
偶寄一微官①，婆娑数枝树。

【校】

①偶，顾元纬本、凌本俱作"惟"。

【注】

傲吏：《史记》："庄子者，蒙人也，名周。周尝为蒙漆园吏。"郭璞诗："漆园有傲吏。"

婆娑：《晋书》："殷仲文与众至大司马府。府中有老槐树，顾之良久而叹曰：'此树婆娑，无复生意。'"

同　咏

裴　迪

好闲早成性，果此谐宿诺。
今日漆园游，还同庄叟乐。

椒　园

桂尊迎帝子，杜若赠佳人。
椒浆奠瑶席，欲下云中君①。

【校】

①君，刘本、顾可久本俱作“身”。

【注】

椒：陆玑《诗疏》：“椒树似茱萸，有刺针，叶坚而滑泽。蜀人作茶，吴人作茗，皆合煮其叶以为香。”

桂尊：《汉书》：“尊桂酒，宾入乡。”应劭注：“以水（积）〔渍〕桂，为大尊酒。”[1]

帝子：《楚辞》：“帝子降兮北渚。”

杜若：《楚辞》：“采芳洲兮杜若，将以遗兮下女。”《尔雅翼》：“杜若苗似山姜，花黄赤，子赤色，大如棘子，中似豆蔻。有杜连、白连、白芩、若芝之名，亦一名杜衡。”

椒浆：《楚辞》：“奠桂酒兮椒浆。”王逸注：“椒浆，以椒置浆中也。”

云中君：《楚辞·九歌》有云中君。又《汉书·郊祀志》：“晋巫祀五帝、东君、云中君、巫社、巫祠、族人炊之属。”师古注：“云中君谓云神也。”

同　咏

裴　迪

丹刺罥人衣，芳香留过客。
幸堪调鼎用，愿君垂采摘。

临高台送黎拾遗①

相送临高台，川原杳何极。
日暮飞鸟还，行人去不息。

【校】

①《万首唐人绝句》无“临高台”三字。

[1]“应劭注”云云，实为晋灼注引李元记云。见《汉书·礼乐志》二。

送　别[①]

山中相送罢，日暮掩柴扉。
春草明年绿[②]，王孙归不归。

【校】

①《万首唐人绝句》、《唐诗正音》、《唐诗品汇》俱作“山中送别”，《名贤诗》作“送友”。

②明年，二顾本、凌本、《唐诗品汇》俱作“年年”。

别辋川别业

依迟动车马，惆怅出松萝。
忍别青山去，其如绿水何？

【注】

依迟：王融诗：“参差兴别绪，依迟起离慕。”

松萝：毛苌《诗传》：“女萝，菟丝、松萝也。”孔颖达《正义》：“《释草》云：‘唐蒙，女萝。女萝，菟丝。’毛意以菟丝为松萝，故言松萝也。陆玑《疏》云：‘菟丝蔓连草上生，黄赤如金，今合药菟丝子是也，非松萝。松萝自蔓松上生，枝正青，与菟丝殊异。”

同　咏

王　缙

山月晓仍在，林风凉不绝。
殷勤如有情，惆怅令人别。

崔九弟欲往南山马上口号与别①

城隅一分手，几日还相见。
山中有桂花，莫待花如霰。

【校】

①《唐文粹》少“马上”以下六字，《万首唐人绝句》作“别崔九弟”。

【注】

花如霰：梁元帝诗：“上林朝花色如霰。”柳恽诗：“春花落如霰。”

同 咏

裴 迪

归山深浅去，须尽丘壑美。
莫学武陵人，暂游桃源里。

留别崔兴宗①

驻马欲分襟，清寒御沟上。
前山景气佳，独往还惆怅。

【校】

①《万首唐人绝句》于四卷内载此首作王维诗，题曰“留别崔兴宗”；十六卷重出，作崔兴宗诗，题曰“留别王维”。《唐文粹》作崔兴宗，《唐诗品汇》亦作右丞诗。《唐诗纪事》载，“王维有《崔九往南山马上口号与别》云‘城隅一分手’云云，裴迪云‘归山深浅去’云云，兴宗留别云‘驻马欲分衿’云云”，是以此诗为兴宗留别二人之诗也。顾元纬本、凌本皆删去此首，刘须溪、顾可久本有之。

息夫人[1]

莫以今时宠[2]，能忘旧日恩[3]。
看花满眼泪[4]，不共楚王言。

【校】

①《河岳英灵集》作“息夫人怨”,《国秀集》作“息妫怨”。

②时,《古今诗话》作“朝”。

③能忘,《本事诗》作“宁忘”,《万首唐人绝句》、《唐诗纪事》俱作“难忘”,《乐府诗集》作“宁无”。旧,《国秀集》作“昔”,《唐诗纪事》作“异”。

④眼,《本事诗》作“目”。

【注】

【原注】时年二十。

息夫人:《左传》:“楚子灭息,以息妫归,生堵敖及成王焉,未言。楚子问之,对曰:‘吾一妇人而事二夫,纵弗能死,其又奚言?’”《本事诗》:“宁王宪贵盛,宠妓数十人,皆绝艺上色。宅左有卖饼者,妻纤白明媚,王一见属目,厚遗其夫取之,宠惜逾等。环岁,因问之:‘汝复忆饼师否?’默然不对。王召饼师使见之,其妻注视,双泪垂颊,若不胜情。时王座客十馀人,皆当时文士,无不凄异。王命赋诗,王右丞维诗先成云云,坐客无敢继者。王乃归饼师,以终其志。”

《珊瑚钩诗话》云:杜牧之《息夫人》诗曰:“细腰宫里露桃新,脉脉无言几度春。至竟息亡缘底事,可怜金谷坠楼人。”与所谓“莫以今朝宠,难忘旧日恩。看花满眼泪,不共楚王言”语意远矣。盖学有浅深,识有高下,故形于言者不同也。

班婕妤三首①

其　一

玉窗萤影度，金殿人声绝。
秋夜守罗帏，孤灯耿明灭②。

【校】

①《唐文粹》、《河岳英灵集》并作“婕妤怨”。

②明，顾元纬本、凌本俱作“不”。

【注】

班婕妤：《汉书》：“孝成班婕妤，帝初即位，选入后宫。始为少使，俄而大幸，为婕妤，居增成舍，再就馆，有男，数月失之。其后赵飞燕姊弟从自微贱兴，逾越礼制，寖盛于前。班婕妤及许皇后皆失宠，稀复进见。许皇后坐废，婕妤恐久见危，求供养太后长信宫，上许焉。婕妤退处东宫，作赋自伤。”

其　二

宫殿生秋草，君王恩幸疏①。
那堪闻凤吹②，门外度金舆。

【校】

①恩，《文苑英华》作“宠”。

②吹，一作“笛”。

【注】

金舆：《史记》：“为之金舆错衡，以繁其饰。”

其　三①

怪来妆阁闭，朝下不相迎。
总向春园里②，花间笑语声③。

【校】

①《国秀集》选此一首，题作“扶南曲”。

②向，《国秀集》作“在”。

③笑语，顾可久本、《国秀集》、《万首唐人绝句》、《乐府诗集》、《唐诗品汇》俱作“语笑”。

题友人云母障子

君家云母障，持向野庭开①。
自有山泉入，非因彩画来②。

【校】

①持，顾元纬本、凌本俱作“时”。

②因，一作“关”。

【注】

【原注】时年十五。

障子：唐时呼屏障为“障子”。杜甫有《题李尊师松树障子歌》，齐己有《二龙障子歌》，张祜有《题山水障子》诗，李洞有《观水墨障子》诗是矣。

红牡丹

绿艳闲且静①，红衣浅复深。
花心愁欲断，春色岂知心。

【校】

①闲，顾元纬本、凌本俱作“开”。

左掖梨花①

闲洒阶边草，轻随箔外风。
黄莺弄不足，嗛入未央宫②。

【校】

①《文苑英华》作“左掖海棠花”。

②入，《文苑英华》作“向”。

【注】

左掖：《雍录》：“《汉书》曰：‘朱虚侯章从太尉勃请卒千人，入未央宫掖门。’师古曰：‘非正门而在两旁，若人之臂掖也。’《御览》曰：‘出禁省为殿门，外出大道为掖门。’则不特夹立正门之旁乃为掖门，虽殿门外他出之门皆可名为掖门也。唐门下北省在日华门，名左掖，亦名东省；中书北省在月华门，名右掖，亦名西掖。此之日华、月华者，立门自在宣政殿东西两廊，出门未是宫外，而亦以掖名之，则是殿门自正门外旁或有门，皆为掖门也。”

同　咏

丘　为

冷艳全欺雪，馀香乍入衣。
春风且莫定，吹向玉阶飞。

同　咏①

皇甫冉

巧解迎人笑②，偏能乱蝶飞③。
春风时入(豆)〔户〕④，几片落朝衣。

【校】

①冉集作“和王给事维禁省梨花咏”。

②迎，一作“逢”。

③偏，一作“还”。

④春风时入户，一作“春时风入户”。

口号又示裴迪①

安得舍尘网②，拂衣辞世喧。
悠然策藜杖，归向桃花源③。

【校】

①七绝内有《私成口号诵示迪》一首，故此云“又示”也。《万首唐人绝句》作“菩提寺禁示裴迪”。

②尘，一作“罗”。

③向，《万首唐人绝句》作“去”。

【注】

尘网：陶潜诗：“误落尘网中，一去三十年。”

杖藜：《庄子》：“原宪华冠縰履，杖藜而应门。”陆德明注：“杖藜，以藜为杖也。”

杂诗

家住孟津河，门对孟津口。
常有江南船，寄书家中否。

【注】

孟津：孔颖达《尚书正义》：“孟者，河北地名。《春秋》所谓‘向盟’是也。于孟地置津，谓之‘孟津’。”《史记正义》：“杜预云：‘盟，河内郡河阳县南孟津也，在洛城北。都道所凑，古今以为津，武王度之，近代呼为武济。’《括地志》云：‘盟津，周武王伐纣，与八百诸侯会盟津。亦曰孟津，又曰富平津。《水经》云小平津，今云河阳津是也。’”

君自故乡来，应知故乡事。
来日绮窗前，寒梅着花未。

成按：陶渊明诗云：“尔从山中来，早晚发天目。我居南窗下，今生几丛菊。”王介甫诗云：“道人北山来，问松我东冈。举手指屋脊，云今如许长。”与右丞此章仝一杼轴，皆情到之，辞不假修饰而自工者也。然渊明、介甫二作，下文缀语稍多，趣意便觉不远，右丞只为短句，一吟一咏，更有悠扬不尽之致，欲于此下复赘一语不得。

已见寒梅发，复闻啼鸟声。
愁心视春草，畏向玉阶生①。

【校】

①玉阶，《万首唐人绝句》作“阶前”。

崔兴宗写真①

画君年少时，如今君已老。
今时新识人，知君旧时好。

【校】

①《唐诗纪事》作“与崔兴宗写真咏”。

山茱萸

朱实山下开[①]，清香寒更发。
幸有丛桂花[②]，窗前向秋月。

【校】

①朱实，顾元纬本作“茱萸”。

②有，一作“与”。

【注】

山茱萸：《图经本草》：“山茱萸，叶如梅，有刺。二月开花，如杏。四月实，如酸枣，赤色。”《通志略》：“山茱萸其实似苌楚之实，一名蜀枣，一名鸡足，一名魃实。”

哭孟浩然[①]

故人不可见，汉水日东流。[②]
借问襄阳老，江山空蔡洲[③]。

【校】

①《万首唐人绝句》作“哭孟襄阳”，《唐诗纪事》作“忆孟诗”。

②首二句，《唐诗纪事》作“故人今不见，日夕汉江流”。

③蔡洲，各本俱作“蔡州”，今从顾元纬本校正。

【注】

【原注】时为殿中侍御史，知南选，至襄阳作。

孟浩然：《唐书》：“孟浩然，襄州襄阳人。少好节义，喜振人患难，隐鹿门山。年四十，乃游京师。尝于太学赋诗，一座嗟伏，无敢抗。张九龄、王维雅称道之。维私邀入内署，俄而玄宗至，浩然匿床下，维以实对，帝喜曰：‘朕闻其人而未见也，何惧而匿？’诏浩然出，帝问其诗，浩然再拜，自诵所为，至‘不才明主弃’之句，帝曰：‘卿不求仕，而朕未尝弃卿，奈何诬我？’因放还。张九龄为荆州，辟置于府，府罢。开元末，病疽背卒。”

蔡洲：《水经》：“沔水又东南经蔡洲。”郦道元注：“汉长水校尉蔡瑁居之，故名蔡洲。”《荆州图经》：“襄阳岘山东南一里江中有蔡洲。”《一统志》：“蔡洲，在襄阳府城东北汉水中。后汉蔡瑁居其上，曹操尝造其家。”

卷十四

近体诗三十三首

田园乐七首[①]

其　一

出入千门万户，经过北里南邻。
蹀躞鸣珂有底，崆峒散发何人？[②]

【校】

①《诗林广记》作“辋川六言”。

②顾元纬本、凌本“出入”俱作“厌见”，“蹀躞”俱作“官府”。

【注】

北里南邻: 左思诗:“南邻击钟磬,北里吹笙竽。”

其　二

再见封侯万户，立谈赐璧一双。
讵胜耦耕南亩，何如高卧东窗？

【注】

立谈:《解嘲》:“或立谈间而封侯。”

赐璧:《史记》:“虞卿蹑屩担簦,一见赵王,赐白璧一双、黄金百镒;再见,拜为上卿;三见,卒受相印,封万户侯。”

其　三

采菱渡头风急[①]，策杖村西日斜[②]。

杏树坛边渔父，桃花源里人家。

【校】

①急，一本作“起”。

②村，顾元纬本作“林”。

【注】

杏坛：《庄子》：“孔子游于缁帷之林，休坐乎杏坛之上。弟子读书，孔子弦歌鼓琴。奏曲未半，有渔父者下船而来，须眉交白，被发揄袂，行原以上，拒陆而止，左手据膝，右手持颐以听。”

其　四

萋萋芳草(秋)〔春〕绿①，落落长松夏寒。
牛羊自归村巷，童稚不识衣冠②。

【校】

①首句，诸本皆作“萋萋春草秋绿”，惟《唐诗品汇》作“萋萋芳草春绿”，今从之。又“绿”字，凌本作“碧”。

②“不”字，《万首唐人绝句》作“未”。

【注】

长松：孙绰《游天台山赋》：“藉萋萋之纤草，荫落落之长松。”吕延济注：“萋萋，草美貌。落落，松高貌。”

夏寒：王中《头陀寺碑文》：“桂深冬燠，松疏夏寒。”

其　五

山下孤烟远村，天边独树高原。
一瓢颜回陋巷，五柳先生对门。

【注】

高原：扬雄《羽猎赋》："相与列乎高原之上。"

其　六[①]

桃红复含宿雨[②]，柳绿更带春烟[③]。
花落家僮未扫，莺啼山客犹眠[④]。

【校】

①《皇甫冉集》亦载此首，题作"闲居六言"。

②宿，《万首唐人绝句》作"夜"。

③春，《唐诗品汇》作"朝"。

④莺，凌本、《唐诗品汇》俱作"鸟"。

其　七

酌酒会临泉水，抱琴好倚长松。
南园露葵朝折，东谷黄粱夜舂[①]。

【校】

①东谷，凌本、《唐诗品汇》俱作"西舍"。

【注】

黄粱：《尔雅翼》："今粱有三种：青粱，壳穗有毛，粒青，米亦微青而细于黄白米也。夏月食之，极为清凉。但以味短、色恶，不如黄、白(粱)〔粱〕，故人少种之。亦早熟而收少，作饧，清白胜馀米。黄(粱)〔粱〕，穗大，毛长，壳、米俱粗于白粱，而收子少，不耐水旱。食之，香味逾于诸粱。人号为'竹根黄'。白粱，穗亦大，毛多而长，壳粗，扁长，不似粟圆。米亦白而大，其香美为黄粱之亚。古天子之饭，所以有白粱、黄粱者，明取黄、白二种耳。"

少年行四首

其　一

新丰美酒斗十千，咸阳游侠多少年。
相逢意气为君饮，系马高楼垂柳边。①

【校】

①《万首唐人绝句》本“多”作“皆”，“意气”作“气味”。

【注】

斗十千：曹植诗：“归来宴平乐，美酒斗十千。”

其　二

出身仕汉羽林郎，初随骠骑战渔阳。
孰知不向边庭苦①，纵死犹闻侠骨香。

【校】

①苦，一作“死”。

【注】

羽林郎：《后汉书》：“羽林郎，比三百石无员，掌宿卫侍从。常选汉阳、陇西、安定、北地、上郡、西河凡六郡良家补。”

骠骑：《史记》：“元狩二年春，以冠军侯去病为骠骑将军，将万骑出陇西，有功。”《正义》曰：“《汉书》：‘霍去病征匈奴，有绝幕之勋，始置骠骑将军，位至三司，品秩同大将军。’”

渔阳：章怀太子《后汉书》注：“渔阳郡在渔水之阳，今幽州。”

侠骨香：张华《游侠曲》：“生从命子游，死闻侠骨香。”成按：诗意谓死于边庭者，反不如侠少之死，而得名盖伤之也。与太白“纵死侠骨香，不惭世上英”同，用张华《游侠曲》中语，而命意不同矣。

其　三

一身能擘两彫弧，虏骑千重只似无。
偏坐金鞍调白羽，纷纷射杀五单于。①

【校】

①《乐府诗集》："擘"作"臂"，"重"作"群"。

【注】

擘：颜师古《汉书》注："今之弩，以手张者曰擘张，以足蹋者曰蹶张。"

彫弧：《玉篇》："弧，木弓也。"彫弧，谓有彫画之弧。

白羽：《上林赋》："弯蕃弱，满白羽。"文颖注："以白羽羽箭，故言白羽也。"鲍照诗："留我一白羽。"李善注："白羽，矢名。《国语》曰：'吴素甲白羽之矰，望之如荼。'"

五单于：《汉书·宣帝纪》："匈奴虚闾权渠单于病死。右贤王屠耆堂代立。骨肉大臣立虚闾权渠单于子为呼韩邪单于，击杀屠耆堂。诸王并自立，分为五单于，更相攻击，死者以万数。"

其　四

汉家君臣欢宴终，高议云台论战功。
天子临轩赐侯印，将军佩出明光宫。

【注】

云台：江淹《上建平王书》："结绶金马之庭，高议云台之上。"

临轩：《后汉书·崔寔传》："天子临轩，百僚毕会。"

寄河上段十六①

与君相见即相亲，闻道君家在孟津。

为见行舟试借问，客中时有洛阳人。②

【校】

①此诗亦载《卢象集》中。

②卢集“见”作“识”，“在”作“住”。

赠裴旻将军

腰间宝剑七星文，臂上琱弓百战勋。
见说云中擒黠虏，始知天上有将军。

【注】

裴旻：《唐书》：“裴旻尝与幽州都督孙佺北伐，为奚所围。旻舞刀立马上，矢四集，皆迎刀而断。奚大惊，引去。后以龙华军使守北平。北平多虎，旻善射，一日得虎三十一。休山下，有老父曰：‘此彪也。稍北有真虎，使将军遇之，且败。’旻不信，怒马趋之，有虎出丛薄中，小而猛，据地大吼，旻马辟易，弓矢皆坠，自是不复射。”李翰《裴旻将军射虎图赞叙》：“开元中，山戎寇边，玄宗命将军守北平州，且充龙华军使以捍蓟之北门。公尝率偏军横绝漠，策匹马，陷重围，摇辘轳，而百万洞开，驰橐驼，而沙场一扫。声振北狄，气慴东胡，胡人服艺，畏威不敢南牧。愿充麾下者五百馀人。”

七星：《吴越春秋》：“子胥乃解百金之剑以与渔者：‘此吾前君之剑，中有七星，价值百金。’”孔稚珪诗：“文犀六属铠，宝剑七星光。”吴均诗：“刀含四尺影，剑抱七星文。”

琱弓：张衡《东京赋》：“彫弓斯彀。”薛综注：“彫弓，谓有刻画也。古‘彫’字亦作‘琱’，如《汉书·郊祀志》之‘琱戈’、《贡禹传》之‘琱墙’、《抱朴子》之‘琱辇’，其义一也。”

黠虏：《后汉书·伏湛传》：“黠虏困迫，必求其助。”

九月九日忆山东兄弟①

独在异乡为异客，每逢佳节倍思亲。
遥知兄弟登高处，遍插茱萸少一人。

【校】

①凌本作“九日忆东山兄弟”。

【注】

【原注】时年十七。

茱萸：《尔雅翼》：“《风土记》曰：‘俗尚九月九日，谓为上九。茱萸至此日气烈熟色赤，可折其房以插头，云辟恶气，御冬。’”《刘禹锡嘉话》：“‘茱萸’二字，经三诗人皆已道，亦有能否焉？杜公言：‘更把茱萸仔细看。’王右丞云：‘遍插茱萸少一人。’朱放云：‘学他年少插茱萸。’杜公为最优也。”

戏题辋川别业

柳条拂地不须折，松树梢云从更长①。
藤花欲暗藏猱子，柏叶初齐养麝香。

【校】

①树，凌本作“枝”。梢，二顾本、凌本俱作“披”。

【注】

猱：邢昺《尔雅疏》：“猱，一名猿，善攀援树枝。”

麝香：《埤雅》：“陶氏云：‘麝，形似獐。今谓之香獐。常食柏叶，故《养生论》云：“麝食柏而香也。”’”

戏题盘石

可怜盘石临泉水[①]，复有垂杨拂酒杯[②]。
若道春风不解意，何因吹送落花来[③]？

【校】

①盘，一作“磐”。临，顾元纬本、凌本俱作“邻”。

②拂，一作“梢”。

③何因，一作“因何”。

与卢员外象过崔处士兴宗林亭

绿树重阴盖四邻[①]，青苔日厚自无尘。
科头箕踞长松下[②]，白眼看他世上人[③]。

【校】

①重，一作“垂”。

②松，《文苑英华》作“林”。

③看他世上人，一作“看君是甚人”。

【注】

科头：章怀太子《后汉书》注：“科头，谓以发萦绕成科结也。”杨伯喦《臆乘》：“俗谓不冠为科头。”

箕踞：《汉书》：“尉佗魋结箕踞见陆贾。”师古曰：“箕踞，谓伸其两脚而坐。亦曰箕踞其形似箕。”

白眼：见十二卷“青眼”注。

同　咏

卢　象

映竹时闻转辘轳，当窗只见网蜘蛛。
主人非病常高卧，环堵蒙笼一老儒。

【注】

环堵：《礼记》："儒有一亩之宫，环堵之室。"郑康成注："环堵，面一堵也，五板为堵。"孔颖达《正义》："环，谓周围也，东西南北唯一堵也。"《淮南子》："环堵之室，茨之以生茅。"高诱注："堵长一丈，高一丈，面环一堵，为方一丈，故曰'环堵'，言其小也。"

同　咏

王　缙

身名不问十年馀，老大谁能更读书。
林中独酌邻家酒，门外时闻长者车。

【注】

长者车：《史记》："陈平家乃负郭穷巷，以弊席为门，然门外多有长者车辙。"

同　咏

裴　迪

乔柯门里自成阴，散发窗中曾不簪①。
逍遥且喜从吾事，荣宠从来非我心。

【校】

①窗中，刘本、顾可久本俱作"空中"，《唐诗品汇》作"空窗"。

【注】

乔柯: 刘孝绰诗:“乔柯贯檐上,垂条拂户阴。”

酬王摩诘过林亭①

崔兴宗

穷巷空林常闭关②,悠悠独卧对前山。
今朝忽枉嵇生驾,倒屣开门遥解颜。

【校】

①《唐诗纪事》作“喜群公访林亭”。

②空,《唐诗纪事》作“深”。

【注】

嵇生驾:《世说》:“嵇康与吕安善,每一相思,千里命驾。”

解颜:《列子》:“夫子始一解颜而笑。”

送王尊师归蜀中拜扫①

大罗天上神仙客,濯锦江头花柳春。
不为碧鸡称使者,惟令白鹤报乡人。

【校】

①二顾本俱无“拜扫”字。

【注】

大罗天:《云笈七签》:“最上一天,名曰大罗。在元都玉京之上,紫微金阙,七宝骞树,麒麟狮子化生其中。三世天尊治在其内。”

濯锦江:《太平寰宇记》:“濯锦江,即蜀江水。至此濯锦,锦彩鲜润于他水,故曰‘濯锦江’。”《九域志》:“笮桥江水,亦名濯锦江。俗云:‘以此水濯锦鲜明。'"

碧鸡：《汉书·郊祀志》："或言益州有金马、碧鸡之神，可醮祭而致，于是遣谏大夫王褒使持节而求之。"如淳注："金形似马，碧形似鸡。"《水经注》："蜻蛉县有禺同山，其山神有金马、碧鸡，光景倏忽，民多见之。汉宣帝遣谏大夫王褒祭之，欲致其鸡、马。褒道病而卒，是不果焉。故左太冲《蜀都赋》曰：'金马骋光而绝影，碧鸡倏忽而耀仪。'王褒《碧鸡颂》曰：'持节使者，敬移金精神马，彯彯碧鸡。归来归来！汉德无疆，黄龙见兮白虎仁，归来归来！可以为伦归来翔兮，何事南荒也。'"

白鹤：《搜神后记》："丁令威，本辽东人。学道于灵虚山。后化鹤归辽，集城门华表柱。时有少年举弓欲射之，鹤乃飞徘徊空中而言曰：'有鸟有鸟丁令威，去家千年今来归。城郭如故人民非，何不学仙冢累累。'遂高上冲天。"

送元二使安西①

渭城朝雨裛轻尘，客舍青青柳色新②。
劝君更尽一杯酒，西出阳关无故人。

【校】

①《诗人玉屑》作"赠别"，《乐府诗集》作"渭城曲"。

②次句，刘本、《万首唐人绝句》、《乐府诗集》俱作"客舍青青柳色春"，又一本作"客舍依依杨柳春"。

成按：《诗人玉屑》以此诗为折腰体，谓"中失粘而意不断也"。唐人歌入乐府，以为送别之曲，至"阳关"句反覆歌之，谓之《阳关三叠》，亦谓之《渭城曲》。白居易《晚春欲携酒寻沈四著作》诗云："最忆《阳关》唱，真珠一串歌。"注云："沈有讴者，善唱'西出阳关无故人'词。"又《对酒诗》云："相逢且莫推辞醉，听唱《阳关》第四声。"注云："第四声，'劝君更尽一杯酒，西出阳关无故人'也。"刘禹锡《与歌者》诗云："旧人惟有何戡在，更与殷勤唱《渭城》。"《渭城》、《阳关》之名，盖因诗中辞云。

送 别[1]

送君南浦泪如丝，君向东州使我悲[2]。
为报故人憔悴尽，如今不似洛阳时。

【校】

①《万首唐人绝句》题作“齐州送祖三”。

②州，顾元纬本、凌本俱作“周”。

【注】

南浦：江淹《别赋》：“送君南浦，伤如之何。”

泪如丝：梁武帝诗：“脸下泪如丝。”

东州：《后汉书·樊准传》：“虽有西屯之役，宜先东州之急。”章怀太子注：“东州，谓冀、兖州。”

送韦评事

欲逐将军取右贤，沙场走马向居延。
遥知汉使萧关外，愁见孤城落日边。

【注】

评事：《唐书·百官志》：“大理寺有评事八人，从八品下。”

右贤：《史记》：“元朔之五年春，汉令车骑将军卫青将三万骑，出高阙。匈奴右贤王当卫青等兵，以为汉兵不能至此，饮醉。汉兵夜至，围右贤王，右贤王惊，夜逃，独与其爱妾一人壮骑数百驰，溃围北去。汉轻骑校尉郭成等逐数百里，不及，得右贤裨王十馀人。”

灵云池送从弟

金杯缓酌清歌转，画舸轻移艳舞回。
自叹鹡鸰临水别，不同鸿雁向池来。

【注】

灵云池：《高适集》有《陪窦侍御泛灵云池》、《陪窦侍御灵云南亭宴诗》二首，其序云："凉州近胡，高下其池亭，盖以耀蕃落也。"意此池即凉州之灵云池矣。

鹡鸰：张华《禽经注》："鹡鸰，雀属也。《尔雅》曰：'鹡鸰，雝渠。'《毛诗》曰：'水鸟也，大如雀，高足，长尾，尖喙，颈黑青灰色，腹下正白，飞则鸣，行则摇。又曰："鹡鸰在原，兄弟急难。"鹡鸰共母者，飞吟不相离。诗人取以喻兄弟相友之道也。'"

送沈子福归江东①

杨柳渡头行客稀，罟师荡桨向临圻。
惟有相思似春色，江南江北送君归。

【校】

①二顾本俱无"福"字。归，《万首唐人绝句》、《唐诗品汇》俱作"之"。

【注】

临圻：谢灵运诗："临圻阻参错。"李善注："《埤苍》曰：'碕，曲岸头也。''碕'与'圻'同。"

寒食汜上作①

广武城边逢暮春，汶阳归客泪沾巾。

落花寂寂啼山鸟，杨柳青青渡水人。

【校】

①《文苑英华》作“寒食汜水山中作”，《国秀集》作“途中口号”。

【注】

汜上：《元和郡县志》：“河南府有汜水县，西南至府一百八十里，汜水出县东南三十二里浮戏山，经武牢城东，汉破曹咎于此。”

广武城：《杜氏通典》：“河南府汜水县古东虢国，为郑灭之，郑为制邑。《左传》曰‘制，岩邑也’，有故虎牢城，即[1]周穆王获虎，命畜之，故曰‘虎牢’。汉谓之成皋县，后汉置成皋关，其侧有广武城。”

汶阳：《汉书·地理志》：“鲁国有汶阳县。”《元和郡县志》：“故汶阳城在兖州龚丘县东北五十四里，其城侧土田沃壤，故鲁号‘汶阳之田’。成二年‘齐归我汶阳之田’，谓此地也。”

剧嘲史寰

清风细雨湿梅花，骤马先过碧玉家。
正直楚王宫里至，门前初下七香车。

菩提寺禁裴迪来相看说逆贼等凝碧池上作音乐供奉人等举声便一时泪下私成口号诵示裴迪①

万户伤心生野烟，百官何日再朝天②。
秋槐叶落空宫里③，凝碧池头奏管弦。

【校】

[1]即，《四库》本及《通典》卷一七七作“昔”。

①《万首唐人绝句》作“菩提寺禁闻逆贼凝碧池上作乐”。

②官，《唐诗纪事》、《全唐诗话》、《珊瑚钩诗话》俱作“寮”。再，二顾本、《明皇杂录》、《唐诗纪事》、《全唐诗话》、《唐诗品汇》俱作“更”。

③叶，《珊瑚钩诗话》作“花”。空，《唐诗纪事》、《珊瑚钩诗话》俱作“深”。

【注】

菩提寺：《长安志》：平康坊南门之东，有菩提寺，“隋开皇二年，陇西公李敬道及僧惠英所奏立寺”。《唐昭陵图》：“菩提寺在麻池之下，与香积寺近。”《贾氏谈录》：“贾君尝自说太原军前御命至。永兴军催发马草，舍于菩提寺。僧有智满者，言祖师宏道天宝末为寺主。值禄山犯阙，王右丞为贼所执，囚于经藏院，与左丞裴迪密相往来。裴说贼会蕃汉兵马宴于太极西内，王闻之泣下，遂为诗二绝，书于经卷麻纸之后。祖师收得之，相传至智满。贾君既获披阅，遂录得其辞云‘万户伤心生野烟’云云，又《示裴迪》‘安得舍尘网’云云。”

凝碧池：《明皇杂录》：“天宝末，群贼陷两京，大掠文武朝臣及黄门、宫嫔、乐工、骑士，每获数百人，以兵仗严卫，送于洛阳。至有逃于山谷者，而卒能罗捕追胁，授以冠带。禄山尤致意乐工，求访颇切，于旬日获梨园弟子数百人。群贼因相与大会于凝碧池，宴伪官数十人，大陈御库珍宝，罗列于前后。乐既作，梨园旧人不觉歔欷，相对泣下，群逆皆露刃持满以胁之，而悲不能已。有乐工雷海青者，投乐器于地，西向恸哭。逆党乃缚海青于戏马殿，支解以示众，闻之者莫不伤痛。王维时为贼拘于菩提佛寺，闻之赋诗云云。”《唐禁苑图》：“凝碧池，在西内苑重元门之北，飞龙院之南。”

凉州赛神

凉州城外少行人，百尺峰头望虏尘。
健儿击鼓吹羌笛，共赛城东越骑神。

【注】

【原注】时为节度判官，在凉州作。

健儿：《唐六典》："天下诸军皆有健儿。"成按：称军士为健儿，盖本于三国时。考《吴志·陈表传》云"权以表能得健儿之心"，《甘宁传》云"能厚养健儿，健儿亦乐为用命"，《凌统传》云"统为前锋，与所厚健儿数十人共乘一船"，《吕范传》云"范亲客健儿，篡取以归"之类。

羌笛：成按：《说文》："笛，七孔筩也。羌笛三孔。"马融《笛赋》曰："近世双笛从羌起，羌人伐竹未及已。龙鸣水中不见后，(裁)〔截〕竹吹之声相似。剡其上孔通洞之，裁以当檛便易持。易京君明识音律，故本四孔加以一。君明所加孔后出，是为商声五音毕。"然则羌笛本三孔，后人加一孔，京房又加一孔，与今之六孔者不同也。

哭殷遥①

送君返葬石楼山，松柏苍苍宾驭还。
埋骨白云长已矣，空馀流水向人间。

【校】

①《国秀集》、《唐诗纪事》俱作"送殷四葬"。

【注】

石楼山：《元和郡县志》：京兆府渭南县西南有石楼山。《太平寰宇记》：隰州石楼县有石楼山。《唐书·地理志》：汝州梁县有石楼山。《一统志》：西安府盩厔县有石楼山，凤翔府宝鸡县有石楼山。未知孰是。

叹白发

宿昔朱颜成暮齿，须臾白发变垂髫。
一生几许伤心事，不向空门何处销。

【注】

暮齿：《隋书·王劭传》："爰自志学，暨乎暮齿。笃好经史，遗落世事。"

垂髫：《玉篇》："髫，小儿发也。"《魏志·毛玠传》："垂髫执简，累勤取官。"

卷十五

外编四十七首

东溪玩月[①]

月从断山口，遥吐柴门端。
万木分空霁[②]，流阴中夜攒。
光连虚象白，气与风露寒。
谷静秋泉响，岩深青霭残。
清澄入幽梦[③]，破影抱空峦[④]。
恍惚琴窗里，松溪晓思难。

【校】

①顾元纬《外编》录此首，《文苑英华》亦作王维诗，《唐文粹》作王昌龄诗。

②分，《唐文粹》作“纷”。

③清澄，《唐文粹》作“澄清”。

④破影，《唐文粹》作“影破”。

过太乙观贾生房[①]

昔余栖遁日，之子烟霞邻。
共携松叶酒，俱篸竹皮巾。
攀林遍云洞[②]，采药无冬春。
谬以道门子，征为骖御臣。
常恐丹液就，先我紫阳宾。

夭促万涂尽，哀伤百虑新。
迹峻不容俗，才多反累真。
泣对双泉水，还山无主人。

【校】

①顾元纬《外编》及凌本俱录此首，《文苑英华》亦作王维诗。

②云，一作“岩”。

【注】

松叶酒：庾肩吾诗：“方欣松叶酒，自和游仙吟。”王绩诗：“春醮煎松叶，秋杯浸菊花。”

竹皮巾：《汉书》：“高帝为亭长，乃以竹皮为冠。”韦昭曰：“竹皮，竹筠也。今南夷取竹幼时，绩以为帐。”师古注：“竹皮，笋皮。谓笋上所解之箨耳，非竹筠也。今人亦往往为笋皮巾，古之遗制也。”王绩诗：“横裁桑节杖，直剪竹皮巾。”

丹液：《汉武内传》：“其次药有九丹金液，子得服之，白日升天。此飞仙之所服，地仙之所见也。”

紫阳宾：周氏《冥通记》：“第一紫阳左真人，治葛衍山，周君。第二紫阳右真人，治嶓冢山，王君。”

送孟六归襄阳①

杜门不欲出②，久与世情疏。
以此为长策③，劝君归旧庐。
醉歌田舍酒，笑读古人书。
好是一生事，无劳献《子虚》。

【校】

①一作“送孟浩然”。〇顾元纬《外编》录此首，《文苑英华》亦作王维

诗,《瀛奎律髓》作张子容诗。

②欲,《瀛奎律髓》作“复”。

③长,一作“良”。

淮阴夜宿二首①

其　一

水国南无畔，扁舟北未期。
乡情淮上失，归梦郢中疑。
木落知寒近，山长见日迟。
客行心绪乱，不及洛阳时。

【校】

①以下五首,俱见顾元纬《外编》,注云:“宋本作公诗,又载唐《孙逖集》。《文苑英华》俱编入‘行迈类’,亦称逖作,盖与右丞《早入荥阳界》诸诗同纪,遂误作右丞诗耳。”

其　二

永绝卧烟塘，萧条天一方。
秋风淮木落，寒夜楚歌长。
宿莽非中土，鲈鱼岂我乡?
孤舟行已倦，南越尚茫茫。

【注】

宿莽:《楚辞》:“夕揽中洲之宿莽。”王逸注:“草冬生不死者,楚人名之曰宿莽。”

南越:《杜氏通典》:“自岭而南,当唐、虞三代,为蛮夷之国,是百越之地,亦谓之南越,古谓之雕题。非《禹贡》九州之域,又非《周礼·职方》之限。在天文，牵牛、婺女则越之分野，兼得楚之交。”

下京口埭夜行

孤帆度绿氛，寒浦落红曛。
江树朝来出，吴歌夜渐闻。
南溟接潮水，北斗近乡云。
行役从兹去，归情入雁群。

【注】

京口埭：按《唐书·地理志》：润州丹徒县有京口埭。

山行遇雨

骤雨昼氛氲，空天望不分。
暗山惟觉电，穷海但生云。
涉涧猜行潦，缘崖畏宿氛。
夜来江月霁，棹唱此中闻。

夜到润州

夜入丹阳郡，天高气象秋。
海隅云汉转，江畔火星流。
城郭传金柝，闾阎闭绿洲。
客行凡几夜，新月再如钩。

【注】

润州：按《唐书·地理志》：“江南道有润州丹阳郡。武德三年，以江都郡之延陵县地置，取润浦为州名。”

金柝：颜延年诗：“卧伺金柝响，起候亭燧烟。”又延年《阳给事诔》：“金柝夜击，和门昼扃。”李善注：“金，谓刁斗也。卫宏《汉旧仪》曰：‘昼漏尽，夜漏起，城门击刁斗，周庐击木柝。’”李周翰注：“柝，打更木也。”

冬夜寓直麟阁①

直事披三省②，重关秘七门。
广庭怜雪净③，深屋喜炉温④。
月幌花虚馥⑤，风窗竹暗喧。
东山白云意，兹夕寄琴樽⑥。

【校】

①顾元纬《外编》录此首，《唐诗品汇》亦作王维诗，《文苑英华》作宋之问诗。成按：题中“麟阁”之名，乃是天授时所改，神龙时无复此称，则此诗自应归宋耳。

②省，一作“阁”。

③净，一作“静”。

④深屋，一作“狭室”。

⑤花，一作“云”。

⑥樽，一作“言”。

【注】

麟阁：《杜氏通典》：“天授初，改秘书省为麟阁。神龙初，复旧掌经籍图书。”

七门：《后汉书·百官志》：“宫掖门，每门司马一人，比千石。本注曰：南宫南屯司马，主平城门；北宫门苍龙司马，主东门；玄武司马，主玄武门；北屯司马，主北门；北宫朱雀司马，主南掖门；东明司马，主东门；朔平司马，主北门：凡七门。”

月幌：《玉篇》："幌，户广切。帷幔也。"王勃《九成宫颂序》："风闺夕敞，携少女于歌筵；月幌宵胧，下姮娥于舞席。"

赋得秋日悬清光①

寥廓凉天静，晶明白日秋。
圆光含万象，碎影入闲流。
迥与青冥合，遥同江甸浮。
昼阴殊众木，斜影下危楼。
宋玉登高怨，张衡望远愁。
馀晖如可托，云路岂悠悠。

【校】

①《诗隽类函》、《唐诗类苑》俱作王维诗，《唐诗品汇》作无名氏诗。

【注】

江甸：《宋书·萧思话传》："仗顺沿流，席卷江甸。"

宋玉：宋玉《九辩》："悲哉，秋之为气也！萧瑟兮草木摇落而变衰。憭栗兮若在远行，登山临水兮送将归。"

张衡：张衡作《四愁诗》，有"侧身东望涕沾翰，侧身南望涕沾襟，侧身西望涕沾裳，侧身北望涕沾巾"之句。

山　中①

荆溪白石出②，天寒红叶稀③。
山路元无雨，空翠湿人衣。

【校】

①顾元纬《外编》、凌本俱录此首。

②荆溪，一作“蓝田”。

③天寒，一作“玉关”。

【注】

荆溪：《长安志》：“荆谷水，一名荆溪。来自蓝田县，至康村入万年县界；西流二十里出谷，至平川，合库谷、采谷、石门水为荆谷水，一名产水。”

《冷斋夜话》云：吾弟超然喜论诗，其为人纯至有风味。尝曰：“陈叔宝绝无肺肠，然诗语有警绝者，如曰：‘午醉醒未晚，无人梦自惊。夕阳如有意，偏傍小窗明。’王摩诘《山中》诗曰：‘溪清白石出，天寒红叶稀。山路元无雨，空翠湿人衣。’舒王《百家夜休》曰：‘相看不忍发，惨澹暮潮平。欲别更携手，月明洲渚生。’此皆得于天趣！”予问之曰：“句法固佳，然何以识其天趣？”超然曰：“能言萧何所以识韩信，则天趣可言。”余竟不能诘。曰：“微超然，谁知之？”

苏东坡书《摩诘蓝田烟雨图》云：味(诘摩)〔摩诘〕之诗，诗中有画；观摩诘之画，画中有诗。诗曰：“蓝溪白石出，玉川红叶稀。山路元无雨，空翠湿人衣。”此摩诘之诗也。或曰非也，好事者以补摩诘之遗。

从军行二首①

其　一

戈甲从军久②，风云识阵难。
今朝拜韩信，计日斩成安③。

【校】

①顾元纬本、凌本俱录此首，《乐府诗集》亦作王维诗，《万首唐人绝句》、《唐诗纪事》俱作王涯诗。行，顾元纬本作“辞”。

②戈，《乐府诗集》作“旌”。

③后二句，凌本、《乐府诗集》俱作“今朝韩信计，日下斩成安”。

【注】

拜韩信：《汉书·高帝纪》：“汉王斋戒设坛场，拜韩信为大将军，问以计策。”

计日:《魏志》:“司马懿临危制变,禽公孙渊可计日待也。”

斩成安:《史记》:“韩信与张耳以兵数万,欲东下井陉击赵。赵王、成安君陈馀闻汉且袭之也,聚兵井陉口,号称二十万。信引兵遂下,未至井陉口三十里,止舍。夜半,传发选轻骑二千人,人持一赤帜,从间道萆山而望赵军。诫曰:‘赵见我走,必空壁逐我。若疾入赵壁,拔赵帜,立汉赤帜,谓军吏曰:“赵已先据便地为壁。”且彼未见吾大将旗鼓,未肯击前行,恐吾至阻险而还。’信乃使万人先行,出背水阵。赵军望见大笑。平旦,信建大将之旗鼓,鼓行出井陉口。赵开壁击之,大战良久。于是信佯弃鼓旗走水上军。水上军开入之,复疾战。赵果空壁争汉鼓旗,逐韩信。信已入水上军,军皆殊死战,不可败。信所出奇兵二千骑,共候赵空壁逐利,则驰入赵壁,皆拔赵旗,立汉赤帜。二千赵军已不胜,不能得信等,欲还归壁,壁皆汉赤帜,大惊,以为汉皆已得赵王将矣。兵遂乱,遁走。于是汉兵夹击,大破虏赵军,斩成安君泜水上,禽赵王歇。”

其　二

燕颔多奇相，狼头敢犯边。
寄言班定远，正是立功年。

【注】

燕颔:《后汉书》:“班超行诣相者,曰:‘祭酒,布衣诸生耳,而当封侯万里之外。’超问其状,相者指曰:‘生燕颔、虎头,飞而食肉,此万里侯相也。’后使西域,西域五十馀国悉皆纳质内属焉。下诏封超为定远侯。”

狼头:《北史》:“突厥者,其先居西海之右,独为部落,盖匈奴之别种也。姓阿史那氏,后为邻国所破,尽灭其族。有一儿,年且十岁,兵人见其小,不忍杀之,乃刖足断其臂,弃草泽中。有牝狼以肉饵之。及长,与狼交合,遂有孕焉。彼王闻此儿尚在,重遣杀之。使者见在狼侧,并欲杀狼。于时若有神物,投狼于西海之东,落高昌国西北山。山有洞穴,狼匿其中,遂生十男。十男长，外托妻孕，其后各为一姓，阿史那即其一也，最贤，遂为君长。故牙门建狼头纛，示不忘本也。”

游春曲二首[①]

其　一

万树江边杏，新开一夜风。
满园深浅色，照在绿波中。

【校】

①顾元纬本、凌本俱录此首。《乐府诗集》亦作王维诗，《唐诗纪事》作张仲素诗，《万首唐人绝句》作王涯诗。

其　二

上苑无穷树[①]，花开次第新。
香车与丝骑，风静亦生尘。

【校】

①无，凌本、《唐诗纪事》、《乐府诗集》俱作“何”。

相　思[①]

红豆生南国，秋来发几枝。
劝君多采撷，此物最相思。[②]

【校】

①顾元纬《外编》、凌本俱录此首，凌本作“江上赠李龟年”，《万首唐人绝句》作“相思”。

②《万首唐人绝句》“豆”作“杏”，“几”作“故”，“多”作“休”。凌本“劝”作“赠”。

【注】

红豆：《资暇录》：“豆有圆而红其首乌者，举世呼为‘相思子’，即红豆之异名也。其木斜斫之，则有文，可为弹博局及琵琶槽。其树也，大株而白枝，叶似槐，其花与皂荚花无殊，其子若穇豆，处于荚中，通身皆红。李善云：‘其实赤如珊瑚是也。’”《云溪友议》：“明皇幸岷山，百官皆窜辱。李龟年奔迫江潭，杜甫以诗赠之，曰：‘岐王宅里寻常见，崔九堂前几度闻。正值江南好风景，落花时节又逢君。’龟年曾于湘中采访，使筵上唱‘红豆生南国，秋来发几枝。赠君多采撷，此物最相思’，又曰‘清风明月苦相思，荡子从戎十载馀。征人去日殷勤嘱，归雁来时数附书’。此辞皆王右丞所制，至今梨园唱焉。歌阕，合座莫不望南幸而惨然。”

太平乐二首①

其一

风俗今和厚②，君王在穆清。
行看探花曲③，尽是泰阶平。

【校】

①顾元纬本、凌本俱录此首，《乐府诗集》亦作王维诗，《万首唐人绝句》作王涯诗，《唐诗纪事》作张仲素诗。〇乐，顾元纬本、凌本俱作“辞”。

②和，顾元纬本作“何”。

③探，《唐诗纪事》作“采”。

【注】

太平乐：《乐府诗集》、《乐苑》曰：“太平乐，商调曲也。”

穆清：《史记》：“汉兴以来，至明天子，获符瑞，建封禅，改正朔，易服色，受命于穆清。”如淳注：“受天命清和之气。”《正义》曰：“穆，美也。言天子有美德而教化清也。”

泰阶平：《长杨赋》：“玉衡正而太阶平。”李善注：“《黄帝六符经》：‘泰阶者，天之三阶也。上阶上星为男主，下星为女主；中阶上星为诸侯、三公，下星为卿大夫；下阶上星为士，下星为庶人。三阶平，则阴阳和，风雨时，岁大登，民人息，天下平。是谓太平。’”李周翰注：“太阶，三阶星也。此三星正平，则天下太平也。”

其　二

圣德超千古，皇威静四方①。
苍生今息战，无事觉时长。

【校】

①威，《唐诗纪事》作“风”。

送春辞①

日日人空老，年年春更归。
相欢在尊酒，不用惜花飞。

【校】

①顾元纬本、凌本俱录此首，《万首唐人绝句》作王涯诗，《唐诗纪事》、《全唐诗话》并作张仲素诗。

书　事①

轻阴阁小雨，深院昼慵开。
坐看苍苔色，欲上人衣来。

【校】

①顾元纬《外编》、凌本俱录此首。

《诗人玉屑》：王维《书事》云："轻阴阁小雨，深院昼慵开。坐看苍苔色，欲上人衣来。"舒王云："若耶溪上踏莓苔，兴尽张帆载酒回。汀草岸花浑不见，青山无数逐人来。"两诗皆含不尽之意。子由谓之"不带声色"。

杨升庵《诗话》：王摩诘诗，今所传仅六卷，如"轻阴阁小雨，深院昼慵开。坐看苍苔色，欲上人衣来"一首，见于洪觉范《天厨禁脔》；"人家在仙掌，云气欲生衣"见于董逌画跋，而本集不载。则知其诗遗落多矣。

塞上曲二首①

其　一

天骄远塞行，出鞘宝刀鸣②。
定是酬恩日，今朝觉命轻。

【校】

①顾元纬本、凌本俱录此首，《乐府诗集》亦作王维诗，《万首唐人绝句》作王涯诗，《唐诗纪事》前首作张仲素诗，后首作王涯诗。

②出鞘，《乐府诗集》作"鞘里"。

其　二

塞虏常为敌，边风已报秋。
平生多志气，箭底觅封侯。

陇 上 行①

负羽到边州②，鸣笳度陇头。
云黄知塞近，草白见边秋。

【校】

①顾元纬本、凌本俱录此首,《万首唐人绝句》、《唐诗纪事》俱作王涯诗。

②羽,《万首唐人绝句》作“箭”。

【注】

负羽:江淹《别赋》:“或乃边郡未和,负羽从军。”吕延济注:“箭有羽,从军负之于背而行。”

闺人赠远五首[①]

其　一

花明绮陌春,柳拂御沟新。
为报辽阳客[②],流芳不待人[③]。

【校】

①顾元纬本、凌本俱录五首,《万首唐人绝句》、《唐诗纪事》、《唐诗品汇》并作王涯诗。〇又《唐诗纪事》题作“闺人寄远”。

②阳,一作“东”。

③芳,一作“光”。

【注】

绮陌:梁简文帝诗:“三条绮陌平。”

辽阳:《汉书·地理志》:“辽东郡有辽阳县。”

其　二

远戍功名薄,幽闺年貌伤。
妆成对春树,不语泪千行。

【注】

功名薄:陆机诗:“但恨功名薄,竹帛无所宣。”

幽闺：江淹《别赋》："惭幽闺之琴瑟。"

其　三

啼莺绿树深①，语燕雕梁晚②。
不省出门行，沙场知近远。

【校】

①啼莺，一作"莺啼"。

②语燕，一作"燕语"。

【注】

雕梁：昭明太子《十二月启》："鱼游碧沼，疑呈远道之书；燕语雕梁，状对幽闺之(话)〔语〕。"

其　四

形影一朝别①，烟波千里分。
君看望君处，只是起行云。

【校】

①朝，一作"相"。

其　五

洞房今夜月，如练复如霜。
为照离人恨，亭亭到晓光。

【注】

洞房：《长门赋》："悬明月以自照兮，徂清夜于洞房。"吕向注："洞，深也。"

如练：沈约诗："秋月光如练，照耀三爵台。"

如霜：谢朓乐府："夜月如霜，金风方袅袅。"

亭亭：谢灵运诗："亭亭晓月映，冷冷朝露滴。"谢惠连诗："亭亭映江月。"李善注："亭亭，迥貌。"吕向注："亭亭，月明貌。"

过友人庄①

故人具鸡黍，邀我至田家。
绿树村边合，青山郭外斜。

【校】

①此本孟浩然（八）〔五〕言律诗，今《万首唐人绝句》减去后四句作一绝，作王维。不知何据。顾元纬《外编》亦录此首。

感　兴①

禾黍不艳阳，竞栽桃李春。
翻令力耕者，半作卖花人。

【校】

①此本郑谷诗，《诗学权舆》以为王摩诘作，顾元纬《外编》亦录此首。

游春辞二首①

其　一

曲江丝柳变烟条，寒谷冰随暖气销。
才见春光生绮陌，已闻清乐动《云》《韶》。

【校】

①顾元纬本、凌本俱录此首,《乐府诗集》亦作王维诗,《万首唐人绝句》、《唐诗纪事》俱作王涯诗,洪迈《万首唐人绝句序》云:“王涯在翰林,同学士令狐楚、张仲素所赋宫词诸章,乃误入于《王维集》。”又于王维诗下注云:“别本维又有《游春词》等诗十五篇,并五言十五篇,皆王涯所作,今已入涯诗中。”

【注】

云韶:《云门》,黄帝乐。《大韶》,虞舜乐。陆云诗:“鸾栖高冈,耳想《云》《韶》。”曹毗《宗庙歌》诗:“愔愔《云》《韶》,尽美尽善。”

其　二

经过柳陌与桃溪[①],寻逐春光着处迷[②]。
鸟度时时冲絮起,花繁滚滚压枝低。

【校】

①溪,《唐诗纪事》、《乐府诗集》俱作“蹊”。

②春,《乐府诗集》作“风”。

秋思二首[①]

其　一

网轩凉吹动轻衣[②],夜听更生玉漏稀[③]。
月渡天河光转湿,鹊惊秋树叶频飞。

【校】

①顾元纬本、凌本俱录此首,《乐府诗集》作王维诗,《万首唐人绝句》、《唐诗纪事》作王涯诗。

②网,一本作“绿”。

③生,《万首唐人绝句》、《唐诗纪事》、《乐府诗集》俱作“长”。

【注】

网轩: 沈约诗:“网轩映朱缀。”张铣注:“轩,屋檐也,以网及珠缀而饰之。”

其　二

宫连太液见沧波，暑气微消秋意多①。
一夜轻风蘋末起，露珠翻尽满池荷。

【校】

①消,凌本、《乐府诗集》俱作“清”。

【注】

太液:《史记》:“建章宫,其北治大池。渐台高二十馀丈,名曰太液池,有蓬莱、方丈、瀛州、壶梁,象海中神山龟鱼之属。”《汉书·昭帝纪》:“黄鹄下建章宫太液池中。”如淳注:“谓之液者,言天地和液之气所为也。”臣瓒曰:“太液池,言承阴阳津液以作池也。”《三辅黄图》:“太液池,在长安故城西,建章宫北,未央宫西南。太液者,言其津润所及广也。”《长安志》:“大明宫蓬莱殿后,有含凉殿,后有太液池。池内有太液亭子。”柳恽诗:“太液沧波起。”

蘋末: 宋玉《风赋》:“夫风生于地,起于青蘋之末。”

秋夜曲二首①

其　一

丁丁漏水夜何长，漫漫轻阴露月光②。
秋逼暗虫通夕响③，寒衣未寄莫飞霜。

【校】

①顾元纬本、凌本俱载此首,《乐府诗集》作王维诗,《万首唐人绝句》作王涯诗,《全唐诗话》、《唐诗纪事》俱作张仲素诗。

②阴,凌本、《万首唐人绝句》、《唐诗纪事》、《乐府诗集》俱作“云”。

③逼,凌本、《乐府诗集》俱作“壁”。

其　二

桂魄初生秋露微，轻罗已薄未更衣。
银筝夜久殷勤弄，心怯空房不忍归。

从军辞①

髦头夜落捷书飞，来奏军门着赐衣②。
白马将军频破敌，黄龙戍卒几时归。

【校】

①顾元纬本、凌本俱载此首,《乐府诗集》并前《从军辞》二首亦作王维诗,《万首唐人绝句》、《唐诗纪事》作王涯诗。

②军,凌本、《万首唐人绝句》、《唐诗纪事》、《乐府诗集》俱作“金”。

③敌,《乐府诗集》作“镝”,非。

【注】

髦头:《史记·天官书》:“昴曰髦头,胡星也。”《正义》曰:“昴(一)〔七〕星为髦头,胡星,亦为狱事。明,天下狱讼平;暗为刑罚滥。六星明与大星等,大水且至,其兵大起;摇动若跳跃者,胡兵大起;一星不见,皆兵之忧也。”

白马将军:《三国志》:“庞德常乘白马,羽军谓之白马将军,皆惮之。”

塞下曲二首①

其　一

辛勤几出黄花戍，迢递初随细柳营。
塞晚每愁残月苦②，边愁更逐断蓬惊③。

【校】

①顾元纬本、凌本俱载此首,《万首唐人绝句》、《唐诗纪事》并作王涯诗。

②愁,凌本、《唐诗纪事》、《乐府诗集》俱作“秋”。

③惊,《唐诗纪事》作“声”。

【注】

黄花戍:《唐书·地理志》:河北道平州北平郡有黄花戍。

其　二

年少辞家从冠军，金装宝剑去邀勋。
不知马骨伤寒水，惟见龙城起暮云。

【注】

金装:梁简文帝《登山马》诗:“间树识金装。”

马骨:陈琳诗:“饮马长城窟,水寒伤马骨。”

龙城:《汉书》:“车骑将军卫青至龙城,获首虏七百级。”又《匈奴传》:“五月,大会龙城,祭其先、天地、鬼神。”《史记索隐》:“崔浩云:‘西方胡皆事龙神,故名大会处为龙城。’”《后汉书》云:“匈奴俗,岁有三龙祠,祭天神。”

平戎辞二首[1]

其　一

太白秋高助汉兵[2]，长风夜卷虏尘清。
男儿解却腰间剑，喜见从王道化平[3]。

【校】

①顾元纬本、凌本俱载此首，作“平戎辞”，《万首唐人绝句》作王涯诗，《唐诗纪事》前首作王涯诗，后首作张仲素诗。

②汉，顾元纬本、《万首唐人绝句》俱作“后”，《唐诗纪事》作“发”。

③从，《乐府诗集》作“君”。

其　二

卷旆生风喜气新，早持龙节静边尘。
汉家天子图麟阁，身是当今第一人。

【注】

龙节：《唐书》：“大将出，赐旌以颛赏，节以颛杀。旌以绛帛五丈，粉画虎；有铜龙一，首缠绯旛，紫缣为袋，油囊为表。节，悬画木盘三，相去数寸，隅垂赤麻，馀与旌同。”

麟阁：《汉书》：“甘露三年，单于始入朝。上思股肱之美，乃图画其人于麒麟阁。法其形貌，署其官爵、姓名。惟霍光不名，曰大司马大将军博陆侯姓霍氏。次曰卫将军富平侯张安世，次曰车骑将军龙额侯韩增，次曰后将军营平侯赵充国，次曰丞相高平侯魏相，次曰丞相博阳侯丙吉，次曰御史大夫建平侯杜延年，次曰宗正阳城侯刘德，次曰少府梁丘贺，次曰太子太傅萧望之，次曰典属国苏武。皆有功德，知名当世。是以表而扬之，以著中兴辅佐，列于方叔、召虎、仲山甫焉。”张晏注：“武帝获麒麟时，作此阁。图画其像于阁，遂以为名。”师古曰：“《汉宫阁疏名》云：‘萧何造。’”

闺人春思[1]

愁见遥空百丈丝[2]，春风挽断更伤离[3]。
闲花落遍青苔地[4]，尽日无人谁得知？

【校】

①顾元纬本、凌本俱载此首，《万首唐人绝句》作王涯诗，《全唐诗话》、《唐诗纪事》并作张仲素诗。

②遥，《唐诗纪事》、《万首唐人绝句》俱作“游”。

③挽，《唐诗纪事》作“惹”。

④遍，凌本、《万首唐人绝句》作“尽”。

【注】

百丈丝：庾信诗：“洛阳游丝百丈连，黄河春冰千片穿。”

赠远二首[1]

其　一

当年只自守空帷[2]，梦见关山觉别离[3]。
不见乡书传雁足，惟看新月吐蛾眉。

【校】

①顾元纬本、凌本俱载此首，《万首唐人绝句》作王涯诗，《唐诗纪事》作张仲素诗。

②自，一作“是”。

③关，《唐诗纪事》作“江”。

【注】

雁足：《汉书》：“天子射上林中，得雁，足有系帛书。”

其　二

厌攀杨柳临青阁，闲采芙渠傍碧潭。
走马台边人不见，拂云堆畔战初酣。

【注】

青阁：江淹诗："朝与佳人期，日夕望青阁。"

芙渠：毛苌《诗传》："荷花，芙渠也。其花菡萏。"陆玑《诗疏》："荷，其花未发为菡萏，已发为芙渠。"

走马台：《汉书·张敞传》："时罢朝会，过走马章台街。"孟康注："章台街，在长安中。"

拂云堆：《唐书·地理志》："丰州中受降城有拂云堆祠，接灵州境。"《元和郡县志》："朔方军北与突厥以河为界，河北岸有拂云堆祠。突厥将入寇，必先诣祠祭酹求福。因牧马料兵而后渡河。"《太平寰宇记》："拂云堆，在胜州榆林县北百七十里。"

酣：《韩非子》："酣战之时，司马子反渴而求饮。"

献寿辞①

宫殿参差列九重②，祥云瑞气捧阶浓。
微臣欲献唐尧寿，遥指南山对衮龙。

【校】

①顾元纬本、凌本俱载此首，《万首唐人绝句》、《唐诗纪事》俱作王涯诗。

②殿，《唐诗纪事》作"观"。

【注】

唐尧寿：《庄子》："尧观乎华，华封人曰：'嘻，圣人！请祝圣人，使圣人寿。'尧曰：'辞。''使圣人富。'尧曰：'辞。''使圣人多男子。'尧曰：

‘辞。’封人曰：‘寿、富、多男，子人之所欲也。女独不欲，何邪？’尧曰：‘多男子则多惧，富则多事，寿则多辱。是三者，非所以养德也，故辞。’封人曰：‘天生万民，必授之职。多男子而授之职，则何惧之有！富而使人分之，则何事之有！夫圣人鹑居而鷇食，鸟行而无彰。天下有道则与物皆昌，天下无道则修德就闲。千岁厌世，去而上仙，乘彼白云，至于帝乡。三患莫至，身常无殃，则何辱之有！’”

失　题①

清风明月苦相思②，荡子从戎十载馀③。
征人去日殷勤嘱，归雁来时数寄书④。

【校】

①顾元纬本、凌本俱载此首，亦见《万首唐人绝句》。〇顾元纬本、《万首唐人绝句》作“李龟年所歌”，凌本作“杂诗”，《乐府诗集》作“伊州歌第一叠”。

②清，凌本作“秋”。明，《万首唐人绝句》作“朗”。苦相思，一作“独离居”。

③戎，凌本作“军”。

④寄，凌本、《万首唐人绝句》俱作“附”。

疑　梦①

莫惊宠辱空忧喜，莫计恩仇浪苦辛。
黄帝孔丘何处问，安知不是梦中身？

【校】

①见《事文类聚》。

成读诸家所刻《右丞诗集》，惟刘须溪评本为最善，然其中亦往往杂以他人之作，如钱起、卢象、崔兴宗诸公所赋。皦然明白者，亦乱厕其间，况其他乎？洪迈辩《游春词》等作三十首为王涯所作，而诸本俨然犹载集中。虽其诗亦佳丽可诵，较之，鱼目混珠，珷玞乱玉，大有径庭，然究非摩诘本来面目矣。若《文苑英华》、《云溪友议》、《冷斋夜话》、《诗人玉屑》、《乐府诗集》等书所载右丞诗章，有集中所不载者，而别书又以为某某所作，疑不能定也。存之则惧其乱真，弃之又恐其近是，因别汇为一卷，谓之《外编》，以明非刘氏所较集内之诗故耳，盖亦存而不论之意。至于分泾渭之殊流，别淄渑之异味，于声调体格微似之间，而辨正其某首为真、某首为误，则请以俟淹雅之君子。

《国学典藏》丛书已出书目

周易［明］来知德 集注
诗经［宋］朱熹 集传
尚书 曾运乾 注
周礼［清］方苞 集注
仪礼［汉］郑玄 注［清］张尔岐 句读
礼记［元］陈澔 注
论语·大学·中庸［宋］朱熹 集注
孟子［宋］朱熹 集注
左传［战国］左丘明 著［晋］杜预 注
孝经［唐］李隆基 注［宋］邢昺 疏
尔雅［晋］郭璞 注
说文解字［汉］许慎 撰

战国策［汉］刘向 辑录
［宋］鲍彪 注［元］吴师道 校注
国语［战国］左丘明 著
［三国吴］韦昭 注
史记菁华录［汉］司马迁 著
［清］姚苧田 节评
徐霞客游记［明］徐弘祖 著

孔子家语［三国魏］王肃 注
（日）太宰纯 增注
荀子［战国］荀况 著［唐］杨倞 注
近思录［宋］朱熹 吕祖谦 编
［宋］叶采［清］茅星来等 注
传习录［明］王阳明 撰
（日）佐藤一斋 注评
老子［汉］河上公 注［汉］严遵 指归
［三国魏］王弼 注
庄子［清］王先谦 集解
列子［晋］张湛 注［唐］卢重玄 解
［唐］殷敬顺［宋］陈景元 释文
孙子［春秋］孙武 著［汉］曹操 等注

墨子［清］毕沅 校注
韩非子［清］王先慎 集解
吕氏春秋［汉］高诱 注［清］毕沅 校
管子［唐］房玄龄 注［明］刘绩 补注
淮南子［汉］刘安 著［汉］许慎 注
金刚经［后秦］鸠摩罗什 译 丁福保 笺注
维摩诘经［后秦］僧肇等 注
楞伽经［南朝宋］求那跋陀罗 译
［宋］释正受 集注
坛经［唐］惠能 著 丁福保 笺注
世说新语［南朝宋］刘义庆 著
［南朝梁］刘孝标 注
山海经［晋］郭璞 注［清］郝懿行 笺疏
颜氏家训［北齐］颜之推 著
［清］赵曦明 注［清］卢文弨 补注
三字经·百家姓·千字文
［宋］王应麟等 著
龙文鞭影［明］萧良有等 编撰
幼学故事琼林［明］程登吉 原编
［清］邹圣脉 增补
梦溪笔谈［宋］沈括 著
容斋随笔［宋］洪迈 著
困学纪闻［宋］王应麟 著
［清］阎若璩 等注

楚辞［汉］刘向 辑
［汉］王逸 注［宋］洪兴祖 补注
曹植集［三国魏］曹植 著
［清］朱绪曾 考异［清］丁晏 铨评
陶渊明全集［晋］陶渊明 著
［清］陶澍 集注
王维诗集［唐］王维 著［清］赵殿成 笺注
杜甫诗集［唐］杜甫 著［清］钱谦益 笺注
李贺诗集［唐］李贺 著［清］王琦等 评注

李商隐诗集［唐］李商隐 著
［清］朱鹤龄 笺注
杜牧诗集［唐］杜牧 著［清］冯集梧 注
李煜词集（附李璟词集、冯延巳词集）
［南唐］李煜 著
柳永词集［宋］柳永 著
晏殊词集·晏幾道词集
［宋］晏殊 晏幾道 著
苏轼词集［宋］苏轼 著［宋］傅幹 注
黄庭坚词集·秦观词集
［宋］黄庭坚 著［宋］秦观 著
李清照诗词集［宋］李清照 著
辛弃疾词集［宋］辛弃疾 著
纳兰性德词集［清］纳兰性德 著
六朝文絜［清］许梿 评选
［清］黎经诰 笺注
古文辞类纂［清］姚鼐 纂集
乐府诗集［宋］郭茂倩 编撰
玉台新咏［南朝陈］徐陵 编
［清］吴兆宜 注［清］程琰 删补
古诗源 ［清］沈德潜 选评
千家诗 ［宋］谢枋得 编
［清］王相 注 ［清］黎恂 注
瀛奎律髓［元］方回 选评
花间集 ［后蜀］赵崇祚 集
［明］汤显祖 评
绝妙好词［宋］周密 选辑
［清］项絪 笺 ［清］查为仁 厉鹗 笺

词综［清］朱彝尊 汪森 编
花庵词选［宋］黄昇 选编
阳春白雪［元］杨朝英 选编
唐宋八大家文钞［清］张伯行 选编
宋诗精华录［清］陈衍 评选
古文观止［清］吴楚材 吴调侯 选注
唐诗三百首［清］蘅塘退士 编选
［清］陈婉俊 补注
宋词三百首［清］朱祖谋 编选
文心雕龙［南朝梁］刘勰 著
［清］黄叔琳 注 纪昀 评
李详 补注 刘咸炘 阐说
诗品［南朝梁］锺嵘 著
古直 笺 许文雨 讲疏
人间词话·王国维词集 王国维 著

戏曲系列

西厢记［元］王实甫 著
［清］金圣叹 评点
牡丹亭［明］汤显祖 著
［清］陈同 谈则 钱宜 合评
长生殿［清］洪昇 著 ［清］吴人 评点
桃花扇［清］孔尚任 著
［清］云亭山人 评点

小说系列

封神演义［明］许仲琳 编 ［明］锺惺 评
儒林外史［清］吴敬梓 著
［清］卧闲草堂等 评

部分将出书目

公羊传
穀梁传
史记
汉书
后汉书
三国志
水经注
史通
日知录
文史通义
心经
文选
古诗笺
李白全集
孟浩然诗集
白居易诗集
唐诗别裁集
明诗别裁集
清诗别裁集
博物志
温庭筠诗集
聊斋志异